Meine nimmersatte Gattin

Meine nimmersatte Gattin

Roman

Von Aleksander Pochot

Aleksander Pochot: Meine nimmersatte Gattin

Einbandgestaltung: Druckfrei, Dagmar Herrmann, Köln
Einbandabbildung: Anonyme Fotografie, 1906;
picture-alliance/IMAGNO/Austrian Archives
Gesamtherstellung: area verlag gmbh, Erftstadt

Printed in Czech Republic 2007
ISBN 978-3-8361-1037-2

www.area-verlag.de

Im Alter bereut man vor allem die Sünden,
die man nicht begangen hat.

W. Somerset Maugham (1874–1965)

Für Rica,
die mir den Weg gezeigt hat.

1.

Lene Sommerfeld war vierzehn, als sie das erste Mal einen Jungen küsste, oder besser: er sie, züchtig auf die Wange. Der Junge hieß Horst Schuster und saß in der Schule zwei Plätze vor ihr. Er war es auch, der ihr einige Wochen später ihren ersten Zungenkuss gab. Damals hieß sie Guthmann, Lene Guthmann, und das tat sie auch noch, als sie mit achtzehneinhalb erstmals Sex hatte. Doch erst an einem Herbsttag des Jahres 1965, kurz nach ihrem dreiunddreißigsten Geburtstag, während die Amerikaner eine halbe Million Soldaten nach Vietnam schafften und Ludwig Erhard ins Kanzleramt zog, nahm sie zum ersten Mal einen Schwanz in den Mund.

Seinen Anfang nahm die Sache allerdings schon einige Zeit früher, an einem Donnerstag Mitte Oktober, der nicht anders begann oder verlief als die übrigen Donnerstage in Lenes Leben – oder die Montage, Dienstage, Mittwoche und Freitage, was das betraf.

Lene führte ein geordnetes Leben; kein aufregendes, keins, das vor Höhepunkten strotzte, aber sie hatte zumindest keinerlei Anlass, sich zu beklagen, immerhin hatte sie in Wolfgang einen zuvorkommenden Gatten, der ihr viel Freiraum einräumte, und seine Arbeit bei der Bank verschaffte ihnen genug finanzielle Sicherheit, dass es ihnen an nichts mangelte. Ihre Beziehung war so intakt, wie man es nach zwölf Jahren Ehe erwarten kann. Man konnte sagen, dass Lene es gut getroffen hatte – so gut, dass es ihr zum festen Ritual geworden war, Donnerstagnachmittags einen Einkaufsbummel durch die Innenstadt zu unternehmen. Manchmal begleitete ihre beste Freundin Uschi sie dabei – zumindest, wenn sie es schaffte, ihre Kinder bei den Großeltern abzuladen oder die Jungs Fußballtraining hatten. Doch meistens war Lene allein unterwegs.

Für gewöhnlich genoss sie diese Donnerstagnachmittage; die Freiheit, nicht jeden Pfennig dreimal umdrehen zu müssen, wie viele andere es selbst in diesen Tagen des Wirtschaftswunders tun mussten, hatte etwas gleichsam Beruhigendes wie Berauschendes. Doch an jenem schicksalsvollen Tag wollte sich die Freude, die sie sonst beim Anblick der Schaufenster und Auslagen befiel, nicht recht einstellen. Selbst die neue Kollektion bei *Hut Kayser* ließ sie ungewöhnlich kalt. Sie war schlichtweg nicht in der Stimmung für einen Einkaufsbummel, was sie selbst am meisten ärgerte, immerhin hatte sie sich auf diesen Nachmittag gefreut. Da hatte sie sich eigens zurechtgemacht und war die sechs Stationen mit der Straßenbahn ins Zentrum gefahren, nur um sich nun mit leeren Händen wieder auf den Heimweg zu machen. Das heißt, *nicht ganz* mit leeren Händen: Für zwei Tüten hatte es am Ende doch gereicht. In der einen befand sich eine fesche rote Rockabilly-Strickjacke; in der anderen ein Paar dunkle Feinstrumpfhosen, eine Bluse und eine beige, weit geschnittene Leinenhose. Nun jedoch wollte sie bloß noch eins: nach Hause. Sich ein heißes Schaumbad einlassen, beim Baden ein gutes Buch lesen, anschließend zusammen mit Wolfgang zu Abend essen und früh zu Bett gehen, in der Hoffnung, morgen wieder sie selbst zu sein.

Offenbar war heute jedoch wirklich nicht ihr Tag, denn als Lene zur Straßenbahnstation eilte, fuhr ihr die Bahn ratternd und bimmelnd vor der Nase weg, und die nächste käme erst in einer Viertelstunde.

Lene fluchte ganz und gar undamenhaft.

Das hatte ihr gerade noch gefehlt!

Normalerweise hätte sie einfach auf die nächste Bahn gewartet, doch dazu fehlte ihr heute einfach die Muße, weshalb sie beschloss, zu Fuß nach Hause zu gehen. Also fasste sie ihre Tüten mit einem ebenso resignierten wie entschlossenen Seufzen fester und machte sich auf den Weg.

Nicht lange, und die Einkaufsstraße mit ihrem geschäftigen Trubel blieb hinter ihr zurück; die Betonklötze der Geschäfte und Parkhäuser wichen der ruhigen Beschaulichkeit einer Wohngegend. Hier grenzte Reihenhaus an Reihenhaus. Das Laub der Kastanien längs des Bürgersteigs färbte sich bereits purpurn. Die Luft war kühl und frisch, und Lene sog sie tief in ihre Lungen, während sie zügig dahinspazierte. Ihre getigerte Pelzkappe, unter der ihre schulterlangen braunen Naturlocken so ungezähmt hervorquollen wie Holzwolle aus einem aufgerissenen Sofakissen, wippte bei jedem Schritt auf ihrem Kopf.

Hinter den Häusern am Ende der Straße sank die Sonne dem Horizont entgegen; die Dämmerung eilte im Stechschritt heran. Irgendwo in der Ferne bellte ein Hund den Wind an, der mit unsichtbaren Fingern durch das Laub wühlte, doch ansonsten war es ungewöhnlich ruhig.

Bei dem verwaisten Kinderspielplatz im Herzen der Reihenhaussiedlung, auf dem es sonst immer hoch herging, bog sie in eine schmale Seitenstraße ein, die zwischen zwei parallelen Häuserreihen verlief. Eigentlich war es mehr eine Gasse als eine Straße, und überdies nur frei für Anlieger, doch wenn sie diesen Weg einschlug, war sie gut und gerne fünf Minuten eher zu Hause, als wenn sie bis zur nächsten Kreuzung weiterging und dann in die Friedrichstraße abbog, da die Gasse schnurstracks durch die Wohnsiedlung verlief und ihr so einen lästigen Umweg ersparte.

Die Gasse war vielleicht drei oder vier Meter breit und bot damit gerade genug Platz für ein Auto zur Zeit. Die Häuser links und rechts des Kopfsteinpflasters glichen sich wie ein Ei dem anderen: funktionale, in mattem Weiß gehaltene, zweigeschossige Nachkriegsbauten mit dunkelroten Schindeldächern und großen, bodentiefen Wohnzimmerfenstern im Erdgeschoss, durch die Neugierige problemlos einen Blick in die gute Stube erhaschen konnten, sofern weder Vorhänge noch eine Jalousie sie daran hinderten. Die Hauseingänge beiderseits der Gasse lagen sich direkt gegenüber, und nach jeweils drei Wohneinheiten folgte eine Toreinfahrt, die in einen kleinen Hinterhof führte. Die Gärten indes gingen nach hinten raus, sodass allein der schmale Pflasterstreifen die Hausfronten voneinander trennte. Flüchtig schoss Lene durch den Kopf, dass das alte Sprichwort »seinem Nachbarn in den Suppentopf schauen« hier durchaus wörtlich zu nehmen war.

In Gedanken versunken, spazierte sie die gepflasterte Gasse entlang. Die Dunkelheit griff immer mehr um sich, doch obwohl just in diesem Moment die Straßenlaternen aufflammten, wurde es nur unwesentlich heller, da die Laternen so weit auseinander standen, dass dazwischen ausgedehnte Schatteninseln zurückblieben. Hinter einigen Fenstern brannte Licht, die meisten jedoch waren dunkel. Vermutlich waren die Bewohner noch bei der Arbeit, immerhin war es erst kurz nach halb sechs.

Als Lene aus dem Augenwinkel hinter einem der schwach erleuchteten Fenster im Erdgeschoss eines Hauses links von sich eine vage Bewegung ausmachte, achtete sie im ersten Moment nicht darauf, sondern ging einfach weiter. Anscheinend aber hatte ihr Unterbewusstsein etwas registriert, das ihrer fortschweifenden Wahrnehmung entging, denn wie auf einen unhörbaren Befehl hin glitt ihr Blick zu jenem Fenster zurück, und Lene blieb stehen, ohne eigentlich zu wissen, warum.

Das änderte sich, als sie das Terrassenfenster näher in Augenschein nahm – oder besser: das, was sich dahinter abspielte.

Jenseits der Fensterscheibe befand sich ein von sanftem Kerzenschein erhelltes, geräumiges Wohnzimmer. Das Licht der Kerzen geisterte in mattem Rotgold über die rustikale Eichenholzbuchwand, die *Telefunken*-Musikkommode und den imposanten, brandneuen Farbfernseher, der neben einem Zimmerfarn auf einem Podest aus dunklem Furnierholz thronte. Ein Blick genügte, um zu erkennen, dass dort jemand wohnte, der einen gewissen Lebensstil pflegte – womöglich ein wohlsituierter Beamter oder jemand, der sich auf die eine oder andere Weise sein Stück am Wirtschaftswunderkuchen gesichert hatte.

Doch es war nicht die teure Einrichtung, die Lenes Aufmerksamkeit fesselte. Was sie dazu zwang, mit großen Augen und fast furchtsam vor den Mund geschlagener Hand durch das Fenster zu starren, war die Frau mit dem langen, flammroten Haar, die in der Wohnstube vor einem Mann in einem marineblauen Bademantel kniete, die Hände um seine Pobacken gelegt, und seine steife Männlichkeit auf unanständigste Weise in sich aufnahm. Ihre knallroten Lippen stülpten sich über sein Glied, fuhren vor und zurück, vor und zurück, vor und zurück, und dabei hielt sie die Augen fest geschlossen, wie um sich ganz auf das Spiel ihres Mundes und ihrer Zunge zu konzentrieren.

Im Gegensatz zu der Frau, die vollends angezogen war und sogar noch ihren Straßenmantel trug, war der Mann unter dem Bademantel nackt; seine muskulöse Brust über dem flachen, wohlgeformten Bauch hob und senkte sich vor Erregung. Er hatte den Kopf in den Nacken gelegt, so dass Lene sein Gesicht in den dräuenden Schatten nicht erkennen konnte, doch abgesehen davon sah sie alles mit beinahe kristallener Klarheit.

Der Mann hatte eine Hand an den Hinterkopf der Frau gelegt und zog sie in einem steten Rhythmus sanft, aber bestimmt zu sich heran, während er ihre Bewegungen mit seinen wiegenden Hüften unterstützte. Die Frau indes ließ ihr Haupt gierig vor und zurück gleiten, vor und zurück, als könne sie gar nicht genug von ihm bekommen. Tatsächlich gelang es ihr, seinen harten Schwanz bis zur Wurzel in den Mund zu kriegen.

Lene hatte so etwas noch nie zuvor gesehen, geschweige denn, es selbst getan: einen Mann auf diese Weise befriedigt. »Blasen« – so hatten sie das als Mädchen immer genannt und dabei verschämt gekichert, ehe sie wieder ins Klassenzimmer zurückgingen, um Topflappen zu häkeln; als sie älter wurden, dann dezenter als Französisch, auch wenn Lene keine Ahnung hatte, was die Franzosen damit zu schaffen hatten.

Ganz zu Beginn ihrer Beziehung, als sie ein gutes halbes Jahr zusammen gewesen waren, hatte Wolfgang einmal versucht, sie dazu zu bringen, das mit ihm zu tun, als er merkte, dass sie von sich aus keine Anstalten machte, ihm dergestalt gefügig zu sein.

Sie waren damals ins Autokino im Nachbarort gefahren. Weil sie noch nicht verheiratet waren und beide bei ihren Eltern wohnten, gab es immer das Problem, wo man ungestört miteinander das tun konnte, was frisch verliebte Zwanzigjährige eben so miteinander machen. Und obwohl Wolfgang seine Lehre bereits abgeschlossen hatte und einen relativ guten Lohn mit nach Hause brachte, kam ein Hotel nicht in Frage – als uneheliches Paar konnte es einem leicht passieren, dass man vom Portier abgewiesen wurde, ganz zu schweigen davon, dass man sich gegen Vorlage des Personalausweises mit seinem Namen und seiner Adresse ins Register eintragen musste, und wer wusste schon, wo diese Unterlagen am Ende landeten? So groß, dass man sich gewiss sein konnte, dass dergleichen unentdeckt blieb, war die Stadt nicht, und wenn Lenes Eltern Wind davon bekamen, was das werte Töchterchen so trieb, während sie eigentlich »offiziell« mit Uschi Hausaufgaben machte, konnte sie sich auf einiges gefasst machen. Ein entsetzliches Donnerwetter und Stubenarrest bis zur Rente waren da noch die angenehmsten Aussichten!

Also blieb ihnen im Grunde bloß das Auto, wenn sie es nicht irgendwo im Freien machen wollten – und *das* war bei den bescheidenen Temperaturen in jenem Februar mit Abstand das Letzte, wonach Lene der Sinn stand!

Wolfgang fuhr seinerzeit einen klapprigen, altersschwachen BMW-Isetta, den er gebraucht von einem zwielichtigen Autohändler am Stadtrand gekauft hatte. Es war kein sonderlich gutes Geschäft; der kleine Wagen wurde längst nur noch von Rost und flehentlichen Wünschen zusammengehalten, der Motor röchelte wie ein Asthmatiker unmittelbar vor dem Exitus, und im Innenraum hing ein merkwürdig muffiger Geruch, der selbst dann nicht aus den Sitzen wich, wenn man die ganze Zeit über mit offenen Fenstern fuhr – was ohnehin unvermeidlich war, weil die Scheiben nicht richtig schlossen. Gleichwohl, es war immer noch besser, als irgendwo im Gebüsch herumzumachen und sich schwierig zu erklärende Erfrierungen an besonders prekären Körperteilen zuzuziehen, selbst wenn die »Bumskugel«, wie Wolfgang das kugelrunde Gefährt liebevoll nannte, praktisch keine Rückbank besaß und auch der Vordersitz kaum genug Platz bot, dort zu sitzen, geschweige denn, sich zu vergnügen. Doch sie waren jung und verliebt; da nahm man ein paar blaue Flecken vom Schaltknüppel oder dem Lenkrad, das einem in den Steiß drückte, gern in Kauf.

An jenem Abend lief *Die Katze auf dem heißen Blechdach* mit Paul Newman und Elizabeth Taylor, und spätestens, als die Taylor in einem aufreizenden weißen Baumwollschlüpfer durch ihr Boudoir schritt, geriet Wolfgangs Blut derart in Wallung, dass er sich förmlich auf Lena stürzte. Sie küssten sich leidenschaftlich. Ihre Zungen umkreisten einander voll ungestümer Gier, und dann spürte Lene, wie Wolfgangs Hände erst über und dann unter den Stoff ihrer Bluse glitten, um ihre Weiblichkeit zu erkunden.

Schlagartig war der Film auf der Leinwand ebenso vergessen wie die anderen Wagen ringsum, deren Insassen ohnehin alle viel zu beschäftigt miteinander waren, um sie auch nur eines Blickes zu würdigen, schließlich kamen die meisten Besucher nicht hierher, um sich einen Film anzusehen, sondern um ein bisschen ungestört zu sein. Und auch Lene hatte trotz dieser ganzen Autos vor und hinter und neben ihnen auf einmal das Gefühl, sie und Wolfgang seien die einzigen Menschen im Universum.

Allein mit sich und ihrer jungen Liebe.

Lene gewahrte, wie ihre Erregung zunahm. Wolfgang zwirbelte ihre Brustwarzen, bis sie unter seinen Fingern hart wurden, knetete ihre kleinen, festen Brüste, die sich wie die perfekt gleichen Hälften einer Pampelmuse unter ihrer Bluse abzeichneten, und die ganze Zeit über hörten sie nicht auf, sich zu küssen. Dann fuhren Wolfgangs Lippen feucht und warm ihren Hals hinab bis zu ihrem Kragen, und sie legte den Kopf in den Nacken und stöhnte wohlig.

Im nächsten Moment merkte sie, wie Wolfgangs Hand tiefer glitt, zum Saum ihres Rocks, und zwischen ihren Schenkeln verschwand. Sie spreizte leicht die Beine, um seinen Vorstoß zu erleichtern, schließlich waren sie längst über das erste zögerliche Gefummel und die damit verbundene Scheu vor dem Anfassen und Angefasstwerden hinaus.

Sie waren keine Kinder mehr – wenn sie es taten, dann richtig!

Wolfgang liebkoste mit den Fingern ihre Muschi, und obwohl er weder allzu geschickt noch sonderlich einfühlsam war, schob Lene sich ihm vor Verlangen entgegen. Ihre Zungen umspielten sich wie die junger Fohlen.

Schließlich hörte sie das verhaltene Ploppen, mit dem Wolfgang die Knöpfe seiner Hosen öffnete. Er nestelte einen Augenblick lang unbeholfen an seinem Gürtel herum. Dann schob er sie behutsam nach unten, in seinen Schoß, auf seinen Penis zu, der – endlich befreit – aus seinem Gefängnis sprang wie ein Kastenteufel, prall und steif und rosa. Sein Schwanz glänzte im unsteten Schein der Bilder von der Leinwand, die durch die Frontscheibe auf den Vordersitz der »Bumskugel« fielen; auf der Spitze glänzte wie aus Vorfreude ein milchiger Tropfen Samenflüssigkeit.

Durch den Lautsprecher, der am Seitenfenster hing, drangen die Stimmen von Paul Newman und Elizabeth Taylor herein. Die beiden stritten darüber, dass der Typ, den Newman spielte, nicht mit der ausgesprochen willigen und heißblütigen Maggie schlafen wollte, weil er sie verdächtigte, mit seinem besten Freund fremdgegangen zu sein, der vor kurzem Selbstmord begangen hatte. Ziemlich harter Tobak, doch Lene nahm es kaum wahr. Alles, was sie sah, war Wolfgangs steifes Glied, das vor ihr aufragte wie ein Baumstamm, gut fünfzehn Zentimeter Fleisch, durchzogen von den Andeutungen von Venen, die sich an den Seiten emporschlängelten, als würden sich unter der Haut lila Würmer winden.

Obwohl sie schon ein Dutzend Mal miteinander ins Bett gegangen waren, war sie seinem Schwanz noch nie so nahe gewesen – zumindest nicht mit dem Gesicht. Und während sie ihn noch benommen anstarrte, raunte Wolfgang mit vor Lust belegter Stimme: »Nimm ihn in den Mund!«

Lene zögerte. Sie spürte den Druck seiner Hand an ihrem Hinterkopf, als er sie behutsam weiter nach unten drückte, und schluckte krampfhaft; ihre Kehle war staubtrocken.

»Nimm ihn in den Mund«, sagte Wolfgang wieder. *»Bitte …«* Es klang fast flehend.

Lene starrte seinen Ständer an wie etwas aus einer anderen Welt und rang mit sich. Sie wusste, dass es ihn danach verlangte, dass sie seinem Wunsch nachkam, und sie hätte ihm diesen Gefallen gern getan, da sie sich keineswegs als prüde betrachtete; ganz und gar nicht! Sie war durchaus bereit, Wolfgang die sexuelle Erfüllung zu schenken, die ein Mann von seiner zukünftigen Gattin erwarten kann. Sie wollte, dass er glücklich mit ihr war – in *jeder* Beziehung.

Doch etwas in ihr sträubte sich.

Tu es einfach, sagte sie sich. *Nimm ihn in den Mund, mach die Augen zu und saug ein paar Mal dran – dann hat die liebe Seele Ruh.*

Doch sie konnte es nicht. Sie wusste nicht warum. Es war nicht direkt Ekel, eher ein natürlicher, unüberwindlicher Widerwille, etwa so, als solle sie etwas essen, das sie auf dem Gehsteig gefunden hatte. Natürlich war ihr bewusst, dass das völliger Unsinn war, aber die Vorstellung, sein Glied in den Mund zu nehmen und daran zu lecken wie an einem Dauerlutscher, bereitete ihr fast körperliches Unwohlsein.

Kopfschüttelnd tauchte sie aus den Tiefen von Wolfgangs Schoß auf und begann automatisch, ihre Kleider zu ordnen. Alle Leidenschaft war ihr mit einem Schlag vergangen.

»Ich kann das nicht.«

Wolfgang schaute sie verwirrt an. »Was kannst du nicht?«

»Ihn in den Mund nehmen«, erwiderte sie verlegen und kam sich dabei schrecklich einfältig vor, wie ein Kind, das sich beharrlich weigert, den Rosenkohl zu essen, den seine Mutter aufgetischt hat, obwohl es überhaupt nicht weiß, ob das Gemüse wirklich so widerwärtig schmeckt, wie Aussehen, Konsistenz und Geruch vermuten lassen.

»Warum nicht?«

»Weil ...« Sie suchte nach den richtigen Worten. »Weil ... Naja, ich *kann* es eben nicht!«

»Aber alle Mädchen machen das!«

Sie starrte ihn entgeistert an, und Wut stieg in ihr auf. »Soso, *alle* Mädchen, ja?«

Er nickte ernst. *»Alle.«*

»Bin ich vielleicht *kein* Mädchen?«

»Offenbar kein richtiges«, schmollte Wolfgang, wie ein kleiner Junge, dessen Vater sich weigert, ihm dieses neue Spielzeugauto zu kaufen, obwohl er es doch so gern haben will.

Da wurde es Lene zu viel. Sie funkelte ihn einen Moment wutentbrannt an, wie er da so selbstgefällig und mit aus dem Hosenschlitz ragendem Penis auf dem Fahrersitz seiner »Bumskugel« saß und die beleidigte Leberwurst spielte, und einen wahnwitzigen Augenblick lang überkam sie der Impuls, ihm einfach eine runterzuhauen; auszuholen und ihren Handabdruck auf seiner Wange zu hinterlassen wie ein Brandzeichen. Dann jedoch stieß sie stattdessen einen schrillen Schrei aus, in dem sich Zorn und Unglaube mischten, rammte die Tür auf und sprang aus dem Wagen, bevor Wolfgang sie zurückhalten konnte. Sie lief weg, und noch auf dem Weg aus dem Autokino stiegen ihr heiße Tränen in die Augen.

So ein Schuft!, dachte sie. *So ein elender Schuft!*

Doch auch wenn sie nach dieser Episode eine Weile fuchsteufelswütend war und Wolfgang eine Zeit lang zappeln ließ, verzieh sie ihm irgendwann, und ein Jahr später heirateten sie, ohne dass einer von ihnen je ein Wort über die Sache verloren hätte. In stillschweigendem Einvernehmen taten sie einfach so, als wäre das Ganze nie passiert. Gleichwohl, Wolfgang versuchte in der Folge nie wieder, sie zu etwas zu bringen, das sie nicht aus freien Stücken von selbst tat, und Lene verdrängte dieses unerfreuliche Intermezzo kurzerhand aus ihren Gedanken, selbst wenn sie hin und wieder daran denken musste, wenn sie und Wolfgang in den Jahren danach miteinander schliefen.

Einmal, an ihrem 10. Hochzeitstag, war sie drauf und dran gewesen, ihre alten Bedenken in den Wind zu schlagen und ihm an diesem speziellen Tag dieses ganz besondere Geschenk zu machen, einfach weil sie ihn liebte und wusste, dass er es sich insgeheim wünschte. Doch letztlich machte sie erneut einen Rückzieher; sie kam einfach nicht gegen ihren Widerwillen an.

Die Rothaarige indes schien da keinerlei Schwierigkeiten zu haben. Sie blies den Schwanz des Mannes im Bademantel mit solcher Inbrunst, als wolle sie ihn in einem Stück verschlingen. Ihr roter Schopf wippte vor und zurück, in einem steten, verlangenden Rhythmus, der den Mann dazu brachte, ihr seine Hüften zunehmend energischer entgegenzuschieben. Lene sah, wie er zwischen ihren Lippen verschwand, und hielt unwillkürlich den Atem an.

Die Frau war ausgesprochen hübsch, erkannte sie, mit einem vornehm blassen Teint, hohen Wangenknochen und großen blauen Augen, die sie immer wieder für einen kurzen Moment öffnete, wie um sich zu vergewissern, dass ihm gefiel, was sie mit ihm anstellte. Dann schloss sie die Lider mit einem seltsam verträumten Gesichtsausdruck, als würde sie sich einem ganz besonderen Genuss hingeben, den Lene nicht nachvollziehen konnte, von neuem. Die langen Beine der Rothaarigen waren so weit gespreizt, dass Lene unter ihren eleganten lindgrünen Kostümrock schauen konnte; sie trug halterlose schwarze Strümpfe, Strapse und knallrote Unterwäsche, in der dämmrigen Wohnung grell wie ein Fanal. Die obersten drei Knöpfe ihrer Bluse waren offen, sodass ihr üppiges

Dekolleté höchst vorteilhaft zur Geltung kam, doch der Mann hatte dafür keinen Blick. Er hielt ihren Kopf in den Händen und gab sich ihrem Zungenspiel hin, ohne sich um irgendetwas anderes zu scheren als um das Vergnügen, das ihm seine Gespielin bereitete.

Lene war peinlich berührt und zugleich zutiefst schockiert, als wäre *sie* diejenige, die von einem Wildfremden dabei ertappt worden war, wie sie etwas Unzüchtiges tat, und nicht umgekehrt. Sie schaute sich gehetzt um, als fürchtete sie, jemand könne sie entdeckt haben und für eine Voyeurin oder dergleichen halten; es war niemand zu sehen, und sie war heilfroh darüber. Hastig wandte sie den Blick von dem Wohnzimmerfenster ab und ging weiter. Die Einkaufstaschen schwangen weit aus. Sie zwang sich, stur geradeaus zu schauen, fort von jenem Fenster und dem, was sich dahinter abspielte.

Aber sie war noch kein Dutzend Schritte weit gekommen, als sie mit einem Mal langsamer wurde, stehen blieb – und sich nach einem Moment des Zögerns wieder umdrehte. Eigentlich wollte sie das gar nicht; zumindest nicht *bewusst*. Doch es war, als stünde sie unter einem inneren Zwang, dem sie sich nicht zu widersetzen vermochte – einem Zwang, der sie dazu brachte, sich in die dunkle Hofeinfahrt unmittelbar gegenüber dem Fenster zurückzuziehen.

Hier würde man sie mit etwas Glück nicht entdecken.

Aus den Schatten heraus beobachtete Lene, wie die Frau ihr Werk mit nicht nachlassender Leidenschaft fortsetzte. Sie hatte ihr karmesinrotes Haar hinter dem Kopf zu einem strengen Knoten gebunden, der ihr zusammen mit dem ebenso schlichten wie eleganten und fraglos nicht ganz billigen Kostüm das Auftreten einer seriösen Geschäftsfrau verlieh. Irgendwie, fand Lene, sah sie aus, als wäre normalerweise *sie* diejenige, vor der andere am Boden knieten.

Sie wirkte souverän und entschlossen, und auch jetzt schien sie eine gewisse Macht auszuüben – Macht über den Mann, dessen Schwanz sie im Mund hatte, hatte sie in dieser Situation doch die absolute Kontrolle über ihn, wurde

Lene mit einem Mal klar, über sein Begehren, darüber, ob er kam oder nicht. Und man sah ihr an, dass sie an diesem Machtspiel Gefallen fand, denn als sie schließlich von neuem die Augen öffnete und zu ihm aufsah, lächelte sie fast schelmisch. Ihr Griff um die Hinterbacken des Mannes wurde fester, als sie ihn dichter und schneller zu sich heranzog – ein unmissverständliches Signal, es jetzt zu Ende zu bringen.

Ihr Tempo beschleunigte sich, vor und zurück, vor und zurück, immer rascher. Sein Penis glänzte von ihrem Speichel, als sie ihn zunehmend gieriger in sich aufnahm. Für Lene kam es einem Wunder gleich, dass sie nicht würgen musste, so tief, wie sie seinen Penis schluckte, der nach allem, was sie von hier aus erkennen konnte, überdies auch noch eine recht stattliche Größe besaß, um einiges mehr als das, womit Wolfgang aufwarten konnte.

Atemlos verfolgte Lene, wie der Mann im Bademantel seine Hände ins wallende rote Haar der Frau grub und immer fester in ihren Rachen stieß, wie ein Dauerläufer, der auf den letzten Metern vor dem Ziel noch einmal alles aus sich herausholt. Der Mann erbebte, spannte die Knie, sein ganzer Körper versteifte sich wie ein gespannter Flitzebogen, und dann hielt er den Kopf der Rothaarigen fest und pumpte alles in ihren Rachen.

Sein Schwanz pulste. Die Frau hielt still, regte sich nicht und nahm bereitwillig alles in sich auf. Als sich der Mann schließlich zurückzog, glänzte sein noch immer steifer Penis im Kerzenschein, feucht und glitschig von ihrer Spucke und seinem Samen. Die Frau ließ ihn beinahe liebevoll durch ihre Finger gleiten und lächelte, und obgleich sie mindestens fünf Meter entfernt und das Licht nicht das Allerbeste war, sah Lene deutlich das vielsagende Glitzern auf ihren Lippen. Während sie dem Mann direkt in die Augen sah, leckte sie sich mit einer samtigen, roten Zunge das Sperma ab wie süßen Nektar, strich sich einen letzten kostbaren Rest mit der Fingerspitze aus dem Mundwinkel, leckte den Finger genüsslich ab, als wäre er mit Eiscreme beschmiert – und schluckte ohne zu zögern alles hinunter, als wäre das die natürlichste Sache der Welt.

Der Mann schaute auf sie herab, das Gesicht noch immer in den Schatten verborgen, doch zumindest erhaschte Lene jetzt den vagen Eindruck eines markanten Antlitzes mit ausdrucksstarken Zügen und einem gepflegten, kurz geschnittenen Vollbart, der ihm gleichzeitig etwas Erhabenes und sonderbar Verwegenes verlieh, auf dieselbe Art, wie Robert Taylor in *Ivanhoe, der schwarze Ritter* zugleich erhaben und verwegen wirkt, und dazu umweht von einem Hauch des Geheimnisvollen.

Einen Augenblick lang verharrte der Mann reglos. Dann strich er der Rothaarigen flüchtig über die Wange, schlug die Schöße seines Mantels zu, um seine Blöße zu bedecken, und trat zu einer antiken Rosenholzkommode, auf der mehrere Kristallkaraffen und Gläser thronten. Er schenkte sich einen Whiskey ein – zumindest nahm Lene aufgrund der tiefgoldenen Farbe an, dass es sich um Whiskey handelte –, lehnte sich gegen die Kommode und nahm mit vor der Brust verschränkten Armen einen tiefen Schluck, während sich seine Gespielin erhob und sorgsam ihre Kleider glättete. Groß, schlank und apart stand sie vor ihm, eine Dame von Welt, die mit Sicherheit nicht in einem Reihenhaus wie diesem hier lebte, so anspruchsvoll die Ausstattung in den Augen von Otto Normalbürgern auch sein mochte. Sie sah den Mann mit einer Miene an, die Lene nicht so recht zu deuten wusste. Sie wirkte ernst und ein wenig angespannt, aber nichtsdestotrotz zufrieden.

Sie sagte etwas zu dem Mann, das Lene durch das Glas nicht verstand, und als er gedankenverloren nickte, wandte sie sich um und verschwand ohne ein weiteres Wort aus Lenes Blickfeld. Sekunden später flammte die Lampe über der Haustür auf; hastig wich sie noch tiefer in die Schatten zurück. Das war alles, was sie tun konnte, um einer Entdeckung zu entgehen.

Die Tür schwang auf, und die Rothaarige trat hinaus ins Freie. Für einen Augenblick blieb sie im Lichtkegel der Lampe stehen; dann zog sie mit einem letzten Blick nach drinnen die Tür hinter sich zu, schlug den Kragen ihres knielangen Mantels hoch, sah sich zu beiden Seiten um und eilte in Richtung Straße davon. Die Bleistiftabsätze ihrer spitzen, hochhackigen Schuhe klapperten auf dem Pflaster.

Lene wartete, bis das Geräusch ihrer Schritte im Zwielicht des Abends verklungen war, bevor sie sich wieder ein Stück vorwagte. Das Wohnzimmer war noch immer matt erleuchtet, doch von dem Mann im Bademantel war nichts mehr zu sehen; das Whiskeyglas stand halbvoll auf der Anrichte.

Vielleicht, überlegte sie, *zieht er sich gerade an.*

Bei *ihr* hatte sich das ja erübrigt, immerhin war sie die ganze Zeit über angezogen geblieben, fast so, als wäre sie nur gekommen, um sich das zu holen, was sie wollte, und dann wieder gegangen. Dieser Eindruck wurde noch dadurch verstärkt, dass es keine Küsse oder andere vertraute Gesten zwischen ihnen gegeben hatte, wie man sie wohl bei zwei Menschen erwarten würde, die so intim miteinander gewesen waren. Immerhin hatte sie seinen Samen geschluckt! Da konnte man durchaus ein paar Abschiedsworte erwarten, fand Lene und kam sich dabei reichlich kindisch vor, und schrecklich naiv, beinahe so wie damals im Autokino, als sie sich geweigert hatte, Wolfgangs Schwanz in den Mund zu nehmen.

Angespannt wartete sie noch eine Minute, ob der Mann zurückkehren würde. Doch das tat er nicht, und als irgendwo in der Nähe schließlich eine Haustür schlug, schreckte Lene aus ihren Grübeleien auf und setzte sich mit einem Ruck in Bewegung, um von hier zu verschwinden, bevor sie jemand sah. Die »Vorstellung« war ohnehin zu Ende.

Da spürte sie zum ersten Mal die warme, samtige Nässe zwischen ihren Schenkeln. In den Minuten, als sie die beiden heimlich beobachtet hatte, war Lene von dem Schauspiel jenseits des Fensters so fasziniert gewesen, dass sie auf nichts anderes geachtet hatte. Jetzt jedoch merkte sie, dass sie feucht war, ja, mehr noch, *tropfnass*. Ihre Muschi schien im Takt ihres wie wild pochenden Herzens zu pulsieren, und als sie weiter ausschritt und ihr Venushügel unter dem Kleid mit dem Blumenmuster gegen ihren schlichten weißen Schlüpfer rieb, durchfuhr sie ein erregender Schauder, einem Stromschlag gleich, der dafür sorgte, dass sich ihre Brustwarzen verhärteten und ihr Unterleib wohlig kribbelte.

Sie stöhnte leise, zur Hälfte aus Wollust, halb aus Überraschung und Scham, denn unvermittelt wurde ihr bewusst, wie sehr sie das Gesehene erregt hatte, auf eine Weise, wie alles Verbotene im ersten Moment aufregend und anziehend wirkt. Sie hatte noch nie andere Leute beim Sex beobachtet, ja, nicht einmal daran *gedacht*, wie es wohl wäre, das zu tun.

Doch da war noch mehr. Es war nicht nur der Reiz des Verbotenen, der sie dazu veranlasst hatte, bis zum Schluss zu bleiben. Sie hatte nie eine voyeuristische Ader besessen – zumindest nicht, soweit sie das sagen konnte –, und was die Müllers von oben Nacht für Nacht lautstark in ihrem Schlafzimmer trieben, war ihr bis jetzt herzlich gleichgültig gewesen. Es interessierte sie einfach nicht. Warum auch? Schließlich hatte *sie* nichts davon, wenn sich andere miteinander vergnügten.

Aber das hier …

Das hier war etwas anderes.

Das »Schauspiel« hatte ein Feuer in ihren Eingeweiden entfacht, ein Begehren, das sie das letzte Mal gespürt hatte, als sie noch jung gewesen war und gerade erst anfing, die Freuden der Sexualität zu entdecken. Es war der Reiz des Neuen, des Unbekannten, die zwar vage, aber höchst aufregende Ahnung, dass dort draußen ein Universum der Lüste und Leidenschaften bloß darauf wartete, von ihr entdeckt zu werden, wie eine Archäologin, die mitten in der Wüste nach einer längst untergegangenen Stadt gräbt, angetrieben von der festen Überzeugung, dass sie hier irgendwo sein musste, selbst wenn sie nicht genau wusste, wo.

Nach einer Weile hatte Lene jedoch ziemlich ernüchtert festgestellt, dass das Ganze nicht halb so aufregend war, wie sie es sich ausgemalt hatte; dass unter dem Sand nur alte Steine und Trümmer lagen und keine spektakulären Entdeckungen. Keine Frage, Sex war eine wunderbare Sache, aber nichts, was sie brauchte, um glücklich zu sein; im Gegenteil. Manchmal war sie sogar dankbar dafür, dass zwischen Wolfgang und ihr seit einigen Jahren im Bett nicht mehr so viel passierte wie früher. Im Laufe der Zeit war es zunehmend zur Pflichtübung geworden – von Kür keine Spur. Möglicherweise lag das daran, dass Lene sich insgeheim immer wieder gefragt hatte, ob das schon alles war: Man schlief miteinander, beide kamen zum Höhepunkt, im besten Fall sogar gemeinsam, man gab sich einen Gutenachtkuss, drehte sich auf die andere Seite, und das war's.

Aufregend konnte man das kaum nennen.

Ganz anders die Szene hinter dem Fenster!

Die adrette rothaarige Geschäftsfrau, die den Mann im Bademantel mit ihrem knallrot geschminkten Mund befriedigte, sein Sperma schluckte und dann einfach so mir nichts, dir nichts wieder ging …

Irgendetwas daran übte einen ungeheuren Reiz auf Lene aus, selbst wenn sie sich nicht so recht darüber im Klaren war, was eigentlich. Vielleicht war es –

Sie zuckte erschrocken zusammen, als in der Hofeinfahrt hinter ihr auf einmal ein Wagen angelassen wurde. Die Lichtkegel der aufflammenden Scheinwerfer fielen wie grellweiße Glotzaugen auf die gegenüberliegende Hauswand. Ein Motor brummte auf, doch als das Fahrzeug kurz darauf in die Gasse rollte, war Lene bereits fünfzig Meter entfernt. Das Klappern ihrer Absätze, das hohl von den Mauern widerhallte, kam ihr unnatürlich laut vor, aber das lag vermutlich bloß daran, dass sie ohnehin das Gefühl hatte, als hätte sie zu viel Kaffee getrunken. Sie fühlte sich seltsam aufgeputscht, mitgerissen, und das Auflodern des Verlangens, das bei jedem Schritt zwischen ihren Beinen flackerte wie eine Flamme, die nach Jahren der Flaute endlich wieder Sauerstoff zum Atmen bekommt, ließ sie so weit ausschreiten, dass sie fast lief.

Genau wie die rothaarige Frau schaute Lene nicht zurück, als sie die Gasse entlanghastete, an der nächsten Ecke in die Friedrichstraße abbog und im matten Schein der Straßenlaternen nach Hause eilte.

Sie hatte bloß einen Gedanken.

Sie wollte so schnell wie möglich heim.

Heim zu Wolfgang.

Und ficken!

2.

Als die Tür ihrer Altbauwohnung in der Schillerstraße eine Viertelstunde später mit einem Klacken hinter Lene ins Schloss fiel, war es, als würde sie aus einem sonderbaren Traum erwachen. Die wohlvertraute Umgebung, der Geruch nach Möbelpolitur, Putzmittel und dem Strauß frischer Schnittblumen in der krugförmigen Keramikvase auf dem Beistelltischchen holte sie mit einem Schlag in die Wirklichkeit zurück. Und gleichgültig, wie hoch die Flamme des Begehrens auf dem Weg hierher auch in ihrem Unterleib gelodert haben mochte, jetzt erlosch sie wie eine Kerze in einer plötzlichen Bö. In dem Augenblick, in dem ihre eigenen vier Wände sie wiederhatten, war sie wieder die Lene, die sie immer gewesen war.

Sachlich, abgeklärt und nicht im Mindesten triebgesteuert.

Ja, mehr noch: Auf einmal kam ihr ihre Erregung von vorhin lächerlich war; allein der Gedanke daran, dass sie beim Anblick einer wildfremden Frau, die einen nicht minder fremden Mann oral befriedigte, feucht geworden war, genügte, um ihr die Schamesröte ins Gesicht zu treiben.

Bloß gut, dass sie niemand gesehen hatte, als sie wie eine Spannerin in der dunklen Hofeinfahrt stand und heimlich das Wohnzimmer auf der anderen Seite der Gasse beobachtete! Sie vermochte nicht zu sagen, was sie getan hätte, wäre sie dabei von irgendjemandem entdeckt worden.

Lieber Himmel, wie hatte sie nur so töricht sein können?

Aber jetzt war sie wieder zu Hause, und das war alles, was zählte.

Mit einem erleichterten Seufzen stellte sie die Tüten ab, schaltete das Licht ein, das die geräumige, mit antiken Möbeln eingerichtete Diele aus dem Dämmer des frühen Abends riss, und hängte ihren Mantel an den verwaisten

Garderobenständer – ein untrügliches Zeichen dafür, dass ihr Gatte noch nicht daheim war.

Natürlich nicht.

Gelinde verärgert über sich selbst, fragte Lene sich, wie sie etwas anderes hatte annehmen können? Es war erst kurz nach sechs Uhr, und wenn Wolfgang einmal vor sieben oder halb acht nach Hause kam, war das eher die Ausnahme denn die Regel. Sein Beruf verlangte seine volle Aufmerksamkeit – das war seit jeher so. Selbst als er noch ein kleiner Sachbearbeiter in der Kreditabteilung gewesen war, hatte er sich mit viel Eifer und großem Engagement in seine Arbeit eingebracht und alles getan, was ihm möglich war, um aus dem Gros der Mitarbeiter hervorzustechen.

Mit Erfolg: Mit vierundzwanzig wurde er zum jüngsten Abteilungsleiter in der Geschichte der *Karlsbader Vermögensbank* ernannt. Drei Jahre später unterstand ihm bereits das gesamte Kreditwesen inklusive der Hypotheken- und Darlehensverwaltung, und als man ihn vor anderthalb Jahren schließlich in den Aufsichtsrat berufen hatte, war das der vorläufige Höhepunkt seiner Karriere, die ihn mit Sicherheit noch weiter nach oben führen würde – mit ein wenig Glück vielleicht sogar bis hinauf zum Gipfel. Die Bank schätzte Wolfgangs Erfahrung und seinen Sachverstand und sorgte im Gegenzug dafür, dass es ihnen an nichts mangelte.

An nichts, außer an einem: Zeit füreinander.

Werktags sahen sie sich meist nur morgens beim Frühstück und abends, wenn Wolfgang von der Arbeit heimkam; selbst die Wochenenden waren häufig beruflich verplant, weil irgendwelche Unterlagen geprüft und Konferenzen vorbereitet werden mussten, und auch kurzfristig anberaumte Geschäftsreisen waren keine Seltenheit. Doch so war das nun einmal, wenn man mit einem erfolgreichen Mann verheiratet war – als Gattin spielte man da stets die zweite Geige.

Gleichwohl, Lene hatte keinen Grund, darüber verärgert zu sein; ein wenig enttäuscht vielleicht, aber nicht verärgert, immerhin musste ihr gutes Leben auch irgendwie finanziert werden. Abgesehen davon gehörte sie von Natur aus nicht zu den Frauen, die es danach verlangte, tagaus, tagein mit ihrem Partner zusammen zu sein, am besten vierundzwanzig Stunden am Stück. Im Gegenteil: Sie brauchte ihre Freiräume, Zeit für sich, die sie mit Lesen, Handarbeit, Einkaufengehen oder ihrer besten Freundin Uschi verbrachte. Tatsächlich war Lene sogar bis zu einem gewissen Grad der Ansicht, dass es ihrer Ehe zum Vorteil gereichte, dass sie und Wolfgang sich nicht ständig sahen. Auf diese Weise hatten sie einander immer etwas zu erzählen, und wenn man dann wirklich einmal in Ruhe Zeit miteinander verbringen konnte, war es gleich doppelt so schön.

Vermutlich war das das »Erfolgsgeheimnis« ihrer Beziehung.

Die Liebe durfte nicht zur Gewohnheit werden – zumindest nicht so sehr, dass Alltag und Trott alles andere erstickten wie eine Blume, die nicht genug Sonne bekommt. Dummerweise jedoch gestaltete sich das in der Praxis manchmal nicht ganz so einfach, wie es in der Theorie klang …

Doch als Lene nach nebenan in die Küche ging und das Licht einschaltete, war sie heilfroh darüber, dass Wolfgang noch nicht zu Hause war. Sie war noch immer ein wenig durcheinander wegen des Erlebten. Jetzt musste sie erst einmal wieder zur Gänze zu sich kommen, und dazu gab es ihrer Erfahrung nach keine bessere Methode, als zu kochen.

Lene kochte für ihr Leben gern; das war eins der wenigen Dinge, die sie statt von ihrer Mutter von ihrem Vater geerbt hatte, der es verstand, selbst aus den einfachsten Zutaten ganz besondere Mahlzeiten zu zaubern. Und wenn man Wolfgang und anderen Glauben schenken wollte, die im Laufe der Jahre in den Genuss ihrer Kochkünste gekommen waren, stand sie ihrem Papa in dieser Hinsicht in nichts nach. Ein zusätzlicher Gradmesser dafür, dass ihr Essen mundete, mochte überdies sein, dass Wolfgang in den zwölf Jahren ihrer Ehe mindestens ebenso viele Kilogramm zugelegt hatte.

Um sich auf andere Gedanken zu bringen, öffnete Lene den Kühlschrank, verschaffte sich einen Überblick über ihre Vorräte und begann dann damit, das Abendessen zuzubereiten: Schweinerollbraten mit Rosenkohl, Kartoffeln und Rotweinsauce. Wolfgang mochte es deftig; »Schickimicki-Zeug«, wie er es nannte, bekam er oft genug vorgesetzt, wenn er geschäftlich unterwegs war und mit irgendwelchen hohen Tieren in exklusiven Restaurants aß, wo sogar die Speisekarten auf Französisch waren und die Kellner so taten, als würden sie einem einen unschätzbaren Dienst erweisen, indem sie einem Wein nachschenkten.

Dabei hatte sie heute Nachmittag noch darüber nachgegrübelt, wie es wohl wäre, die Küche heute Abend kalt bleiben zu lassen und mit Wolfgang stattdessen in die *Burgschenke* einzukehren, eine gemütliche Weinstube ein paar Straßen weiter, wo man neben einer ausgezeichneten Auswahl lokaler Weine und Weinbrände ebenfalls ausgezeichnete Hausmannskost bekam. Aber irgendwie widerstrebte es ihr, heute noch einmal auszugehen; sie wollte lieber zu Hause bleiben, wo sie sich sicher und geborgen fühlte und wusste, was sie erwartete, wenn sie aus dem Fenster sah.

Noch immer hatte sie das Gefühl, ein wenig neben sich zu stehen. Also band sie sich eine Schürze um und begann, Kartoffeln zu schälen. Danach putzte sie den Rosenkohl, um ihn mit nur wenig Wasser im Topf zu dünsten, bevor sie ihn in etwas Butter schwenkte und mit Pfeffer und Salz abschmeckte.

Dann war das Fleisch an der Reihe.

Sie hatte den Braten heute Morgen frisch beim Schlachter an der Ecke geholt, und die geübten, altbekannten Handgriffe, als sie das Fleisch mit Senf bestrich und mit Paprikapulver, Pfeffer und Salz bestäubte, waren wie Balsam für ihr aufgewühltes Selbst. In ihrer Küche kannte Lene sich aus. Ihr Zuhause war ihre Festung. Für irgendwelche Rothaarigen, die Männer in blauen Bademänteln mit dem Mund befriedigten, war hier schlichtweg kein Platz, nicht einmal in Gedanken.

Zumindest redete sie sich das krampfhaft ein.

Doch erst als Wolfgang eine Stunde später von der Arbeit heimkam, gelang es ihr schließlich, die Impressionen von Lust und Verlangen zu verdrängen, zu denen ihr Verstand immer wieder zurückkehrte, so, wie man mit der Zunge immer wieder zu einem schmerzenden Backenzahn zurückkehrt, wie um sich zu vergewissern, dass er immer noch da ist und pocht. Fast kam es ihr so vor, als wäre Wolfgang das letzte Puzzleteil, das noch fehlte, um das Bild ihrer altbekannten, normalen Welt zu vervollständigen, in der sich ausschließlich altbekannte, normale Dinge ereigneten.

»Hallo, Liebes«, sagte Wolfgang, als er in die Küche kam, sie mit beiden Händen an den Hüften fasste und ihr einen flüchtigen Kuss auf die Wange hauchte, während Lene an der Spüle in einer Wolke aus heißem Dampf die Kartoffeln abtropfte. »Tut mir leid, dass es ein bisschen später geworden ist.«

Sie schob ihn beiseite und gab die Kartoffeln in eine Schale. »Schon gut. Du kommst genau richtig. Wir können sofort essen.«

»Wunderbar! Ich habe Hunger wie ein Löwe.«

»Kümmerst du dich um den Wein?«

»Natürlich.«

Während Lene angebratene Schinkenwürfel unter den Rosenkohl mischte und das Gemüse bereitete, holte Wolfgang eine leicht angestaubte Flasche *Château Lafite-Rothschild*, Jahrgang 1956, aus seinem kleinen, aber feinen Weinlager in der Speisekammer, entkorkte die Flasche und goss den Rotwein in eine bauchige Glaskaraffe mit großer Öffnung, damit er »atmen« konnte und die Geschmacksstoffe Gelegenheit bekamen, sich besser zu entfalten.

Eigentlich hatte Lene keine Ahnung von Wein, doch wenn man so lange mit einem Weinkenner zusammen lebte wie sie, blieb es nicht aus, dass man gewisse Dinge aufschnappte. Und genau, wie es Wolfgangs Aufgabe war, sich um den Wein zu kümmern, fiel es ihm ebenso zu, den Braten aufzuschneiden, während Lene den Bratenfond mit einem kräftigen Schluck

Burgunder ablöschte, eine Prise Gewürze dazugab und so mit wenigen Handgriffen eine pikant duftende Sauce kredenzte, die sie aus dem Schmortopf direkt in die Sauciere gab.

Es war ein gutes Gefühl, gemeinsam mit ihrem Gatten in der Küche zu stehen; etwas, das sie viel zu selten taten, wie so vieles andere auch. Gleichwohl, Lene tröstete sich damit, dass das wohl den meisten Eheleuten so ging, wenn der Mann derart erfolgreich war wie Wolfgang und beruflich stark eingespannt.

Das war nun einmal der Preis für ihr gutes Leben.

Als sie fünf Minuten später am gedeckten Tisch im Esszimmer saßen und Lene sich ein möglichst mageres Stück Schweinefleisch auf den Teller legte, sagte sie: »Und? Wie war dein Tag?«

Diese Frage stellte sie jeden Abend; es war ein wenig wie ein Ritual, eine Tradition, um das Gespräch in Gang zu bringen, und genau wie all die anderen Traditionen und Rituale und Gewohnheiten in ihrem Leben gab auch diese simple Frage Lene ein Gefühl von Sicherheit, von *Normalität*.

Das hier war *ihre* Welt, fernab von dem, was sich hinter irgendwelchen Reihenhauswohnzimmerfenstern abspielte.

Wolfgang trug noch immer den anthrazitfarbenen Dreiteiler, den er im Büro angehabt hatte, doch zumindest war der Krawattenknoten gelockert. Er wiegte den Kopf, während er ein Stück Fleisch abschnitt. »Mittelprächtig. Dieser elende Stümper Wagner hat es beinahe fertig gebracht, das Geschäft mit den Schweden zu ruinieren. Seine Zahlen waren zwei Jahre alt. *Zwei Jahre*, kannst du dir das vorstellen? Zum Glück konnten wir die Sache im letzten Moment noch geradebiegen.« Er führte die Gabel zum Mund, kaute und nickte seiner Gattin anerkennend zu. »Ausgezeichnet, Schatz! Wirklich ganz ausgezeichnet!«

Lene lächelte, teilte eine Knolle Rosenkohl und tunkte sie in die Sauce. »Freut mich, dass es dir schmeckt.«

»Immer.«

Wolfgang legte das Besteck beiseite, griff nach seinem Glas und ließ den Wein einen Moment lang bedächtig kreisen, ehe er einen kleinen Schluck nahm und gleichzeitig mit einem putzigen gurgelnden Geräusch Luft einsog, damit das fruchtig-herbe Aroma des Rebensafts in seinem Mund sein ganzes Bouquet entwickeln konnte.

Lene sah ihm zu, wie er genussvoll trank, und obwohl sie jetzt froh war, dass er zu Hause war, fühlte sie sich seltsam unwohl. Derweil ihr Gatte mit der gewohnten Hingabe aß und ihr weitere Neuigkeiten aus dem Büro erzählte, stocherte Lene mehr oder weniger lustlos auf ihrem Teller herum. Dabei hatte sie heute außer dem nachmittäglichen Stück Kuchen bei *Café Maas* und einem Milchbrötchen mit Erdbeerkonfitüre zum Frühstück den ganzen Tag noch nichts gegessen. Doch ihre innere Anspannung raubte ihr jeden Appetit.

»Und?«, fragte Wolfgang schließlich, nachdem er sich noch ein Stück Fleisch nachgenommen hatte. »Was hast du heute so angestellt?«

Lene erstarrte, die Gabel mit dem Kohl auf halbem Wege zum Mund. »Hm?« Sie tat so, als hätte sie ihn nicht richtig verstanden; dabei brauchte sie bloß einen Moment, um ihre Gedanken zu ordnen.

»Was du heute so angestellt hast?«, wiederholte Wolfgang seine Frage und piekste ein Stück Fleisch auf.

»Oh, nichts Besonderes«, sagte Lene und wand sich unruhig auf ihrem Stuhl. Sie vermied es, ihn anzusehen, als fürchtete sie, die Bilder des unzüchtigen Treibens hinter jenem Fenster könnten sich in ihre Netzhaut eingebrannt haben wie Fotografien: ein Schwanz, der zwischen volle rote Lippen glitt; ein glänzender Samentropfen, wie Morgentau fortgeleckt von einer feuchten rosa Zunge; Wollust und Kontrolle.

Sie versuchte, so ungezwungen wie möglich zu klingen, als sie nervös fortfuhr: »Ich war heute Nachmittag in der Stadt, ein bisschen bummeln.«

»Ah.« Wolfgang nickte. »Donnerstag … Und? Etwas Nettes gefunden?«

Lene schüttelte den Kopf. »Leider nicht. Aber irgendwie war ich auch nicht so recht in Stimmung. Vermutlich das

Wetter; du weißt ja, wie empfindlich ich da reagiere.« Sie trank einen Schluck Mineralwasser, ehe sie fortfuhr: »Naja, jedenfalls habe ich mich bald wieder auf den Heimweg gemacht. Dummerweise ist mir die Straßenbahn dabei vor der Nase weggefahren, also habe ich einen Spaziergang nach Hause gemacht. Aber das war auch schon das Spektakulärste heute.« Wie als Zusammenfassung ihrer Ausführungen schloss sie nach einer kurzen Pause: »Es war ein ruhiger Tag.«

Sie lächelte gequält. Sie war sicher, dass er sofort merken würde, dass sie nicht die Wahrheit sagte; sie war noch nie eine gute Lügnerin gewesen, nicht einmal als Kind, und in den dreizehn Jahren ihrer Beziehung hatte Lene nie Anlass dazu gehabt, ihn zu belügen.

Bis zu diesem Moment.

Insgeheim rechnete sie damit, dass er sie mit diesem ernsten Ausdruck ansehen würde, den er immer dann annahm, wenn es irgendetwas Unangenehmes zu besprechen gab; dass er ihr geradeheraus sagen würde, dass sie log und er den Grund dafür wissen wolle, jetzt sofort und auf der Stelle.

Doch Wolfgang war vollends in sein Mahl vertieft und trank mit einem letzten genussvollen Zug sein Glas leer. »Schön, schön«, war alles, was er dazu zu sagen hatte.

Lene hob die Karaffe, dankbar für diese Chance, das Thema zu wechseln.

»Noch Wein?«

»Ja, bitte.«

Er hielt ihr sein Glas hin, und sie schenkte ihm nach. Im Schein der Kerzen glänzte der *Château Lafite-Rothschild* tiefrot, wie frisches Blut.

»Vielen Dank, Liebes.« Er nickte ihr zu und lächelte; es war dieses Lächeln, in das sie sich als Erstes verliebt hatte – dieses Lächeln, und die Art, wie dabei seine Augen glänzten. »Du bist wirklich ein Schatz!«

Lene erwiderte das Lächeln.

Sie kam sich vor wie das verlogenste Miststück auf Erden.

3.

Anderthalb Stunden später lagen sie im Schlafzimmer nebeneinander, jeder auf seiner Seite des Bettes. Jedes Mal, wenn draußen auf der Straße ein Wagen vorbeifuhr, glitten die Lichtkegel der Scheinwerfer durch den Raum, um für Sekunden pastellfarbene Tapeten und antike Möbel aus dem Dunkel zu reißen, während Lene nachdenklich zur Decke emporstarrte und sich fragte, ob ihre aufgewühlten Gedanken je wieder aufhören würden zu kreisen.

Neben ihr bewegte sich Wolfgang träge im Schlaf.

Im Gegensatz zu Lene war es ihrem Gatten nicht schwergefallen, sich in Morpheus' Arme sinken zu lassen. Warum auch? Ein ruhiges Gewissen ist ein sanftes Ruhekissen, heißt es im Volksmund, und schließlich hatte nicht *er* in einer dunklen Hofeinfahrt gestanden und ein fremdes Pärchen beim Oralsex beobachtet.

Er hatte keinerlei Anlass für Schuldgefühle.

Sie hingegen wurde davon regelrecht zerfressen. Das Gefühl, etwas Falsches getan zu haben, lag wie ein Eisenband um Lenes Brust.

Besorgt fragte sie sich, ob mit ihr womöglich etwas nicht stimmte. War es normal, dass sie beim Anblick jenes steifen Schwanzes, der zwischen den Lippen der Rothaarigen verschwand, nicht bloß feucht, sondern regelrecht *geil* geworden war?

Möglicherweise, sagte sie sich, lag es schlichtweg an ihrer mangelnden Erfahrung, dass sie sich so viele Gedanken darüber machte. Zwar hatte sie in dieser Hinsicht nie das Gefühl gehabt, irgendetwas zu versäumen, doch objektiv betrachtet war ihr sexueller Horizont nicht allzu ausgeprägt. Was wusste sie schon über Sex? Allein das, was sie von ihren Freundinnen gehört oder selbst erlebt hatte, und das war nicht übermäßig viel. Tatsächlich war Wolfgang der erste und einzige Mann, mit dem sie je geschlafen hatte, und abgesehen von jener lange zurückliegenden Eskapade im Autokino war ihr Liebesleben vollkommen normal – zumindest, soweit Lene das beurteilen konnte.

Natürlich, als sie jung gewesen war, hatte es noch andere gegeben, mit denen sie intim gewesen war, damals auf der Volksschule, nicht nur Horst Schuster, dem sie zwar ihren ersten Zungenkuss verdankte, der ansonsten aber ein ausgesprochener Reinfall gewesen war. Dabei war sie sich damals vorgekommen wie im 7. Himmel, immerhin sah Horst mit seinen ungezähmten blonden Locken und den strahlend blauen Augen nicht nur unverschämt gut aus, sondern kam auch noch aus einem »guten Stall«, wie man so sagte. Er war eine »gute Partie« und unter den Mädchen heißbegehrt, und als seine Wahl auf Lene fiel, war sie überglücklich darüber.

Lene badete sich im kaum verhohlenen Neid ihrer Klassenkameradinnen und gab sich ganz dem Gefühl hin, etwas *Besonderes* zu sein, und als Horst ihr an jenem Nachmittag im Gebüsch hinter der Garage forsch die Zunge in den Mund steckte, war das für sie neu und ungeheuer aufregend. Sie kam sich vor wie eine *richtige Frau*. Als er sie drei Tage später allerdings vom Tanztee im Gemeindehaus nach Hause brachte und versuchte, ihr hinter dem Bushäuschen an der Eckener Straße die Hand unter den Pullover zu schieben, stieß Lene ihn gleichermaßen erschrocken wie schockiert von sich.

»Komm schon«, sagte Horst und startete unverzüglich einen zweiten Versuch, ihre jungfräulichen Rundungen zu erkunden. »Ist doch nichts dabei!«

Doch für Lene war *sehr wohl* etwas dabei, und genau, wie sie es sechs Jahre später im Autokino tun sollte, als Wolfgang versuchte, sie dazu zu bringen, seinen Schwanz zu blasen, wandte sie sich abrupt um und lief davon, der Blick verschwommen vor Tränen. Über ihr unkontrolliertes Schluchzen hinweg hörte sie, wie Horst ihr wütend nachrief, sie sei eine »prüde Ziege«, und dass sie gefälligst nach Hause gehen und mit ihren Puppen spielen solle.

Das war das unrühmliche Ende ihrer Liaison mit Horst Schuster, der ihrer jungen »Liebe« offensichtlich weit weniger nachtrauerte als Lene; jedenfalls tat er keine zwei Tage später mit Eva Tennstedt aus der Parallelklasse das, was sie ihm verweigert hatte, in der großen Pause hinter der Birke. Eva legte dabei anscheinend wesentlich weniger Zurückhaltung an den Tag als ihre Vorgängerin und hatte in der Folge nichts Besseres zu tun, als Gott und der Welt zu erzählen, wie »verklemmt« Lene sei.

In den nächsten Wochen erntete sie von Eva und ihren Freundinnen immer wieder hämische Blicke, genau wie von Horst und einigen seiner Kumpel, die sich gar nicht erst die Mühe gaben, so zu tun, als wüssten sie nichts von alldem.

Der Einzige, der sich Lene gegenüber so verhielt wie zuvor, war Manni Meyer, ein schüchterner Bursche mit für sein Alter recht breiten Schultern und dunklem Bartflaum auf der Oberlippe, den sie damals ungeheuer männlich fand. Außerdem war er Horsts bester Freund, und so schien es ihr eine gute Idee zu sein, mit ihm zu gehen – allein schon, weil sie wusste, dass sich der selbstverliebte Horst grün und scheckig ärgern würde, wenn sie Manni das erlaubte, was er nicht gedurft hatte.

Eines Spätsommernachmittags kurz vor den großen Ferien hatte Manni sie zu sich nach Hause eingeladen; seine Eltern waren bis abends fort, sodass er »sturmfreie Bude« hatte. Zwar tat er Lene gegenüber so, als würde er bei den Hausaufgaben ihre Hilfe brauchen, weil sie in Mathematik viel besser war als er; doch insgeheim wussten sie beide, dass das Ganze mit schulischen Aktivitäten nicht sonderlich viel zu tun haben würde, und so war es denn auch.

Kaum waren sie in Mannis Zimmer, als er sie auch schon aufs Bett warf und stürmisch begann, sie abzuknutschen. Er küsste viel besser als Horst, wenn man ihm auch anmerkte, dass er nicht viel mehr Erfahrung mitbrachte als Lene. Gleichwohl, er schien entschlossen, das zu ändern, und obwohl sie anfangs gegen den Impuls ankämpfen musste, seine Hände fortzustoßen, tat sie es nicht, zum einen, weil sie wollte, dass dieser Schuft Horst davon erfuhr, dass sie keineswegs »prüde« und »verklemmt« war, und zum zweiten, weil sie feststellte, dass es ihr *gefiel*, was er mit ihr anstellte.

Sie musste nichts tun, außer daliegen und ihn machen lassen, und als Manni erst einmal begriffen hatte, dass sie ihn nicht abweisen würde, gab er seine anfängliche Zurückhaltung auf und fiel regelrecht über sie her, trunken vor Verlangen. Es dauerte eine Weile, bis es ihm endlich gelang, ihre Bluse aufzuknöpfen, und als er ungeschickt ihren schlichten weißen Baumwollbüstenhalter nach oben schob und mit glänzenden Augen begann, ihre Brüste zu kneten, die damals noch kaum mehr gewesen waren als von dunklen Nippeln gekrönte Mückenstiche, spürte Lene, wie sich in ihrem Körper ein warmes, angenehmes Kribbeln ausbreitete, das sich vor allem auf die Region unterhalb ihres Bauchnabels konzentrierte.

Sie konnte nicht verhindern, dass ihr ein leises Stöhnen entwich, und als wäre dies das Signal, auf das er die ganze Zeit über gewartet hatte, ging Manni nun aufs Ganze. Während er sie mit dem Eifer der Jugend küsste und mit der Linken ihre Brüste liebkoste, glitt die andere Hand forsch tiefer, zum Bund ihrer Hosen, und weiter zu der vage pulsierenden Stelle zwischen ihren Schenkeln. Gleichwohl, als Lene erkannte, was er im Sinn hatte, riss sie erschrocken die Augen auf. Ihr ganzer Körper versteifte sich. Ihr lag auf der Zunge, ihm zu sagen, dass sie noch nicht so weit war, dass sie es langsam angehen lassen sollten. Doch da streiften seine Finger auch schon mehr zufällig als absichtlich die von ihrem Schlüpfer verborgene Kuppe ihres Venushügels, und der grellrote Blitz der Wollust, der daraufhin von ihrer fünfzehn Jahre alten Muschi ausging, um durch den Rest ihres Körpers zu branden, ließ sie schlagartig alle Zweifel vergessen.

Dieses Gefühl war einfach unglaublich, warm und verzehrend wie Magma, die in einem Vulkan emporsteigt und gewaltsam an die Oberfläche drängt, um auszubrechen. Mit einem Mal waren sämtliche Bedenken dahin – die Neugierde gewann die Oberhand. Jetzt war sie bereits so weit gegangen, da konnte sie genauso gut auch noch einen weiteren Schritt tun.

Und bevor sie noch recht begriff, was sie da tat, drängte sie sich Manni voller Verlangen entgegen, zog den Bauch ein, um seiner eifrig forschenden Hand das Vorankommen in ihren engen Hosen zu erleichtern, und schloss die Augen, als sie spürte, wie seine Finger sanft, aber bestimmt in kleinen, kreisenden Bewegungen über ihren Kitzler strichen. Und die ganze Zeit über saugte und lutschte er abwechselnd an ihren Brustwarzen, die unter seiner Zuwendung hart und prall wurden. Sie spürte seinen warmen, keuchenden Atem auf ihren nackten Brüsten.

Dann teilte sein Zeigefinger unbeholfen ihre Schamlippen und glitt durch das unerforschte Tal ihrer Scheide hinab zu ihrer engen, feuchten Höhle, wo er von samtiger Nässe willkommen geheißen wurde.

Lene stöhnte lauter, als sie spürte, wie er in sie eindrang, und hielt ganz still, während Manni seinen Finger langsam, aber voller Begierde so weit in sie schob, wie es ging. Dann bewegte er sich in ihr, und bevor sie selbst recht begriff, was sie da tat, drängte sie sich ihm lüstern entgegen, was den Jungen dazu brachte, auch noch den Mittelfinger in sie einzuführen, ehe er begann, seine Hand vor und zurück zu bewegen, erst langsam, dann immer schneller, und mit jedem Stoß seiner Finger wurde das heiße Pochen in ihrem Unterleib stärker, bis es sich schließlich anfühlte, als würde ihre Muschi im Gleichklang mit ihrem wie wild klopfenden Herzen pulsieren.

Das Gefühl war unbeschreiblich; viel besser, als sich selbst zu berühren, heimlich unter der Decke, kurz vorm Einschlafen. Abgesehen vom Griff ihrer Haarbürste und (einmal) dem Mundstück ihrer Blockflöte hatte sie noch nie etwas in sich gehabt. Indes, Mannis Finger fühlten sich gut an; fühlten sich *richtig* an; als gehörten sie genau dorthin, wo sie jetzt waren, und je mehr ihre Erregung zunahm, desto heftiger stieß sie ihm ihr Becken entgegen, um ihn noch tiefer in sich aufzunehmen.

Anfangs legte sie dabei noch eine gewisse Zurückhaltung an den Tag; es war ihr irgendwie unangenehm, dass ihre Lust so offensichtlich war. Doch spätestens als sie spürte, wie sich tief zwischen ihren Schenkeln ein seltsames, nie gekanntes Ziehen ausbreitete, eine lustvolle Wärme, die immer weiter zunahm, bis sie das Gefühl hatte, ihr Unterleib stünde in Flammen, gab sie sich ganz ihrem Jungmädchenverlangen hin.

Wenig später brandete der erste Orgasmus ihres Lebens über Lene hinweg, eine spektakuläre Flutwelle angenehmer Emotionen, die alles, aber auch *alles* mit sich fortriss.

Für einen Moment – unendlich lang und doch viel zu kurz – wurde ihr Verstand vollkommen leer; ihr ganzes Sein konzentrierte sich allein auf diese wohlige Hitze, die durch ihren bis zum Zerreißen angespannten Leib raste und in einem Feuerwerk aus Verlangen und *Weichheit* explodierte; sie wusste nicht, wie sie es sonst beschreiben sollte.

Der Höhepunkt war so gewaltig, dass Lene einen Moment schwarz vor Augen wurde, und in irgendeinem abgeklärten Teil ihres Verstandes, der von ihrer Lust unbehelligt blieb, fragte sie sich, wie dieses kleine Miststück Eva Tennstedt *das* überbieten wollte! Fast wünschte sie sich, dass sich in der Schule herumsprach, dass Manni sie zum Orgasmus gebracht hatte, und wenn auch nur, um allen zu zeigen, dass sie absolut nicht verklemmt oder prüde war.

Aber dieses Gefühl des Triumphs und der Wollust verging mit einem Schlag, als Manni plötzlich ohne ihr Zutun ejakulierte, die Finger aus ihr zog und wie von der Tarantel gestochen aufsprang, um seine vollgesauten Unterhosen zu waschen, bevor seine Mama die Sauerei zu Gesicht bekam und ihm deswegen die Hölle heiß machte.

Da lag sie nun mit offenen Jeans, bloßen Brüsten und pulsierender Scham auf dem Bett, während von den Wänden Rudi Schuricke und Frank Sinatra auf sie herabschauten, und mit einem Mal kam sie sich vor wie ein Flittchen, weil sie zugelassen hatte, dass er sie auf diese Weise berührte. Während Manni im Bad seine Hosen schrubbte, richtete sie hastig ihre Kleider und eilte mit dem Schulranzen über der Schulter nach Hause. Sie wagte nicht, ihren Eltern unter die Augen zu treten, aus Furcht, sie könnten ihr irgendwie *ansehen*, was für ein »verdorbenes Früchtchen« ihre Tochter war. Sie schlich sich in ihr Zimmer, verkroch sich unter der Decke und weinte bittere Tränen über ihre verlorene Unschuld.

Am nächsten Morgen ließ sie Manni durch Uschi ohne Umschweife mitteilen, dass sie Schluss mache, und wechselte nie wieder ein Wort mit ihm, selbst wenn er ihr eigentlich nichts Böses getan hatte. Manni schien das ganz recht zu sein; irgendwie war ihnen wohl beiden peinlich, was geschehen war, und bis Lene einige Zeit später mit Wolfgang zusammenkam, gelang es ihr nicht, dieses Gefühl der Scham und der Unsittlichkeit, das sich zusammen mit dem ersten Orgasmus ihres noch jungen Lebens eingestellt hatte, wieder abzulegen, mit der Folge, dass sie die paar Freunde, die sie anschließend hatte, stets abservierte, bevor die Sache unangenehm werden konnte. Erst bei Wolfgang, bei dem sie sich sicher und geborgen fühlte, gelang es ihr letztlich, ihre Scheu vor Intimität zu überwinden, und als sie nach fünf Monaten auf Wolfgangs Drängen hin das erste Mal miteinander schliefen, war sie aus freien Stücken dazu bereit, selbst wenn es am Ende ganz anders war, als sie es sich in ihren Träumen ausgemalt hatte.

Beim Gedanken daran – wild-romantisch zwischen Spitzhacken, Schaufeln und anderem Werkzeug in der Gartenlaube von Wolfgangs Eltern – glaubte Lene, noch immer das Pieksen der Nägel in der Werkbank in ihrem Gesäß zu spüren, und das unangenehme Ziehen, mit dem er ihr die Jungfräulichkeit nahm.

Jetzt bist du eine Frau, hatte Lene sich getröstet und mühsam die Tränen zurückgehalten, die ihr in die Augen zu schießen drohten, während Wolfgang mit dem Eifer der Jugend zwischen ihren Beinen herumfuhrwerkte. Doch so schmerzhaft die ersten paar Stöße auch gewesen waren, nach einer Weile räumte das Unbehagen seinen Platz für die Lust, und obwohl sie an jenem Nachmittag in der Gartenlaube um einige Illusionen ärmer wurde, war Lene einer Wiederholung des Ganzen nicht abgeneigt. Es gab ihr ein gutes Gefühl, ihn in sich zu spüren; die Wärme und Festigkeit seines Schwanzes tief in ihrem Innern wirkte irgendwie *beruhigend*; und nach einer Weile, als sie schließlich gelernt hatte, sich fallen zu lassen und ihrem Verlangen nachzugeben, wurde es sogar richtig schön.

Die Leidenschaft war da, und sie kam auch ein ums andere Mal zum Höhepunkt, manchmal sogar mit Wolfgang gemeinsam. Gleichwohl, dieses Versprechen von jenem großen Unbekannten, diese Andeutung von etwas Gewaltigem, das einen um den Verstand brachte, von dem sie im Zimmer von Manni Meyer damals einen ersten Vorgeschmack erhalten hatte, blieb unerfüllt.

Und so war es bis heute.

4.

Lene schreckte aus ihren Grübeleien auf, als sie im Stockwerk über sich mit einem Mal ein gedämpftes Lachen vernahm. Grundsätzlich waren die Wohnungen in der Schillerstraße hervorragend schallisoliert und ließen kaum Geräusche von außen herein, doch offenbar war die Bohrung für die voluminöse, dreiarmige Sputnik-Lampe, die in der Mitte des Raums hing, von den Handwerkern so tief in die Decke getrieben worden, dass sie bis unter das Parkett der Müllers im 3. Stock reichte, mit der Folge, dass zwischen den beiden Schlafzimmern so etwas wie eine akustische Verbindung entstand.

Die Müllers waren erst vor drei Monaten eingezogen, nachdem die Vorbesitzer sich in Spanien zur Ruhe gesetzt hatten. Und obwohl das Paar genau wie alle anderen Parteien im Haus etwa in ihrem Alter war – Anfang/Mitte dreißig –, hatten sie anscheinend erst vor kurzem geheiratet; wie sonst ließ es sich erklären, dass Herr und Frau Müller praktisch jede Nacht lautstark miteinander durch die Laken tollten?

Lene hatte die Müllers ein paar Mal zufällig im Treppenhaus getroffen, und beide machten einen adretten, umgänglichen und sehr gepflegten Eindruck; während er mit seinen Bürokratenecken, seinen glatt rasierten Wangen und der modischen Stahlrahmenbrille wie ein erwachsen gewordener Strandjunge wirkte, war seine Frau groß, schlank, mit schmalen Hüften und einem hübschen, mädchenhaften Gesicht, das von langem, dunkelblondem Haar umrahmt wurde. Gleichwohl, Lene hielt nicht viel von Klüngeleien mit den Nachbarn, seit sie in dem Mietshaus, in dem sie vorher gewohnt hatten, die Erfahrung machen musste, dass einem derlei letztlich immer bloß Ärger einbrachte. Entsprechend wenig wusste sie über die Neulinge.

Allem Anschein nach betrieb Herr Müller eine Firma für Bürobedarf – nichts Spannendes, aber die Geschäfte mussten gut laufen, wenn sie sich eine Wohnung in diesem Haus leisten konnten. Seine Frau hörte nachmittags mit Vorliebe Jazzplatten von Dixieland Revival und Miles Davis; außerdem fuhren sie einen nagelneuen blauen Opel Rekord. Doch damit erschöpfte sich Lenes Kenntnis über die Müllers auch schon, zumindest wenn man davon absah, dass das Ehepaar keine Gelegenheit ausließ, übereinander herzufallen, meist am späten Abend. Dann schlichen sich die Geräusche ihrer Leidenschaft wie Diebe in Lenes Träume, sodass sie morgens oft nicht recht zu sagen vermochte, ob das Ganze wirklich passiert war oder sie alles nur geträumt hatte. Ebenso häufig jedoch bekam sie das Spektakel ganz bewusst mit.

Anfangs war Lene davon peinlich berührt gewesen und irgendwie *verärgert*, dass sie gezwungen war, so »aktiv« am umtriebigen Liebesleben ihrer Nachbarn teilzuhaben, ohne das Geringste dagegen tun zu können. Schließlich konnte sie kaum die Treppe hochgehen, an der Tür läuten und die Müllers bitten, leiser zu sein oder statt im Schlafzimmer in irgendeinem anderen Raum ihres Apartments zu verkehren, wo Lene davon weniger mitbekam – zumindest akustisch – hätte das doch bedeutet, zugeben zu müssen, dass sie Zeugin ihres unzüchtigen Treibens geworden war, und das war sogar noch schlimmer, als sich mit dem Stöhnen, Bettenquietschen und den gedämpften Lustschreien abzufinden, dic von oben an ihr Ohr drangen. Sowenig Lene wollte, dass jemand mitbekam, wenn sie und Wolfgang miteinander schliefen, so wenig legte sie Wert darauf, dergleichen über ihre Nachbarn zu wissen. Sex war eine Sache zwischen zwei Menschen, die auch bloß diese beiden anging, und sonst niemanden.

Das war einfach eine Frage der Moral.

Wolfgang jedoch verstand ihre Aufregung nicht.

Als sie eines Abends nicht lange nach dem Einzug der Müllers nebeneinander im Bett saßen und lasen – sie *Der alte Mann und das Meer* von Hemingway, er den Börsenteil der *Frankfurter Allgemeinen* vom Vortag – und über ihnen zum ersten Mal das mittlerweile so vertraute Quietschen der Bettfedern einsetzte, blickte Lene irritiert von ihrer Lektüre auf. Zuerst glaubte sie, sich verhört zu haben, so ungeheuerlich erschien ihr der Gedanke, dass die Müllers *direkt über ihnen* Sex hatten, nur durch zehn Zentimeter Beton von ihnen getrennt. Als das rhythmische Gequietsche der Matratze jedoch unversehens von Frau Müllers lustvollem Quieken punktiert wurde und dann auch noch Herr Müllers angestrengtes Keuchen dazukam, fand sie ihre Annahme schlagartig bestätigt.

Entgeistert starrte sie zur Decke empor, wo das verräterische Quietschen mal schneller und mal langsamer wurde, abhängig davon, welches Tempo die Müllers gerade vorlegten, und das Stöhnen und Keuchen des Pärchens wurde allein vom *Quietsch! Quietsch! Quietsch!* des Bettes übertönt. Dann kehrte einen Moment lang Ruhe ein, und in der plötzlichen Stille vernahm Lene undeutlich, wie Frau Müller etwas zu ihrem Gatten sagte. Sie konnte es nicht genau verstehen, doch es klang wie: »Nimm mich jetzt von hinten!«

Darauf folgten dumpfe Laute, als sich im Schlafzimmer über ihnen jemand bewegte. Einen Moment später setzte das Ächzen der Bettfedern von neuem ein.

Quietsch! Quietsch! Quietsch!

Neben ihr legte Wolfgang seine Zeitschrift beiseite, nahm die Lesebrille ab und betrachtete nachdenklich die Zimmerdecke. Das Licht der Nachttischlampe glitt über die dunklen Schatten aus Bartstoppeln auf seinen Wangen. Als er sich Lene zuwandte, grinste er spitzbübisch.

»Scheint, als hätten die Müllers ihren Spaß.«

»Findest du das etwa lustig?«

Sie war selbst überrascht, wie schroff ihre Stimme klang. Womöglich lag das daran, dass Wolfgang im Gegensatz zu ihr mehr amüsiert als schockiert wirkte, als wäre ihm das Ganze nicht im Geringsten unangenehm, sondern würde ihn – im Gegenteil! – sogar irgendwie erheitern.

Und so war es auch.

Unbeeindruckt von ihrem schroffen Ton wiegte er den Kopf. »Nun, wenn es dich so stört, kannst du ja den Besen aus der Kammer holen und mit dem Stiel gegen die Decke klopfen. Ich habe gehört, das soll in solchen Fällen recht wirkungsvoll sein.«

Lene funkelte ihr wütend an. »Du nimmst mich nicht ernst.«

»Nein«, stimmte er geradeheraus zu. »Ehrlich gesagt weiß ich nicht, warum du dich darüber so echauffierst. Unsere Nachbarn lieben sich – und wenn schon! Sie sind erwachsen, und verheiratet; selbst die Kirche hat nichts dagegen, wenn am Ende neue Gläubige dabei herauskommen. *Wir* haben ja auch hin und wieder Sex.«

Wie um seine Worte zu bekräftigen, rückte er im Bett näher an sie heran, schob seine Hand unter ihre Decke und tastete forsch nach dem Saum ihres Schlüpfers, und obwohl sie eigentlich wütend auf ihn war, weil er sich über sie lustig machte und ihre Ressentiments in keinster Weise nachvollziehen konnte, ließ sie zu, dass er die Finger zwischen ihre Beine schob und sie auf eine Weise berührte, die ihre Wirkung nicht verfehlte.

Erwartungsvoll drängte sie sich ihm entgegen.

Wolfgang ließ sich nicht zweimal bitten. Unversehens spürte sie seine Hände überall: an ihrer Scham, an ihren Brüsten, auf ihrem Bauch. Er beugte sich über sie. Dann küsste er sie mit einer Leidenschaft wie schon lange nicht mehr, als hätte der Gedanke daran, was im Stockwerk über ihnen vonstatten ging, eine aphrodisische Wirkung auf ihn, und zu ihrer Überraschung ertappte Lene sich dabei, dass auch sie von einer sonderbaren Erregung erfasst wurde: einem kribbelnden Verlangen zwischen ihren Beinen, das nur bedingt mit Wolfgangs Annäherungsversuch zu tun hatte.

Unwillkürlich spreizte sie die Schenkel noch ein bisschen weiter, um ihm den Vorstoß zu erleichtern, und die Wollust loderte in ihr empor wie eine kleine, blasse Flamme.

Dann stellte Herr Müller offenbar etwas ganz besonders Schönes mit seiner Gattin an, die ihrer Begierde mit einem gedämpften Schrei Luft machte. Doch während diese akustische Untermalung dafür sorgte, dass Wolfgangs Penis steif und fordernd gegen ihren Oberschenkel drückte, riss Frau Müllers lautstarke Lustbekundung Lene abrupt aus ihrer angeregten Stimmung in die Wirklichkeit zurück. Über sich selbst ebenso entsetzt wie über Wolfgang, lag sie stocksteif unter ihm und machte keine Anstalten, sich zu rühren. Selbst als er voll ungewohntem Eifer in sie eindrang, starrte Lene zur Decke empor, lauschte den Lauten der Sünde von oben und kämpfte gegen den Impuls an, Wolfgang von sich zu stoßen. Es war Monate her, seit er zum letzten Mal für etwas anderes als für seine Arbeit so viel Leidenschaft an den Tag gelegt hatte, ganz davon abgesehen, dass die Erfüllung ihrer ehelichten Pflichten ohnehin längst überfällig war. Also ergab sie sich kurzerhand in ihr Schicksal, ließ ihn machen und zuckte gelinde zusammen, als Wolfgang mit einem erregten Keuchen ungewohnt tief in sie stieß und die Spitze seiner Männlichkeit schmerzhaft gegen ihre Gebärmutter rammte.

Sie stöhnte leise.

Wolfgang blickte mit vor Anstrengung gerötetem Gesicht auf sie herab, und von seiner Stirn fiel ein Schweißtropfen auf ihre kleinen, festen Brüste. Er grinste anzüglich; offenbar wertete er ihr Stöhnen als Hinweis darauf, dass es ihr gefiel, und sofort beschleunigte er seinen Rhythmus, um immer heftiger in sie zu dringen. Unwillkürlich fühlte sich Lene an Zuchthasen erinnert, oder an läufige Hunde, die einfach blindlings drauflosrammeln, wenn sich ihnen die Gelegenheit dazu bietet, ohne Zärtlichkeit, allein von dem Gedanken beseelt, ihren Samen zu säen.

Wolfgang hatte sein Ziel deutlich vor Augen, und er ließ nicht eher nach, bis sein Atem schließlich schneller ging und seine Hüften in ein wildes Stakkato verfielen, ehe sich sein ganzer Körper mit einem Mal versteifte. Er stieß ein letztes Mal bis zum Anschlag in sie, und dann zuckte er wie unter Krämpfen, als er sich warm in sie ergoss.

Lene indes lag einfach bloß da und warf unauffällig einen Blick auf die Ziffern des Weckers auf dem Nachttisch.

22.32 Uhr.

Das Ganze hatte keine fünf Minuten gedauert.

Über ihnen ging das Treiben hingegen unermüdlich weiter.

Noch immer quietschten die Bettfedern, noch immer stöhnte Frau Müller wie eine brünftige Löwin, und immer, wenn Herr Müller besonders laut keuchte nur um einen Moment später abrupt zu verstummen, brach das *Quietsch! Quietsch! Quietsch!* für ein paar Minuten ab, nur um kurz darauf von neuem zu beginnen. Offenbar hatte Herr Müller mehr als einen Schuss im Revolver.

Nicht so Wolfgang.

Jetzt, da er bekommen hatte, was er wollte, rollte er mit einem zufriedenen Seufzen von ihr herunter, während das Resultat seiner Bemühungen ihre Schenkel hinabrann und aufs Laken tropfte, auf dem sie heute Nacht würde schlafen müssen. Schweißperlen glänzten auf seiner Stirn.

Er lächelte sie von der Seite her an.

»Und? War es auch gut für dich?«

»Aber natürlich«, log Lene.

»Fein.« Wolfgang wirkte zufrieden. »Das ist mir sehr wichtig, weißt du?«

Lene nickte; ja, das wusste sie. Und dafür, dass er es damit sogar ehrlich meinte, liebte sie ihn.

Angenehm erschöpft, hauchte er ihr einen Gutenachtkuss auf die Stirn, zog sich die Decke bis unters Kinn, drehte sich auf die Seite, weg von ihr, und gähnte herzhaft. Seine Hand tastete nach der Nachttischlampe; ein Klicken, und das Schlafzimmer versank im Halbdunkel.

Eine Minute später verriet sein gleichmäßiger Atem, dass er eingeschlafen war; dass die Müllers im Stockwerk über ihnen gerade ein weiteres Mal übereinander herfielen, kümmerte ihn nicht. Er hatte seinen Trieb abgebaut; jetzt forderte die Natur ihr Recht.

So war es im Grunde immer.

In der einen Minute barst er förmlich vor Energie, und kaum hatte er sein Pulver verschossen, machte er die Augen zu und schlummerte wie ein Baby …

Unwillkürlich fragte sich Lene, ob alle Männer so waren – zumindest alle außer Herrn Müller, der offenkundig die Kondition eines Zuchthengstes besaß. Gleichwohl, um das beurteilen zu können, fehlten Lene schlichtweg die Vergleichsmöglichkeiten.

Tatsächlich war Wolfgang der einzige Mann, mit dem sie jemals geschlafen hatte, und abgesehen von ihren eher spärlichen Jungmädchenerfahrungen entzog es sich vollends ihrer Kenntnis, was andere Pärchen im Bett so miteinander anstellten. Die Einzige, die sie diesbezüglich hin und wieder mit Informationen versorgte – sehr zu Lenes Leidwesen übrigens –, war Uschi.

Lene und Uschi kannten sich seit ihrer gemeinsamen Zeit an der Wilhelm-Busch-Volksschule, und anders als die eher zurückhaltende Lene war Uschi nie ein Kind von Traurigkeit gewesen; im Gegenteil. Sie flirtete gern, kleidete sich ungemein freizügig und bekam ständig Einladungen zum Tanztee oder zum Eisessen. Allein während ihres letzten Schuljahres trieb sie es laut eigener Aussage mit mindestens drei Jungs aus der Fußballmannschaft, bevor sie eine Lehre als Frisöse anfing. Aber es vergingen keine vier Wochen, bis ihr fristlos gekündigt wurde: Ihre Meisterin war dahintergekommen, dass Uschi sich von ihrem Gatten nach Feierabend Nachhilfe im Umgang mit Lockenstab und Trockenhaube geben ließ, und als wäre es noch nicht schockierend genug gewesen, mit dem Mann einer anderen ins Bett zu gehen, war der Kerl auch noch zwanzig Jahre älter als sie!

Als Lene sie darauf ansprach, dass der Typ ihr *Vater* sein könnte, wirkte Uschi nicht im Mindesten betroffen. Tatsächlich schien sie sogar irgendwie *stolz* darauf zu sein. Ihr lapidarer Kommentar zu der Affäre lautete: »Auf einem rostigen Fahrrad lernt man am besten fahren – und dank Winfried kann ich mich schon ziemlich gut im Sattel halten!«

Wäre Uschi nicht ihre beste Freundin gewesen, hätte Lene sie wahrscheinlich als »loses Flittchen« verachtet. So titulierte Lenes Mutter Mädchen wie Eva Tennstedt, die sich jedem Jungen an den Hals warfen, der auch nur entfernt Interesse an ihnen zeigte. Uschi ließ nichts anbrennen, wie man so sagte. Sie nahm mit, was sie kriegen konnte, und fühlte sich gut dabei.

Dann lernte sie bei einem Jahrmarktbesuch mit Lene und Wolfgang, die damals gerade frischverliebt waren, ihren zukünftigen Gatten Peter kennen und gab ihr Lotterleben auf. Anfangs, berichtete Uschi ihr eines Tages bei Kaffee und Streuselkuchen, sei auch alles ganz wunderbar gewesen, der Himmel auf Erden, doch mit jedem Kind, das sie zur Welt brachte, ließ ihre Lust mehr nach, und spätestens nach der Geburt ihres dritten Sohnes Tristan hatte Uschi schließlich jedes Interesse an Sex verloren. Seitdem beschränkten sich die »intimen Aktivitäten« der beiden darauf, dass Uschi Peter zurückwies, wenn er mitten in der Nacht weinselig von der allwöchentlichen Skatrunde nach Hause kam und sich anschickte, seine ehelichen Rechte einzufordern. Meist endete die Angelegenheit damit, dass sie ihm eine Ohrfeige gab und Peter auf dem Sofa schlief. Traditionell sprachen sie anschließend drei Tage nicht miteinander, ehe sich die Lage wieder normalisierte – zumindest bis zum nächsten Freitag, wenn das Spiel von neuem begann …

Es war ein steter Kreislauf, so verlässlich und unangenehm wie Regenwetter oder die Steuer. Uschi jedenfalls war froh, wenn ihr Gatte sie in Ruhe ließ. »Und wenn ich tatsächlich mal Lust habe«, ließ sie damals nach ihrem vierten oder fünften Gläschen Mokkalikör durchblicken, »gibt es ja immer noch die Duschbrause, nicht wahr?« Und dabei hatte sie so tapfer und zugleich so unendlich traurig gelächelt, dass es Lene fast das Herz brach, als hätte sie etwas verloren, von dem sie genau wusste, dass sie es niemals zurückbekommen würde.

Als Lene jetzt daran dachte, während von oben das altbekannte Quietschen der Bettfedern herunterdrang, fragte sie sich, ob Uschi wohl schon einmal einen Schwanz in den Mund genommen hatte?

Wahrscheinlich, angesichts ihrer Erfahrung.

Dieser Gedanke führte geradewegs zum nächsten.

Ob Frau Müller ihrem Gatten womöglich einen blies, so wie die Rothaarige hinter dem Fenster dem Mann im blauen Bademantel einen geblasen hatte?

Vermutlich.

Die Müllers scheinen ein ausgesprochen ausgefülltes Liebesleben zu führen; allein mit der Missionarsstellung ließen sich die Geräusche, die sie da oben erzeugten, jedenfalls nicht erklären.

Ein Stockwerk höher machte es weiterhin rhythmisch *Quietsch! Quietsch! Quietsch!* Und auf einmal ertappte sich Lene dabei, dass sie sich vorstellte, wie Herr Müller bei jedem neuerlichen *Quietsch!* fest in seine Gattin stieß, sie tief in die Matratze drückte und dann mit dem Schwung der Bettfedern wieder nach oben schnellte, hoch und runter, hoch und runter, ein feuchter Schwanz, der in eine weit klaffende rosa Möse glitt …

Erst jetzt bemerkte Lene, dass ihre Brustwarzen hart wie Kiesel gegen ihre Handflächen drückten, und mit einem Mal wurde ihr klar, dass sie unbewusst ihre Brüste streichelte.

Sie zog die Finger so hastig zurück, als hätte sie eine heiße Herdplatte berührt.

Lieber Himmel, was war nur mit ihr los?

Erst die Sache in der Gasse, die sie wider Erwarten so erregt hatte, dass ihr die Nässe beim Gehen schier zwischen den Schenkeln hervortroff, und jetzt das! Sie hatte den Müllers mindestens schon ein Dutzend Mal dabei zugehört, wie sie es trieben, doch abgesehen von jenem kurzen Anflug von Verlangen damals vor drei Monaten hatte es nie andere Gefühle in ihr ausgelöst als Abneigung, die später in Gleichgültigkeit umschlug.

Bis jetzt.

Jetzt sorgte die Vorstellung, wie Frau Müller dort oben rittlings auf dem Bett lag – die Beine so weit zurückgebogen, dass ihre Knie beinahe ihre Schultern berührten, die Hüfte vorgereckt, damit ihr Gatte besonders tief in sie dringen konnte –, dafür, dass Lene ein lustvolles Stöhnen entwich.

Überrascht musste sie sich eingestehen, dass sie über die Maßen erregt war.

Ihr Blick glitt hinüber zu Wolfgang, der sich neben ihr als ruhig atmender Hügel unter der Decke abzeichnete, und einen Moment lang war der Drang, einfach zu ihm rüberzugreifen, die Hand unter die Decke zu schieben und seinen Schwanz zu umfassen, schier übermächtig. Sie wollte ihn zwischen ihren Fingern spüren, fühlen, wie er unter ihrer tastenden, knetenden, massierenden Berührung steif und bereit wurde, in sie zu kommen …

Zögernd streckte sie die Hand aus.

Dann erstarrten ihre Finger mitten in der Bewegung, bloß Zentimeter vom Saum der Decke entfernt.

»*Nein!*« Im Zwielicht des Zimmers schüttelte sie den Kopf, ihre Worte ein heiseres Flüstern. »Nicht *so* …«

Doch das Verlangen war stärker.

Sie zog die Hand weg, schlug die Decke beiseite und schwang sich vorsichtig aus dem Bett, um Wolfgang nicht zu wecken. Der Parkettboden unter ihren bloßen Füßen war kühl und knarrte leise, als sie durch das Zimmer zur Tür huschte. Ohne Licht zu machen, schlüpfte sie in den Flur hinaus, zog die Schlafzimmertür behutsam hinter sich zu und eilte in ihrem weiten, weißen Nachthemd mit dem breiten Besatz aus Lochspitze am Hals durch die dunkle Diele in die Küche.

Durch das Fenster über der Spüle fiel Mondlicht auf den Fliesenboden; die Küche war sauber und aufgeräumt, so wie Lene sie zurückgelassen hatte, doch aus irgendeinem Grund verfehlte die gewohnte Sauberkeit und Ordnung diesmal ihre beruhigende Wirkung. In ihrem Innern brodelte es.

Verwirrt stützte sie sich mit beiden Händen am Küchentresen ab, starrte in die Dunkelheit draußen vor dem Fenster hinaus, auf die verwaiste nächtliche Straße. Die Wipfel der Ulmen vor dem Haus ragten bis in das 2. Stockwerk hinauf. Durch das Laub der Bäume wirkten die Lichter der Laternen weiter unten vage und unwirklich, wie aus einer anderen Welt.

Wie von selbst schweifte Lenes Blick in Richtung der Reihenhaussiedlung, mit der dies alles seinen Anfang genommen hatte, und sosehr sie sich auch mühte, wieder zu Sinnen zu kommen – angesichts dieses wohligen Pulsierens zwischen ihren Schenkeln schien das unmöglich.

Irgendwie kam Lene sich vor, als würde ihr eigener Körper sie verraten; als zwänge ihr eigen Fleisch und Blut sie, etwas zu tun, das sie gar nicht wollte.

Oder doch?

Lene starrte ihr Spiegelbild in der Scheibe an; hinter ihr zeichneten sich die Silhouetten der Küchenschränke ab.

»Was ist bloß mit dir los?«, fragte sie sich selbst, und ein Hauch echter Verzweiflung schwang in ihrer Stimme mit. Sie konnte sich nicht entsinnen, sich je zuvor so gefühlt zu haben.

So … so … *triebgesteuert* …

Ihr Spiegelbild hielt ihrem durchdringenden Blick stand, eine hübsche Frau mit großen dunklen Augen, geschwungenen, sichelförmigen Brauen, sinnlichen Lippen und einem Schopf brauner Locken, die nach ihrem Ausflug ins Bett zerwühlt zu allen Seiten abstanden. Dann glitt Lenes Blick tiefer, zum dezenten Ausschnitt ihres Nachthemds, in dem sich andeutungsweise ihre Brüste abzeichneten, und der Anblick ihrer Nippel, die hart geschwollen gegen den Stoff drückten, ließ sie vor Erregung erschauern.

Sie konnte nichts dagegen tun.

Da fiel ihr unversehens die Holzschale ins Auge, in der sie frisches Obst und Gemüse verwahrte, auf die langen, grünen Salatgurken, die darin lagen, und ein aberwitziger Gedanke stieg aus den Tiefen ihres Unterbewusstseins auf wie Luftblasen an die Oberfläche eines Sees – ein so aberwitziger, verwegener Gedanke, dass Lene einen Moment brauchte, um sich darüber klar zu werden, dass es ihr damit ernst war.

Nervös leckte sie sich über die Lippen.

Dann murmelte sie halblaut: »Scheiß drauf!« Entschlossen packte sie eine der Gurken, spülte sie mit lauwarmem Wasser ab und setzte sich auf einen der Stühle am Esstisch in der Ecke, wo man sie von der Tür aus nicht sofort entdecken konnte, falls Wolfgang unerwartet hereinkam.

Abschätzend betrachtete sie die Gurke.

Sie war gut dreißig Zentimeter lang, leicht gebogen und gewann von den Enden zur Mitte hin an Umfang; an der dicksten Stelle maß sie ungefähr so viel wie ihr Handgelenk. Die Oberfläche war geriffelt und von Adern und Venen überzogen, fast wie ein richtiger Penis, und bevor sie es sich doch noch anders überlegen konnten, spreizte Lene die Beine, schob ihr Nachthemd bis zur Hüfte hoch, zog mit der linken Hand ihren Schlüpfer beiseite und teilte mit Zeige- und Mittelfinger ihre Schamlippen.

Ihr Kitzler saß hart und prall am oberen Ende ihrer Scheide, und als sie sanft dagegenstieß, durchzuckten Blitze der Lust ihren Unterleib.

Sie lehnte sich zurück und fuhr mit den Fingern zu ihrer Muschi hinab, tauchte zaghaft in ihre eigene Nässe ein und verrieb sie schaudernd vor Verlangen rings um ihr enges Mösenloch, ehe sie die Gurke ansetzte.

Sie fuhr leicht zusammen, als die harte, kalte Spitze der Salatgurke ihre Scham berührte. Dann atmete sie einmal tief durch – und führte das Gemüse langsam, ganz langsam ein. Im ersten Moment gab es einen gewissen Widerstand, genau wie bei Wolfgang, wenn er beim Sex das erste Mal in sie eindrang, doch als Lene den Druck erhöhte, glitt die Gurke ohne Mühe zu einem Drittel in sie, und auch wenn sich das Gemüse ganz anders anfühlte als ein Schwanz aus Fleisch und Blut, war das Gefühl keineswegs unangenehm; im Gegenteil!

Die Gurke war steif und hart und besaß genau die richtige Dicke für sie.

Zu Anfang schob Lene sie nur vorsichtig hinein, doch mit jedem weiteren zaghaften Vordringen loderte das Verlangen in ihrem Schoß höher, und bald stieß sie die Gurke zunehmend fester in sich, nahm sie immer tiefer in sich auf, so tief, wie es irgend ging.

Längst waren alle Bedenken vergessen, ob es schicklich war, was sie hier tat. Was spielte das schon für eine Rolle?

Es war *geil*.

Das war alles, was in diesem Moment zählte.

Und während sie mit der Rechten die Salatgurke in sich stieß, begann sie, mit der freien Linken mit sich zu spielen. Ihre Finger strichen über ihren Kitzler, teilten ihre Schamlippen und rieben rhythmisch die sanfte Anhöhe ihres Venushügels, derweil die Gurke in stetem Rhythmus in sie glitt, rein und raus, rein und raus, ein dicker grüner Gemüseschwanz, der sie bis zum Letzten ausfüllte und dafür sorgte, dass ihre Möse vor Lust zuckte. Jedes Mal, wenn die Salatgurke in sie drang, gab es einen feuchten, glitschigen Laut, als würde man den Fuß aus dem Matsch ziehen.

Lene ruckte unruhig auf dem Stuhl hin und her; sie hatte Mühe, ein Stöhnen zu unterdrücken, immerhin schlief Wolfgang nebenan, und beim Gedanken daran, von ihm dabei ertappt zu werden, wie sie es sich selbst besorgte, wäre sie am liebsten unverzüglich im Erdboden versunken. Doch sie hörte nicht auf; *konnte* nicht aufhören.

Wäre das Ganze nur nicht so verdammt *geil* gewesen!

Denn das war es.

Gleichwohl, die Gurke in sich zu spüren war lediglich der *physische* Teil des Aktes; ebenso wichtig war, was in Lenes *Verstand* vorging.

Mit geschlossenen Augen, den Kopf leicht in den Nacken gelegt, kehrte sie im Geiste zu dem zurück, was sie auf dem Heimweg hinter dem Fenster jenes Reihenhauses nicht weit von hier gesehen hatte: die rothaarige Frau, die vor dem Mann im Bademantel kniete und ihn mit dem Mund befriedigte; die selbstbewusste Zufriedenheit, mit der sie sich die Lippen geleckt und ihn angesehen hatte, nachdem er tief in ihrem Rachen gekommen war und sie sein Sperma geschluckt hatte; und dieses kleine, wissende Lächeln, als sie hinterher durch die Gasse davonspaziert war, um sich bei irgendeinem wichtigen Geschäftsessen zu behaupten oder sonst etwas zu tun, was Frauen von ihrem Schlag eben so taten, nachdem sie einem Mann einen geblasen hatten.

Die Erinnerung daran, wie sein steifer Schwarz zwischen ihren vollen roten Lippen verschwand, ließ Lene noch lauter aufstöhnen, und mit einem Mal spürte sie jenes heiß herbeigesehnte Ziehen in ihrem Unterleib, dieses warme Pulsieren, das immer drängender wurde, je mehr ihre Erregung zunahm. Ihre Lider flatterten unruhig, und als Lene mühsam nach Atem rang, bemerkte sie überrascht, dass ihre Unterlippe unkontrolliert zitterte; sie konnte nichts dagegen tun, und so nahm sie es einfach hin, wie so vieles an diesem wahnwitzigen Tag.

Als sie schließlich kam, hatte Lene Mühe, einen Schrei zu unterdrücken, der Frau Müller vor Neid hätte erblassen lassen. Sie biss sich auf die Lippen, während ihre Möse in konvulsivischen Wellen erbebte, und irgendwie machte die Heimlichtuerei das Ganze noch aufregender. Ihre Brust hob und senkte sich krampfhaft, und als sie die Lider öffnete, tanzten winzige weiße Sterne vor ihren Augen.

Nur langsam kam sie wieder zu Sinnen.

Als sie die Gurke mit einem feuchten Laut aus ihrer Möse zog, durchfuhr sie ein letzter erregender Schauder, doch es dauerte eine ganze Weile, bis sich ihr keuchender Atem wieder so weit beruhigt hatte, dass sie aufstehen und mit seltsam weichen Beinen, die ihr kaum gehorchten, zur Spüle gehen konnte. Sie fühlte sich komisch, zugleich entspannt und aufgeputscht, etwa so, wie wenn sie abends eine ganze statt eine halbe Schlaftablette nahm und das Medikament am nächsten Morgen immer noch nachwirkte. Es war, als stünde ein Teil von ihr neben ihr, losgelöst vom Rest ihres Selbst.

Als sie die Gurke abspülte und zurück in die Obstschale legte, fiel ihr Blick auf ihr Spiegelbild in der Scheibe. Ihre Wangen glühten, und erst jetzt wurde ihr bewusst, dass sie vor dem Zubettgehen mit den Gedanken so sehr woanders gewesen war, dass sie ganz vergessen hatte, sich abzuschminken. Nun war ihr Lidschatten verlaufen. Der Kajal malte schwarze Clownstränen unter ihre Augen, einem Harlekin gleich.

Im ersten Moment dachte Lene, das läge daran, dass sie vor Anstrengung schwitzte. Dann sah sie das verräterische Glitzern in ihren Augenwinkeln, und sie erkannte, dass sie weinte.

Sie weinte, ohne sich darüber im Klaren zu sein, warum.

Doch bevor sie ergründen konnte, was das bedeuten mochte, tauchte Wolfgangs Silhouette hinter ihr in der Küchentür auf. Sein Haar war zerzaust, und er rieb sich gähnend die Augen, als wäre er gerade aus dem Schlaf aufgeschreckt.

»Alles in Ordnung?«, nuschelte er müde. »Ich bin aufgewacht, weil ich irgendwas gehört habe …«

Lene stand schreckensstarr. Im ersten Moment war sie davon überzeugt, dass er den Schrei vernommen hatte, mit dem sie gekommen war, und eine Mischung aus Scham und Schuldgefühlen schlug mit Wucht über ihr zusammen. Sie kam sich vor wie damals, als ihre Mutter sie dabei erwischt hatte, wie sie in ihrem Zimmer heimlich eine NIL rauchte, die sie ihrem Vater aus der offenen Packung stibitzt hatte – so ziemlich der einzige Luxus, den er sich gönnte, mal abgesehen von dem Glas Dornfelder von Zeit zu Zeit.

Dann sagte Lene sich, dass Wolfgang viel zu verschlafen war, um etwas von dem mitbekommen zu haben, was sie gerade getan hatte, und zwang sich zur Ruhe.

»Alles in Ordnung«, sagte sie, um Gelassenheit bemüht, doch ihre Wangen brannten, und sie musste sich von Wolfgang abwenden, damit er nicht sah, dass ihr Tränen in den Augen standen. »Ich wollte mir nur ein Glas Wasser holen und bin mit dem Fuß gegen die Spüle gestoßen; nichts weiter.«

»Du hättest Licht machen sollen«, brummte Wolfgang träge.

»Ja. Ja, das hätte ich.« Sie versuchte ein Lächeln, das gründlich misslang, doch im Halbdunkel bemerkte Wolfgang es nicht. Sie fuhr sich mit dem Handrücken unauffällig über die Augen, ehe sie sich zu ihm umdrehte. »Leg dich wieder hin. Ich komme gleich nach.«

»Sicher, dass alles in Ordnung ist?«

Lene nickte. »Mach dir keine Gedanken.«

Statt zu antworten, murmelte er irgendetwas Unverständliches, kratzte sich beiläufig im Schritt und schlurfte schlaftrunken davon, doch erst, als sie hörte, wie die Bettfedern im Schlafzimmer leise ächzten, entspannte sie sich ein wenig.

Glück gehabt!

Sie blieb an die Spüle gelehnt stehen und sammelte sich. Sie wartete, bis ihre Tränen vollends versiegt waren. Dann warf sie einen letzten Blick auf die Gurke, die gerade noch einige Zentimeter tief in ihr gesteckt hatte, und ein neuerlicher Anflug von Erregung überkam sie, doch sie schüttelte sie ab, bevor sie sich in ihr festsetzen konnte, wandte sich mit einem Ruck um und kehrte ins Schlafzimmer zurück.

Der ruhige, gleichmäßige Atem ihres Gatten verriet, dass er schon wieder eingeschlafen war. Als sie neben ihm ins Bett glitt, stellte Lene fest, dass inzwischen auch im Stockwerk über ihnen Ruhe eingekehrt war. Kein Quietschen mehr, kein Stöhnen, keine dumpfen, nur halb verständlichen Ferkeleien.

Die Müllers hatten ihr abendliches Intermezzo beendet, und Stille lastete über dem Haus wie eine Käseglocke; selbst die Geräusche der Autos, die hin und wieder draußen vorbeirollten, klangen seltsam gedämpft. Lediglich das Klopfen ihres eigenen Herzens klang unnatürlich laut in ihren Ohren – das, und das Rauschen des Blutes in ihren Adern, das sich nur allmählich wieder beruhigte, ein Sturm aufgewühlter Empfindungen, der eine Tür in ihr aufgestoßen hatte, von der Lene nicht einmal gewusst hatte, dass es sie überhaupt *gab*.

Und auch jetzt stand die Tür allenfalls einen Spaltbreit offen, doch das genügte, um ihre Neugierde zu wecken. Lene spürte instinktiv, dass hinter dieser geheimnisvollen Tür etwas ganz Besonderes darauf wartete, von ihr erkundet zu werden.

Dieser Gedanke hielt sie in jener Nacht lange wach.

Als Lene schließlich einnickte, dämmerte bereits der Morgen herauf, und die ersten Strahlen des neuen Tages glitten schüchtern über ihr Antlitz und das kleine, zufriedene Lächeln, das im Schlaf auf ihren Zügen lag.

5.

Der nächste Morgen brach mit einer Woge aus Scham und Schuldgefühlen über Lene herein. Egal, wie lüstern sie letzte Nacht auch gewesen sein mochte: Als um Punkt halb sieben ihr Wecker klingelte und sie aus dem Bett stieg, um für Wolfgang das Frühstück zu bereiten, konnte sie kaum glauben, was sie getan hatte. Auf einmal kam ihr das Gewesene wie ein bizarrer Traum vor, aus dem sie soeben erwacht war.

Doch es war kein Traum; es war die *Wirklichkeit*, und spätestens, als sie die Küche betrat und ihr Blick wie magisch angezogen auf die Salatgurken in der Schale neben der Spüle fiel, waren alle Erregung und Wollust endgültig vergessen. Jetzt war da nur noch Widerwillen und Abscheu.

Sie starrte die Gurken fassungslos an, und die Vorstellung, dass sie eine davon tief in sich gehabt hatte, bereitete ihr solche Übelkeit, dass sie Hals über Kopf auf die Gästetoilette stürzte und sich erbrach; es kam nur Wasser und Galle, die ihr bitter in der Kehle brannte, und sie fühlte sich danach nicht im Mindesten besser. Gleichwohl, sie war der Überzeugung, dass es vollkommen in Ordnung war, dass es ihr so schlecht ging.

Sie hatte es verdient.

Lieber Himmel, wie hatte sie das nur tun können?

Mit einer Salatgurke?

Das war einfach abscheulich!

Sie konnte sich das Ganze nur so erklären, dass sie letzte Nacht nicht sie selbst gewesen war. Doch dergleichen würde nie wieder vorkommen, dessen war sie sich gewiss.

Nie wieder!

Und wie um alle Beweise ihrer Tat zu beseitigen, warf sie alle Gurken in den Abfalleimer, während Wolfgang im Badezimmer unter der Dusche stand. Nach kurzem Zögern ließ sie auch die Karotten, die Auberginen, die Bananen und sogar den Sellerie folgen. Eigentlich hatte sie Gemüse immer gemocht, doch jetzt betrachtete sie alles, das auch nur entfernt wie ein Schwanz aussah, ohne wirklich einer zu sein, mit gänzlich anderen Augen. Es mochte lächerlich klingen, aber das Gemüse hatte für sie seine Unschuld verloren, und in gewisser Weise, fand Lene, traf das auch auf sie selbst zu.

Vielleicht war es das, was ihr so zu schaffen machte: das Wissen, dass sie jetzt nicht mehr so züchtig und unbescholten war, wie sie ihr ganzes Leben über gewesen war.

Das hatte nichts mit Religion zu tun, oder mit ihrer streng katholischen Erziehung, auch wenn das sicherlich eine Rolle spielte; vielmehr war es so, dass sie sich selbst nicht wiedererkannte. Sie fühlte sich schmutzig und verdorben, irgendwie *befleckt*. Hinzu kam das Gefühl, ihren Gatten betrogen zu haben.

Sie war stets der Ansicht gewesen, dass man dem Partner sogar dann untreu war, wenn man sich Sex mit jemand anderem in Gedanken ausmalte. Tatsächlich hätte sie sich schon hintergangen gefühlt, hätte sie gewusst, dass Wolfgang auch nur *masturbierte*, selbst wenn er dabei an sie dachte. Doch jetzt war sie sogar noch einen Schritt weiter gegangen; sie hatte sich nicht nur mit einer Salatgurke befriedigt, sondern dabei an den geheimnisvollen Mann hinter dem Fenster gedacht und sich gefragt, wie es wohl wäre, seinen Schwanz im Mund zu haben. Und allein diese *Vorstellung* hatte bereits ausgereicht, sie zum Höhepunkt zu bringen …

Mit einem Seufzen schloss Lene den Deckel des Abfalleimers.

Sie war nicht länger eine *anständige* Frau, und die Schuldgefühle, die mit dieser Erkenntnis einhergingen, lasteten wie Blei auf ihren Schultern. Als Wolfgang schließlich aus dem Bad kam und sich in Anzug und Krawatte an den Frühstückstisch setzte, rechnete sie jeden Moment damit, dass er ihr geradewegs ins Gesicht sagen würde, was für eine verdorbene Schlampe sie war und dass er sie nie wiedersehen wolle.

Eine Frau, die es mit einer Salatgurke trieb, also wirklich!

Doch wie am Abend zuvor verlor ihr Gatte keine Silbe darüber; er aß einfach seinen Toast, las seine Zeitung und trank seinen Kaffee, wie jeden Morgen in den letzten dreizehn Jahren. In Gedanken war er längst bei der Arbeit! Gleichwohl, was Lene sonst stets gelinde verärgert hatte, erfüllte sie jetzt mit Dankbarkeit.

Trotzdem, die Angst, ertappt zu werden, blieb, und als Wolfgang an jenem Abend ungewöhnlich früh nach Hause kam und ihnen beiden einen Wodka Tonic zubereitete, war sie überzeugt, dass es nun so weit war: Er wusste über alles Bescheid, was sie getan hatte, über jede schmutzige Einzelheit, und jetzt würde er sie deswegen zur Rede stellen.

Diese Vorahnung wurde erdrückend, als sich Wolfgang mit seinem Glas in der Hand an den Küchentresen lehnte und ihr nachdenklich dabei zusah, wie sie den Feldsalat fürs Abendessen wusch und Tomaten aufschnitt. Er war ernst und schweigsam, und er hatte diesen in sich gekehrten Blick, den er immer dann zur Schau stellte, wenn ihm etwas auf der Seele lastete. Als er schließlich das Wort ergriff, rutschte ihr unwillkürlich das Herz in die Hose.

»Was ist los, Liebes?«

Sie runzelte in gespielter Verwirrung die Stirn.

»Was meinst du?«

Sie vermied es, ihn anzusehen.

»Was ist mit dir los? Seit gestern?«

»Was soll mit mir sein?«, fragte Lene scheinheilig zurück; die Angst schnürte ihr die Kehle zu. Wolfgang war kein Dummkopf; hin und wieder vielleicht ein bisschen unaufmerksam, aber mit Sicherheit kein Idiot. Er hatte irgendwie herausbekommen, was passiert war, und nun stellte er sie auf die Probe. So musste es sein.

»Du wirkst so ... *abwesend.*« Er trank einen Schluck und bedachte sie mit einem eindringlichen Seitenblick. »Ist irgendetwas vorgefallen, wovon ich wissen sollte?« Er legte ihr seine Hand auf die Schulter, und sie musste sich zwingen, nicht zurückzuweichen. »Was belastet dich?«

»Nichts«, log Lene matt, und mit einem Mal hatte sie Mühe, die Tränen zurückzuhalten, die ihr in die Augen zu schießen drohten. Sie fühlte sich furchtbar, nicht bloß wegen dem, was sie getan hatte, sondern auch, weil sie Wolfgang dermaßen hinters Licht führen musste. Sie hatte ihn belogen und betrogen, und jetzt tat sie es schon wieder.

Doch sie hatte keine andere Wahl.

»Ich glaube, ich bekomme meine Periode.«

»Oh«, machte Wolfgang mit hochgezogenen Brauen. Damit war die Angelegenheit für ihn erledigt. Offenbar war ihm das Thema höchst unangenehm, denn er verzichtete darauf, weiter in die Tiefe zu dringen. Es gab Dinge im Leben einer Frau, über die man als Mann offensichtlich lieber nicht zu viel wusste.

Lene war das nur recht; sie hätte ohnehin nicht gewusst, was sie sonst noch dazu hätte sagen sollen. Sie war froh, als Wolfgang ihr einen flüchtigen Kuss auf die Wange gab, wie um ihr sein Mitgefühl darüber auszudrücken, dass sie die nächsten Tage unpässlich war, und dann ins Wohnzimmer ging, um sich die Zeit zu vertreiben, bis sie mit dem Abendessen so weit war. Doch erst als sie vernahm, wie er nebenan das Radio einschaltete und sich die Abendnachrichten anhörte, gestattete sie sich ein paar flüchtige Tränen.

Es waren zu gleichen Teilen Tränen der Scham, der Reue, der Erleichterung und der Trauer.

Scham und Reue darüber, was sie getan hatte.

Erleichterung, weil Wolfgang offenbar doch nicht wusste, wie verlogen sie war.

Und Trauer, weil sie letzte Nacht zum zweiten Mal ihre Unschuld verloren hatte …

6.

Doch wenn sie gedacht hatte, den Rest ihres Lebens in Schimpf und Schande gehen zu müssen, irrte Lene. Der Mensch ist nur bis zu einem gewissen Grad dazu bestimmt zu leiden; ab einem bestimmten Punkt versucht der Verstand von ganz allein, sich vor weiteren Verletzungen zu schützen, welcher Art auch immer, und nicht lange nach jenem Gespräch in der Küche, als Lene ein Stein vom Herzen gefallen war, weil Wolfgang anscheinend doch nichts von all dem ahnte, was sie getan hatte, begann sich das Leben allmählich wieder zu normalisieren.

Wären da nicht die Träume gewesen.

Alpträume, die sie verfolgten, sobald sie die Augen schloss. Genauer gesagt: *der* Alptraum. Denn es war stets derselbe.

Lene träumte, wie sie in der dunklen Hofeinfahrt an der Wand lehnte, das Liebesspiel der beiden hinter dem matt erleuchteten Fenster beobachtete, ihren Rock bis zur Hüfte hochgeschoben, und dabei die Salatgurke hart und fest in sich stieß. Als sie schließlich mit einem lauten, weithin hörbaren Schrei zum Höhepunkt kam, hob der Mann im Bademantel das Gesicht aus den Schatten, und Lene erkannte, dass es Wolfgang war, der sie unverwandt anstarrte, Abscheu in den Augen.

Er hielt den Kopf der Rothaarigen gepackt und pumpte eifrig in ihren Mund, ohne den Blick von Lene abzuwenden, und dabei formten seine Lippen lautlos ein einzelnes Wort.

Hure.

Das war der Moment, in dem sie jedes Mal schweißgebadet aus dem Schlaf hochschreckte, und jedes Mal widerstrebte es ihr dann, wieder einzuschlafen, nicht allein aus Angst, der Traum könne zurückkehren, sondern ebenso, weil sie fürchtete, womöglich im Schlaf zu sprechen und irgendetwas zu sagen, das sie als das entlarven könnte, was sie war.

Ein verlogenes Miststück.

Gleichwohl, je mehr Tage vergingen, desto mehr nahmen ihre Schuldgefühle ab, oder besser: Nach und nach gelang es Lene, die Erinnerung an das, was sie hinter jenem Wohnzimmerfenster gesehen hatte, ebenso zu verdrängen wie das, was sie mit der Gurke angestellt hatte.

Sie zwang sich, einfach nicht mehr daran zu denken.

Stattdessen konzentrierte sie sich auf andere Dinge – auf *alltägliche* Dinge, die so gar nichts Anrüchiges an sich hatten, wie zum Beispiel, die Wohnung bis in den letzten Winkel zu putzen, die Konservendosen in der Speisekammer nach Verfallsdatum zu sortieren und das Kreuzworträtsel in der Fernsehzeitung zu lösen. Und ob es nun daran lag, dass die »schlechten Gedanken« irgendwann tatsächlich zurückgingen, oder an den Schlaftabletten, die ihre Alpträume fernhalten sollten, letztlich ließ ihre Anspannung nach, und das Eisenband um ihre Brust lockerte sich.

Nur wenn sie des Nachts im Bett lag und die Müllers einmal mehr mit quietschenden Bettfedern ihr Schäferstündchen einläuteten, kehrten die Gedanken mit der Wucht eines Hiebs in die Magengrube zurück. Doch sie kämpfte tapfer dagegen an, stopfte sich Ohropax in die Ohren und spülte drei Tabletten mit einem Glas Wodka pur hinunter. Danach verlief der Rest der Nacht dann ereignislos – oder zumindest konnte sie sich hinterher an nichts erinnern, und das genügte ihr.

Bislang hatte sie sich immer für einen Verstandesmenschen gehalten. Sie neigte dazu, Probleme unverwandt anzugehen und nach Lösungen zu suchen. Sie war niemand, der sich selbst etwas vormachte. Gleichwohl, in diesen Tagen lernte Lene das süße Vergessen, das einem Alkohol und Medikamente bescheren können, sehr zu schätzen.

Sie wollte einfach nicht *nachdenken*.

Oder zumindest nicht *darüber*.

Und das Schicksal griff ihr dabei durchaus hilfreich unter die Arme.

Am Montag sorgte ein spontaner Besuch von Uschi und ihrer Rasselbande dafür, dass sie den ganzen Tag über eingespannt war und gar keine Zeit hatte, in Schuldgefühlen zu schwelgen. Erst musste sie zwei Kuchen backen, dann galt es, Uschis Kinder davon abzuhalten, mit ihren Kristallelefanten die Schlacht von Hannibal gegen die Römer am Ticinus nachzuspielen; und anschließend musste das ganze Durcheinander auch wieder beseitigt werden, bevor es Zeit wurde, mit den Vorbereitungen fürs Abendessen zu beginnen, damit alles bereit war, wenn Wolfgang von der Arbeit heimkam.

Am Dienstag putzte Lene zum dritten Mal innerhalb von fünf Tagen das Bad. Dabei stellte sie fest, dass man die Fugen zwischen den Fliesen noch eine Spur blanker bekam, wenn man statt eines Putzlappens und Reinigungsmittel eine Zahnbürste mit Ofenreinigungspaste verwendete.

Abends gingen sie und Wolfgang in den *Jägerkrug* an der Ecke, so wie jeden Dienstag. Anfangs hegte Lene gewisse Bedenken, ob das eine gute Idee war, da sie erfahrungsgemäß mehr miteinander sprachen und viel länger zu Tisch saßen als zu Hause, wenn sie aus waren. Das verschaffte Wolfgang Gelegenheit für jede Menge unangenehmer Fragen, doch es wäre aufgefallen, hätte Lene unter irgendeinem Vorwand darauf gedrängt, daheim zu bleiben. So kehrten sie wie gewohnt in den *Jägerkrug* ein, und während sich ihr Gatte nach kurzem Studium der Karte für Roastbeef mit Gouda-Zwiebelkruste und Bratkartoffeln entschied, bestellte Lene Filet Stroganoff, obwohl der Stein in ihrem Magen ihr jeglichen Appetit raubte.

Doch als Wolfgang kein Wort über die letzte Woche oder ihr Gespräch in der Küche verlor und sich nicht anders verhielt als sonst, entspannte sie sich zusehends, bis sie schließlich mit wahrem Heißhunger über ihr Mahl herfiel. Es schmeckte ausgezeichnet, deftig und pikant, so wie sie es mochte. Sie aß fast alles auf, doch als ihr Gatte zwischen Hauptgang und Nachtisch auf die Toilette ging, schluckte sie in banger Erwartung der »Abendgymnastik« der Müllers vorsorglich zwei Schlaftabletten; außerdem gönnte sie sich zum Dessert zwei eisgekühlte *Linie Aquavit*, damit die Medikamente ihre Wirkung ja nicht verfehlten. Zwar zeigte sich später, dass sie sich keine Gedanken hätte machen müssen – offenbar hatten ihre Nachbarn ausnahmsweise einen Ruhetag eingelegt –, doch wenigstens hielten die Tabletten die Alpträume im Zaum, und das war mindestens ebenso viel wert.

Am Mittwoch schließlich hatte Lene den Zwischenfall fast gänzlich aus ihren Gedanken verdrängt; es gelang ihr sogar, nachts ohne Schlaftabletten bis zum Morgen durchzuschlafen, obwohl die Müllers aus dem 3. Stock das, was sie am Vortag versäumt hatten, ausgiebig nachholten.

Dann kam der Donnerstag, und so, wie sie es seit Jahren jeden Donnerstag tat, machte Lene sich gegen drei Uhr nachmittags wie üblich ein wenig zurecht und fuhr mit der Straßenbahn in die Innenstadt, zu ihrem allwöchentlichen Einkaufsbummel. Tatsächlich gelang es ihr, ihre Schlappe von vergangener Woche wieder wettzumachen: Innerhalb von zweieinhalb Stunden landeten zwei Jeans, eine safrangelbe Seidenbluse mit großer, weich geschlungener, schwarz gepunkteter Schleife, ein korallenrotes, kragenloses Linovella-Kleid mit aufgesetzten Taschen, mehrere engmaschige schwarze Spitzen- und Netzstrümpfe, eine Palette verschiedenfarbiger Lippenstifte, Lidschatten und Puder aus der neuen Kollektion von Elizabeth Arden sowie ein Paar klobiger Plateauschuhe in ihren Tüten, die der quirligen Verkäuferin zufolge »modisch derzeit der letzte Schrei« seien.

Ein- oder zweimal ertappte sich Lene bei dem Gedanken, dass sie auf diese Weise versuchte, ihren Kummer der letzten Tage zu kompensieren, doch das war natürlich Unsinn. Sie holte einfach nur nach, was sie letzte Woche versäumt hatte. Deswegen konnte ihr niemand einen Vorwurf machen. Und so schlenderte sie schließlich zufrieden die Hermannstraße entlang, besah sich auf der Suche nach weiteren potentiellen Errungenschaften die Auslagen der Schaufenster und kehrte am Ende traditionell ins *Café Maas* ein, um ihren Ausflug bei einem Stück Karottenkuchen, Bohnenkaffee und einem Gläschen Cognac ausklingen zu lassen, ehe sie sich gegen sechs schließlich auf den Heimweg machte.

Es dämmerte bereits. Die Straßenlaternen flammten auf, und während sie mit ihren Tüten in Händen in Richtung S-Bahn-Haltestelle spazierte, ging sie im Geiste die Vorbereitungen für das Abendessen durch. Sie hatte heute Morgen im Supermarkt alle Zutaten für gefüllten Rostbraten in Rotweinsauce mit grünem Pfeffer und Kartoffelplätzchen besorgt.

Die Zubereitung der Kartoffelplätzchen stellte dabei das geringste Problem dar; viel kniffliger waren die Bratenfüllung und die kurze Schmorzeit, die es erforderlich machte, dass die Beilagen schon fast fertig waren, bevor sie das Fleisch in den Backofen gab, damit beides gar war, wenn Wolfgang nach Hause kam. Und dann war da noch die Frage, ob sie die Rotweinsauce mit Muskat und Tomatenmark oder lieber mit Rosmarin und gehackten Schalotten verfeinern sollte …

In derlei Gedanken versunken, schritt Lene weit aus, ohne wirklich darauf zu achten, wohin sie ging. Nur am Rande gewahrte sie, wie die bunten Lichter der Einkaufsstraße hinter ihr zurückblieben. Erst als sie feststellte, dass sich das Klappern ihrer Absätze verändert hatte und sie jetzt über Kopfsteinpflaster statt wie erwartet über Asphalt marschierte, schreckte sie aus ihren Grübeleien auf – nur um gleichermaßen schockiert wie überrascht zu erkennen, dass sie durch eben jene schmale Gasse in der Nähe des Kinderspielplatzes ging, in der diese ganze Misere vor genau einer Woche ihren Anfang genommen hatte.

Lene konnte sich nicht entsinnen, diesen Weg bewusst eingeschlagen zu haben; fast war es, als hätten ihre Beine sie von allein hierher geführt.

Dann stand sie vor dem Reihenhaus mit der Nummer 17, und mit einem Mal waren alle Gedanken an Rostbraten und Kartoffelplätzchen vergessen. Wie versteinert starrte sie das schlichte rote Backsteinhaus an, in jeder Hand eine prall gefüllte Einkaufstüte, und plötzlich war das Eisenband um ihre Brust wieder da, um ihr brutal die Luft abzuschnüren. Sie konnte kaum atmen, so sehr fürchtete sie sich vor dem, was sich ihrem Blick darbieten würde.

Indes, das Wohnzimmerfenster war dunkel.

Nichts regte sich jenseits der Scheibe; allein Lenes Erinnerung an das, was sich hier vor einer Woche abgespielt hatte. Dennoch kehrte mit einem Mal alles, was sie in den letzten Tagen so erfolgreich verdrängt hatte, mit Wucht zurück.

Sie sah die Rothaarige vor dem Mann im Bademantel knien; sah, wie er ihren Kopf hielt und rhythmisch in ihren Mund stieß; wie sie sich anschließend zufrieden die Lippen leckte und ihn mit diesem wissenden Blick anschaute, der besagte, dass sie ihn genau da hatte, wo sie ihn haben wollte.

Und gemeinsam mit der Erinnerung stellte sich auch die Erregung wieder ein, die Lene bei diesem Anblick empfunden hatte, dieses verzehrende Brennen zwischen ihren Schenkeln, das sie in jener Nacht dazu gebracht hatte, sich mit einer Salatgurke zu befriedigen. Gleichwohl, ehe das Verlangen Überhand nehmen konnte, setzte sich Lene hastig in Bewegung und eilte mit wehendem Rock die Gasse hinab, so schnell, dass sie fast lief.

Weg, nur weg von hier!, war alles, was sie denken konnte.

Das hektische Klappern ihrer Absätze auf dem Pflaster begleitete sie die Gasse entlang, doch erst als sie längst auf der Hauptstraße war, gestattete sie sich, stehen zu bleiben. Sie lehnte sich mit dem Rücken gegen eine Hauswand, setzte die Tüten ab und schlug die Hände vors Gesicht. Ihr Herz hämmerte so hart, als wolle es das Gefängnis ihrer Rippen sprengen, und das Durcheinander widerstreitender Gefühle in ihrem Innern ließ sie schwindeln.

Was zum Teufel war bloß mit ihr los?

Tagelang kämpfte sie verzweifelt darum, alles zu vergessen, ihre Schuld abzuwaschen wie Schmutz von ihrer Haut, und jetzt war schlagartig alles wieder da, nur weil sie an jenem Haus vorbeigekommen war. Beinahe war es, als hätten diese verdammten »schlechten Gedanken« unter der Oberfläche ihres Bewusstseins lediglich darauf gewartet, wieder emporzusteigen, wie ein Hai, der in der Tiefe auf Beute lauert.

Die geheimnisvolle Tür in ihrem Innern schwang erneut auf, eine stumme Einladung, über die Schwelle zu treten und zu erkunden, was auf der anderen Seite lag, und bevor Lene noch recht begriff, was sie tat, stieß sie sich von der Wand ab, nahm ihre Taschen wieder auf – und ging denselben Weg zurück, den sie eben gekommen war.

Sie konnte einfach nicht anders.

Obwohl alles in ihr danach schrie, es nicht zu tun, einfach nach Hause zu gehen und niemals wieder hierher zu kommen, eilte sie durch die schmale Gasse zurück zum Haus mit der Nr. 17. Denn ein Teil von ihr – jener Teil, von dem Lene bis vergangene Woche nicht einmal gewusst hatte, dass es ihn überhaupt *gab* – wollte unbedingt wissen, was hinter dieser Tür lag. Ihre Neugierde war einfach stärker als alle Bedenken oder Schuldgefühle.

Doch warum wollte sie unbedingt dorthin zurück, zu diesem leeren Haus, in dem es so gar nichts zu sehen gab?

Vielleicht, weil sie instinktiv spürte, dass es jetzt anders sein würde.

Schon als sie noch fünfzig Meter entfernt war, sah sie den matten Lichtschimmer auf dem Kopfsteinpflaster vor dem Wohnzimmerfenster und die Silhouetten der beiden Gestalten, die sich dahinter bewegten.

Unwillkürlich verlangsamte Lene ihre Schritte und suchte Zuflucht in der Hofeinfahrt gegenüber dem Reihenhaus, genau wie beim letzten Mal. Sie war höchstens fünf oder sechs Minuten fort gewesen, doch in dieser Zeit mussten sie gekommen sein: der Mann mit dem gepflegten Vollbart und eine Frau in einem schicken blauen »Fair Lady«-Kostüm mit geknöpfter Jacke und knielangem Rock, der lange, schlanke Beine sehen ließ.

Sie standen im Wohnzimmer, und das Licht der Lampe auf dem Sekretär sorgte dafür, dass Lene sie gut erkennen konnte, wenn das Gesicht des Mannes auch von neuem in Schatten getaucht war, beinahe, als wolle irgendeine höhere Macht nicht, dass Lene es deutlich sah.

Allerdings war die Frau in seiner Gesellschaft nicht die Rothaarige von vergangener Woche, sondern eine zierliche Blondine mit wesentlich weniger alpinen Rundungen. Sie war noch sehr jung – allenfalls Mitte zwanzig –, und im Gegensatz zu ihrer abgeklärten Vorgängerin, die genau zu wissen schien, was sie tat, wirkte die Blonde unsicher, ja, fast schüchtern.

Während sich der Mann am Sekretär ein Glas Whiskey einschenkte, sagte er etwas zu der jungen Frau, das Lene nicht verstand.

Die Blondine reagierte mit einem nervösen Lächeln. Dann begann sie, die großen cremefarbenen Knöpfe ihrer Kostümjacke aufzuknöpfen, ganz langsam, einen nach dem anderen, als wolle sie das Ganze absichtlich in die Länge ziehen. Es hatte nicht den Anschein, als hätte sie die Absicht, die Vorfreude ihres Begleiters damit auf die Spitze zu treiben; vielmehr schien es, als widerstrebte es ihr, sich vor den Augen des Mannes auszuziehen. Sie war so voller Zurückhaltung, dass Lene unwillkürlich der Gedanke kam, sie kenne den Mann gar nicht. Es war, als hätte sie ihn gerade erst auf der Straße getroffen und sei mit ihm nach Hause gegangen, um mit ihm intim zu werden.

Aber das war natürlich vollkommener Blödsinn.

Welche Frau ging einfach so mir nichts, dir nichts mit einem Fremden mit, um mit ihm Sex zu haben?

Gebannt verfolgte Lene, was vorging.

Als die Blondine die Jacke schließlich zur Gänze aufgeknöpft hatte, wurde im Schlitz an der Vorderseite ein Streifen heller, weißer Haut sichtbar, der bis hinunter zum Bauchnabel reichte. Allerdings machte die Frau keinerlei Anstalten, das Kostüm auszuziehen; das übernahm der Mann, der hinter sie trat und ihr die Jacke von den schmalen Schultern streifte.

Darunter war sie nackt; sie trug keinen Büstenhalter, und das hatte sie auch nicht nötig. Ihre Brüste waren klein und fest, mit großen, dunklen Warzenhöfen und Nippeln, die bereits so hart waren, dass es aussah, als würden sie jeden Moment aufplatzen wie überreife Kirschen.

Unwillkürlich schickte sich die junge Frau an, ihre Blöße zu bedecken, doch bevor sie dazu kam, berührte der Mann sanft eine ihrer Brüste, während er zugleich zärtlich ihre Halsbeuge küsste.

Die Blondine durchfuhr ein heftiger Schauder. Lene sah, wie sie sich mit halb geschlossenen Augen gegen ihn lehnte und seine Küsse an ihrem Hals ebenso genoss wie seine Finger, die über ihre Brüste strichen und immer wieder zu ihren Nippeln zurückkehrten, um sie behutsam zu drehen und zu zwicken, was ihr ein wohliges Stöhnen entlockte. Ihr Arm fuhr empor; sie zog den Kopf des Mannes zu sich heran, und dann küssten sie sich so voller Verlangen, dass die Lust in Lenes Unterleib schier *explodierte*, ein sengendes, drängendes Feuer, das alle Schuldgefühle in einer Stichflamme der Wollust verbrannte.

Mit vor Erregung angehaltenem Atem beobachtete sie, wie der Mann in den Schatten die Brüste der Blondine zu kneten begann und seine Zunge dabei über Wangen, Kinn und Hals seiner Gespielin wandern ließ. Als sie sich wieder voneinander lösten, bedachte die Blondine ihn mit einem derart lüsternen Blick, dass Lene unwillkürlich aufstöhnte.

Es war ein Blick, der besagte: *Nimm mich!*

Ohne ein weiteres Wort führte der Mann die junge Blondine zu dem antiken Ohrensessel, der nicht weit vom Sekretär stand, legte ihr von hinten die Hände auf die Schultern und drückte ihren Oberkörper sanft, aber bestimmt nach vorn. Sie ließ es willig geschehen und stützte sich auf der Armlehne ab, während er ihren Rock bis zu den Hüften hochschob, und genau wie unter ihrer Kostümjacke war sie auch darunter nackt. Sie trug keine Unterwäsche. Ihr fester weißer Hintern ragte wie zwei perfekte Halbmonde über dem Rest ihres Körpers auf.

Von der Hofeinfahrt aus konnte Lene der jungen Frau direkt ins Gesicht schauen, und sie sah, dass sie ausgesprochen attraktiv war: hohe Wangenknochen, große blaue Augen, eine zierliche Stupsnase und ein großer, sinnlicher Mund, der für die oralen Praktiken, die in diesen vier Wänden offenbar mit Vorliebe praktiziert wurden, wie geschaffen schien. Zugleich wurde ihr bewusst, dass ihre Einschätzung, was das Alter der Frau betraf, ein Trugschluss gewesen war.

Sie war höchstens Anfang zwanzig, fast noch ein Mädchen. Gleichwohl, der entschlossene Zug um ihre Lippen verriet, dass sie hier war, weil sie hier sein *wollte*, und nicht, weil sie irgendjemand dazu zwang.

Es war ihre eigene freie Entscheidung gewesen, hierher zu kommen. Jetzt jedoch lag alles Weitere nicht mehr in ihren Händen. Sie hatte sich freiwillig in die Obhut dieses Mannes begeben, bereit, das zu tun, was auch immer er von ihr verlangte – zumindest das hatte Lene inzwischen begriffen. Er dirigierte sie, wie ein Lehrer seine Schülerin zu diesem und jenem anweisen mag, und genau das war auch der Eindruck, den Lene als unbeteiligte Beobachterin bei alldem gewann: dass das Mädchen *lernte*; dass sie begierig alles annahm, was er ihr gab, um daraus ihren Nutzen zu ziehen.

Nun stand sie vornübergebeugt da, den Rock in einem Ring aus blauem Stoff bis über die Hüfte hochgeschoben, den nackten Hintern in die Höhe gereckt, und wartete. Sie schaute nicht hinter sich, um zu sehen, was vorging; ihr Blick war nach vorn gerichtet, ihr Antlitz erwartungsvoll, erregt und auch ein wenig ängstlich. Doch vor allem anderen war es Verlangen, das ihr ins Gesicht geschrieben stand.

Indes öffnete der Mann seine Hosen; er zog sie nicht aus, ja, nicht einmal herunter. Er öffnete lediglich den Hosenstall und trat hinter sie.

Lene erhaschte einen flüchtigen Blick auf seinen Schwanz, der steif und hart vor seinem Unterleib aufragte.

Dann setzte er ihn mit einer Hand an, packte die Blonde mit der anderen Hand an der Hüfte – und drang mit einem entschlossenen Stoß bis zum Anschlag in sie ein. Lene sah, wie ihre Züge vor Begierde erzitterten, und keuchte leise, als wäre sie selbst es, die sein Glied in sich spürte, und nicht die Blondine.

Erregt verfolgte sie, wie der Bärtige die junge Frau im Stehen von hinten nahm, ohne Hast, ganz gemächlich, als hätte er alle Zeit der Welt. Jetzt lagen beide Hände auf ihren Hüften, und während er mit knappen Bewegungen tief in sie stieß, konnte Lene sich des Eindrucks nicht erwehren, dass er entschlossen war, es langsam angehen zu lassen. Gleichwohl, die Blondine, die anfangs noch eine gewisse Scheu an den Tag legte, hatte offenbar anderes im Sinn, denn mit einem Mal begann sie, ihm ihre Muschi rhythmisch entgegenzuschieben, und nach und nach beschleunigte auch der Mann sein Tempo, bis er sie schließlich voller Inbrunst fickte; vor und zurück, vor und zurück, mit der Präzision einer Maschine.

Er wusste genau, was er tat.

Er beließ es nicht dabei, die Blonde einfach nur herzunehmen – er *spielte* mit ihr. Anders ließ es sich nicht erklären, dass er stets dann langsamer wurde, wenn die Frau kurz davor schien, zum Höhepunkt zu kommen; es war, als würde er sie jedes Mal wieder auf den Boden zurückholen – nur um sie durch ein paar heftige, schnelle Stöße unvermittelt wieder auf den Gipfel der Lust hinaufzutreiben, kaum dass ihr Atem ein wenig ruhiger ging.

Allein vom Zusehen wurde Lene ganz wuschig. Es war berauschend, sich an der Begierde der beiden zu laben, und plötzlich stellte sie erschrocken fest, dass ihre Finger unbewusst unter ihren Rock gewandert waren und sanft, aber bestimmt über den Stoff ihres Höschens rieben, um den harten Kiesel des Kitzlers darunter zu liebkosen. Ihr erster Impuls war, die Hand wegzuziehen, sofort damit aufzuhören, nicht bloß, weil es unsittlich war, sondern weil jeden Moment jemand vorbeikommen konnte, um sie nicht bloß dabei zu entdecken, wie sie heimlich ein fremdes Paar beim Sex beobachtete, sondern sich dabei auch noch selbst berührte.

Dann jedoch bäumte sich die Blondine hinter dem Fenster lustvoll auf, als der Mann ihr einen Klaps auf den Hintern gab, und das genügte, um Lene sämtliche Vernunft vergessen zu lassen. Während sie weiter ihre Möse streichelte, verfolgte sie fasziniert, wie der Schattenmann jede Zurückhaltung aufgab und die junge Frau so nahm, wie er es auch mit der Rothaarigen getan hatte: hart, schnell und entschlossen, ihnen beiden das zu bescheren, weswegen sie sich zusammengefunden hatten.

Befriedigung …

Noch immer war sein Gesicht in den Schatten verborgen, sodass sie seine Züge allenfalls erahnen konnte, und irgendwie machte ihn das bloß noch unwiderstehlicher: dieses Geheimnisvolle. Sie hätte im Supermarkt hinter ihm an der Kasse stehen können, ohne ihn zu erkennen.

Auf der anderen Seite der Gasse stieß er seinen Schwanz derweil mit solcher Wucht in die junge Frau, dass sie bei jedem Stoß nach vorn ruckte. Sie sank immer weiter vor, bis ihre Brüste die Sessellehne streiften, und rammte ihrem Geliebten ekstatisch ihr Hinterteil entgegen. Sie stöhnte ohne Unterlass, und Lene sah, dass sie sich mit flatternden Lidern auf die Unterlippe biss. Sie keuchte etwas Unverständliches, doch obwohl Lene sie nicht hören könnte, wusste sie genau, was es war.

Sie sagte: »Fick mich! Ja, fick mich!«

Und das tat er.

Er fickte sie ungestüm von hinten, gab ihr immer wieder einen schallenden Klaps auf den Hintern und stieß so lange in sie, bis die Blondine schließlich soweit war.

Auf einmal versteifte sich ihr ganzer Körper, und für einen Moment schien sie mitten in der Bewegung zu erstarren. Dann begann sie zu zittern wie Espenlaub. Ihr Kopf ruckte so heftig in den Nacken zurück, dass das lange Blondhaar zu allen Seiten flog. Der Schrei, den sie ausstieß, war so laut, dass er trotz geschlossener Fenster bis zu Lene in die Hofeinfahrt drang, hoch und kehlig und voll ungezügelter Leidenschaft, und als wäre das der Tropfen, der das Fass zum Überlaufen brachte, kam auch Lene, ein mitreißender Sturm von Hitze und Feuchtigkeit zwischen ihren Beinen, der sie keuchend gegen die Mauer zurückwarf. Und obwohl die Wucht ihres Höhepunkts sie schwindeln ließ, konnte sie den Blick nicht vom Fenster abwenden, wo sich der Mann just in diesem Augenblick hinter dem Rücken der vor Erregung wild zuckenden Frau zu schaffen machte. Auf einmal lag sein von Mösensaft glänzender Schwanz in seiner Hand. Er ließ ihn ruckartig durch seine Finger gleiten, hart und drängend, während er mit der freien Linken ihre triefende Möse liebkoste.

Mindestens drei seiner Finger steckten bis zum Handballen in ihr.

Dann war auch er so weit.

In dem Augenblick, als Lene sah, wie er die Knie durchbog, hielt sie unwillkürlich den Atem an. Dann begann sein Schwanz in seiner Hand zu zucken, und er spritzte ihr alles auf ihren bebenden Hintern!

Lene sah sein Sperma im matten Lichtschein des Wohnzimmers auf ihrer Haut schimmern, und von neuem überlief sie ein erregender Schauder.

In diesem Moment hob der Mann mit einem Mal den Blick, schaute aus dem Fenster – und sah Lene unverwandt an.

Sie zuckte so heftig zusammen, als wäre sie geschlagen worden. Sie versuchte gar nicht erst, sich einzureden, dass er sie nicht entdeckt hatte; er starrte sie ebenso unverwandt an wie sie ihn, und auf einmal schien die Welt mitten in der Bewegung zu erstarren.

Selbst der Wind hielt den Atem an.

Sie sahen einander in die Augen, und eine Ewigkeit verstrich, bevor Lene sich wieder so weit gefangen hatte, dass sie imstande war, sich aus den Schatten der Hofeinfahrt zu lösen, sich ihre Tüten zu schnappen und mit tief zwischen die Schultern gezogenem Kopf in Richtung Friedrichstraße davonzueilen.

Ihre Gedanken rasten.

Er hat mich gesehen! Oh, Gott, er hat mich gesehen!

Während sie mit wehendem Mantel die Gasse entlanghastete, drehte sie sich mehrmals um, voller Furcht, er könne ihr nachkommen und sie zur Rede stellen.

Doch niemand folgte ihr.

Trotzdem verlangsamte Lene ihre Schritte nicht eher, als bis sie zehn Minuten später erschöpft und außer Atem in die Schillerstraße einbog. Als sie den gepflasterten Weg zur Haustür entlangmarschierte, betete sie, dass ihr Gatte noch nicht zu Hause sein möge.

Sie hatte Glück.

Der Stellplatz für ihren Mercedes war leer.

Lene seufzte erleichtert und stieg in den 2. Stock hinauf.

Als sie die Wohnungstür aufschloss, fühlte sie sich genau wie damals, als sie nach dem »Hausaufgabenmachen« mit Manni Meyer nach Hause gekommen war, die Kehle wie zugeschnürt aus Angst davor, ihre Eltern könnten ihr am Gesicht ablesen, dass sie etwas Schlimmes getan hatte; etwas *Anstößiges*.

Diesmal jedoch war es nicht die Scham über das, was sie gesehen hatte, die Lene zu schaffen machte; ja, nicht einmal das Wissen darum, was *sie selbst* getan oder dass der Mann sie gesehen hatte. Vielmehr war es die Erkenntnis, dass es keinen Sinn hatte, sich noch länger etwas vorzumachen, die an ihr nagte wie eine Ratte an einem Stromkabel.

Sie hatte *Gefallen* an dem gefunden, was gerade geschehen war, so einfach war das.

Und obwohl sie sich nicht vollkommen sicher sein konnte, glaubte sie doch, gesehen zu haben, wie sich ein kleines, wissendes Lächeln um die Mundwinkel des Mannes gekräuselt hatte, bevor sie davongelaufen war. Er schien nicht im Mindesten erzürnt oder wütend gewesen zu sein, dass Lene sie beobachtet hatte; eher im Gegenteil.

Diesem Gedanken folgte ein zweiter, nicht minder erregender.

Er hatte *gewusst*, dass sie dort draußen war, in der Hofeinfahrt! Vielleicht nicht von Anfang an, aber irgendwie, mutmaßte Lene, hatte er mitbekommen, dass sie sich in den Schatten verbarg, und statt aufzuhören, machte er einfach ungeniert weiter.

Plötzlich wurde ihr klar, dass er genauso mit ihr gespielt hatte, wie mit der jungen Blonden, und diese Vorstellung ließ ihre Begierde so heftig auflodern, dass sie bereits auf dem Weg ins Bad alle Kleider abstreifte. Dann saß sie nackt in der Wanne, spreizte die Beine, nahm den Duschkopf zur Hand und stellte den warmen Wasserstrahl so hart ein, dass es gerade noch angenehm war.

Sie hatte sich noch nie auf diese Weise befriedigt, wie sie überhaupt wenig Erfahrung mit Masturbation hatte. Gleichwohl, eines Nachmittags beim Kaffee hatte Uschi ihr nach dem dritten oder vierten Gläschen ihres traditionellen Mokkalikörs mit einem verträumten Grinsen erzählt, dass es ein großartiges Gefühl sei und sie keine zwei Minuten bräuchte, bis sie so weit war.

Damals hatte Lene angesichts von Uschis intimen Enthüllungen gequält gelächelt und versucht, möglichst unauffällig das Thema zu wechseln, indem sie sich nach dem neuesten Klatsch aus der Nachbarschaft erkundigte, doch jetzt schien es ihr genau das zu sein, was sie im Moment brauchte.

Schnelle, unkomplizierte Befriedigung!

Und so richtete sie den Duschkopf nach einem letzten unsicheren Zögern behutsam auf die empfindsame Stelle zwischen ihren Schenkeln, lehnte sich zurück, schloss die Augen und stellte sich vor, wie es wäre, den Schwanz des Fremden in sich zu spüren; zu spüren, wie er sie an den Hüften packte, sie voller Verlangen zu sich heranzog und sie von hinten nahm, so wie er die junge Blondine genommen hatte …

Uschi hatte recht: Es *war* ein großartiges Gefühl, den Wasserstrahl auf ihrem Kitzler zu spüren, ein steter, kribbelnder Druck, als würde eine Ameisenarmee über ihre Haut marschieren. Indes, im Gegensatz zu ihrer Freundin dauerte es bei Lene nicht einmal *eine* Minute, bis sie mit einem gepressten Keuchen kam. Ihre Fersen schlugen unkontrolliert auf das Emaille, so erzitterte ihr Körper, als der Orgasmus sie schüttelte.

Doch das genügte ihr nicht.

Ihr Höhepunkt war noch nicht ganz abgeklungen, als Lene den Duschkopf bereits von neuem zwischen ihre Beine richtete, diesmal direkt auf ihre Möse, um das wohlige Prickeln des Wassers noch zu steigern, und kurz darauf kam sie ein zweites Mal, noch heftiger als zuvor, eine Woge heißer Befriedigung, die gar nicht wieder nachlassen wollte.

Lene schloss ihre Hand so fest um den Griff der Brause, dass ihre Knöchel weiß hervortraten. Sie konnte sich nicht entsinnen, jemals so schnell hintereinander gekommen zu sein; ja, sie konnte sich nicht einmal daran erinnern, überhaupt je mehrmals hintereinander einen Orgasmus gehabt zu haben. Und wie um sich selbst zu beweisen, dass selbst jetzt das Ende der Fahnenstange noch nicht erreicht war, hielt sie ihre vor Lust geschwollenen Schamlippen mit zwei Fingern auseinander, um ihren Kitzler freizulegen, und presste die Brause geradewegs auf ihren angeschwollenen Lustknopf.

Als sie diesmal kam, musste sie sich die freie Hand vor den Mund halten, um nicht laut zu schreien. Das Gefühl war unglaublich; noch nie hatte sie sich so enthemmt gefühlt und so bereit, sich auf ihre Lust einzulassen.

Ärgerlicherweise war Wolfgang nicht da, um mit ihr zu schlafen. Doch bei näherer Betrachtung war das vielleicht sogar ein Segen, denn selbst wenn sie miteinander verkehrt hätten, wäre das noch längst keine Garantie dafür gewesen, dass sie dabei auf ihre Kosten kam; das hatte die Vergangenheit oft genug gezeigt.

Also behalf sie sich stattdessen mit dem Duschkopf.

Es war nichts Schlechtes daran.

Soweit sie wusste, befriedigten Männer sich ständig selbst. Sogar bei Wolfgang hegte sie hin und wieder diesen Verdacht, wenn er zuweilen ungewöhnlich lange im Badezimmer blieb – »um Zeitung zu lesen«, wie er behauptete.

Warum sollte sie sich nicht dasselbe Recht herausnehmen?

Weil sie eine *Frau* war?

Zum Teufel mit den Konventionen!

»Genau«, murmelte Lene, »zum Teufel damit!«

Als sie sich zehn Minuten später schließlich erhob und die Brause wieder in die Halterung hängte, waren ihre Beine weich wie Gummi. Sie war erschöpft und ausgelaugt, als hätte sie einen Marathonlauf hinter sich. Zugleich jedoch fühlte sie sich ausgesprochen gut.

Besser als seit Ewigkeiten, um ehrlich zu sein.

Es war, als wäre eine gewaltige Last von ihr abgefallen; als wäre der ganze Ballast, den ihr Kirche und Gesellschaft von Geburt an aufgebürdet hatten, zusammen mit dem abfließenden Wasser im Ausguss verschwunden.

Und das verdankte sie allein einem Stück Plastik!

Lene fragte sich, warum sie nicht schon früher darauf gekommen war, sich auf diese Weise Befriedigung zu verschaffen; sich *überhaupt* selbst Befriedigung zu verschaffen. Bislang war das für sie stets ein Tabuthema gewesen.

Vielleicht, sagte sie sich, während sie nach einem Handtuch griff und sich nachdenklich abtrocknete, war sie einfach noch nicht soweit gewesen.

Doch jetzt war sie es, erkannte Lene.

Sie war bereit, den nächsten Schritt zu tun.

Und sie fasste einen Entschluss.

Sie würde zu ihm gehen.

Zu dem Mann hinter dem Fenster.

Sie würde zu ihm gehen in der Hoffnung, dass er sie all jene verbotenen Früchte kosten ließ, die man ihr zeitlebens vorenthalten hatte.

7.

Berger.

Das war der Name auf dem Klingelschild.

Dieter Berger.

Seltsam: Bis zu diesem Augenblick hatte sie sich keinerlei Gedanken darüber gemacht, wie er wohl hieß, ob er ein Werner oder ein Fritz oder eben ein Dieter war, und auch jetzt befand Lene, dass das eigentlich keine Rolle spielte. Ihr war vollkommen gleichgültig, wie sein Name lautete; wäre er nicht auf das Messingschild über der Klingel graviert gewesen, hätte sie ihn womöglich nie erfahren.

Zwei Schritte vor der Tür blieb sie unsicher stehen und schaute sich unbehaglich um, um sich zu vergewissern, dass die Gasse verlassen dalag, immerhin war sie eine verheiratete Frau, und die Stadt war zu klein, als dass man sicher sein konnte, nicht in eine verfängliche Lage zu geraten, indem man zufällig von jemandem gesehen wurde, den man kannte, und wenn auch bloß um drei Ecken. Aber glücklicherweise war das Pflaster zur Gänze verwaist, und die meisten Fenster waren dunkel, entweder weil die Bewohner noch nicht von der Arbeit heimgekehrt oder schon wieder weg waren.

Eine sonderbare Stille lastete über der Gasse, so umfassend, dass Lene ihr eigener aufgeregter Herzschlag wie das Wummern von Presslufthämmern in den Ohren klang.

In der Ferne schlug die Kirchturmuhr sechs Mal.

Einen Moment lang war Lene nicht sicher, was sie tun sollte. Auf einmal kam ihr Vorhaben ihr vollkommen schwachsinnig vor. Schließlich atmete sie mehrmals tief durch, um die Zweifel zu vertreiben, und streckte langsam die Hand nach dem Klingelkopf aus.

Im letzten Augenblick zögerte sie von neuem.

Ihr Finger verharrte nur Zentimeter über der Klingel; der frisch aufgelegte Nagellack glänzte knallrot.

»Lieber Himmel«, murmelte sie. »Was mache ich hier eigentlich?«

Sie musste sich eingestehen, dass sie das selbst nicht so recht zu sagen vermochte. Sie kannte diesen Mann überhaupt nicht; ihr einziger Kontakt hatte darin bestanden, ihn durchs Fenster heimlich beim Sex mit anderen Frauen zu beobachten. Doch gerade dieser Gedanke sorgte dafür, dass ihre Fingerspitzen vor Aufregung kribbelten, wie sie es für gewöhnlich immer dann taten, bevor Lene auf Reisen ging oder etwas anderes bevorstand, auf das sie sich freute – oder wovor sie sich fürchtete.

Andere Leute verspürten möglicherweise den Drang, auf die Toilette zu gehen, oder ihre Nase fing an zu jucken. Bei Lene kribbelten die Fingerspitzen. Immerhin, angesichts des Fegefeuers widerstreitender Emotionen in ihrem Innern war das durchaus nachvollziehbar, fand sie.

Irrsinn.

Das war das einzige Wort, was ihr hierzu einfiel.

Vollkommener Irrsinn.

Aber gleichgültig, wie wahnwitzig die Vorstellung auch sein mochte, sie war aus einem ganz bestimmten Grund hergekommen, und bevor ihre Zweifel – oder die Vernunft, was das anbetraf – Überhand gewinnen und sie es sich womöglich doch noch anders überlegen konnte, gab Lene sich einen Ruck – und drückte auf die Klingel.

Ding-dong!

Das Geräusch der Glocke drang gedämpft durch die Tür.

Lene trat unruhig von einem Fuß auf den anderen und zwang sich zu warten, obwohl alles in ihr danach schrie, auf dem Absatz kehrtzumachen und zu verschwinden, bevor die Tür aufschwang und sie *ihm* gegenüberstand, denn dann, das wusste sie, würde es zu spät sein.

Noch konnte sie zurück.

Noch hatte sie nichts getan, was ihre Ehe wirklich in Gefahr brachte.

Lauf einfach weg, sagte Lene sich. *Er wird denken, ein paar Kinder hätten ihm einen Klingelstreich gespielt. Geh nach Hause und vergiss das Ganze.*

Doch das war ihr nicht möglich.

Dazu war sie bereits zu weit gegangen.

Und so blieb sie, wo sie war, ignorierte tapfer das mulmige Gefühl in ihrer Magengrube und schickte sich gerade an, ein zweites Mal zu klingeln, als sie hinter der Tür mit einem Mal Schritte vernahm. Im nächsten Moment flammte die Lampe über dem Sims auf, und Lene blinzelte in der plötzlichen Helligkeit. Sie kam sich vor wie eine Schauspielerin im Lichtkegel eines Scheinwerfers – alle Blicke ruhten auf ihr. Ihr blieb gerade noch genug Zeit, zu realisieren, dass es jetzt endgültig zu spät war, einen Rückzieher zu machen.

Dann schwang die Tür auf, und *er* stand vor ihr.

Der Mann im blauen Bademantel.

Dieter Berger.

Die Diele des Reihenhauses war in Halbdunkel getaucht, doch der Schein der Türlampe fiel auf sein Gesicht, und zum ersten Mal, seit Lene ihn und die Rothaarige durch das Wohnzimmerfenster beobachtet hatte, sah sie ihn richtig vor sich.

Er war größer, als sie angenommen hatte, beinahe einsneunzig, mit breiten Schultern, schlank und durchtrainiert, ohne dabei ein Muskelprotz zu sein. Sein kurz geschnittener Vollbart ging knapp bis unters Kinn, sodass sein kräftiger Hals frei lag. Er hatte einen ausdrucksvollen Mund und eine leicht schiefe Nase, die wirkte, als wäre sie irgendwann einmal gebrochen gewesen und nicht wieder korrekt zusammengewachsen. Die ernsten graugrünen Augen unter den dichten Brauen waren von einem Gitterwerk feiner Fältchen umgeben, und an den Schläfen seines dunkelblonden Haars zeigten sich erste Spuren von Weiß.

Lene konnte sein Rasierwasser riechen, herb und männlich, mit einem Hauch Moschus.

Wortlos stand er da, eine Hand an der Tür, und sah sie an. Er trug Jeans und einen marineblauen Pullover, als wäre er gerade von der Arbeit nach Hause gekommen, und nichts ließ erkennen, dass er wusste, wer sie war. Aber er schien nicht im Geringsten überrascht, sie zu sehen, und nach einem schier endlosen Moment des Schweigens, in dem Lene nicht einmal zu atmen wagte, öffnete er die Haustür schließlich zur Gänze und machte ihr Platz.

Keiner von ihnen sagte ein Wort.

Das war auch nicht nötig.

Sie wussten beide, warum Lene hergekommen war.

Unsicher trat sie über die Schwelle in die mit antiken Kirschholzmöbeln ansprechend ausgestattete Diele und sah sich um. Aus der halb geöffneten Tür, die von hier aus ins Wohnzimmer ging, fiel dämmriger Lichtschein herein. Von nebenan drang Musik an ihr Ohr.

Ein französisches Lied.

»Poupée de cire« von France Gall.

Obwohl ihre Sinne zum Zerreißen gespannt waren, nahmen sie es kaum wahr.

Ihre Fingerspitzen kribbelten so heftig wie noch nie zuvor in ihrem Leben.

Nervös blieb sie inmitten der Diele stehen und zwang sich zur Ruhe. Als die Tür hinter ihr mit einem Klicken ins Schloss fiel, zuckte sie unmerklich zusammen.

Jetzt gab es kein Zurück mehr.

Und sie *wollte* auch gar nicht zurück. Vielleicht ein Teil von ihr, jene kleine Stimme in ihrem Hinterkopf, die sie zur Vernunft mahnte und nicht fassen konnte, dass sie tatsächlich hier war, in *seinem* Haus. Gleichwohl, diese Stimme wusste nichts von dem verzehrenden Feuer, das seit dem Moment zwischen ihren Schenkeln brannte, seit sie sich zurechtgemacht hatte, um herzukommen.

Dabei war es keine bewusste Entscheidung gewesen. Sie hatte vorhin nicht in der Küche gesessen, in ihrem Kaffee gerührt und sich gesagt, dass es heute passieren würde. Um der Wahrheit die Ehre zu geben, hatte sie nicht einmal über diese *Möglichkeit* nachgedacht. Stattdessen war sie nach einem kurzen Telefonat mit Wolfgang, der ihr mitteilte, dass es bei ihm wieder einmal später werden würde, einfach ins Badezimmer gegangen und hatte sich geschminkt, ohne großartig darüber nachzudenken, was sie tat oder wo das alles hinführen sollte.

Und das vermochte sie auch jetzt noch nicht zu sagen.

Doch sie war entschlossen, es herauszufinden.

Dieter Berger drehte den Schlüssel im Schloss und wandte sich zu ihr um. Er betrachtete sie nachdenklich. Seiner Miene war nicht zu entnehmen, was ihm durch den Kopf ging, aber da war etwas in seinem Blick, das Lene alles über ihn verriet, was sie wissen musste.

Er sah sie erwartungsvoll an, und ohne den Blickkontakt zu unterbrechen, öffnete sie den Gürtel ihres Mantels; im nächsten Moment glitt er über ihre Schultern zu Boden und blieb zu ihren Füßen liegen. Darunter trug sie ein geschnürtes schwarzes Mieder, das ihre Taille betonte und ihre Brüste vorteilhaft zur Geltung brachte, sowie halterlose schwarze Nylonstrümpfe mit blutroten Strumpfbändern. Ihre Beine endeten in hochhackigen schwarzen Schuhen. Auf ein Höschen hatte sie verzichtet, und das Dreieck ihres Schamhaars lag dunkel und einladend zwischen ihren Schenkeln.

Hätte ein anderer Mann sie so gesehen – selbst ihr eigener –, wäre Lene vermutlich auf der Stelle vor Scham im Erdboden versunken, doch in diesem Moment kam es ihr ganz natürlich vor, wie vorherbestimmt, als müsste es genau so sein.

Dieter Berger ließ die Augen über ihren halbnackten Körper wandern. Sie spürte seinen Blick so intensiv auf ihrer Haut, als würde er sie berühren, und obwohl es in der Wohnung angenehm warm war, richteten sich ihre Brustwarzen so plötzlich auf, als hätte sie ein eisiger Hauch gestreift.

Für eine Sekunde überkam sie ein Gefühl der Scham.

Noch nie zuvor hatte sie sich auf diese Weise einem Mann präsentiert. Zwar trug sie zu Hause gelegentlich aufreizende Wäsche, doch weniger Wolfgang zu Gefallen, sondern weil schöne Unterwäsche ihr ein Gefühl von Weiblichkeit vermittelte, von *Sinnlichkeit*.

Sie fühlte sich *begehrenswert*, wenn sie derlei trug.

Und Dieter *begehrte* sie, daran gab es keinen Zweifel.

Als er schließlich sprach, klang seine Stimme tief und männlich, irgendwie rauchig, als hätte er in seinem Leben schon so manches Glas guten Whiskey geleert.

»Ich wusste, dass du kommst«, sagte er. «Ich wusste nicht, ob heute, morgen oder in einem Monat, aber mir war klar, dass du kommst. Du konntest einfach nicht anders.«

Er hatte recht.

Sie hatte keine andere Wahl gehabt, als herzukommen.

»Du konntest nicht anders«, wiederholte er, und jetzt klang es seltsam.

Lenes Kehle war wie zugeschnürt. Sie konnte bloß nicken.

Erneut ließ er den Blick über sie gleiten, achtundfünfzig Kilo verteilt auf einen Meter siebzig, das Fleisch fest und straff von vielen Spaziergängen und einer ausgewogenen Ernährung, mit einer Handvoll Oberweite und einem Becken, das vielleicht einen Tick zu breit, aber keinesfalls ausladend war. Ohne ein weiteres Wort trat er auf sie zu, baute sich direkt vor ihr auf, öffnete seinen Gürtel und nestelte an den Knöpfen. Dann glitten seine Hosen hinunter bis zu den Knien, und unwillkürlich schaute Lene nach unten.

Das Erste, was ihr auffiel, war, dass Dieter kein einziges Haar in der Leistengegend hatte. Sein Penis und seine Hoden waren blitzblank, wie bei einem kleinen Jungen. Sie hatte noch nie einen Mann gesehen, der sich den Intimbereich rasierte, und sie selbst wäre im Leben nicht darauf gekommen, derlei zu tun, doch jetzt, wo sie es vor sich sah, musste sie zugeben, dass es ansprechender aussah als der wild wuchernde Busch, den Wolfgang untenrum trug. Und es gab noch einen gravierenden Unterschied zwischen ihnen.

Dieter war beschnitten.

Anders als bei Wolfgang war seine Eichel nicht hinter einer rüsselartigen Vorhaut verborgen, um hervorzukommen wie eine runzlige rosa Raupe, sobald sich sein Schwanz aufrichtete.

Und, gewahrte Lene erregt, er war bereits halb steif.

Er will mich, schoss es ihr durch den Kopf. *Er will mich wirklich …*

Sie spürte, wie sich ihr Unterleib bei diesem Gedanken vor Verlangen zusammenzog. Bevor sie jedoch irgend etwas sagen oder tun konnte, meinte Dieter so ruhig, als spräche er über das Wetter: »Auf die Knie.«

Es war keine Bitte.

Zögernd kam Lene seiner Aufforderung nach.

Mit ungestüm klopfendem Herzen sank sie vor ihm zu Boden, bis sie auf Knien und Schuhspitzen auf dem Läufer kauerte. Sein Schwanz war genau in Höhe ihres Kopfes, nur eine Handbreit entfernt. Beiläufig gewahrte sie, dass er ein Muttermal am rechten Hoden hatte, einen kleinen braunen Fleck, der ihm etwas gleichermaßen Greifbares und Entrücktes verlieh, wie bei den Models in den Modekatalogen vom Otto-Versand, die allesamt zu schön waren, um wahr zu sein.

Das Muttermal indes machte ihn irgendwie menschlich.

Real. *Greifbar.*

Dies hier war kein Traum.

Dies hier war die Wirklichkeit!

Trotzdem, sie hatte keine Angst. Vielmehr waren da Neugierde, Anspannung und ein wildes, pochendes Verlangen, und mit einem Mal waren alle Bedenken wegen Wolfgang und dem Rest der Welt vergessen. Von einer schier unbändigen Lust erfüllt, betrachtete sie seinen Schwanz, der sich ihr keck entgegenreckte, und Dieter sagte: »Fass ihn an!«

Lene tat wie geheißen. Ja, mehr noch: Einem plötzlichen Impuls folgend, spuckte sie sich auf die rechte Handfläche und umfasste damit sein angeschwollenes Glied. Unter ihrer Berührung zuckte er wie eine dicke rosa Schlange, und dann spürte sie, wie er sich noch mehr versteifte, als sie begann, ihre speichelfeuchte Hand auf und ab zu bewegen, erst langsam, dann ein bisschen schneller, in einem steten, fordernden Rhythmus, der dafür sorgte, dass sich sein Schwanz unter ihren Fingern zu voller Größe aufrichtete, in gleichem Maße, wie das Feuer zwischen ihren Schenkeln sekündlich höher emporloderte.

Dieter indes stand einfach bloß da, blickte auf sie herab und verfolgte, wie sie seinen Schwanz wichste, seine pralle Männlichkeit durch ihre Hand gleiten ließ und die Vorhaut vor und zurück bewegte, vor und zurück, ein wenig so, als würde sie Spargel schälen.

Schließlich sagte er: »Jetzt nimm ihn in den Mund.«

Unwillkürlich machte Lenes Herz einen Satz.

Da waren sie, die Worte, auf die sie die ganze Zeit über insgeheim gewartet hatte. Er sagte es ganz gelassen, als wäre gar nichts dabei, und einen flüchtigen Augenblick lang musste Lene an Wolfgang denken, und wie er genau dasselbe gesagt hatte, damals im Autokino, während jener Vorstellung von *Die Katze auf dem heißen Blechdach*.

Seinerzeit hatte sie sich voller Scheu abgewandt.

Doch diesmal zögerte sie nicht.

Sie beugte sich vor, befeuchtete mit der Zunge ihre Lippen – und nahm Dieters Glied behutsam in den Mund. Es war warm und fest und schmeckte seltsamerweise ein bisschen wie ein frischer Maiskolben. Und ob es nun daran lag, dass sie Mais mochte, oder daran, dass sie so erregt war wie selten zuvor in ihrem Leben – mit einem Mal fand sie es absolut lächerlich, dass sie bisher immer so davor zurückgeschreckt war, Wolfgangs Schwanz zu blasen. Es war keineswegs schlimm oder eklig, falls sie das gedacht hatte; im Gegenteil.

Es fühlte sich *gut* an – verdammt gut!

Und obwohl sie dergleichen noch nie zuvor getan hatte, machte sie es allem Anschein nach richtig, denn Dieter schob die Hüften vor, wie um sein bestes Stück tiefer in ihren Rachen zu bekommen, und stöhnte verhalten; nicht laut, nicht vor Ekstase, aber es genügte, um sie weitermachen zu lassen.

Sie ließ seinen Schwanz in ihren Mund gleiten, massierte dabei mit einer Hand sanft den Schaft und bewegte den Kopf vor und zurück, genau wie sie es bei der Rothaarigen gesehen hatte.

Sie spürte, wie er immer weiter anschwoll, wie er stetig härter wurde, bis er sich beinahe anfühlte wie die Salatgurke, mit der sie sich vor einer Weile selbst befriedigt hatte, während sie sich ausmalte, wie es wohl wäre, Dieters Schwanz zu blasen. Nun, *jetzt* wusste sie es, und die Realität war noch tausendmal besser als jede Fantasie!

Unwillkürlich beschleunigte sie ihren Rhythmus, und ohne dass man es ihr hätte sagen müssen, nahm sie die Zunge mit dazu, um das Spiel ihrer Lippen zu unterstützen. Sie fuhr den Schaft auf und ab, leckte über die geteilte Spitze der Eichel und genoss das lüsterne Zucken, das dabei durch Dieters Schwanz lief.

»Die Eier!«, forderte er. »Die Eier nicht vergessen!«

Er sprach mit ihr, als hätte sie dergleichen schon etliche Male gemacht, und plötzlich wurde Lene bewusst, dass er ja keine Ahnung hatte, dass ihr Mund noch jungfräulich gewesen war. Gleichwohl, sie wollte ihm keinen Anlass geben, etwas anderes anzunehmen, und so begann sie, seine Hoden zu liebkosen. Von neuem glitt ihre feuchte rosa Zunge den Schaft hinunter und noch tiefer, zu seinen Eiern, um sie erst behutsam zu lecken und sie dann eins nach dem anderen in den Mund zu nehmen und vorsichtig daran zu saugen, während sie ihn mit der anderen Hand weiterhin wichste.

Dieter legte stöhnend eine Hand auf ihren Hinterkopf, um sie sanft, aber bestimmt an sich zu ziehen, eine stumme Bitte, ja nicht aufzuhören, weiterzumachen. Aber da konnte er ganz beruhigt sein.

Lene hatte nicht vor, aufzuhören.

Es war paradox: Ihm Lust zu bereiten steigerte ihr eigenes Verlangen in nie gekanntem Maße! Es war berauschend, ihn in ihrem Mund zu spüren, und unwillkürlich dachte sie an die Rothaarige, die denselben Penis geblasen hatte wie sie jetzt. Sie hatte gewirkt wie eine Frau, die sich der Macht, die sie besaß, vollauf bewusst war; es hatte ihr Vergnügen bereitet, sich Dieter gefügig zu machen und ihn dazu zu bringen, sich vor Gier nach ihr zu winden, allein getrieben von dem einen, alles überragenden Wunsch nach *Erlösung*.

Vor Jahren, als sie mit Wolfgang einmal Urlaub in den Alpen gemacht hatte, waren sie zusammen mit einem Führer zu einer Gipfelwanderung aufgebrochen. Der Aufstieg war hart und langwierig, und mehr als einmal hatte Lene angesichts ihrer vor Erschöpfung pfeifenden Lungen, die in der dünnen Bergluft kaum genug Sauerstoff aufnehmen konnten, mit dem Gedanken gespielt, einfach aufzugeben, weil sie nicht glaubte, dass es dort oben irgendetwas gab, das diese Schinderei wert sein konnte. Aber als sie schließlich auf dem Gipfel standen und nach Atem ringend auf die Welt tausend Meter unter sich hinabschauten, die sich im goldenen Licht des Spätnachmittags wie die Miniaturlandschaft einer Modelleisenbahn zu allen Seiten hin ausbreitete, erkannte Lene, dass sie sich geirrt hatte.

Noch nie zuvor war sie von etwas so überwältigt worden.

Hier war es genauso.

Dieters steifen Schwanz zu lutschen, ihn fest und zugleich so unendlich weich zwischen ihren Lippen zu spüren weckte in Lene ein nie gekanntes Verlangen. Die geheimnisvolle Tür, die an jenem Tag aufgestoßen worden war, an dem sie Dieter und die Rothaarige heimlich durchs Fenster beobachtet hatte, schwang noch ein Stück weiter auf, und die Ahnung der Wunder, die dahinter lagen, ließ sie vor Wollust erschauern.

»Tiefer!« Dieter zog ihren Kopf dichter zu sich. »Tiefer!«

Lene gehorchte. Sie nahm seinen Schwanz so tief in den Mund, bis sie fast würgen musste, doch Dieter hielt ihren Kopf fest, sodass sie sich nicht wegdrehen konnte, und drängte seine pulsierende Männlichkeit mit sanfter Gewalt so weit in ihren Rachen, wie es irgend ging. Sein Schwanz glitt über den harten Kamm ihrer Zähne, vor und zurück, vor und zurück, und Dieters Keuchen wurde im selben Maße rauer wie seine Stöße drängender.

Jetzt ließ er sich nicht mehr von Lene blasen.

Nein, jetzt *fickte* er sie!

Er fickte ihren Mund, wie er ihre Muschi ficken würde. Er hielt ihren Kopf fest und stieß tief in ihren Rachen; seine Hüfte glitt vor und zurück, immer schneller, und Lene konnte nichts anderes tun, *wollte* nichts anderes tun als ihm zu Willen sein.

Sie bewegte sich seinem Rhythmus entgegen, um ihn noch tiefer aufzunehmen. Seine Schwanzspitze stieß wiederholt gegen ihren Gaumen, wenn er besonders tief in ihren feuchten, warmen Schlund drang. Es hatte keinen Sinn, sich ihm zu widersetzen. So begann sie schließlich, statt zu würgen reflexartig zu schlucken, und als wäre das der Schlüssel zur Büchse der Pandora, glitt Dieters Schwanz auf einmal bis zur Wurzel in ihren Rachen, fast doppelt so weit wie vorher. Von diesem Erfolg angespornt, packte sie mit beiden Händen seine Hinterbacken, schob ihren Mund vor und schaffte es, seine Männlichkeit zur Gänze in sich aufzunehmen.

Dieter keuchte überrascht.

»Gut so«, raunte er atemlos. »Ja, gut so …«

Sein Schwanz zuckte zwischen ihren Lippen, und auf einmal hatte Lene einen seltsamen Geschmack auf der Zunge, ein wenig wie ungewürzter Avocadosaft. Im nächsten Augenblick beschleunigte sich Dieters Rhythmus noch mehr, und instinktiv wusste sie, dass es gleich so weit sein würde.

Nur noch ein bisschen.

Nur noch ein kleines bisschen …

Plötzlich wurde Dieters Schwanz in ihrem Mund noch härter, als er ohnehin schon war. Seine Muskeln versteiften sich, als sich sein gesamter Körper spannte wie eine Bogensehne.

»Ja!« Seine Stimme zitterte vor Erregung. »Ja, ja, *jetzt*!« Und dann kam er.

Einem ersten Impuls folgend, wollte Lene zurückweichen, seinen Schwanz aus der warmen Höhle ihres Mundes entlassen, doch seine Hände hielten sie an Ort und Stelle, und so blieb ihr nichts anderes übrig, als stillzuhalten, während sich sein Samen überraschend warm und eine Spur salzig in sie ergoss. Sein Schwanz pulste, und aus der geschwollenen Spitze seiner Männlichkeit pumpte er seinen Samen tief in ihren Rachen, um Lene mit einem Verlangen zu erfüllen, das über alles hinausging, was sie jemals gekannt hatte.

Ihre Schenkel zitterten vor Wollust.

Irgendwann versiegte der Strom seiner Leidenschaft, und noch während er sich aus ihr zurückzog, sagte er mit belegter Stimme: »Schluck es runter!«

Gleichwohl, dieser Anweisung hätte es nicht bedurft, denn Lene ließ seinen Samen bereits genussvoll im Mund kreisen, als wäre es süße Sahne. Dass sie dennoch einen Moment lang zögerte, hatte nichts damit zu tun, dass sie es nicht tun *wollte*, sondern dass es ihr widerstrebte, diesen herrlichen Geschmack aufzugeben.

Als sie es schließlich doch tat, sah sie Dieter dabei tief in die Augen. Sie schluckte alles hinunter, fuhr sich mit der flachen Hand über den Mund und wischte sich die letzten Spuren seiner Lust von den Lippen. Indes, ihr eigenes Verlangen brannte nun lichterloh, und genau wie an jenem Abend, als sie Dieter und die Rothaarige durch das Wohnzimmerfenster beobachtet hatte, bestimmte plötzlich nur noch ein einziger Gedanke ihr Denken.

Sie sah Dieter unverwandt an, als sie sagte: »Ich will ficken!«

»Dann komm«, sagte er nur und half ihr auf, um sie durch einen kurzen Flur in den hinteren Teil des Hauses zu führen, wo sich das Schlafzimmer befand.

Im Gegensatz zum Rest der Wohnung war es schlicht und zweckmäßig, ja, geradezu spartanisch eingerichtet: Abgesehen von dem breiten Doppelbett, das den verhältnismäßig kleinen Raum beinahe zur Gänze beherrschte, waren die einzigen anderen Möbel ein Kleiderschrank mit wuchtigen Klauenfüßen, ein Nachttisch mit einer Fransenlampe darauf sowie ein gerahmtes Ölgemälde neben der Tür, das eine klassische Jagdszene darstellte.

Nichts davon verriet etwas über den Mann, der hier schlief.

Es war lediglich ein Zimmer mit einem Bett, kalt und anonym. Das einzige Zugeständnis daran, dass hier überhaupt jemand wohnte, waren die zerwühlten Decken sowie die Kleidungsstücke, die über das Fußende des Bettes gehängt waren.

Dieter schaltete die Nachttischlampe ein.

Das Licht riss seine halbnackte Gestalt aus den Schatten, und überrascht stellte Lene fest, dass seine Erektion trotz des Umstands, dass er gerade zum Höhepunkt gekommen war, kaum nachgelassen hatte. Sein Schwanz stand steif und bereit von seinem Unterleib ab, und allein der Anblick genügte, um sie die Initiative ergreifen zu lassen.

Sie ließ sich rittlings auf das Bett sinken, winkelte ein Bein leicht an und bedachte Dieter mit einem erwartungsvollen Blick. Seine Augen glitten über ihren Körper, und die Begierde darin ließ sie schaudern.

Es war sonderbar.

Lene hatte sich nie für sonderlich hübsch gehalten, geschweige denn für schön, und auch wenn sie mit ihrer Figur im Grunde recht zufrieden war, gab es fraglos unzählige Frauen, die wesentlich besser gebaut waren als sie, mit mehr Busen und *weiblicheren* Kurven.

Sie war keine Sexbombe und würde nie eine sein.

Aber offenbar war das gar nicht nötig, um einem Mann begehrenswert zu erscheinen. Denn Dieter *begehrte* sie, daran bestand kein Zweifel. Jede Faser seines Seins verzehrte sich nach ihr; sie sah es ihm an. Und es war diese Erkenntnis, die ihr das Selbstbewusstsein verlieh, die Beine so weit zu spreizen, dass Dieter am Fußende des Bettes das einladende Dreieck ihrer Scham gut erkennen konnte.

Ohne den Blick von seinem Gesicht abzuwenden, befeuchtete sie Zeige- und Mittelfinger und begann, sich vor seinen Augen langsam und provozierend den Kitzler zu reiben. Sie war so feucht, dass sich ihre Schamlippen unter der Berührung wie von selbst teilten – eine Blume, die bloß darauf gewartet hat, zu erblühen. Sie konnte selbst nicht so recht fassen, was sie hier tat, doch statt sich darüber Gedanken zu machen, gab sie sich einfach dem Verlangen hin, das sie hergeführt hatte.

Ihre Finger glitten hinunter zu ihrer Möse, verschwanden für einen Moment in ihrem tropfnassen Loch und kamen dann wieder zum Vorschein, bevor sie von neuem vorstießen. Und die ganze Zeit über ließ sie Dieter nicht aus den Augen. Das Gefühl, sich zu berühren, während er zusah, war aufregend, ja, das war beinahe das Erregendste daran: ihn dabei anzuschauen und zu sehen, wie seine Mundwinkel zuckten, während er krampfhaft versuchte, nicht einmal zu *blinzeln*, um nur ja nichts zu verpassen. Sein Schwanz ruckte unruhig, begierig darauf, den nächsten Schritt zu tun. Sein Blick haftete an der feucht glänzenden rosa Spalte zwischen ihren Schenkeln, und es kostete ihn sichtlich Mühe, zu ihr aufzuschauen, als er fragte: »Soll ich dir die Fotze lecken?«

Der Satz hallte in ihren Ohren nach wie ein Echo zwischen Berghängen.

Soll ich dir die Fotze lecken?

Die Vorstellung, dass er mit seiner Zunge ihre Scheide liebkosen wollte, war so ungeheuerlich, dass Lene Mühe hatte, ihre Kinnlade oben zu halten. Das hatte noch nie jemand gemacht: sie geleckt. Seit der Sache damals im Autokino war es mit dem sexuellen Experimentierdrang ihres Gatten nicht mehr weit her, und bislang war sie stets froh darüber gewesen. Selbst in diesem Moment regte sich eine gewisse Scham in ihr; der Gedanke, dass er ihre Nässe schmeckte und ihre Weiblichkeit roch, die nun einmal nicht wie ein Blumengarten duftete, war ihr peinlich.

Und dann Dieters Wortwahl!

»Fotze« – das klang so asozial, wie die Menschen waren, die dieses Wort benutzten. In ihrem Elternhaus war niemals über dergleichen diskutiert worden, und ihre Freundinnen sprachen davon als Muschi oder Scheide oder Mumu. Lene selbst gefiel Muschi am besten; das klang irgendwie niedlich, fast unschuldig. Aber tatsächlich hatte sie in diesem Augenblick keine Muschi oder Mumu oder Scheide.

Sie hatte eine Fotze, schlicht und einfach. Eine enge, nasse, geile Fotze, die vor Wollust brannte und nicht im Geringsten unschuldig war. Und ja, zum Teufel, sie wollte von ihm geleckt werden!

»Ja«, raunte sie lüstern. »Ja, leck meine Fotze!«

Das ließ Dieter sich nicht zweimal sagen.

Er gesellte sich zu ihr aufs Bett, sank zwischen ihre weit gespreizten Beine, und einen Augenblick lang schwebte sein Kopf geradewegs über ihrer Möse, die sie noch immer lustvoll rieb. Ein wissendes, beinahe schelmisches Lächeln spielte über seine Züge, wie an jenem Abend, als er sie draußen in der Hofeinfahrt entdeckt hatte. Er kostete Lenes Vorfreude ebenso aus wie seine eigene, und als er schließlich zwischen ihren Schenkeln verschwand und sie seine Zunge dort spürte, wo gerade noch ihre Finger gewesen waren, erbebte ihr ganzer Körper.

Das Gefühl war unbeschreiblich: Als strichen Schmetterlingsflügel gleichermaßen sanft wie fordernd über ihren Kitzler. Trunken vor Lust blickte Lene an sich selbst herab und verfolgte, wie Dieter zwischen ihren Beinen arbeitete. Seine Zunge spielte flink über ihre Klitoris, teilte geschickt das feuchte Tal ihrer Möse und glitt tiefer, um endlich in ihre Nässe einzutauchen. Sie spürte ihn am Eingang ihrer Muschi, fühlte, wie er sich in ihr bewegte, und verfluchte sich dafür, dass sie diese unvergleichliche Wonne nicht schon früher erfahren hatte. Das Lustgefühl war so gewaltig, dass sie laut stöhnte. Sie konnte sich nicht entsinnen, jemals so erregt gewesen zu sein – so *geil*.

Es gab einfach kein anderes Wort dafür.

Lene schloss die Augen und gab sich ganz ihrem Verlangen hin. Es war, als stünde ihr gesamter Unterleib in Flammen, und je länger Dieter seine Zunge kreisen ließ und die zarten Hautfältchen und Klüfte ihrer Möse erkundete, desto überwältigender wurde das Gefühl. Schon spürte sie jenes wohlvertraute Ziehen, das den nahenden Höhepunkt ankündigte, und im selben Maße, wie ihr Stöhnen lauter wurde, gab Dieter seine Zurückhaltung auf und leckte sie fordernder, drängender, schneller.

Er presste sein Gesicht so fest in ihre weit klaffende Muschi und trieb seine Zunge so gierig in sie, als wolle er sie auslecken. Offenbar mundete ihm ihre Weiblichkeit.

Lene konnte sich nicht vorstellen, dass es möglich war, ihre Lust noch zu steigern. Dann spürte sie mit einem Mal zwei seiner Finger in sich, ohne dass Dieter aufhörte, sie zu lecken, und sie wurde eines Besseren belehrt.

Es war, als hätte man Öl ins Feuer gegossen; schlagartig erreichten die Flammen ihres Begehrens neue, nie gekannte Höhen.

Sie wand sich auf dem Laken, schob Dieter ihre Hüfte entgegen, um seine Zunge zu den Stellen zu dirigieren, die besonders empfindsam waren, und tat ihre Geilheit offen kund.

Sie wollte nicht, dass es aufhörte.

»Ja«, keuchte sie atemlos. »Ja, ja, *mehr* …«

Und Dieter gab ihr mehr.

Während er weiter ihren Kitzler liebkoste, ihn mit der Zunge wie einen Knopf von einer Seite zur anderen schob und gelegentlich behutsam daran saugte, drehte er seine Finger in ihr so, dass er die Innenwand ihrer Scheide massieren konnte, direkt über ihrem zuckenden Loch. Anscheinend wusste er genau, was er da tat, denn immer, wenn er dabei eine bestimmte Stelle berührte, durchzuckten sie Blitze der Erregung.

Ihre Lider flatterten. Wie aus weiter Ferne hörte sie sich selbst stöhnen, so rau und kehlig, dass sie ihre eigene Stimme kaum wiedererkannte.

Als sie schließlich kam, war es, als würde in ihrem Innern ein Vulkan ausbrechen, den Lene ihr ganzes Leben lang mühsam unter Kontrolle gehalten hatte. Die Begierde riss sie einfach mit sich fort, und alle Lust und Erregung brach sich in einem einzigen gewaltigen Feuerwerk der Erfüllung Bahn.

Ihr Leib wurde von einer heißen Woge überschwemmt. Sie wölbte den Rücken durch, krallte ihre Finger tief in die Laken und schrie ihre Geilheit hinaus. Sie schrie, genau wie die junge Blonde geschrien hatte, als Dieter sie hart von hinten nahm, und als wäre das für ihn das Zeichen gewesen, auf das er die ganze Zeit gewartet hatte, verharrten seine Finger mit einem Mal in ihr, und die Berührungen seiner Zunge wurden sanft und behutsam, beinahe zärtlich. Statt sich auf ihren Kitzler zu konzentrieren, glitt sie langsam, ohne Hast, zwischen ihren Schamlippen auf und ab, bis Lenes bebender Schoß allmählich wieder zur Ruhe kam.

Ihr schwindelte; vor ihren Augen flimmerten weiße Sterne, doch das Feuer war noch immer da, und als hätte er bloß stillgehalten, damit sie wieder ein wenig zu Atem kam, begannen sich seine Finger nun von neuem in ihr zu regen. Gleichzeitig nahm er ihren Kitzler zwischen die Zähne und saugte daran, erst sanft, dann ein bisschen fester.

Sekunden später kam sie erneut, als Dieter seine Finger unvermittelt mehrmals schnell und hart in sie stieß. Ihr Unterleib zuckte, als führen Stromstöße hindurch. Sie warf sich von einer Seite auf die andere, doch Dieter umklammerte mit dem freien Arm ihre Schenkel, presste sie mit sanfter Gewalt aufs Bett und hinderte sie so daran, sich selbst um die größte Lust ihres Lebens zu bringen. Ihr blieb nichts anderes übrig, als sich halb von Sinnen vor Verlangen in seinem Griff zu winden, während er unbeirrt seine Zunge und seine Finger spielen ließ und ihr einen dritten heftigen Höhepunkt bescherte, der Lene schließlich keuchend in sich zusammensacken ließ.

Als sie sich mit der flachen Hand das schweißfeuchte Haar aus der Stirn strich, tauchte Dieter zwischen ihren Schenkeln auf. Seine Augen leuchteten wie die eines Kindes, das an Heiligabend ins Weihnachtszimmer gelassen wird, und Lene erkannte, dass er mindestens ebenso viel Gefallen daran gefunden hatte, sie zu verwöhnen, wie sie selbst. Das war neu für sie, denn obgleich sich Wolfgang stets nach besten Kräften bemüht hatte, auf sie einzugehen und nicht allein seine eigenen Triebe zu befriedigen, war es ihm nie wirklich gelungen, ihr das zu geben, was sie brauchte.

Zugleich überkam sie ein Anflug von Traurigkeit, dass sie erst dreiunddreißig Jahre alt werden musste, um so etwas zu erleben. Aber immerhin wusste sie jetzt, was hinter jener geheimnisvollen Tür lag, und sie war entschlossen, auch noch all die anderen Wunder und Mysterien zu erkunden, die jenseits der Schwelle auf sie warteten.

Und Dieter würde ihr dabei ohne Frage hilfreich zur Seite stehen!

Zwischen ihren Beinen kauernd, schaute er zu ihr auf und sagte lächelnd: »Das gefällt mir.«

»Was denn?«, fragte sie, noch immer ganz benommen von den Flutwellen der Lust, die über sie hinweggetost waren. »Meine Fotze zu lecken?«

»Das auch«, stimmte er zu, und sein Lächeln wurde noch breiter. »Aber ich meine das hier …«

Er kam zu ihr hoch und streckte den Zeigefinger aus, um ihre Unterlippe zu berühren. »Wie deine Lippe zittert, wenn du erregt bist … Wie die Flügel eines Kolibris …«

Lene spürte, wie ihre Wangen heiß wurden.

Er hatte recht; ihre Unterlippe bebte so unkontrolliert wie damals in der Küche, als sie es sich mit der Salatgurke besorgt hatte. Und genau wie in jener Nacht konnte sie auch jetzt nicht das Geringste dagegen tun.

»Kolibri«, sagte Dieter, und dann beugte er sich zu ihr herab und küsste sie leidenschaftlich.

Lene konnte ihre eigene Muschi schmecken, schwach süßlich, ein wenig wie eine Honigmelone, die noch nicht ganz reif ist.

Als Dieter sich wieder von ihr löste, glänzten seine Augen vor Gier.

»Du hast gesagt, du willst ficken. Dann lass uns ficken!«

Lächelnd spreizte Lene die Beine.

»Komm in mich!«, forderte sie mit rauer Stimme.

Dieter nahm sich kaum die Zeit, seine Hosen abzustreifen. Schon war er über ihr, kniete sich zwischen ihre Schenkel und ließ sie einen demonstrativen Blick auf seinen steifen Schwanz werfen, wie um ihre Vorfreude noch zu steigern. Doch es bedufte keiner zweiten Aufforderung, um ihn zur Tat schreiten zu lassen!

Mit konzentrierter Miene fasste Dieter ihre Beine, legte sie sich auf die Schultern, sodass ihr Becken fast senkrecht nach oben wies – und drang langsam und gefühlvoll in sie ein, während er Lene die ganze Zeit über in die Augen sah, die Arme links und rechts neben ihrem Kopf abgestützt, um sie nicht mit seinem Gewicht zu erdrücken.

Lene war so feucht, dass sein Schwanz mühelos in sie hineinglitt, und als sie ihn endlich in sich spürte, stellte sie fest, dass es sich sogar noch besser anfühlte als in ihren Träumen. Der größte Unterschied zwischen Dieters Penis und dem von Wolfgang lag jedoch nicht in ihrem Aussehen, sondern darin, was die Männer damit *anstellten*.

Was Dieter anging, so begann er langsam und ruhig, ja, fast gelassen, als würde er erst einmal nur das Gefühl genießen, in ihr zu sein. Dann fing er an, sein Tempo allmählich zu steigern, bis er schließlich bis zum Anschlag in sie stieß, in einem wilden, ekstatischen Rhythmus, der sich von einer Sekunde zur anderen unerwartet ändern konnte: Im einen Moment fickte er sie tief und langsam, dann wieder schnell und hart, ein steter Wechsel, der Lene schier um den Verstand brachte. Sie lag einfach nur da, starrte zu Dieter empor, dessen Gesicht im Zwielicht des Zimmers über ihr schwebte, und ihr ganzes Sein konzentrierte sich auf ihre Muschi und seinen Schwanz.

Längst war ihre Fotze von allem, was Dieter mit ihr angestellt hatte, so geschwollen und sensibel, dass allein die geringste Berührung ein wahres Inferno der Begierde nach sich zog. Und Dieter spielte mit ihrer Lust wie ein Musiker auf seinem Instrument, brachte sie ganz gezielt dahin, wo er sie haben wollte, führte sie so sicher durch sämtliche Höhen und Tiefen der Ekstase, dass Lene nichts weiter zu tun blieb, als sich einfach fallen zu lassen. Sie stieß ihm ihre Muschi entgegen, um ihn noch tiefer in sich aufzunehmen, und keuchte heiser: »Fick mich! Ja, fick mich!«

Und das tat er.

Wieder und wieder rammte er in sie, so tief er konnte, um seinen Schwanz dann jedes Mal so weit herauszuziehen, dass er fast herausglitt – aber eben nur *fast*. So drang er bei jedem Stoß von neuem in sie ein, spießte sie mit seiner Lanze auf und nahm sich, was er wollte.

Es war ein einziger Akt der Wollust.

Zärtlichkeit hatte hier nichts verloren.

Sie *schliefen* nicht miteinander, wie Lene und Wolfgang es taten – sie *fickten*. Gleichwohl, wenn Lene insgeheim befürchtet hatte, dass sich ihre Schuldgefühle erneut einstellen würden, nachdem sie erst einmal gekommen war und ihr Verlangen nachgelassen hatte, irrte sie.

Sie fühlte sich nicht schuldig, oder zumindest nicht in einem Maße, dass es ihrer Hochstimmung irgendeinen Abbruch getan hätte. Ja, sie trieb es mit einem anderen Mann; doch ihr Herz gehörte nach wie vor ganz Wolfgang.

Hier ging es allein ums Körperliche.

Es war ein rein mechanischer Akt, nichts anderes, als es sich zu Hause mit der Salatgurke zu besorgen. Es waren keine Gefühle im Spiel, und das war es, worauf es letztlich ankam, begriff Lene jetzt.

Liebe und Sex haben nichts miteinander zu tun!

Man konnte durchaus mit jemandem Spaß haben, ohne ihn zu lieben. Ja, mehr noch: Man konnte *viel mehr* Spaß mit jemandem haben, den man *nicht* liebte, da man sich auf diese Weise keine Sorgen darüber zu machen brauchte, was der andere wohl Schlimmes über einen dachte, weil man Schwänze blies oder Sperma schluckte oder sich die Muschi lecken ließ.

Es war doch so: Wenn man Gefühle für jemanden hegte, wollte man sich ihm gegenüber nicht in ein schlechtes Licht rücken, wie man es womöglich tat, indem man zugab, dass man Gefallen an gewissen Dingen fand, die andere als anstößig oder gar pervers betrachteten. Man hielt seine ureigenen Gelüste im Zaum, um vom anderen keine scheelen Blicke zu ernten. Wenn jedoch Emotionen keine Rolle spielten, musste einem auch nichts peinlich sein. Dann konnte es einem egal sein, was der andere über einen dachte, denn wenn man nicht wollte, musste man ihn nie wiedersehen.

In gewisser Weise, sinnierte Lene, *ist das wohl die größte Freiheit, die ein Mensch besitzen kann.*

Bei Dieter musste sie sich nicht verstellen; sie konnte einfach tun, wonach ihr der Sinn stand – ohne Scheu, ohne Scham.

Hemmungslos.

Bar aller Tabus.

Und als würde er das irgendwie spüren, nahm er sie so, wie er neulich die junge Blondine genommen hatte: wild, hart und ungestüm. Und obwohl er fraglos einen gewissen Egoismus an den Tag legte, sorgte er dennoch dafür, dass auch sie vollends auf ihre Kosten kam. Es war ein stetes Geben und Nehmen, von dem sie beide ihren Nutzen hatten.

Als sie nach einer Weile die Stellung wechselten und er in der Missionarsstellung in sie drang, kam Lene mit einem gepressten Keuchen ein weiteres Mal zum Höhepunkt, und dann noch einmal, als sie spürte, wie der Schwanz in ihrer Möse in Erwartung der nahenden Erlösung zu doppelter Größe anzuschwellen schien, bis er sie zur Gänze ausfüllte.

»Ja«, keuchte Dieter. »Ja, ja, gleich!«

Als er sich mit einem Mal überraschend aus ihr zurückzog, fühlte Lene eine ungeheure Leere, doch bevor sie dazu kam, zu protestieren, rückte Dieter hastig nach oben, kniete sich neben ihren Kopf und ließ sein steifes, von ihrer Muschi feuchtes Glied durch seine Finger gleiten. Sein Atem ging zusehends abgehackter, indes seine Handbewegungen immer hastiger wurden. Sein Schwanz war nur zwei Fingerbreit von ihrem Gesicht entfernt.

Dann sagte er: »Mach den Mund auf!«

Mit einem erwartungsvollen Lächeln öffnete Lene die Lippen, wie ein Vogeljunges, das darauf wartet, gefüttert zu werden. Ihr Blick schweifte zwischen Dieters Antlitz und seinem Penis hin und her. Im nächsten Moment entgleisten seine Gesichtszüge, sein Keuchen wurde zu einem langgezogenen, kehligen Stöhnen – und er spritzte ab.

Er hatte grob auf ihren Mund gezielt, und ein Großteil landete tatsächlich in ihrem Rachen. Aber einige Tropfen trafen ihre Wangen, und obwohl Lene bewusst war, dass sie sich das bloß einbildete, fühlte sich sein Saft auf ihrer Haut siedend heiß an.

Sie schauderte erregt, schluckte herunter, was sie im Mund hatte, leckte sich mit der Zunge über die Lippen und strich sich mit den Fingerspitzen die Spermaflecken aus dem Gesicht, um ihre Finger lasziv abzulecken, als klebe Schokolade oder etwas vergleichbar Wohlschmeckendes daran. Erst dann ließ sie sich mit einem Seufzen auf das verwühlte Bett zurücksinken.

Sie konnte sich nicht erinnern, je so zufrieden gewesen zu sein – oder so *befriedigt*, was das anbetraf.

Hätte sie jemand gefragt, wie oft sie gekommen war, hätte sie die Frage nicht beantworten können. Nach dem fünften Mal hatte sie schlichtweg aufgehört zu zählen …

Während sie angenehm erschöpft zur Decke emporstarrte, das Laken unter ihr klamm von ihrer beider Schweiß, ließ Dieter sich neben sie sinken, verschränkte die Arme hinter dem Kopf und wartete darauf, dass sich sein aufgewühlter Atem wieder beruhigte.

Eine Weile lagen sie wortlos nebeneinander, zwei Fremde, die sich nicht gesucht, aber gefunden hatten, und der Geruch ihrer Leidenschaft hing schwer wie Parfüm in der Luft. Doch obwohl Lene unzählige Gedanken durch den Kopf schossen, bekam sie keinen einzigen davon zu fassen; fast war es, als ob ihr Verstand sich weigerte, sich auf irgendetwas anderes zu konzentrieren als auf das Wirrwarr der Emotionen, die in ihr tobten.

Minuten vergingen.

Schließlich war es Dieter, der das Schweigen brach.

Er richtete sich auf einen Ellbogen auf, schaute sie von der Seite her an und fragte: »Wie heißt du eigentlich?«

Lene erwiderte seinen Blick.

»Spielt das eine Rolle?«

Er schüttelte den Kopf. »Für mich nicht.«

»Für mich auch nicht«, sagte Lene.

Und dabei beließen sie es.

Selbst wenn sie sich fortan regelmäßig zweimal die Woche – jeden Dienstag und Donnerstag – für einige Stunden trafen, um Dinge miteinander zu tun, von denen Lene bis dahin nicht einmal zu träumen gewagt hatte, erfuhren sie nie mehr übereinander als an jenem ersten Abend. Als hätten sie eine stillschweigende Übereinkunft, stellten sie einander keine persönlichen Fragen, und niemand sprach über Privates.

Lene wusste nicht das Geringste über Dieter, einmal abgesehen von dem, was seine Wohnung über ihn verriet: mit einem Notizzettel mit dem Vermerk ZUR UNTERSCHRIFT versehene Verträge mit dem Briefkopf einer Anwaltskanzlei auf dem Sekretär im Wohnzimmer; eine Golftasche in der Ecke des Schlafzimmers; ein paar gerahmte Fotografien an der Flurwand, die Dieter mit zwei blond gelockten kleinen Jungen und einer hübschen Blondine beim Badeurlaub an irgendeinem sonnigen Strand zeigten; und einmal, als sie sich im Bad den Schweiß der Leidenschaft vom Körper spülten, waren ihr im Ausguss lange schwarze Haare aufgefallen.

Aber sonst deutete nichts darauf hin, dass in Dieters Leben eine Frau eine feste Rolle spielte; vielmehr nahm sie an, dass er geschieden war und seine Gattin die Kinder bei der Trennung mitgenommen hatte. Doch das waren nichts als Vermutungen, selbst wenn sie zweifellos mehr über ihn wusste als er über sie.

Er hatte nicht die geringste Ahnung, wer sie war.

Sie klingelte bei ihm, sie trieben es miteinander, und dann verschwand sie so spurlos, wie sie gekommen war. Das Ganze hatte etwas von einem Zaubertrick, fand Lene: Im einen Augenblick war sie da, im nächsten nicht mehr.

Irgendwann fing sie an, das als »Merlin spielen« zu bezeichnen.

Sie war wie Merlin, der sich davonzauberte, wenn er genug hatte.

Abrakadabra, und – *husch!* – war sie fort.

Aber obwohl Dieter einige Male dicht davor schien, Lene etwas zu fragen, tat er es doch nie. Sie war froh darüber, zum einen, weil es ihr zutiefst widerstrebte, etwas von sich preiszugeben, das sie irgendwie *angreifbar* machte; zum anderen, weil diese Anonymität durchaus ihren Reiz besaß. Es half dabei, sich fallen zu lassen, alle Scham zu vergessen und das zu tun, wonach einem der Sinn stand, ohne sich um die Konsequenzen zu scheren.

Sie hatte nichts von Dieter zu befürchten.

Er konnte ihr nichts anhaben.

Er kannte nicht einmal ihren *Namen*.

Und sie hatte nicht vor, daran etwas zu ändern.

8.

Die nächsten Wochen waren für Lene eine einzige Lehrstunde der Lust, und sogar sie selbst überraschte es, wie wenig ihr dabei ihr Gewissen ins Gehege kam.

Nach ihrem ersten Besuch bei Dieter Berger dachte sie keine Sekunde lang daran, es dabei bewenden zu lassen und nie wieder hinzugehen. Gewiss, sie empfand Wolfgang gegenüber eine gewisse Reue. Aber die Neugierde überwog ihre Schuldgefühle bei weitem, und so fiel es ihr nicht schwer, sich damit zu arrangieren. Die Aussicht, zu Dieter zu gehen, war einfach zu verlockend.

Ein ums andere Mal zeigte er ihr Dinge, von denen sie bislang nicht gewusst hatte, dass es sie gab, geschweige denn, dass Lene sie je zuvor *getan hätte*.

In gewisser Weise kam sie sich vor wie die junge Blondine, mit der sie ihn im Wohnzimmer beobachtet hatte. Das Mädchen hatte sich kurzerhand in seine Arme begeben und sich von ihm durch dieses neue, aufregende Reich der Wollust leiten lassen, das nun auch Lene nach und nach voller Spannung erkundete, und worauf sie dabei stieß, übertraf ihre kühnsten Erwartungen.

Die Begierde, das Verlangen, die Lust, die Dieter in ihr auslöste, sorgten dafür, dass sie zunehmend offener wurde und ihre natürliche Scheu immer mehr ablegte. Sie betrachtete Dieter als ihren Lehrmeister, und als würde er das irgendwie spüren, führte er sie teils ganz direkt, teils etwas behutsamer an die verschiedensten Praktiken heran.

Und Lene war eine gelehrige Schülerin!

Sie überließ sich einfach seiner Führung und tat, was er verlangte, ohne Wenn und Aber. Anfangs empfand sie dabei noch eine gewisse Zurückhaltung, doch je mehr Zeit sie miteinander verbrachten, desto sicherer fühlte sie sich in seiner Gegenwart, und desto weiter sank ihre sexuelle

Hemmschwelle, bis sie schließlich das Gefühl hatte, *alles* mit ihm teilen zu können, wonach auch immer ihm der Sinn stand.

Er konnte mit ihr tun, was er wollte.

Trotzdem es war keine Liebe oder Zuneigung zwischen ihnen; tatsächlich sprachen sie während ihrer Treffen kaum miteinander, und wenn, dann waren es meist Allgemeinplätze oder Anweisungen für Lene. Und doch gab es eine unbestimmte innere Verbundenheit, ein unsichtbares Band, das sie zusammenhielt. Sie wollten beide dasselbe: Sex und Befriedigung. Und beides verschafften sie einander auf mannigfaltige Weise.

Sie taten es in jeder erdenklichen Stellung: im Sitzen und im Stehen ebenso wie in der klassischen Missionarsposition, bei der er sie jedoch zumeist anwies, die Beine so weit nach hinten zu beugen, dass ihre Hüfte und ihre vor Lust pochende Möse empor wiesen, damit er von oben nahezu senkrecht in sie dringen konnte. Oder er nahm sie von hinten im Liegen, während er ihren Nacken mit heißen Küssen bedeckte und um sie herumgriff, um abwechselnd ihre Brüste zu liebkosten und ihren Kitzler zu stimulieren. Wenn sie ihren Oberkörper dabei nach vorn beugte, spürte sie seinen Schwanz zudem ganz besonders intensiv.

Früher hätte sie solche »Lakenakrobatik« strikt abgelehnt; da genügte es ihr vollauf, auf dem Rücken zu liegen, bis Wolfgang fertig war. Nun jedoch fand sie gerade an dieser Abwechslung großen Gefallen, und dass sie nie zu sagen vermochte, was als Nächstes kam. Es war aufregend, sich dirigieren und in die verschiedenen Stellungen bringen zu lassen; meist bedeutete Dieter ihr lediglich, was sie tun sollte, ohne viele Worte zu machen.

Lene stellte fest, dass sie es am liebsten hatte, wenn sie auf allen vieren kniete und er sie von hinten nahm. Der »Widerstand« zwischen ihnen war dann viel größer, und jedes Mal, wenn er in sie stieß, streifte sein Schwanz für Sekundenbruchteile ihren Kitzler, was ihre Lust nur noch mehr steigerte.

Sie mochte es, hart und tief gestoßen zu werden, selbst wenn es hin und wieder durchaus Momente gab, in denen sie es vorzog, wenn es etwas ruhiger vonstatten ging.

Einmal liebten sie sich im Badezimmer; während sich Lene nackt über den Rand der Wanne beugte, nahm er sie gemächlich von hinten, bevor er mit einem Mal aus ihr glitt, am Waschbecken warmes Wasser einstellte und seinen Schwanz einen Moment lang unter den Strahl hielt, ehe er von neuem in sie eindrang. Es dauerte bloß Sekunden, bis sie angesichts der wohligen Hitze in ihrer Muschi mit lautem Stöhnen zum Höhepunkt kam.

Die intensivsten Orgasmen allerdings hatte sie, wenn Dieter sie leckte und dabei zwei oder drei Finger in ihr spielen ließ. Besonders gefiel es ihr, wenn sie dabei auf seinem Gesicht saß; am Kopfteil des Bettes abgestützt, drückte sie ihre Möse dann fest auf seinen Mund und überließ sich einfach seinem flinken Zungenspiel – und seine Zunge war *verdammt* flink!

Dieter wusste genau, wo und wie er sie lecken musste. Meist brachte er sie auf diese Weise in Stimmung, ehe er über sie kam, um sie zu ficken, so lange und ausdauernd, bis die geringste Berührung ihres Kitzlers oder ihrer Brustwarzen fast ohne Übergang von einem Orgasmus zum nächsten führte, bis Lene schließlich mit bebendem Unterleib und vor Verlangen zitternder Unterlippe dalag, gefangen in einem Zustand der Lust, die erst abklang, wenn Dieter ihr irgendwann gnädig eine Verschnaufpause zugestand.

Manchmal hatte er Spaß daran, Lene vorsätzlich auf der Klippe der Ekstase zu halten, solange es ihm gefiel. Dann ließ er Finger und Zunge spielen, hielt ihre Hüften mit seinen starken Armen fest, sodass sie sich ihm nicht entziehen konnte, und fuhr so unbeirrt in seinem Tun fort, dass Lene noch auf dem Heimweg weiche Knie hatte.

Was Wolfgang anging, so versuchte sie, ihr Leben daheim so weiterzuleben, als wäre nichts geschehen.

Trotzdem, etwas *war* geschehen.

Etwas hatte sich *verändert*.

Sie hatte sich verändert, und diese Veränderung galt es, vor ihrem Gatten zu verbergen, wenn sie nicht Gefahr laufen wollte, dass er Verdacht schöpfte. Also log sie.

Anfangs fiel es ihr schwer, ihm etwas vorzumachen, warum sie von jenem Donnerstag an regelmäßig am Spätnachmittag oder frühen Abend ausging. Sie lebte in der ständigen Furcht, dass er ihr auf die Schliche kam und sie wutentbrannt zur Rede stellte. Aber nichts dergleichen geschah, und je länger sie mit ihren Lügenmärchen davonkam, desto leichter fiel es ihr, ihren Gatten hinters Licht zu führen. Tatsächlich entwickelte Lene mit der Zeit sogar eine gewisse Kunstfertigkeit darin!

Wo sie zunächst sorgsam darauf bedacht war, ein nachvollziehbares Alibi aufzuweisen, ging sie bald dazu über, zu behaupten, sie würde ab sofort jeden Dienstag und Donnerstag Volkshochschulkurse in Töpfern und Bildhauerei besuchen. Diese Termine waren korrekt und nachprüfbar (Lene bezog sie aus dem Informationsheft der VHS, das neulich in ihrem Briefkasten lag), und sie wählte mit Bedacht Kurse aus, die auf die Räume der Schule begrenzt waren, wo die entsprechenden Materialien zur Verfügung standen. Auf diese Weise vermied sie, Beweise für ihre neuentdeckte Liebe zum Kunsthandwerk mit heimbringen zu müssen.

Und noch einen nicht zu unterschätzenden Vorteil hatte das Ganze: Lene wusste, dass Wolfgang ihre vermeintlichen Aktivitäten nicht nennenswert hinterfragen würde, weil ihm die Thematik dazu viel zu langweilig war. Erkundigte er sich doch einmal danach, wie ihr Kurs gelaufen sei, klangen ihre Ausführungen dank der Lektüre diverser Sachbücher über Töpfern und Bildhauerei stets so glaubhaft, dass Wolfgang gar nicht erst ins Grübeln geriet. Er hegte offenkundig nicht den geringsten Verdacht, dass sie ihm Hörner aufsetzte.

Und warum sollte er auch?

Er hatte nie irgendeinen Anlass dazu gehabt, anzunehmen, dass sie ihn betrog. Für ihn war sie immer noch die

»alte« Lene, die sich um die Hausarbeit kümmerte, die dafür sorgte, dass das Abendessen auf dem Tisch stand, wenn er heimkam, und die ihm morgens seine Kalziumtabletten neben den Teller legte, damit er sie beim Frühstück nicht vergaß. Sie kümmerte sich ebenso gewissenhaft um seine Belange, wie sie es dreizehn Jahre lang getan hatte, und auch sonst versuchte sie, ihren Alltag so zu gestalten wie gewohnt.

Aber es wurde zunehmend schwieriger, Wolfgang gegenüber die Maske der loyalen, treusorgenden Gattin aufrechtzuerhalten, mit der man sich allenfalls über das Wetter oder die Vorzüge des neuen Waffeleisens unterhielt, und mit einem Mal widerte Lene die Einförmigkeit ihres Lebens, die sie sonst so geschätzt hatte, in höchstem Maße an.

Es war, als würde ihr erst jetzt die volle Tragweite der Belanglosigkeit ihres Daseins zu Bewusstsein kommen. Alles war so steril, so organisiert, so chronisch langweilig, dass es ihr wie ein Wunder erschien, dass sie nicht schon viel eher aus ihrem tristen Alltag ausgebrochen war.

Und Dieter war ihr »Fluchthelfer«. Bei ihm fand sie all das, was Wolfgang ihr nicht bieten konnte: Aufregung, Spannung, Abwechslung, Vergnügen – und Befriedigung.

Unter der Woche konnte Lene es kaum erwarten, dass es endlich Dienstag oder Donnerstag wurde, damit sie baden, sich hübsch machen und zu Dieter gehen konnte, um sich in weitere sinnliche Geheimnisse einführen zu lassen. Sie fieberte ihren Treffen voller Ungeduld entgegen, und jedes Mal, wenn sie schließlich vor seiner Tür stand, war sie bereits so feucht, dass er selbst ohne Vorspiel keinerlei Mühe hatte, in sie einzudringen. Wenn sie sich dann liebten, vergaß sie für eine Weile alles um sich herum, bis es schließlich Zeit wurde, sich auf den Heimweg zu machen, und die zermürbende Warterei auf das nächste Mal von neuem begann.

Doch obwohl die Leidenschaft in jenen Wochen ihr ganzes Denken und Sein bestimmte, tat sie zugleich alles, um jede Intimität mit Wolfgang zu vermeiden.

Normalerweise wohnten sie einander alle zwei bis drei Wochen bei. Dann versuchte Wolfgang stets in seiner unbeholfenen Art, sie zu verführen – wenn davon nach dreizehn Jahren Ehe überhaupt noch die Rede sein konnte.

Tatsächlich gab er sich schon seit längerem keine nennenswerte Mühe mehr, Lene zum Sex zu animieren; meist beließ er es dabei, nach dem Abendessen ihre Hand zu ergreifen, ihr in die Augen zu sehen und in einer – wie er wohl fand – neckischen Geste in Richtung Schlafzimmer zu deuten. Oder er drängte ihr bei einem ihrer seltenen Küsse kurzerhand die Zunge zwischen die Lippen. Das eine war so plump wie das andere, doch Wolfgang vertraute offenbar darauf, dass Lene dennoch auf seine Annäherungsversuche ansprang und ihm die Befriedigung verschaffte, nach der es ihn verlangte.

Immerhin war sie seine Gattin.

Doch wo sich Lene bislang stets bemüht hatte, ihren Ehepflichten nach bestem Gewissen nachzukommen, nutzte sie jetzt jede Ausrede, um sich davor zu drücken. Gleichgültig, ob Migräne oder Müdigkeit – Lene schöpfte aus dem reichhaltigen Fundus ihrer Freundin Uschi und gab ein Klischee nach dem anderen zum Besten. Als besonders wirkungsvoll erwies sich dabei die Behauptung, sie hätte ihre Periode, genau wie seinerzeit bei ihrem Gespräch in der Küche. Das war offensichtlich ein Thema, mit dem er sich ums Verrecken nicht auseinandersetzen wollte, und so blitzgescheit Wolfgang sonst auch sein mochte: vom weiblichen Menstruationszyklus hatte er nicht die geringste Ahnung, sonst hätte er wohl gewusst, dass eine Frau nicht heute ihre Regelblutung haben kann und zwei Wochen darauf schon wieder. Gleichwohl, er gab sich damit widerspruchslos zufrieden; ja, mehr noch, wie es seinem Naturell entsprach, bereitete er ihr ein ums andere Mal sogar Kräutertee »gegen die Krämpfe« zu und achtete sorgsam darauf, dass sie beim Fernsehen ihre Wärmflasche auf dem Bauch liegen hatte.

Diese respektvolle Zurückhaltung, die er ihr entgegenbrachte, war stets einer der Gründe gewesen, warum sie Wolfgang liebte, doch nun ging Lene seine ruhige, introvertierte Art zunehmend auf die Nerven. Schließlich ertappte sie sich sogar bei dem Gedanken, dass sich dahinter womöglich nichts anderes als Gleichgültigkeit verbarg.

Es kümmerte ihn nicht wirklich, wie es ihr ging. Er sah es lediglich als seine Pflicht an, sich um sie zu sorgen, wie es sich für einen treusorgenden Gatten gehörte – immerhin hatte er vor Gott und der Kirche einen entsprechenden Schwur abgelegt. Sie war bloß eine weitere seiner zahlreichen Verpflichtungen, und er erfüllte sie mit derselben Zuverlässigkeit, mit der er auch seiner Tätigkeit bei der Bank nachkam.

Dieser Gedanke wiederum führte dazu, dass sie sich fragte, ob er wirklich sie – Lene – liebte, oder bloß das wohlgeordnete Leben, das sie führten.

Tatsache war, dass Wolfgang ein Gewohnheitsmensch war. Er fand Gefallen daran, dass alles immer auf dieselbe Weise ablief.

Sein Leben war so durchorganisiert wie sein Terminkalender; er wusste stets genau, was er wann wo zu erledigen hatte, und Abweichungen von diesem Plan standen nicht zur Debatte. Spontanität hatte da ebenso wenig Platz wie Überraschungen oder Abenteuer. Und die Vorstellung, so den Rest ihrer Tage verbringen zu müssen, behagte Lene zunehmend weniger.

Mehr und mehr fühlte sie sich wie ein Vogel in einem goldenen Käfig, den Wolfgang für sie bereitet hatte. Er war in ihrer Beziehung seit jeher der Bestimmende; letztlich war es immer seine Meinung, die zählte, und da es zwischen ihnen in all den Jahren kaum Streit gegeben hatte, wurde Lene erst jetzt bewusst, dass sie im Grunde überhaupt keine Möglichkeit gehabt hatte, sich in ihr eigenes Leben einzubringen.

Sicher, Wolfgang ließ ihr alle »Freiheiten«, die man mit Geld kaufen konnte, doch abgesehen davon lebte sie das Leben, das *er* für sie vorgesehen hatte. Und ob es nun an dieser Erkenntnis lag oder daran, dass sie ihre Zeit momentan lieber mit Dieter verbrachte statt mit ihrem Gatten, nach einer Weile ertappte Lene sich dabei, dass sie Wolfgang ganz bewusst aus dem Weg ging.

Seine Nähe war ihr schlichtweg zu viel.

Leider jedoch ließ sich das nicht immer vermeiden.

Besonders schlimm waren die Wochenenden, an denen Wolfgang praktisch die ganze Zeit über daheim war. Meist sah er dann fern, las Zeitungen oder saß mit der Lesebrille auf der Nase im Arbeitszimmer und studierte irgendwelche Unterlagen, um sich auf die kommende Woche vorzubereiten.

Früher war Lene heilfroh gewesen, ihren Gatten wenigstens am Wochenende für sich zu haben; hin und wieder waren sie dann spazieren gegangen und manchmal auch ins Theater oder ins Kino, doch wenn nun ein derartiger Vorschlag von ihm kam, vertröstete Lene ihn stets mit einer fadenscheinigen Ausrede auf ein andermal.

Es war nicht so, dass sie ihn nicht mehr liebte; vielmehr schien es, als würde sie sich all ihre Leidenschaft für Dieter aufheben und für ihre Treffen, die bald das Einzige waren, was sie an ihrem Leben erstrebenswert fand. Ja, mehr noch: In diesen wenigen Stunden jede Woche hatte Lene das Gefühl, wirklich *zu leben*.

Wenn Dieter sie hart fickte und sich sein Samen in ihren Mund ergoss, verriet ihre lodernde Begierde ihr, dass vielleicht doch noch nicht alles verloren war; dass es für sie trotz allem noch Hoffnung gab.

Kaum jedoch fiel zu Hause die Wohnungstür hinter ihr zu, war Lene mit einem Schlag wieder so tot wie all die Jahre über – zumindest kam es ihr jetzt so vor.

Allein in Dieters Bett fühlte sie sich lebendig.

Doch auch wenn es Varianten gab, waren die Verabredungen mit Dieter letztlich doch alle Variationen jenes ersten erinnerungswürdigen Treffens: Sie blies ihm den Schwanz, er leckte ihre Muschi, und dann vergnügten sie sich in verschiedenen Stellungen. Aber obwohl Dieter stets den Takt vorgab und sie führte, überkamen Lene nie Bedenken, er könne zu weit gehen. Bloß einmal befiel sie ein gewisses Unbehagen, als sie seine Zunge eines Abends nicht allein an ihrer Möse spürte, sondern *tiefer*, an dem zarten Damm zwischen Scheide und Anus. Im nächsten Moment leckte er wie zufällig ihre Rosette.

Sofort versteifte sie sich, und blitzartig flammte ihre alte Scham wieder auf. Dann jedoch kehrte Dieter zu ihrer Muschi zurück, spielte mit ihrem Kitzler und fachte ihre Wollust weiter an, bis sie sich vor Verlangen in seinen Armen wand, ehe er von neuem tiefer wanderte.

Als seine Zunge nun sanft über ihr Poloch glitt, ließ Lene es geschehen. Sie schloss einfach die Augen, versuchte sich zu entspannen und sagte sich, dass nichts Schlimmes daran war, wenn sie es beide wollten – und Lene *wollte* es!

Es verlangte sie danach, alles auszuprobieren, was ihrer beider Fantasie hergab, selbst wenn das bedeutete, mit allen althergebrachten Moralvorstellungen zu brechen und sich auf Dinge einzulassen, die im ersten Augenblick womöglich schockierend oder verwirrend erscheinen mochten.

Ganz oder gar nicht, so lautete ihr Motto.

Vielleicht war Dieter sich darüber mehr im Klaren als sie selbst, denn als er nach einem ihrer donnerstäglichen Schäferstündchen im Wohnzimmer am Sekretär lehnte, ein Glas Whiskey in der Rechten, spürte Lene bereits beim Hereinkommen, dass etwas in der Luft lag.

Er sah sie schweigend an, als sie zu ihm trat und dabei den Gürtel ihres Mantels verknotete. Auch als sie ihm das Glas aus der Hand nahm, sagte er kein Wort. Stumm verfolgte er, wie ihre blassrot geschminkten Lippen das Glas berührten und sie genüsslich einen Schluck trank.

Der Scotch war gut und teuer. Lene spürte, wie er sich wohlig warm den Weg durch ihren Körper bahnte, um in ihrer Magengrube ein angenehmes Feuer zu entfachen. Dann gab sie Dieter das Glas zurück, der es mit einem Nicken entgegennahm und die goldene Flüssigkeit einen Moment lang nachdenklich kreisen ließ, bevor er Lene mit der anderen Hand ein Stück Papier hinhielt, wie ein Zauberer, der seinem staunenden Publikum einen Kartentrick vorführt.

»Nimm.«

Im ersten Augenblick kam ihr der aberwitzige Gedanke, dass es sich um einen zusammengefalteten Geldschein handelte. Dann erkannte sie, dass es eine Visitenkarte war.

Stirnrunzelnd nahm sie die Karte entgegen.

Sie war ebenso schlicht wie elegant, aus teurem, dickem, gelblich marmoriertem Büttenpapier, mit einem aufgeprägten Symbol: einer blutroten Rose mit langem, goldenem Stiel. Darunter standen in schwarzen Lettern das Wort ASTARTE und eine Adresse in der Innenstadt.

Lene runzelte die Stirn.

»Astarte?« Sie sah Dieter irritiert an. »Was ist das?«

Dieter trank einen Schluck Scotch, ehe er antwortete. »Die Agentur, von der die Frauen kamen, mit denen du mich gesehen hast.«

Lene blinzelte überrascht. »Das waren … *Prostituierte*?«

Damit hatte sie beim besten Willen nicht gerechnet. Zwar hatte sie sich nie wirklich Gedanken darüber gemacht, wer diese Frauen gewesen waren, doch irgendwie war sie davon ausgegangen, dass Dieter sie in einer Kneipe oder irgendwo anders kennengelernt und dann mit zu sich nach Hause genommen hatte, als klar war, dass sie dasselbe wollten. Die Vorstellung, dass sie dafür *bezahlt* worden waren, ihm zu Diensten zu sein, wäre ihr hingegen nicht einmal im Traum gekommen. Vielleicht lag das daran, dass Lene sich Huren vollkommen anders vorgestellt hatte: schlampig, asozial, heruntergekommen – von zu viel Alkohol aufgedunsene Weiber mit blondiertem Haar und laufmaschigen Stümpfen, denen man auf zehn Kilometer Entfernung ansah, was sie waren. Keineswegs so gepflegt, adrett und hübsch wie die Frauen, mit denen sich Dieter vergnügt hatte!

Doch er nickte, wie um ihre Zweifel zu zerstreuen. »Mehr oder weniger. Ich habe mir diese Damen schicken lassen. Treffpunkt war die Hotelbar im *Maritim*. Danach sind wir dann hierher gefahren.« Mit zwei großen Schlucken leerte er den Rest des Glases und verzog das Gesicht, als der Whiskey seine Kehle hinabrann. Dann sagte er: »Ich dachte, das könnte dir vielleicht gefallen.«

Lene war wie vor den Kopf geschlagen.

Sie konnte nicht glauben, was sie da hörte.

»Was könnte mir gefallen? Eine *Hure* zu sein?«

Die Erkenntnis, dass Dieter sie so sah – als Frau, die es für Geld trieb –, verletzte sie zutiefst. Gewiss, sie hatte sich nicht unbedingt wie Mutter Theresa verhalten, als sie hergekommen und sich ihm so mir nichts, dir nichts hingegeben hatte, ohne das Geringste über ihn zu wissen. Das änderte jedoch nichts daran, dass sie es aus freien Stücken getan hatte, ohne jegliche Hintergedanken, schon gar nicht finanzieller Natur!

Wie zum Teufel kam er nur dazu, so etwas zu sagen?

Mit einem Mal war sie fuchsteufelswütend.

Sie funkelte ihn zornig an. »Denkst du vielleicht, ich bin eine verdammte *Nutte*? Denkst du, ich bin hier, weil ich *Geld* von dir will?« Sie war so aufgebracht, dass sie ihn beinahe anschrie, doch Dieter lachte nur leise, von ihrem Ausbruch nicht im Mindesten beeindruckt.

»Natürlich nicht! Das hast du gar nicht nötig – genauso wenig wie die anderen Damen, die für diese Agentur tätig sind. Das sind keine *Professionellen*; keine davon muss am Hauptbahnhof ihren Hintern hinhalten, um die hungrigen Mäuler zu Hause zu stopfen. Nein, das sind ganz gewöhnliche Frauen, die auf diesem Wege etwas suchen, das sie auf andere Weise nicht bekommen.« Er schenkte sich Scotch nach. »Ich nehme an, einige tun es, weil sie unkomplizierten Sex wollen, während für andere der Nervenkitzel zählt, einem Wildfremden gefügig zu sein; das zu tun, was man von ihnen verlangt. Ich schätze, das ist eine von diesen Frauenkisten, die wir Jungs einfach nicht verstehen.« Er zuckte mit einem verschmitzten Grinsen die Schultern, bevor er unvermittelt wieder ernst wurde. »Jedenfalls dachte ich, dass es für dich vielleicht ganz interessant sein könnte, dich damit einmal näher zu befassen. Immerhin bist du offensichtlich auf der Suche nach neuen Erfahrungen. Sonst wärst du schließlich nicht hier, oder?«

»Vermutlich nicht«, sagte Lene.

Nachdenklich betrachtete sie die Visitenkarte; ihr Zorn war so rasch verflogen, wie er gekommen war. Ein weiteres Mal war sie überrascht, wie gut Dieter sie kannte. Denn natürlich hatte er recht.

Sie war hier, um neue Erfahrungen zu sammeln.

Und sie hätte lügen müssen, zu behaupten, dass es ihr nicht gefiel, ihm zu Diensten zu sein. Tatsächlich musste sie zugeben, dass es gerade das war, was sie an ihren Treffen so reizte: dass er die Initiative ergriff, ihr sagte, was sie tun sollte, oder einfach mit ihr anstellte, wonach ihm der Sinn stand, ohne irgendein Aufhebens darum zu machen. Es war dieses Gefühl des freiwillig Ausgeliefertseins, das sie am meisten erregte.

Das war auch der Grund, warum es ihr so gefiel, wenn er beim Blasen ihren Kopf festhielt, damit sie nicht anders konnte, als seinen Samen in sich aufzunehmen, wenn er schließlich kam. Natürlich hätte sie sich aus seinem Griff befreien können, hätte sie es darauf angelegt, doch gerade die Vorstellung, einfach genommen zu werden, war es, die dafür sorgte, dass ihre Schenkel vor Lust zitterten.

Noch vor ein paar Wochen hätte Lene sich angesichts dieser Erkenntnis gefragt, ob sie womöglich therapeutische Hilfe benötigte. War es normal, dass es ihr Vergnügen bereitete, keinen freien Willen zu besitzen und begierig alles zu tun, wozu man sie in einem Strudel aus Lust, Verlangen und sexueller Begierde drängte? Aber diese Wertung von »anständig« und »unanständig« hatte sie schon längst aufgegeben. Schließlich, wie konnte etwas unanständig sein, das so unglaublich *befriedigend* war?

Abgesehen davon wusste ja niemand, was sie getan hatte. Nach außen hin war sie immer noch die »alte«, konservative Lene, die sie stets gewesen war. Und was sich in ihrem Innern abspielte – oder in diesen vier Wänden, was das betraf –, ging keinen Menschen etwas an.

Sie warf einen letzten Blick auf die Visitenkarte, dann steckte sie sie in die Manteltasche und sah auf ihre Armbanduhr.

Kurz vor acht.

Eigentlich hatte sie vorgehabt, längst zu Hause zu sein, doch wie so oft hatte sie in Dieters Gegenwart schlichtweg die Zeit vergessen.

Wolfgang würde bald nach Hause kommen.

Wenn sie vor ihm da sein wollte, musste sie sich beeilen.

»Ich muss gehen«, sagte sie deshalb knapp.

Dieter nickte . Er folgte ihr mit dem Whiskeyglas in der Linken nach nebenan in die Diele. Mit der freien Rechten zog er die Haustür auf und machte ihr den Weg frei; von draußen drang eine Bö Herbstluft herein, frisch und klar, wie ein Bote aus einer anderen Welt, in der Lene eine ganz gewöhnliche Frau war, die davor zurückschreckte, den Penis ihres eigenen Mannes in den Mund zu nehmen, geschweige denn den eines Fremden. Doch obwohl ihr diese Welt zunehmend weniger behagte, musste sie dorthin zurückkehren, denn dort war ihr Zuhause.

In die Welt, die Dieter ihr gezeigt hatte, konnte sie lediglich Ausflüge unternehmen.

»Pass auf dich auf«, sagte er und hielt ihr die Tür auf.

»Das werde ich«, sagte Lene und schlüpfte an ihm vorbei in die verwaiste Gasse hinaus. Dabei stieg ihr sein Geruch in die Nase, diese Mischung aus Rasierwasser, Schweiß und Sex, die sie bei ihrem ersten Besuch in diesem Haus schier um den Verstand gebracht hatte. Doch jetzt war es anders.

Jetzt weckte der Geruch keine Begierde in ihr, sondern *Erinnerungen*, wie wenn man früh am Morgen in den Garten hinaustritt und die Luft erfüllt ist von den Düften der eigenen Jugend …

Es gab keine Abschiedsworte oder einen Abschiedskuss.

Lene schob einfach die Hände in die Taschen ihres Mantels und spazierte mit schwungvollen Schritten davon. Sie hatte das Gefühl, Dieters Blicke im Rücken zu spüren, doch sie drehte sich nicht noch einmal nach ihm um. Dann fiel die Tür von Nr. 17 mit einem verhaltenen Laut zu, und Lene begriff, dass das durchaus wörtlich zu nehmen war.

Die Tür zwischen ihr und Dieter war jetzt geschlossen.

Er hatte ihr den Weg gezeigt.

Von nun an musste sie allein weitergehen.

Nachdenklich berührte Lene die Visitenkarte in ihrer Tasche.

Astarte.

Ein sonderbarer Name.

Sie hatte keine Ahnung, was er bedeutete.

Doch sie würde es herausfinden.

9.

Die Agentur *Astarte* residierte in einem eindrucksvollen Bürogebäude aus Glas und Stahl direkt in der Innenstadt, in dem alle möglichen nationalen und internationalen Unternehmen untergebracht waren. Die Firmentafel in der Eingangshalle wartete mit mindestens einem Dutzend Namen auf, die Lene etwas sagten, selbst wenn sie sich nie sonderlich für Wirtschaft interessiert hatte. Außerdem gab es da noch Anwälte, Ärzte, eine Firma für den Im- und Export exklusiver Antiquitäten, zwei Werbeagenturen, einen Schiffsmakler, eine Bank, einen namhaften Buchverlag sowie schließlich im 22. Stock, ganz oben, mit einer eigenen Etage: *Astarte*.

Nur dieses eine Wort, genau wie auf der Visitenkarte.

Die anderen Unternehmen hatten durchweg Zusätze wie »Becker Zahntechnik« oder »Anwaltsbüro Sendling, Meier & Linke, Fachanwälte für Vertrags- und Medienrecht«. Bei *Astarte* hingegen stand lediglich der Name, hinter dem sich für den unbedarften Besucher alles Mögliche verbergen konnte.

Lenes Neugierde wuchs im selben Maße wie ihre Anspannung.

Sie ignorierte die aufdringlichen Blicke des Rezeptionisten, der sie seit dem Moment beobachtete, als sie durch die gläsernen Doppeltüren hereingekommen war, trat zu den Aufzügen am Ende der Halle und drückte mit einem perfekt manikürten Fingernagel auf den Rufknopf.

Während sie auf die Kabine wartete, begutachtete sie sich im Spiegel der Aufzugtüren.

Da sie nicht genau wusste, was sie hier erwartete, hatte Lene sich für ein ärmelloses, knielanges dunkelgrünes Etuikleid mit dezentem Halsausschnitt und gerade geschnittener Jacke entschieden; dazu trug sie Lackschuhe mit Pfennigabsatz und passende Handschuhe. Sie sah ein bisschen aus wie die Schauspielerin Audrey Hepburn im Film *Frühstück bei Tiffany*. Ihre Absicht war, elegant, seriös und dennoch bis zu einem gewissen Grad *weiblich* zu wirken, und offenbar verfehlte ihr Auftritt seine Wirkung nicht, zumindest den gierigen Blicken des Rezeptionisten nach zu urteilen, der sie förmlich mit den Augen verschlang.

Als der Aufzug schließlich kam und die Türen hinter Lene zuglitten, hörte sie ihn enttäuscht seufzen.

Sie lächelte.

Früher wäre es ihr unangenehm gewesen, hätte sie ein Mann derart unverblümt angegafft. Jetzt jedoch genoss sie es. Es war ein gutes Gefühl, zu sehen, dass andere Gefallen an ihr fanden; dass sie *begehrt* wurde. Und die Vorstellung, dass der Bursche an der Rezeption sich beim nächsten Mal, wenn er sich auf der Toilette selbst befriedigte, an sie dachte und daran, wie es wohl wäre, sie zu vögeln, hatte etwas Erregendes. Hätte er gewusst, dass sie unter ihrem Kostüm Strapse, Strumpfhalter und dazu ein raffiniertes Ensemble aus schwarzer, gerüschter Spitze trug, wäre ihm vermutlich der Speichel aus dem Mundwinkel gelaufen …

Der Aufzug trug Lene hinauf in den 22. Stock.

Als die Türen mit einem verhaltenen *Pling!* vor ihr aufglitten, trat sie gemessenen Schrittes in einen mit Marmor ausgekleideten Korridor hinaus. Viel zu sehen gab es hier allerdings nicht, zumindest wenn man von Werken moderner Kunst absah, die alle paar Meter in schlichten schwarzen Rahmen zu beiden Seiten des Flurs an den Wänden hingen – abstrakte Gemälde von Picasso, Magritte und Dalí, ein wildes Durcheinander aus Farben und Formen, das diesem Ort etwas seltsam Unwirkliches verlieh, dem Rest der Welt irgendwie entrückt, fast wie eine Reflektion von Lenes eigenem Innenleben.

Der fensterlose Korridor endete vor einer breiten, doppelten Milchglastür, auf der in schlichten Lettern der Name stand, wegen dem sie hergekommen war: *Astarte*.

Vor der Tür blieb sie stehen, strich ihre Jacke glatt und fischte ihren Schminkspiegel aus der Handtasche, um zu überprüfen, ob alles in Ordnung war. Sie sah gut aus: gepflegt und ansprechend, auf unaufdringliche Weise sexy.

Und so fühlte sie sich auch: *sexy*.

Die »alte« Lene, die sie bis vor wenigen Wochen gewesen war, hatte nie Wert darauf gelegt, so zu wirken, und auch nichts dafür getan. Die »neue« Lene jedoch, die mit Hingabe Schwänze lutschte und Sperma schluckte, genoss ihr neugewonnenes Körpergefühl. Es tat gut, sich neu zu entdecken.

Zufrieden mit dem, was sie sah, steckte sie den Spiegel in die Tasche zurück, stieß den linken Türflügel nach innen auf und betrat einen ebenso schlichten wie luxuriösen Empfangsbereich: auf dem Boden beigefarbener Teppich, an den Wänden weitere Kunstwerke, auf denen die Farben Rot und Gold dominierten, eine Sitzgruppe aus dunkelbraunem Leder, daneben ein Rollwagen mit Alkoholika und einem Humidor, und direkt gegenüber der Tür ein wuchtiger Kirschholztresen, hinter dem eine brünette Frau von vielleicht fünfundzwanzig Jahren saß. Sie besaß eine schulterlange Jackie-Kennedy-Frisur, die in lockigen Wellen über ihre Schultern fiel, und ließ bei Lenes Eintreten ein freundliches, wenngleich geschäftsmäßiges Lächeln aufblitzen, das jeder Zahnpastareklame zur Ehre gereicht hätte.

»Willkommen bei *Astarte*! Kann ich Ihnen helfen?«

»Ich bin mir nicht sicher.« Sie blieb vor dem Tresen stehen und legte die Visitenkarte vor die Empfangsdame, mit der Rose nach oben, wie eine Spielkarte. »Können Sie?«

Das Lächeln der Frau wurde eine Nuance freundlicher. Sie musste irgendeinen verborgenen Knopf gedrückt haben, denn mit einem Mal ertönte ein leises, elektrisches Summen, und die lederbezogene Doppeltür schräg hinter ihr schwang mit einem verhaltenen Klacken einen Spaltbreit auf.

»Warten Sie bitte drinnen. Madame Bovary wird gleich bei Ihnen sein.«

Lene runzelte die Stirn.

Madame Bovary?

Sie erinnerte sich an den gleichnamigen Roman von Gustave Flaubert, in dem es um die verzweifelte Suche einer Frau nach Leidenschaft und Erfüllung ging, doch bevor sie sich erkundigen konnte, was es damit auf sich hatte, klingelte das Telefon, und die Empfangsdame ging an den Apparat.

»Willkommen bei *Astarte*. Kann ich Ihnen helfen?«

Sie winkte Lene mit einer beiläufigen Geste zu der offenen Tür, während sie telefonierte.

Lene zögerte einen Moment. Dann setzte sie sich unsicher in Bewegung und schob die Tür im Hintergrund behutsam nach innen auf, während die Sekretärin dem Anrufer freundlich, aber bestimmt mitteilte, dass die Agentur telefonisch keinerlei Auskünfte über ihr Tätigkeitsfeld gebe und sämtliche Termine ausschließlich nach vorheriger persönlicher Absprache mit der Chefin arrangiert würden.

Von drinnen schlug Lene der aromatische Duft frischer Blumen entgegen, und als sie über die Schwelle trat, stellte sie fest, dass das geräumige Büro dahinter einem Blütenmeer glich. Überall standen große, weiße Porzellanvasen mit ausladenden Sträußen langstieliger, dunkelroter Baccara-Rosen: auf dem mit dicken cremefarbenen Läufern bedeckten Parkettboden, auf dem Beistelltisch neben dem Zweisitzer, auf dem Bücherregal an der rechten Wand, auf dem antiken Vertiko ein Stück daneben.

Das Rot der Blumen harmonierte mit dem dunklen Holz der Einrichtung und dem imposanten Schreibtisch gegenüber der Tür, der abgesehen von einem Telefon, einem ledernen Adressbuch, einem Füllfederhalter und einer schlanken weißen Vase mit einer einzelnen roten Rose darin leer war. Hinter dem Schreibtisch breitete sich jenseits des deckenhohen Panoramafensters, das die gesamte Breite des Raumes einnahm, die Innenstadt aus, ein Panoptikum der Lichter, die gegen die allmählich hereinbrechende Dämmerung anglitzerten.

In einiger Entfernung, hinter den Bürohäusern der Weststadt, spiegelte sich die Abendsonne im gewundenen Band des Flusses, funkelnd wie ein Strom aus Diamanten. Der Ausblick war beeindruckend, und während Lene die Tür hinter sich behutsam ins Schloss gleiten ließ und auf den verwaisten Schreibtisch zutrat, vor dem ein einzelner lederner Besuchersessel stand, fragte sie sich, wie die Agentur diesen Luxus wohl finanzierte.

Es fiel Lene schwer zu glauben, dass *Astarte* sich diese Exklusivität allein dank der Honorare von Männern wie Dieter Berger leisten konnte, die sich ihren Spaß gewiss das eine oder andere kosten ließen, doch hier *stank* es geradezu nach Geld.

Mit einem Mal war sie nicht mehr so sicher, ob es eine gute Idee gewesen war herzukommen. Sie wusste nicht das Geringste über die Agentur oder was genau es damit auf sich hatte. Genauso gut hätte es sich dabei um einen Zirkel wahnsinniger Meuchelmörder handeln können, die auf diese Weise unbedachte Hausfrauen für ihre schmutzigen Machenschaften herlockten, und unwillkürlich fragte sie sich, ob sie dieses Büro je wieder verlassen würde – lebend und wohlauf …

Dann wurde ihr klar, dass gerade diese Unwissenheit einen Großteil des Reizes ausmachte; es war aufregend, nicht genau zu wissen, was sie hier erwartete. Ihr ganzes bisheriges Leben war so statisch und vorhersehbar gewesen wie ihr Wochenplan oder ihr Einkaufsbummel jeden Donnerstagnachmittag. Bereits morgens beim Aufstehen stand fest, wie ihr Tag verlaufen würde. Das hatte ihr stets ein Gefühl von Sicherheit gegeben, von Beständigkeit, davon, die Dinge unter *Kontrolle* zu haben.

Gleichwohl, nicht umsonst heißt es, dass erst das Risiko dem Leben seine Würze verleiht. Inzwischen hatte sie erkannt, dass das der Wahrheit entsprach. Und allein aus diesem Grund war sie hier.

Sie schreckte aus ihren Grübeleien auf, als sie mit einem Mal das Gefühl überkam, nicht mehr allein zu sein. Sie wirbelte erschrocken herum – und sah sich einer Frau gegenüber, die all das verkörperte, wovon Männer träumen.

Madame Bovary …

So groß wie sie selbst, aber schlanker, mit einem wohlgeformten Hintern und einer mindestens zwei Körbchen größeren Oberweite versehen, besaß sie genau die Figur, wegen der das starke Geschlecht Herrenmagazine goutierte und Frauen Diät halten und Sport treiben, wenn auch meistens, ohne diese Gardemaße je zu erreichen. Ihr elegantes weißes Kostüm mit dem engen, knielangen Rock und der Seidenbluse, die sich verheißungsvoll über ihren Brüsten spannte, brachte ihre Rundungen eindrucksvoll zur Geltung, und als hätte das noch nicht genügt, um jede normalsterbliche Frau vor Neid erblassen zu lassen, war sie zudem so umwerfend hübsch, dass es Lene schier den Atem verschlug.

Madame Bovary war eine Schönheit, allerdings nicht auf die plakative Art irgendwelcher Katalogmodels, sondern wesentlich *natürlicher*. Alles an ihr schien genau so zu sein, wie es sein musste, um sie vollkommen erscheinen zu lassen: die großen blauen Augen mit den langen Wimpern unter den sichelförmigen Bögen ihrer Brauen; die ebenmäßigen, gleichermaßen zarten wie ausdrucksstarken Züge; die vollen, von Natur aus roten Lippen; das kleine Muttermal über dem rechten Mundwinkel; selbst die Aristokratennase, die gerade jene Winzigkeit zu breit war, die es brauchte, um ihr den Nimbus des Unerreichbaren zu nehmen und sie *greifbar* zu machen. Ihr kurzes Haar war so schwarz, dass es fast bläulich wirkte, wie Rabenfedern, mit einem spitzbübischen Pony, der den Eindruck erweckte, als hätte der Wind mit unsichtbaren Fingern ihren Schopf zerwühlt. Und obwohl die hauchzarten Lachfältchen um ihre Augen andeuteten, dass sie mindestens so alt war wie Lene, wenn nicht sogar älter, war da etwas wunderbar Jugendliches an ihr, eine Aura von Agilität und Unbekümmertheit, wie Lene sie allenfalls von jungen Mädchen kannte, die noch nicht wussten, wie viel Kummer das Leben für sie bereit hält.

Lene konnte sich nicht entsinnen, je eine Frau von solcher Attraktivität und Ausstrahlung getroffen zu haben.

Die Männer mussten ihr in Scharen zu Füßen liegen, und mit einem Mal durchzuckte sie ein aberwitziger, höchst verwegener Gedanke, der dermaßen untypisch für Lene war, dass sie ein wenig über sich selbst erschrak.

Sie fragte sich, wie Madame Bovary wohl *nackt* aussah ...

Statt sich ihrem Gast vorzustellen, ging die Schwarzharige wortlos an Lene vorbei, nahm in dem wuchtigen Ledersessel hinter dem Schreibtisch Platz, schlug die Beine übereinander, legte die Zeigefinger unter dem Kinn zu einer Art Denkerspitzdach zusammen und musterte Lene schweigend.

Es war unmöglich zu sagen, was ihr durch den Kopf ging, doch ihr durchdringender Blick ließ Lene unruhig werden; sie musste sich zwingen, nicht nervös von einem Fuß auf den anderen zu treten, und da sie nicht wusste, wie sie sich verhalten, geschweige denn, was sie sagen sollte, blieb ihr nichts anderes übrig, als diese »Musterung« wohl oder übel über sich ergehen zu lassen.

Plötzlich fühlte sie sich gar nicht mehr sexy; vielmehr kam sie sich vor wie eine Schülerin, die von ihrer gestrengen Lehrerin ins Sprechzimmer gerufen wurde, weil sie irgendetwas angestellt hatte, ohne selbst zu wissen, worum es eigentlich ging.

Sekunden verstrichen.

Lenes Nervosität wuchs.

Schließlich lehnte sich Madame Bovary zurück und erklärte mit einer Stimme, die gerade tief genug war, um rauchig zu klingen: »Hübsches Gesicht. Gute Figur. 90-65-95?«

Im ersten Moment verstand Lene nicht, was sie meinte. Dann wurde ihr klar, dass Madame Bovary auf ihre Körpermaße anspielte, und nickte zaghaft.

Madame deutete auf den Besucherstuhl. »Setzen Sie sich.«

Schüchtern kam Lene der Aufforderung nach, während Madame Bovary sie weiter betrachtete; Lene spürte ihre Blicke so deutlich wie Berührungen auf der Haut, und die Intensität dieser Erfahrung ließ sie erschauern.

Die Gegenwart dieser Frau war einschüchternd – und zugleich seltsam erregend. Es war, als befände man sich am Rand eines Vulkans, der dicht vor dem Ausbruch stand. Ihre Sinnlichkeit war mit Händen greifbar; jede ihrer Gesten, jeder Augenaufschlag wirkte wie ein stummes Versprechen auf ungeahnte Lüste und Freuden, die jedoch allein jenen vorbehalten blieben, die damit umzugehen wussten.

Madame schien ihre Unsicherheit zu spüren.

»Keine Angst«, sagte sie, und jetzt kräuselte zum ersten Mal ein kleines Lächeln ihre Mundwinkel. »Niemand tut Ihnen etwas – zumindest nichts, was Sie nicht selber wollen.« Sie beugte sich ein Stück vor, und Lene schlug der Duft ihres Parfüms entgegen, schwer und betörend, wie die Luft nach dem Geschlechtsakt. *»Wissen Sie, was Sie wollen?«*

»Ich … Ich weiß nicht.«

Lene rutschte nervös auf dem Sessel hin und her; einmal mehr kam sie sich vor wie ein kleines Mädchen, unsicher und scheu.

»Nun, *ich* weiß es«, erklärte Madame Bovary gelassen. »Sie sind hier, weil Sie sich selbst erkennen und zu jemand anderem werden wollen, wie eine Raupe, die sich verpuppt und letztlich zum Schmetterling wird. Im Augenblick sind Sie noch weit entfernt von dem schillernden Schmetterling, der Sie sein könnten – der Sie sein *wollen*. Doch Sie sind bereits dabei, sich zu verpuppen, und jetzt suchen Sie jemanden, der Ihnen dabei behilflich ist zu schlüpfen.« Sie schaute Lene tief in die Augen, und es war, als würde sie in ihr lesen wie in einem Buch. »Ist es nicht so, meine Liebe? Sind Sie nicht deshalb hier? Weil Sie ein Schmetterling sein wollen?«

Lene nickte stumm.

Ja, so war es.

Sie wollte ein Schmetterling sein.

Sie war lange genug auf dem Boden geblieben.

Jetzt wurde es Zeit zu fliegen!

Madame Bovary betrachtete sie über das Dreieck ihrer zusammengelegten Zeigefinger hinweg und fuhr mit ruhiger Stimme fort: »Ich werde Ihnen dabei helfen, zu diesem Schmetterling zu werden. Dazu ist es allerdings nötig, gewisse Dinge klarzustellen; nur wenn Sie sich daran halten, kommen wir zusammen. Können Sie mir so weit folgen?«

Wieder nickte Lene nur; sie wusste nicht, was sie sagen sollte.

Das schien Madame Bovary jedoch nicht im Mindesten zu stören, die in geschäftsmäßigem, aber nicht unfreundlichem Ton erklärte: »Zuallererst, dies hier ist keine Demokratie. Es zählt nur eine Meinung, und das ist meine. Sie werden tun, was ich Ihnen auftrage – ohne Widerworte und ohne meine Anweisungen in Frage zu stellen. Ich bin für das Wohl dieser Agentur verantwortlich, und diese Verantwortung nehme ich sehr ernst. Unser Ruf ist unser größtes Kapital. Jede Dame dieses Hauses muss diesem Ruf gerecht werden, ohne Wenn und Aber. Fehlverhalten wird nicht toleriert, und alles, was mit *Astarte* oder unseren Kunden zusammenhängt, ist streng vertraulich.« Sie machte eine Pause, wie um ihre Worte wirken zu lassen, ehe sie weitersprach. »Was Ihre Termine angeht: Ich teile Ihnen mit, wann und wo Sie sich einzufinden haben. Jedes Treffen, das wir vereinbaren, ist für Sie verbindlich. Die Wünsche unserer Kunden stehen dabei über allem; sie zufriedenzustellen ist unser höchstes Ziel, denn allein durch sie kommen wir *unserem eigenen Ziel näher*.« Das klang fast philosophisch, und zum ersten Mal fiel Lene Madame Bovarys dezenter französischer Akzent auf, der sie aus irgendeinem Grund nur noch vollkommener erscheinen ließ. »Bei jedem Termin erhalten Sie von Ihrem Kunden einen Umschlag. Alle Einnahmen werden geteilt; eine Hälfte für Sie, die andere für die Agentur.« Sie ließ Lene keine Sekunde aus den Augen; hinter ihr versank die Abendsonne hinter den Bürogebäuden der Innenstadt. »Sind wir uns einig?«

»Das sind wir«, sagte Lene.

Ja, sie war damit einverstanden, mit jedem Wort, mit jeder *Silbe*. Es wäre ihr nicht einmal in den Sinn gekommen zu widersprechen, selbst wenn sie Anlass dazu gehabt hätte; die Frau auf der anderen Seite des Schreibtischs strahlte eine so einnehmende Autorität aus, dass jeder Anflug von Zweifel bereits im Keim erstickt wurde.

»Wunderbar.« Madame Bovary wirkte zufrieden. »Haben Sie noch irgendwelche Fragen?«

Lene zögerte. Ja, sie hatte Fragen, sogar Dutzende, aber keine schien es wert, gestellt zu werden.

Dann fiel ihr doch eine ein.

»*Astarte*«, sagte sie unsicher, wie aus Angst, etwas entsetzlich Dummes zu äußern. »Was bedeutet das?«

»Astarte ist der phönizische Name für Aphrodite«, erläuterte Madame Bovary. »Diskretion ist in diesem Metier das Allerwichtigste, und Aphrodite wäre vielleicht ein wenig zu offensichtlich gewesen, nicht wahr?«

Lene runzelte die Stirn. »Aphrodite?«

Madame Bovary nickte. »Aphrodite. In der griechischen Mythologie die Göttin der Liebe, der Schönheit und der sinnlichen Begierde. Sie steht für all das, was Männer wollen: Schönheit, Leidenschaft, Erfüllung. Zugleich war sie aber auch eine willensstarke, selbstbewusste Frau, die sich nahm, wonach es sie verlangte, ganz gleich, ob nun Männer oder Macht. Und ihr Symbol war die Rose.« Madame beugte sich vor und strich mit den Fingern fast zärtlich über die dunkelroten Blüten der Blume, die vor ihr auf dem Tisch stand. »Als Aphrodite, aus einer Muschel geboren, dem Schaum des Meeres entstieg, trug sie einen Rosenstrauch bei sich, so weiß und unbefleckt wie die Unschuld. Als sie ihren Gatten Hephaistos, den Gott des Feuers und der Schmiedekunst, dann später mit Ares betrog, erzürnte das Hephaistos dermaßen, dass er den Nebenbuhler kurzerhand umbrachte. Als Aphrodite davon erfuhr und sich auf den Weg zu ihrem sterbenden Geliebten machte, trat sie dabei in die Dornen des weißen Rosenstrauchs, und ihr Blut färbte die Blüten rot. Seitdem gelten rote Rosen als Zeichen der Liebe; jede Frau freut sich darüber, sie geschenkt zu bekommen, obwohl sie im Grunde ein Symbol der Untreue sind – der Untreue des weiblichen Geschlechts! Was für eine Ironie, hm?«

Wieder spielte dieses kleine, in sich gekehrte Lächeln über ihre Züge, und es war, als würde sie in Gedanken an einem anderen Ort weilen, an dem nackte Frauenfüße über blutige weiße Blütenblätter schritten.

Dann strich sie sich mit einer fahrigen Geste eine Strähne ihres Ponys aus der Stirn, zog eine der Schreibtischschubladen auf und holte zwei Kristallschwenker und eine Karaffe mit einer goldgelben Flüssigkeit hervor. Ohne sich zu erkundigen, ob Lene etwas trinken wolle, schenkte sie beide Gläser voll, schob Lene ihres zu und lehnte sich mit ihrem eigenen in der Hand zurück.

Sie nahm einen Schluck und verzog mit einem genussvollen Keuchen das Gesicht.

»Ein Lheraud-Cognac«, erklärte Madame und wirkte dabei fast ein wenig wie Wolfgang, wenn er Lene die Vorzüge eines seiner Weine nahezubringen versuchte. »Über hundert Jahre lang hat er in alten Eichenfässern in irgendeinem düsteren Keller gelagert, und seitdem wird er jeden Tag besser. Will man den Gepflogenheiten der Gesellschaft Glauben schenken, ist dergleichen zwar angeblich nichts für das ›schwache Geschlecht‹. Ich hingegen bin der Ansicht, dass manche Dinge einfach zu gut sind, um sie allein den Männern zu überlassen, meinen Sie nicht?« Die Frage war rein rhetorischer Natur, und Madame Bovary fuhr fort, ohne Lenes Antwort abzuwarten. »Aus diesem Grund besteht Ihre erste Lektion auch darin, zu begreifen, dass Sie als Frau bestimmte Dinge ebenso goutieren sollten, wie Männer es tun. Vergessen Sie alles, was Sie je im Hinblick auf Ihre Rolle als Frau gelernt haben, und halten Sie sich vor Augen, dass es keinen Anlass gibt, etwas zu tun oder zu unterlassen, bloß weil man es von Ihnen *erwartet*; machen

Sie stattdessen das, was *Sie selbst* für richtig halten, und nehmen Sie sich dieselben Freiheiten heraus wie die Männer. Es steht Ihnen vollkommen frei, sich hin und wieder einen guten Cognac zu gönnen, ...« Hierbei hob sie den Kristallschwenker. »... Hosen zu tragen – oder Sex zu haben, wenn Ihnen der Sinn danach steht. Ich finde, darauf sollten wir anstoßen!«

Als Lene sich nicht rührte, deutete sie auf das Glas, das unangetastet vor ihr auf der Tischplatte stand, und forderte: »Trinken Sie!«

Lene rückte vor auf die Kante ihres Sessels, stellte ihre Handtasche, an der sie sich die ganze Zeit über festgeklammert hatte wie ein Ertrinkender an einem Rettungsanker, neben sich auf den Boden und nahm den Schwenker.

Der Cognac war exquisit; warm und samtig bahnte er sich seinen Weg ihre Speiseröhre hinab, und fast augenblicklich befiel sie eine angenehme Leichtigkeit, als der Alkohol Wirkung zeigte. Ihre Nervosität ließ ein wenig nach.

Während sie noch einen zweiten Schluck trank, ließ Madame Bovary den Cognac gemächlich im Glas kreisen; der Schein der Wandlampen, die in regelmäßigen Abständen für indirekte Beleuchtung sorgten, ließ ihn schimmern wie flüssiges Gold. Ohne den Blick von Lene abzuwenden, sagte sie: »Viel Erfahrung haben Sie noch nicht, oder?« Und als wäre dieser Zusatz notwendig, fügte sie hinzu: »Sexuell, meine ich.«

Lene verschluckte sich um ein Haar an ihrem Drink. Sie kam sich vor, als hätte man sie mit den Fingern in der Keksdose erwischt. Anscheinend konnte man ihr an der Nasenspitze ansehen, wie unerfahren sie war; es war ihr entsetzlich peinlich.

Aber Madame Bovary winkte nur lächelnd ab. »Dafür brauchen Sie sich nicht zu schämen, meine Liebe! Glauben Sie nicht, Sie seien die Einzige, die in dieser Hinsicht gewisse Defizite hat. Das Gegenteil ist der Fall. Die meisten Frauen da draußen sind so wie Sie: vollkommen ahnungslos, was die Wonnen der körperlichen Liebe betrifft. Das hat nichts damit zu tun, dass Sie verklemmt, prüde oder frigide sind, wie viele unserer Geschlechtsgenossinnen sich gern einreden. Absolut nicht! Vielmehr enthalten Erziehung, Gesellschaft, Religion und Tradition uns Frauen ganz bewusst vor, was die Männerwelt seit jeher weiß: dass Sex und Liebe nichts miteinander zu tun haben und nichts Verwerfliches daran ist, sich der Lust hinzugeben.« Sie nippte erneut an ihrem Cognac. »Tatsächlich gelingt es vielen Frauen ihr ganzes Leben lang nicht, diese Ketten der sexuellen Ungerechtigkeit abzustreifen; sie kennen dieses heiße Verlangen zwischen den Schenkeln nicht, dieses wilde Pochen, wenn die Begierde überhand nimmt und man bloß noch den Augenblick herbeisehnt, wo diese süße Qual ein vorübergehendes Ende findet. Oder besser: Sie lassen diese Gefühle nicht zu. Und irgendwann, wenn sie alt und grau sind, fragen sie sich, was alle Welt an Sex nur so gottverdammt großartig findet.«

Bei diesen Worten schlich sich so etwas wie Schwermut in ihre Stimme, jedoch nur für einen Augenblick, denn gleich darauf lächelte sie wieder. »Aber wir wissen es besser, nicht wahr? Wir wissen, welche Freuden dort draußen auf uns warten, Sie und ich. Denn im Gegensatz zu diesen bedauernswerten Geschöpfen haben Sie den ersten Schritt bereits getan: Sie sind hierher gekommen. Das war eine gute Entscheidung. Und ich verspreche Ihnen eins, meine Liebe: Wenn Sie diesen Räumen wieder den Rücken kehren, werden Sie nicht mehr dieselbe sein!«

Lene nippte an ihrem Cognac, und vermutlich war es allein dem Lheraud zu verdanken, dass sie schließlich den Mut fand, das auszusprechen, was ihr bereits im Kopf herumging, seit sie Madame Bovarys erstmals ansichtig geworden war.

»Ich möchte so sein wie Sie.«

Jetzt war es heraus.

Madame Bovary lächelte gleichermaßen geschmeichelt wie nachsichtig, als würde sie derlei nicht zum ersten Mal hören.

»Wissen Sie, vielleicht sollten Sie lieber versuchen, *Sie selbst* zu sein statt jemand anderes?« Bevor Lene darauf etwas erwidern konnte, fragte Madame freundlich: »Sagen Sie, meine Liebe, wie ist es denn um Ihr Französisch bestellt?«

Lene schüttelte den Kopf. »Bedaure, aber ich spreche leider keine Fremdspra-«

»Ich möchte wissen, ob Sie Schwänze blasen«, unterbrach Madame Bovary sie, und jetzt klang sie ein wenig ungeduldig. Offenbar lagen die Förmlichkeiten nun hinter ihnen. »Das bezeichnet man im Allgemeinen als Französisch. Oder als Fellatio, falls Ihnen das lieber ist.«

»Oh.«

Lene spürte, wie auf ihren Wangen Rosen erblühten, so dunkelrot wie die, die überall im Raum verteilt standen. Am liebsten wäre sie auf der Stelle im Erdboden versunken. Stattdessen brachte sie es irgendwie fertig zu nicken.

Ja. Ja, sie blies Schwänze.

»Und gefällt es Ihnen?«

Lene nickte von neuem.

»Warum?«, fragte Madame Bovary.

Lene zögerte.

»Nicht nachdenken! Sagen Sie einfach, was Ihnen in den Kopf kommt!«

»Weil es mich erregt«, erwiderte Lene unsicher.

»Was daran erregt Sie?«

Diesmal antwortete Lene, ohne zu überlegen, genau wie Madame Bovary verlangt hatte. »Zu spüren, wie er in meinem Mund groß und hart wird. Zu wissen, dass *ich* das gemacht habe ...«

»Es erregt Sie, zu wissen, dass Sie die Macht besitzen, ihn groß und hart zu machen«, stellte Madame Bovary sachlich fest. »Die Macht, ihn zu *beherrschen*; seine Begierden zu steuern und ihn dazu zu bringen, das zu tun, was *Sie* wollen.« Es war keine Frage, aber Lene nickte trotzdem.

Natürlich hatte Madame Bovary recht. Das war es, worum es ging – nicht bloß beim Blasen, sondern ebenso beim

Ficken und allem anderen, was Mann und Frau miteinander im Bett anstellten.

Es ging um Macht.

Um Kontrolle.

Um *Dominanz.*

Und gleichzeitig um das genaue Gegenteil davon.

Es ging darum, die Kontrolle abzugeben.

Sich führen zu lassen.

Beherrscht zu werden …

Madame Bovary riss sie aus ihren Grübeleien.

»Welche Praktiken favorisieren Sie sonst noch?«

Lene verstand nicht recht.

»Praktiken? Meinen Sie, was für Stellungen –«

Madame Bovary schüttelte den Kopf. *»Praktiken«*, wiederholte sie. »Griechisch vielleicht, Spanisch oder Schwedisch? Haben Sie dergleichen schon einmal gemacht?«

Lene schüttelte den Kopf. Sie hatte nicht die geringste Ahnung, wovon Madame Bovary sprach. So musste man sich fühlen, wenn man nach dreißig Jahren aus dem Koma erwacht, um sich unversehens in einer Welt wiederzufinden, die einem allenfalls noch in groben Zügen vertraut ist.

Madame Bovary schwieg nachdenklich, und einen Moment lang wurde die Stille im Raum bedrückend. Schließlich jedoch kehrte das Lächeln auf ihre Züge zurück. »Nun, meine Liebe, dann stehen Ihnen viele aufregende neue Erfahrungen bevor. Und jetzt – zieh dich aus.« Sie sagte es ganz ruhig, fast beiläufig, sodass Lene die Bedeutung ihrer Worte zunächst gar nicht begriff, bis die Agenturchefin mit mehr Nachdruck wiederholte: »Zieh dich aus!«

Lene blinzelte, als würde sie aus einem Traum erwachen. Sie starrte die Frau hinter dem Schreibtisch irritiert an, als wäre sie nicht sicher, ob sie tatsächlich gehört hatte, was sie gehört zu haben *glaubte.*

»Ich soll … *was*?«

»Dich ausziehen«, sagte Madame Bovary knapp. »Sofort!«

Es war keine Bitte.

Lene zögerte noch einen Moment. Dann stellte sie ihr Glas beiseite und begann, die Knöpfe ihrer Kostümjacke zu öffnen, von oben nach unten, bis die Jacke aufklaffte und ihr schwarzer Spitzen-BH sichtbar wurde. Fast verschämt machte sie den letzten Knopf auf und blieb mit gesenktem Blick sitzen.

»Steh auf«, forderte Madame Bovary.

Lene tat wie geheißen.

»Weg mit der Jacke!«

Sie ließ die Jacke gehorsam von den Schultern gleiten. Erst jetzt gewahrte sie, dass es relativ kühl im Raum war. Allerdings nahm sie nicht an, dass *das* der Grund dafür war, warum sich ihre Brustwarzen hart wie Kirschkerne unter ihrem Büstenhalter abzeichneten.

»Jetzt den Rock!«, verlangte Madame Bovary.

Diesmal griff Lene ohne Umschweife hinter sich und öffnete den Reißverschluss. Mit einem leisen, seidigen Rascheln glitt der Rock über ihre Hüften und ihre Beine hinunter. Dann stand sie vor dem Schreibtisch, nur in Unterwäsche, die sich anfühlte wie elektrisch aufgeladen, so sehr kribbelte der dünne Stoff auf ihrer Haut.

Madame Bovary erhob sich, den Cognacschwenker in der Rechten, und kam gemessenen Schrittes um den Tisch herum. Ihr Blick schweifte über Lenes halbnackten Leib, doch nichts an ihrer Miene verriet, was in ihr vorging. Schweigend umrundete sie Lene, wie um sie von allen Seiten zu betrachten, und fragte schließlich: »Hast du es schon mal mit einer Frau gemacht?«

Lene schüttelte den Kopf; ihre Kehle war vor Aufregung wie zugeschnürt.

»Aber du hast schon einmal daran gedacht, oder?« Madame Bovary strich im Vorbeigehen mit dem Zeigefinger über Lenes Wange; die Berührung war leicht wie ein Windhauch, und dennoch durchfuhr Lene ein heftiger Schauder. »Als du ein Mädchen warst und bei deiner besten Freundin übernachtet hast? Als ihr in euren Nachthemden in ihrem Bett lagt und du ihren allmählich erblühenden Körper so dicht an deinem gespürt hast, dass du ihren Herzschlag fühlen konntest? Als du sie im Schwimmbad beim Duschen beobachtet und dich gefragt hast, wie es sich wohl anfühlt, die sanften Hügel ihrer Brüste zu berühren … Ob sie sich wohl so unglaublich zart anfühlen, wie sie aussehen …«

Lene schwieg beschämt. Sie wusste nicht, was sie sagen sollte, und das war auch gar nicht nötig. Es war ohnehin, als würde Madame Bovary all ihre Geheimnisse kennen, selbst jene, die Lene sich bis zu diesem Moment nicht einmal selbst eingestanden hatte.

»Das muss dir nicht peinlich sein«, erklärte Madame Bovary gelassen. »Früher oder später kommt jedem Menschen dieser Gedanke, ob man es nun zugibt oder nicht. Das liegt schlichtweg in unserer Natur. Die meisten entscheiden sich dann dagegen, weil Gesellschaft und Religion uns vorschreiben, dass allein Mann und Frau einander beiwohnen dürfen und alles andere Sünde ist. Aber ist es nicht genau das, was wir tun, wenn wir unserem Begehren *nicht* nachgeben? Uns versündigen – *gegen uns selbst*?«

Lene vermochte nicht zu sagen, ob Madame darauf eine Antwort erwartete, doch selbst wenn ihr eine eingefallen wäre, hätte sie keine Silbe über die Lippen gebracht; die Nähe von Madame Bovary, die so dicht hinter ihr stand, dass ihr warmer Atem Lenes Nacken streifte, verschlug ihr förmlich die Sprache.

»Sag mir«, raunte Madame Bovary ihr ins Ohr. »Warum sollten wir uns auf ein Geschlecht beschränken, wenn uns das die Hälfte der Menschheit vorenthält? Sogar die Götter haben sich mit ihresgleichen vergnügt. Warum sollten wir, die wir doch nach ihrem Ebenbild erschaffen wurden, es ihnen nicht gleichtun?«

Die Agenturchefin glitt an Lene vorüber, ließ sich vor ihr auf die Tischkante sinken und schob mit der freien Hand ihren Rock bis zur Hüfte hoch; darunter trug sie lediglich halterlose Strümpfe. Sie spreizte die Beine und bot Lene ihr Geschlecht dar, so blank und haarlos wie vor ihrer Pubertät.

Auch sonst wirkte ihr Venushügel wie der eines jungen Mädchens: glatt und gleichmäßig, ein senkrechter Schlitz zwischen ihren Beinen, der ihre Schamlippen vollends verbarg – nicht so wie bei Lene, deren Lippen merklich hervorlugten. Bislang hatte sie stets angenommen, das wäre bei allen Frauen so, sobald sie in ein gewisses Alter kamen. Die Muschi von Madame Bovary indes war auch jetzt noch ästhetisch. Ja, mehr noch: Sie war *schön*. Und während Lene sie fasziniert anstarrte, teilte Madame sie mit Zeige- und Mittelfinger und gewährte Lene einen tiefen Einblick in ihre zarte, rosig glänzende Weiblichkeit, ehe sie sie mit ruhiger Stimme aufforderte: »Leck mir das Fötzchen!«

Lene schluckte. Sie konnte den Blick nicht von dem zarten rosa Schlitz zwischen Madames Schenkeln abwenden, und mit einem Mal spürte sie, wie ihre Unterlippe unkontrolliert zu zittern begann.

Madame Bovary stützte sich mit dem freien Arm auf der Tischplatte ab und nippte mit ihren vollen roten Lippen am Cognac. Sie sagte nichts, sondern sah Lene einfach bloß an und hielt mit zwei Fingern einladend ihre Muschi auseinander, und ohne dass es einer weiteren Anweisung bedurfte, sank Lene vor ihr auf die Knie und überlegte fieberhaft, was sie jetzt tun sollte.

Sie hatte noch nie eine Möse geleckt.

Immerhin wusste sie, wie sie selbst es am liebsten hatte, und so beugte sie sich zögernd vor, bis ihr Gesicht nur noch zwei Fingerbreit von Madame Bovarys Scham entfernt war. Sie konnte ihre Fotze riechen, schwer und betörend, und dieser Duft allein genügte, um Lene alle Bedenken vergessen zu lassen. Jener Teil ihres Verstandes, der sie die ganze Zeit über verzweifelt ermahnt hatte, dass sie eine *anständige* Frau war, dass es sich nicht schickte, Schwänze zu blasen, Samen zu schlucken oder – Gott bewahre! – mit dem eigenen Geschlecht zu verkehren, begehrte ein letztes Mal auf.

Dann gab Lene ihrem Verlangen nach – und tauchte ihre Zungenspitze vorsichtig in die willig wartende Möse von Madame Bovary. Ihre Schamlippen öffneten sich wie die

Blüten eines Krokus beim Kuss der ersten Sonnenstrahlen eines Frühlingstages, und sofort quoll Lene warme, samtige Nässe entgegen.

Die Agenturchefin stöhnte auf.

Angespornt von diesem ersten Erfolg, ließ Lene die Zunge durch das samtweiche Tal ihrer Schamlippen gleiten, und tiefer, zu ihrer feuchten, engen Höhle.

Das Gefühl war berauschend; zu spüren, wie Madame Bovary immer feuchter und ihr Kitzler immer größer wurde, sorgte dafür, dass auch zwischen Lenes Beinen ein verzehrendes Pulsieren einsetzte, das mit jeder Sekunde zunahm. Bis zu diesem Moment hatte sie keine Vorstellung davon gehabt, wie unglaublich erregend es sein konnte, jemand anderem Lust zu bereiten; fast noch besser, als selbst geleckt zu werden.

Aber nur *fast* …

»Ja, guuut«, lobte Madame Bovary gedehnt und lehnte sich weiter nach hinten, den Blick gen Decke gerichtet, die Augen halb geschlossen. »Jetzt leck meine Klit!«

Ihr Kitzler saß wie eine stecknadelkopfgroße Perle am oberen Ende ihrer geschwollenen Schamlippen. Als Lene sanft darüberfuhr, lief ein lüsternes Zittern durch Madame Bovarys Schenkel. Sie drängte sich Lene entgegen, eine stumme Aufforderung fortzufahren.

Aber Lene hatte ohnehin nicht vor aufzuhören!

Sie ließ ihre Zunge über den Kitzler der Schwarzhaarigen gleiten, leckte mal rasch, mal langsamer, fuhr immer wieder hinab zur tropfnassen Quelle von Madames Verlangen und tauchte begierig ihre Zunge hinein, und im selben Maße, wie das Stöhnen der Agenturchefin lauter wurde, gab Lene ihre anfängliche Zurückhaltung auf, bis sie ihr Gesicht förmlich in Madame Bovarys köstlichem Mösensaft *badete*, der aus ihr quoll wie Nektar aus einer überreifen Frucht.

Lene genoss die warme Nässe auf ihrem Kinn, den leicht salzigen Geschmack von Madame Bovarys Weiblichkeit und die Art, wie sie sich auf dem Schreibtisch wand, wenn Lene mal sanfter, mal härter an ihrem Kitzler saugte.

Vor allem die härtere Gangart schien Madame zu gefallen, und so nahm Lene schließlich die Finger dazu, genau wie Dieter es bei ihr getan hatte. Natürlich hatte sie das bereits des Öfteren bei sich selbst gemacht; aber das hier war etwas völlig anderes, und es fühlte sich auch vollkommen anders an – heiß und eng und unglaublich *lebendig*, eine warme, pulsierende Höhle, die ihre Finger fest umschloss und sie tief in sich aufnahm.

Madame Bovary stöhnte wie eine brünftige Löwin, und sofort schob ihr Lene in erregtem Eifer auch noch den Mittelfinger hinein, ehe sie begann, ihre Finger in einem steten Rhythmus vor und zurück zu bewegen, vor und zurück, während sie mit der Zunge weiter die zarten Hautfalten der triefenden Möse erkundete und immer wieder flink den Kitzler leckte, bis Madame Bovarys Lider schließlich so ungestüm flatterten wie Lenes Unterlippe.

Die Schwarzhaarige war außer sich vor Wollust. Sie drängte Lene gierig ihre Hüften entgegen, und gab sich ganz Lenes Zungenspiel hin.

»Mehr!«, stöhnte sie kehlig. »Mehr!«

Im ersten Moment wusste Lene nicht, was sie meinte. Dann begriff sie, was Madame Bovary so inbrünstig forderte, und schob ihr auch noch den Ringfinger in die Möse. Er glitt mühelos hinein, und in einem Anflug von Übermut ließ Lene auch noch den kleinen Finger folgen.

Doch selbst das genügte der Agenturchefin nicht.

»Mehr!«, keuchte sie atemlos. »Stopf mir mein Fötzchen!«

Lene zögerte keine Sekunde. Ohne dass ihre Zunge auch nur einen Augenblick in ihrem Treiben innehielt, zog sie ihre vier Finger gerade so weit aus der klaffenden Vulva ihrer Gespielin, dass sie nicht herausrutschten, winkelte ihren Daumen so an, dass er halb unter den restlichen Fingern verschwand – und schob ihre Hand langsam, ganz langsam in Madame Bovarys Schoß.

Die Agenturchefin bäumte sich auf, als ein ekstatischer Schauder ihren Leib schüttelte; ihr schwarzer Wuschelkopf fuhr ungestüm hin und her. Sie arbeitete Lene entgegen, nahm sie voller Verlangen in sich auf, Stück für Stück, bis Lenes Hand schließlich bis zum Gelenk in ihr steckte.

Allein der Anblick genügte, um Lene vor Lust um den Verstand zu bringen, und ehe sie noch recht begriff, was sie da eigentlich tat, ballte sie ihre Hand in Madame Bovarys enger, zuckender Möse zur Faust.

»Ja!«, spornte Madame sie an. »Oh, ja!«

Sie warf sich vor Geilheit hin und her. Lenes Hand füllte sie bis zum Äußersten, und als wäre das noch immer nicht genug, rammte sie wild ihr Becken vor, um Lenes Faust noch tiefer in sich aufzunehmen, die mit jedem Stoß weiter hineinglitt, über das Gelenk hinaus, und dann hatte Lene die Finger ihrer freien Hand an ihrer eigenen klatschnassen Möse, rieb ihren Kitzler und besorgte es sich selbst, während sie weiter voller Hingabe Madame Bovarys Fötzchen leckte und sie mit der Faust fickte.

Als die Agenturchefin schließlich mit einem heiseren Lustschrei kam, drückte sie Lenes Gesicht so fest zwischen ihre Schenkel, dass Lene einen Moment lang die Luft wegblieb.

Rings um ihre Hand, die bis zum Gelenk in Madame Bovarys unkontrolliert zuckender Möse steckte, krampfte sich alles zusammen. Lene ließ ihre Zunge unbeirrt weiter über den prallen Kitzler der Schwarzhaarigen spielen, während die Finger ihrer anderen Hand über ihre eigene brennende Fotze tanzten, und dann spülte der Höhepunkt auch über sie hinweg, doch Madame Bovary hielt ihren Kopf an Ort und Stelle, und so wurde Lenes weiteres Stöhnen zu einem gedämpften Keuchen.

Nur allmählich ebbte das Beben von Madame Bovarys makellosem Körper ab, bis sie sich endlich halb aufrichtete und Lenes Haupt sanft am Schopf zurückzog, damit sie einander ansehen konnten; Lenes Gesicht glänzte vor Spucke und Mösensaft.

»Gutes Mädchen!«, gurrte sie zufrieden. »Du bist ein gutes Mädchen!«

Madame Bovary sah an sich selbst herab, auf die Hand, die noch in ihr steckte.

»Zieh sie raus. Aber langsam!«

Lene gehorchte.

Als sie ihre Finger aus Madame Bovarys Schoß zog, gab die Agenturchefin ein letztes, wohliges Wimmern von sich. Dann glitt sie von der Tischkante, strich ihren Rock glatt und trank einen Schluck Cognac, während Lene weiter vor ihr kniete und erwartungsvoll zu ihr aufschaute. Nur langsam beruhigte sich ihr eigener aufgepeitschter Atem wieder. Madame hingegen wirkte, als wäre nichts geschehen.

Nein, das stimmte nicht ganz.

Sie war freundlicher als zuvor.

Fast, als hätte Lene soeben ihre Gunst gewonnen.

Wohlwollend blickte sie auf Lene herab.

»Du hast eine große Zukunft vor dir, meine Liebe«, prophezeite sie. »Du wirst es noch weit bringen. Jetzt zieh dich an!«

Mit weichen Knien kam Lene der Aufforderung nach. Sie schloss gerade die letzten Knöpfe ihrer Jacke, als sich Madame Bovary zu ihrem Adressbüchlein beugte und ihr eine kleine weiße Pappkarte reichte, auf der in eleganter Frauenhandschrift eine Adresse stand: Goethestraße 39.

Sonst nichts.

Lene bedachte erst die Karte und dann Madame Bovary mit einem fragenden Blick. »Was erwartet mich dort?«

»Dein erster Kunde. Geh zu ihm und erfülle ihm all seine Wünsche!«

»Egal welche?«

»Egal welche.« Und mit einem kleinen, wissenden Lächeln fügte Madame hinzu: »Dieser Mann wird dir alles geben, was du suchst – das, und noch einiges mehr! Das kann ich dir versichern.«

»Wann soll ich zu ihm?«

»Unverzüglich.« Madame Bovary führte sie zur Tür ihres Büros. »Er erwartet dich bereits.« Sie öffnete die Tür und hielt sie für Lene auf. »Draußen vor dem Gebäude ist ein Taxistand; nimm dir dort einen Wagen.«

Als Lene an ihr vorbei in den Empfangsraum schlüpfte, fasste Madame Bovary sie noch einmal an der Schulter und hielt sie zurück.

»Eines noch.«

Lene sah sie fragend an.

»Dein Name«, sagte Madame Bovary, »lautet fortan Lady de Winter!«

»Lady de Winter«, wiederholte Lene.

Madame Bovary nickte.

»Nun geh«, sagte sie und schob Lene sanft hinaus. »Geh und beginne ein neues Leben!«

10.

Als das Taxi zwanzig Minuten später in der Goethestraße hielt, war Lene so aufgeregt, dass ihre Fingerspitzen zum ersten Mal seit jenem Abend, als sie Dieter Bergers Klingel betätigt hatte, wie elektrisiert kribbelten.

Der Grund dafür war zum einen darin zu suchen, dass sie nicht die leiseste Ahnung hatte, was sie hier erwartete. Fast ebenso ausschlaggebend für ihre Nervosität war jedoch die eindrucksvolle dreigeschossige Jugendstilvilla, die – halb verborgen hinter jahrhundertealten Kastanien – jenseits der malerischen, mannshohen Bruchsteinmauern dräute, die das Anwesen zur Gänze umgaben.

Die Villa war in gedecktem Weiß gehalten, mit drei hufeisenförmig aufeinander zulaufenden Flügeln, unzähligen Erkern und Türmchen und mehr Fenstern, als Lene auf die Schnelle zu zählen vermochte. Doch obwohl die Exklusivität des *Astarte*-Büros bereits darauf hingedeutet hatte, dass die Kunden der Agentur keine Hungerleider waren, schien das hier dennoch schlichtweg eine Nummer zu groß.

Der Taxifahrer war da anderer Ansicht.

»Goethestraße 39«, erklärte er knapp.

Lene blickte skeptisch auf das prächtige Bauwerk.

»Sind Sie sicher?«

Der Fahrer nickte. »Goethestraße 39.« Offenbar war er einer der wenigen seiner Zunft, die nicht zu übertriebener Redseligkeit neigten.

Wie um sicherzugehen, dass er die Wahrheit sagte, warf Lene erst einen Blick auf die Karte in ihren Händen und dann auf die große, geschwungene 39, die an einem der Pfeiler prangte, die das große gusseiserne Doppeltor hielten, hinter dem sich eine kiesbestreute Auffahrt durch das Spalier der Kastanien zum Haus schlängelte.

Die Adresse schien zu stimmen.

Dennoch erfüllten Lene nach wie vor gewisse Zweifel, als sie dem Fahrer ein paar Markstücke in die Hand drückte und ausstieg. Bevor sie den Verschlag schloss, rief er ihr über die Schulter hinweg zu: »Viel Spaß!« Und obwohl sie sich dessen nicht sicher sein konnte, glaubte sie, in seinen Worten einen anzüglichen Unterton zu vernehmen, als wüsste er genau, was sie hierher trieb.

Aber das war natürlich Unsinn.

Niemand ahnte, weshalb sie hier war. Sie war bloß eine Bekannte auf Besuch. Nichts weiter. Sie musste sich keine Sorgen machen.

Trotzdem beschlich Lene ein mulmiges Gefühl, als das Taxi mit dem Rattern eines losen Keilriemens anfuhr und die Straße hinabrollte. Sie sah dem Wagen nach, der mit rot aufleuchtenden Rücklichtern um die Ecke verschwand, und wandte sich schließlich nervös der Einfahrt zu.

Die geschwungenen Eisenstäbe des Tores bildeten kunstvoll geschwungen die Lettern G und H. Vermutlich handelte es sich dabei um die Initialen des Hausherrn. Oder möglicherweise auch um die Anfangsbuchstaben der Rufnamen des Ehepaares, das hier lebte.

Das war etwas, worüber sie sich auf dem Weg hierher gar keine Gedanken gemacht hatte: Was, wenn der Mann, der sie »gebucht« hatte – ihr *Kunde*, ermahnte sie sich –, verheiratet war? Schließlich wohnt niemand allein in einem riesigen Anwesen wie diesem.

Doch natürlich waren solche Überlegungen müßig.

Selbst wenn er verheiratet war, war seine Gattin gewiss nicht zu Hause, immerhin hatte er Lene aus einem ganz bestimmten Grund hierher bestellt; das hätte er wohl kaum getan, wenn er durch ihren Besuch irgendwelche familiären Schwierigkeiten zu erwarten hatte.

Dennoch wuchs Lenes Nervosität mit jeder Sekunde, und als sie sich endlich mit einem Ruck in Bewegung setzte und auf das Tor zutrat, zitterten ihre Beine wie Espenlaub.

Zum wiederholten Male, seit sie Madame Bovarys Büro verlassen hatte, fragte sie sich, worauf sie sich da bloß eingelassen hatte. Was, wenn sich ihr Kunde als Tattergreis mit Gebiss und Gehhilfe entpuppte? Oder als einer dieser dekadenten Fettsäcke, die im Vorstand von Wolfgangs Bank saßen?

Bei Dieter war es ihre eigene Entscheidung gewesen, sich ihm hinzugeben; kein Mensch hatte sie dazu gezwungen.

Das war jetzt anders.

Jetzt wurde von ihr *erwartet*, mit einem Wildfremden zu verkehren, und ihr war nicht recht klar, wie sie damit umgehen sollte. Denn auch wenn Sex und Liebe nichts miteinander zu tun hatten, sollte man sich doch zumindest halbwegs sympathisch sein, fand Lene.

Doch für solche Bedenken war es nun zu spät. Das hätte sie sich vorher überlegen sollen.

Jetzt war sie hier und würde tun, was man von ihr verlangte – allein schon, um Madame Bovary nicht zu enttäuschen!

Sie sah sich unsicher nach einem Rufknopf oder dergleichen um. Es gab kein Namensschild und auch keine Gegensprechanlage, wie man sie bei einem Haus wie diesem wohl erwarten würde. Dafür war am rechten Torpfeiler eine schlichte Messingklingel.

Zögernd betätigte Lene die Klingel.

Es ertönte kein Läuten, und auch sonst erfolgte keine unmittelbare Reaktion; stattdessen begann sich das Tor einige Sekunden später mit einem Mal wie von Geisterhand zu öffnen. Die beiden großen Flügel schwangen mit einem leisen Quietschen nach innen auf und gaben den Weg auf das Anwesen frei, eine stumme Einladung einzutreten.

Lene atmete mehrmals tief durch, um ihre flatternden Nerven zu beruhigen, bevor sie im Zwielicht der Dämmerung begann, die Auffahrt hinaufzugehen. Das Laub der Kastanien bedeckte den Kies wie ein weicher rotgoldener Teppich und verschluckte ihre Schritte fast zur Gänze, während sie sich der Villa näherte, die wie ein steingewordenes Zeugnis von Wohlstand vor ihr in die Höhe wuchs. Sie versuchte, irgendetwas jenseits der unzähligen Fenster auszumachen, doch die meisten waren in Dunkelheit getaucht.

Als sie den Schutz der Kastanien verließ und über das Rondell mit dem Springbrunnen in der Mitte auf die breite Marmortreppe zutrat, die hinauf zur Eingangstür führte, schrie irgendwo im Garten ein Käuzchen.

Der Ruf des Vogels ließ Lene so heftig zusammenzucken, als wäre sie von einer unsichtbaren Hand gezwickt worden. Sie konnte sich des Eindrucks nicht erwehren, dass der Kauz ihr zurief: *Komm mit! Komm mit!* Fast, als wolle er sie von hier fortlocken, bevor es zu spät war. Und vielleicht hätte sie gut daran getan, seinem Ruf zu folgen.

Vielleicht wäre dann alles anders gekommen.

Doch ihre Neugierde war einfach größer …

Einen Moment später stand Lene vor dem gewaltigen Eichenholzportal mit den massiven Eisenbeschlägen und schielte nach oben zu dem marmornen Bildnis eines Frauenkopfes, der vom Türsims spöttisch, so schien es ihr, auf sie herabschaute.

Ein kalter Schauder lief ihr Rückgrat hinab.

Es war, als könnten diese starren steinernen Augen bis auf den Grund ihrer Seele blicken, um all das zu sehen, was sie sich nicht einmal selbst eingestehen wollte …

Lene schluckte.

»Reiß dich zusammen!«, ermahnte sie sich. »Stell dich um Gottes willen nicht so an!«

Sie wollte gerade die Hand nach dem Türklopfer ausstrecken, als die linke der beiden Türhälften unversehens nach innen aufschwang und sie sich einem hageren, hochgeschossenen Burschen mit Seitenscheitel und gepflegtem Oberlippenbart gegenübersah, dessen verhärmte Miene nur unwesentlich mehr Leben zeigte als das Marmorgesicht über ihr. Er mochte gut und gerne Anfang sechzig sein. Er trug einen grauen Anzug mit dunkler Krawatte, der sein gestrenges Auftreten noch unterstrich. Er lächelte nicht, als er mit einer Stimme, die knarzte wie altes Leder, das Wort an sie richtete.

»Sie wünschen?«

Lene rang nervös ihre Handtasche in den Händen. Ein dicker Kloß steckte in ihrer Kehle; die Vorstellung, mit diesem verknöcherten alten Mann ins Bett zu gehen, bereitete ihr alles andere als Vergnügen. Am liebsten hätte sie auf dem Absatz kehrtgemacht, doch sie zwang sich, zu bleiben, wo sie war, und dem unangenehmen Blick dieser eisgrauen Augen standzuhalten.

Was hatte Madame Bovary noch gesagt?

Unser Ruf ist unser größtes Kapital, und jede Dame dieses Hauses muss diesem Ruf gerecht werden, ohne Wenn und Aber.

Und Lene war entschlossen, sich als *würdig* zu erweisen!

Als sie ihre Stimme schließlich wiederfand, klang sie dennoch leise und piepsig, wie die eines kleinen Mädchens: »Die Agentur schickt mich. Ich bin –«

»– die Abendgesellschaft für den werten Herrn.« Der Mann nickte. »Sie werden bereits erwartet.« Und wie um jedwede Missverständnisse von Seiten Lenes auszuräumen: »Ich bin Karl, der Hausdiener.«

Im ersten Moment starrte Lene ihn nur fassungslos an, als hätte sie nicht recht verstanden, was er sagte. Dann, als sie ihren Fehler erkannte, brachte sie sogar ein gleichermaßen verlegenes wie erleichtertes Lächeln zustande. Wahrscheinlich war es die Hoffnung, dass der »werte Herr« etwas ansehnlicher und mit ein bisschen Glück auch ein paar Jahre jünger als sein Faktotum war, die ihr dabei half, ihre Nervosität abzulegen – zumindest nach außen hin.

Der Hausdiener wusste offensichtlich genau, weshalb sie hier war, da wäre es unangebracht gewesen, sich ihm gegenüber zu benehmen wie eine blutige Anfängerin.

Schüchtern und zurückhaltend – das war womöglich Lene Sommerfeld, geborene Guthmann, doch jetzt war sie Lady de Winter von *Astarte*, und so sollte sie sich auch geben. Es spielte keine Rolle, ob sie sich so fühlte oder nicht;

es genügte vollauf, wenn die anderen *glaubten*, dass dem so war.

»Nun, wenn das so ist«, sagte Lene, bemüht, *professionell* zu klingen, und richtete sich zu voller Größe auf. »Dann sollten wir den werten Herrn nicht länger warten lassen.«

Der Hausdiener nickte. »Wenn Sie mir bitte folgen wollen?«

Ohne ihre Antwort abzuwarten, trat er beiseite und ließ sie ein.

Lene betrat die imposante, in dämmrige Schatten getauchte Eingangshalle, in der ohne Probleme der Wartesaal eines mittelstädtischen Bahnhofs Platz gefunden hätte, und wartete, bis Karl die Tür geschlossen hatte.

»Folgen Sie mir.«

Er ging voraus.

Lene tat wie geheißen und sah sich neugierig um: Überall standen teure antike Möbel, an den Wänden hingen imposante Gemälde mit protzigen Blattgoldrahmen, und weiter vorne führte eine geschwungene Doppeltreppe wie im Foyer einer Oper zu einer großen Milchglastür hinauf.

Hinter dem Hausdiener ging Lene die Stufen hinauf, ließ sich von ihm die Tür aufhalten und folgte Karl durch ein regelrechtes Labyrinth düsterer Flure und Gänge, bis sie schließlich zu einer Doppeltür aus dunklem Holz gelangten. Davor blieb Karl stehen, wandte sich mit einer Hand hinter dem Rücken an Lene und deutete mit der anderen auf die Tür.

»Der werte Herr lässt bitten.«

»Vielen Dank«, sagte Lene, und nach einem Moment des Zögerns fügte sie wie selbstverständlich hinzu: »Sie können jetzt gehen.«

Insgeheim rechnete sie damit, dass der Hausdiener diese Anmaßung zumindest mit einem scheelen Blick kommentieren würde. Stattdessen jedoch deutete er eine Verbeugung an, schlug steif die Hacken zusammen und entfernte sich wortlos auf demselben Weg, den sie gekommen waren.

Lene sah ihm nach und schüttelte unmerklich den Kopf, ehe sie sich der Tür zuwandte und sich vorbeugte, um zu lauschen. Indes, auf der anderen Seite war alles ruhig, und so hob sie die Hand und klopfte; das Geräusch klang in der Stille des riesigen Hauses hohl und unheimlich, als würde jemand von innen gegen einen Sargdeckel hämmern.

Poch! Poch! Poch!

»Es ist offen«, ertönte von drinnen eine markige Männerstimme.

Lene atmete noch einmal tief durch. Dann drückte sie die Klinke hinunter und schob den rechten Türflügel auf.

Aus dem Spalt quoll ihr tintige Dunkelheit entgegen, erfüllt von einem durchdringenden, moschusartigen Duft, wie von Räucherstäbchen.

Lene gewahrte, dass das Zimmer dahinter in Zwielicht getaucht war; schwere Samtvorhänge schlossen die Dämmerung aus, und obwohl sich unter der Decke der Umriss eines mächtigen Kronleuchters abzeichnete, stammte die einzige Helligkeit von einer Schreibtischlampe im hinteren Teil des mit Antiquitäten vollgestellten Raumes; doch ihr Schein reichte kaum bis zur Tür, geschweige denn bis in die Ecken des Zimmers. Erst als sich Lenes Augen an die bescheidenen Lichtverhältnisse gewöhnt hatten, war sie in der Lage, Einzelheiten auszumachen.

Längs der Wände reihten sich Regale, die unter der Last Tausender und Abertausender Bücher ächzten, in der Ecke thronte ein mannshoher Globus, und der Geruch von altem Papier, Staub und Generationen von Wissen erinnerte Lene unwillkürlich an ihre Besuche in der Schulbibliothek, als sie noch ein Mädchen gewesen war.

»Komm näher«, sagte die Männerstimme irgendwo aus der Dunkelheit links von ihr, von den Schatten vor Lenes Blick verborgen. »Schließ die Tür!«

Lene kam der Aufforderung gehorsam nach, und als die Tür hinter ihr ins Schloss glitt, schwappte das Zwielicht des Arbeitszimmers über ihr zusammen wie eine schwarze Welle. Wieder dauerte es ein paar Sekunden, bis sich ihre

Pupillen an das Halbdunkel anpassten. Als es schließlich so weit war, entdeckte sie endlich den Mann, wegen dem sie hergekommen war.

Er saß in einem wuchtigen Polstersessel einige Schritte entfernt, ein Bein lässig über das andere geschlagen, in einem edlen, cremefarbenen Seidenhausmantel und Pantoffeln. Es war zu dunkel, als dass sie mehr von ihm auszumachen vermochte als seine Silhouette, doch als er schmauchend an seiner Zigarre zog und die Glut aufglomm, erhaschte sie einen flüchtigen Blick auf sein Gesicht: Mitte vierzig, glatt rasiert, mit einer geraden, scharf geschnittenen Nase und ausgeprägten Geheimratsecken. Er trug eine Brille mit Goldrahmen, und an seinem Finger blitzte ein massiver goldener Ring. Schließlich erlosch die Zigarrenglut wieder, und das Arbeitszimmer versank von neuem in Düsternis.

Dann vernahm sie plötzlich das vertraute Rauschen eines Lautsprechers; eine Nadel kratzte über eine Schallplatte, und im nächsten Moment erfüllten die Klänge von »Only You« von den Platters das Zimmer.

»Tanz für mich!«, forderte der Mann knapp.

Seine Worte duldeten keinen Widerspruch.

Lene zögerte, jedoch nur einen Moment. Dann trat sie unsicher vor, blieb inmitten des Raums stehen und begann sich zum Takt der Musik zu wiegen. Es war ein sonderbares Gefühl, zu wissen, dass er sie anscheinend genau sehen konnte, sie ihn jedoch bloß in Umrissen – beinahe ebenso sonderbar, wie es war, für ihn zu tanzen …

Sie war eigentlich stets der Meinung gewesen, eine vergleichsweise passable Tänzerin zu sein. Jetzt allerdings kam sie sich linkisch und unbeholfen vor, als besäße sie zwei linke Füße. Wahrscheinlich rührte das allein daher, dass sie die Blicke des Mannes mit der tiefen Stimme so deutlich auf ihrer Haut spürte wie Nadelstiche.

Er labte sich an ihrem Anblick, und als die Spitze der Zigarre von neuem aufleuchtete, glaubte Lene flüchtig, ihn lächeln zu sehen. Offenbar gefiel ihm, was er sah, und das wiederum half ihr, sich zu entspannen. Nach und nach wurden ihre Bewegungen sicherer, lockerer, geschmeidiger. Und obwohl sie nichts weiter tat, als die Hüften kreisen zu lassen, die Schultern zu wiegen und sich ganz im Gleichklang mit der Musik zu bewegen, hatte das Ganze etwas ungemein Sinnliches, ja, beinahe Intimes.

Wie von selbst begann Lene, ihre Hände über ihren Körper gleiten zu lassen, über ihre Brüste, über den Bauch, bis hinunter zu ihren Schenkeln. Als sie dabei halb absichtlich, halb zufällig ihre Nippel streifte, stellte sie fest, dass sie hart und fest gegen den Stoff ihres Mantels rieben, und ein erregter Schauder durchfuhr sie. Irgendwann schloss sie einfach die Augen, legte den Kopf in den Nacken und ließ sich von der Musik treiben. Doch das Wissen, dass die Blicke des Fremden die ganze Zeit über auf ihr lagen, sorgte dafür, dass zwischen ihren Beinen jenes verheißungsvolle Ziehen entstand, das sie in den letzten Wochen so zu schätzen gelernt hatte.

Ihre Muschi war längst feucht.

An ihrem Zuschauer schien Lenes Darbietung ebenfalls nicht spurlos vorüberzugehen, denn noch bevor das Lied zu Ende war, forderte er aus den Schatten heraus mit leicht zittriger Stimme: »Zieh dich aus!«

Lene tat wie befohlen, und diesmal gab es kein Zögern.

Ohne mit dem Tanzen innezuhalten, ließ sie ihre Hände weiter lockend über ihren Körper gleiten, als würde sie sich selbst streicheln, verharrte bei ihren Brüsten, um sie einen Moment lang provokativ zu kneten, und begann dann langsam, im Takt der Musik, die Knöpfe ihres Kostüms zu öffnen. Bald lag die Jacke am Boden, und ihr Büstenhalter trat zutage, doch statt damit fortzufahren, ließ sie die Hände hinter ihren Rücken wandern, zog den Reißverschluss ihres Rocks auf und ließ das Kleidungsstück just in dem Augenblick hinunter rutschen, als die letzten Akkorde von »Only You« mit dem leisen Klicken der zurück auf die Halterung springenden Gabel verklangen. Dann stand sie in BH, Höschen und halterlosen

Strümpfen da und atmete flach durch den Mund, um wieder zu Atem zu kommen.

Das Tanzen hatte sie angestrengt.

Vielleicht war es auch einfach die Aufregung, die ihr den Atem verschlug.

Nachdem die Musik verklungen war, senkte sich eine erwartungsvolle Stille über das Arbeitszimmer. Lene versuchte, die Schatten mit ihren Blicken zu durchdringen, doch erst als neben dem Ledersessel eine Stehlampe aufflammte, sah sie ihren »Gastgeber« zum ersten Mal wirklich.

Er war in jeder Hinsicht eine imposante Erscheinung: groß, breitschultrig, mit der Statur eines in die Jahre gekommenen Profiboxers, dem zu wenig Bewegung und zu viel gutes Essen den Ansatz eines Schmerbauchs hatten angedeihen lassen. Breite Wangenknochen, grüblerische grünblaue Augen, ein ausdrucksstarkes Kinn und eine von feinen Linien durchfurchte Stirn ließen ihn weniger attraktiv als vielmehr im besten Sinne männlich erscheinen.

Wenn er vorhin tatsächlich gelächelt hatte, merkte man davon nun allerdings nichts mehr. Seine Miene war undeutbar, als er sich vorbeugte und Lene mit einer Geste zu sich heranwinkte, die herablassend gewirkt hätte, wäre nicht allein durch seine natürliche Autorität von vornherein klar gewesen, dass er solche primitiven Gefühlsregungen in keiner Weise nötig hatte, um sich Respekt zu verschaffen.

»Komm näher«, sagte er, und dann, als Lene drei Schritte vor ihm stehen blieb: »Du bist eine sehr hübsche Frau. Und mir scheint, als besitzt du jene seltene Gabe verruchter Sinnlichkeit, die es braucht, um unsereins um den Verstand zu bringen.« Er zog an seiner Zigarre und blies aromatische blaue Raumschwaden zur Decke empor, ehe er fragte: »Wie soll ich dich nennen?«

»Lady de Winter«, erwiderte Lene, um Gelassenheit bemüht. Immerhin, halbnackt vor einem Fremden war das allerdings nicht so einfach.

Er runzelte die Stirn. »Lady de Winter? Wie die Meuchelmörderin aus den Romanen von Alexandre Dumas, die Kardinal Richelieu in seinem Bemühen unterstützt, die Königin zu stürzen?« Er schnalzte amüsiert mit der Zunge. »Nun, ich nehme an, dies dürfte eine recht interessante Erfahrung werden ...«

Ohne näher darauf einzugehen, griff er nach dem kleinen, reich verzierten Kristallglas, das zusammen mit einer Karaffe, einem Porzellandöschen und einem Siffon auf dem antiken Beistelltischchen neben seinem Sessel stand, und trank es mit drei Zügen leer.

Was auch immer sich in dem Glas befand, es war offenbar sehr stark, denn der Mann verzog das Gesicht einen Moment lang zur Grimasse und atmete tief durch die Nase ein, ehe er sich von neuem Lene zuwandte.

»Ich bin Günther«, stellte er sich vor, ohne sich die Mühe zu machen, sich zu erheben oder ihr die Hand anzubieten. »Günther Hunoldt. Aber das weißt du sicher längst?«

Als Lene den Kopf schüttelte, runzelte er einen Moment lang irritiert die Stirn, als könne er kaum glauben, dass ihr weder sein Gesicht noch sein Name bekannt vorkamen. Schließlich drückte er mit einem Schulterzucken seine nur halb gerauchte Zigarre im Aschenbecher aus und langte nach der Karaffe; darin schwappte eine seltsame grüne Flüssigkeit, so irisierend, dass es fast den Eindruck erweckte, als würde sie leuchten.

»Was hat sie über mich erzählt?«

Lene verstand nicht recht. »Pardon?«

»Madame Bovary – was hat sie dir über mich erzählt?« Ohne sie anzusehen, goss er drei Fingerbreit der grünen Flüssigkeit in sein Glas. »Über meine, nun, nennen wir es ruhig: *sexuellen Neigungen*?« Jetzt schaute er sie an. »Ihr *habt* doch darüber gesprochen, nicht wahr?«

Lene schüttelte den Kopf.

»Und worüber habt ihr *dann* gesprochen?«

Lene wiegte den Kopf. »Madame sagte bloß, ich solle Ihnen all Ihre Wünsche erfüllen.«

Günther Hunoldts linke Braue glitt in die Höhe. »Egal welche?«

Lene nickte. »Egal welche.«

Bei diesen Worten kräuselten sich Günthers Mundwinkel zu einem kleinen, vergnügten Lächeln.

»Ja, das sieht ihr ähnlich. Die Gute wusste schon immer, wie sie mich bei der Stange halten kann …« Er lachte leise. »Und *du* musst etwas ganz Besonderes sein, wenn sie dich zu mir geschickt hat, denn ich bin recht wählerisch, was die Auswahl meiner Gespielinnen betrifft, weißt du?« Es war eine rhetorische Frage; er erwartete keine Antwort, und er bekam auch keine.

Lene stand einfach bloß da und beobachtete neugierig, wie Günther einen Silberlöffel, der ein wenig an einen Miniaturtortenheber mit einer Z-förmigen Halterung im Stiel gemahnte, am Rande des Glases festklemmte, sodass die Löffelfläche über der Öffnung schwebte. Dann nahm er ein Stück Würfelzucker aus dem Döschen, legte es auf den Löffel, träufelte mehrere Tropfen grüner Flüssigkeit darauf, bis sich der Zucker damit vollgesogen hatte, riss ein Streichholz an und hielt die Flamme an den Würfel, bis der Zucker mit einem leisen Fauchen zu brennen begann.

Er wartete einen Moment, bis der Zucker Blasen schlug, und ließ dann aus dem Siffon Sodawasser darüber laufen, bevor er den Würfel schließlich in die Flüssigkeit tauchte und ein paar Mal umrührte.

Lene stieg ein Hauch von Anis und Ingwer in die Nase, und auf einmal wurde ihr klar, woher der sonderbare Geruch im Zimmer stammte.

»Absinth«, erklärte Günther, als er Lenes irritierten Blick bemerkte. »Die ›grüne Fee‹, wie ihn die Franzosen nennen. Im Grunde nichts anderes als ein sehr starker Kräuterschnaps, aber die Wirkung ist erstaunlich. Nicht umsonst sagt man Absinth nach, er habe eine aphrodisische Wirkung. Sieh selbst!«

Damit schlug er die Schöße seines Hausmantels beiseite.

Sein Schwanz ragte halbsteif aus dem dichten schwarzen Busch seines Schamhaars, und obgleich Lenes Hemmschwelle in den letzten Wochen merklich gesunken war, konnte sie dennoch nicht umhin, dass sie beim Anblick von Günthers Penis den Atem anhielt.

Sein Schwanz war gewaltig, viel größer als der von Wolfgang oder Dieter, eine nahezu handgelenkdicke Schlange aus Muskeln und dick angeschwollenen Adern und Venen, die sie unwillkürlich an die überproportionalen Geschlechtsmerkmale afrikanischer Fruchtbarkeitsgötter erinnerte.

Irgendwo hatte Lene einmal gelesen, dass das männliche Glied in erigiertem Zustand im Durchschnitt sechzehn Zentimeter lang sei; dieses hier schien mindestens doppelt so groß, und der Gedanke daran, diesen imposanten Schwanz in sich aufzunehmen, sorgte dafür, dass die Begierde in ihrem Schoß schlagartig höher loderte.

Es ließ sich nicht leugnen: Lene war rollig!

Das Wort hatte etwas wunderbar Harmloses und klang weniger plakativ als »geil«, selbst wenn es am Ende auf dasselbe hinauslief: Sie wollte diesen Prachtschwengel spüren.

Sie wollte ihn schmecken und sehen, ob sie ihn noch größer machen konnte.

Und als wüsste Günther genau, was ihr durch den Kopf ging, spreizte er die Beine, um zwischen seinen Schenkeln Platz zu schaffen, griff nach dem Absinthglas und erklärte knapp: »Du weißt, was du zu tun hast.«

Lene nickte.

Ja, das wusste sie.

Willig sank sie vor Günther auf die Knie, befeuchtete sich mit der Zunge die Lippen und nahm seine Männlichkeit in den Mund.

Sein Schwanz füllte ihren Rachen zur Gänze; sie konnte nur noch durch die Nase atmen, und obwohl sie eine Schrecksekunde lang von der irrationalen Furcht befallen wurde zu ersticken, begann sie voller Hingabe zu blasen.

Günther lehnte sich in seinem Sessel zurück, trank einen Schluck Absinth und schaute Lene dabei zu, wie sie mit der Zunge seinen Schwanz auf und ab fuhr, neckisch mit dem empfindlichen Häutchen zwischen Eichel und Schaft spielte und auch nicht vergaß, seinen Eiern die notwendige Aufmerksamkeit zuteil werden zu lassen. Abwechselnd saugte sie an seinen Hoden, erst am linken, dann am rechten, bis sie von ihrer Spucke warm und feucht waren, ehe sie wieder nach oben wanderte und sein Glied von neuem in der Höhle ihres Mundes willkommen hieß.

Zwischen ihren Lippen richtete sich sein Schwanz zu voller Größe auf, ein gewaltiges Instrument der Lust, so gewaltig und hart, dass Lenes Unterlippe allein beim Gedanken daran, ihn in ihrer Möse zu haben, zu zittern begann.

Günther indes schien noch nicht zufrieden.

»Tiefer!«, forderte er. »Blas tiefer!«

Lene stülpte ihre Lippen über seinen Penis, soweit es nur ging. Sie spürte, wie seine Eichel hinten gegen ihren Rachen stieß, doch statt innezuhalten oder nachzugeben, ignorierte sie ihren Würgereiz und verdoppelte noch ihre Bemühungen, ihn bis zur Wurzel in sich aufzunehmen. Es war, als sei ihre Speiseröhre bis hinunter zum Magen gefüllt mit prallem, lustvoll zuckendem Fleisch. Speichel rann über ihr Kinn und troff in langen, glänzenden Fäden auf ihre Brüste. Ihre Augen tränten, und sie musste immer wieder für ein paar Sekunden innehalten, um keuchend nach Luft zu ringen. Gleichwohl, sobald sie wieder ein wenig zu Atem gekommen war, fuhr sie mit wahrem Feuereifer fort, rammte sich seinen Schwanz bis zum Anschlag in den Schlund und begann, ihn gleichzeitig mit beiden Händen zu massieren.

Günther hatte jedoch anderes im Sinn.

»Ohne Hände!« Er schlug ihr leicht auf die Finger, wie ein gestrenger Lehrer einem begriffsstutzigen Schüler. »Es heißt blasen, nicht wichsen!«

Lene nahm ihre Hände pflichtschuldig fort und bemühte sich, ihn allein mit dem Mund zu befriedigen, was sich anfangs als echte Herausforderung erwies, da sie verhindern musste, dass sein Schwanz aus ihrem Rachen glitt. Nach einer Weile war sie allerdings imstande, die Hände auf dem Rücken zu verschränken und es ihm ausschließlich mit dem Mund zu machen, während ihr Haarschopf in seinem Schoss auf und ab wippte, auf und ab, bis sie ein wohlvertrautes Aroma auf der Zunge schmeckte, als ein erster, einzelner Tropfen Samenflüssigkeit aus der Spitze seiner Männlichkeit quoll, ein Vorbote dessen, was sogleich kommen würde.

Doch einmal mehr hatte Günther andere Pläne.

»Genug!«, sagte er herrisch, und als sie seinem Befehl nachkam und seinen Schwanz mit einem widerwilligen Glitschen aus ihrem Rachen gleiten ließ, ohne es zu Ende gebracht zu haben, blickte er mit derselben Gier in den Augen auf sie herab, die sie bereits von Dieter kannte.

Es war der Blick eines Raubtiers, das seine Beute mustert.

»Steh auf!«, forderte er streng.

Lene tat wie geheißen, und als sie zitternd vor Wollust vor ihm stand, griff er ihr mit der freien Hand zwischen die Beine, zwang ihre Schenkel auseinander und schob ihr ohne Umschweife drei Finger in die Möse; sie glitten mühelos hinein, so nass war sie.

Lene spreizte die Beine noch weiter und legte den Kopf in den Nacken, als Günther begann, sie mit den Fingern zu ficken. Sie spürte, wie sie sich in ihr bewegten, und dann war da plötzlich auch noch sein Daumen, der fordernd über ihren Kitzler rieb, und bevor sie sich versah, kam sie mit einem so ungestümen Stöhnen zum Höhepunkt, dass man sie wahrscheinlich bis in die anderen Flügel der Villa hören konnte. Doch das war ihr gleich, denn inzwischen hatte Lene begriffen, dass die geringste Scheu die größte Wonne schmälert. Sie gab ihrer Begierde einfach nach und nahm, was sie kriegen konnte.

Ihr Körper zuckte noch in den Nachwehen ihres Orgasmus, als Günther seine feucht glänzenden Finger mit einem spitzbübischen Grinsen aus ihrer Möse zog und sie ihr mit sanfter Gewalt in den Mund schob.

»Ablecken!«

Lene schmeckte ihre eigene Muschi, saugte begierig an seinen Fingern und schaute ihm dabei unbeirrt in die Augen. Sie konnte sich nicht entsinnen, je in ihrem Leben so lüstern gewesen zu sein, und so bereit, alles zu tun, was ein Mann von ihr verlangte.

Günther grinste.

»Lecker, was?«

Lene antwortete mit einem kehligen Stöhnen und leckte weiter an seinen Fingern, bis er seine Hand schließlich fortzog und erklärte: »Jetzt setz dich auf mich!«

Das ließ sich Lene nicht zweimal sagen.

Mit einer Gier, die sie selbst überraschte, baute sie sich über ihm auf, teilte mit Daumen und Zeigefinger der Linken ihre Scham, umfasste mit der Rechten seinen steil aufragenden Penis und führte ihn an ihr vor Verlangen zuckendes Loch. Seine prall geschwollene Eichel drückte gegen ihre Möse, und dann ließ Lene sich genüsslich tiefer sinken, um ihn langsam, Stück für Stück, in sich aufzunehmen.

Trotz seiner Größe bereitete es ihr keinerlei Probleme, ihn aufzunehmen. Tatsächlich schien sie seinen Schwanz förmlich in sich *aufzusaugen*. Ihre Muschi stülpte sich über sein Glied wie eine zweite Haut, während sie sich selbst bereitwillig mit seinem steifen Fleisch pfählte, bis sie schließlich zur Gänze auf seinem Schoß saß, Schenkel an Schenkel, Haut an Haut.

Einen Moment lang blieb sie ganz still und genoss das Gefühl, so vollkommen ausgefüllt zu sein. Dann stützte sie sich mit den Händen hinter ihrem Rücken auf Günthers Oberschenkeln ab und blickte ihm geradewegs ins Gesicht, während sie sich gemächlich auf und ab zu bewegen begann, in einem steten, betörenden Rhythmus, der sie vor Lust erschauern ließ.

Lene vergaß alles um sich herum, gänzlich gefangen in ihrer Begierde, und obgleich das kaum möglich schien, war ihr, als würde Günthers Schwanz in ihrem Innern noch weiter anschwellen. Er füllte sie bis zum Äußersten, drang bis zum Ansatz ihrer Gebärmutter in sie. Aber das hinderte Lene nicht daran, sich mit ihrem gesamten Gewicht auf Günther sinken zu lassen, um seinen Schwanz so tief in sich zu spüren, wie es nur ging.

Dann fing sie an, geschickt die Hüften kreisen zu lassen. Sie packte Günther an den Schultern, während er seine Finger fest in ihre Hinterbacken grub und sie bei ihrem Tun unterstützte. Sein Gesicht war ganz ruhig; allein der verräterische Glanz in seinen Augen verriet, dass er Gefallen an ihrem intimen Intermezzo fand.

Lene ritt ihn voller Leidenschaft, warf den Kopf zurück, dass ihre Haare flogen, und rammte ihre Möse auf seinen Schwanz hinunter, immer fester, immer schneller, bis sie schließlich spürte, wie sich tief in ihrem Unterleib der nächste Höhepunkt ankündigte. Voller Vorfreude schloss sie die Augen, stöhnte ihr Verlangen mit bebenden Lippen hinaus und war fast so weit, als mit einem Mal eine große, grobe Männerhand auf ihren nackten Hintern traf.

Klatsch!

Sie riss überrascht die Augen auf und starrte Günther irritiert an. Im ersten Moment wollte sie protestieren, ihm sagen, dass sie hier war, um mit ihm zu ficken, und nicht, um sich verprügeln zu lassen, zumal diese Klapse womöglich Spuren auf ihrem Körper hinterlassen konnten, blaue Flecken und Prellungen, die sie ihrem Gatten nur schwerlich plausibel erklären konnte.

Doch bevor sie dazu kam, schlug Günther von neuem zu. Seine flache Hand landete mit einem schallenden Klatschen auf ihrer rechten Hinterbacke, und zu ihrer eigenen Überraschung musste Lene feststellen, dass ihr der kurze, punktgenaue Schmerz, der sie dabei durchfuhr, nicht unangenehm war; im Gegenteil!

So plötzlich, wie die Pein gekommen war, verging sie auch wieder; zurück blieben allein Lust und Geilheit. Fast noch erregender jedoch war das Wissen, nichts dagegen tun zu können. Günther würde ohnehin mit ihr machen, was er wollte; er war viel größer und stärker als sie. Es hatte überhaupt keinen Sinn, sich dagegen zu wehren.

Wie zur Bestätigung fuhr seine Hand erneut herab.

Klatsch!

Lene stöhnte auf, doch diesmal vor Verlangen und nicht vor Schmerz.

Günthers Gesicht war nur wenige Handbreit von ihrem entfernt, und sein nach Absinth und Kräutern duftender Atem wehte ihr entgegen.

»Ja, das gefällt dir, was?«

Ohne ihre Antwort abzuwarten, verpasste er ihr einen weiteren Klaps, und noch einen, und bei jedem *Klatsch!* zuckte sie vor Begehren zusammen.

Ja. Ja, das gefiel ihr!

»Mehr«, keuchte Lene atemlos. »Mehr!«

Günthers Augen funkelten vor Gier. »Soso, du willst mehr, ja?«

»Ja«, raunte sie lüstern. *»Mehr …«*

»Wie du willst!«

Günther ließ seine Hand noch ein halbes Dutzend Mal herniedersausen, während sich Lene unbeirrt auf ihm bewegte, und im selben Maße, wie ihr Hintern unter seinen Hieben röter wurde, nahm auch das Ziehen in ihren Eingeweiden zu, bis sie endlich mit einem heiseren Lustschrei kam, eine gleißende Explosion aus Wärme und Erleichterung, die ihren Körper von Kopf bis Fuß erzittern ließ. Ihre Unterlippe bebte so sehr, dass sie Günther nicht einmal sagen konnte, dass er auf keinen Fall aufhören, sondern sie weiter ficken solle, immer weiter, von jetzt an bis in alle Ewigkeit …

Nur vage bekam sie mit, wie Günther Speichel sammelte und sich in die Handfläche spuckte. Im nächsten Moment spürte sie, wie seine warme Spucke über ihre Rosette und zwischen ihre Beine rann, bis hinunter zu ihrer vor Geilheit triefenden Möse. Dann begann er, ihr Arschloch zu massieren, und das mit einem Geschick, das verriet, dass er in derlei einige Erfahrung besaß. Seine Finger stimulierten ihren Schließmuskel, um ihr Hintertürchen sanft, aber bestimmt zu weiten, ehe er ihr unversehens den Zeigefinger in den After schob. Aber anders als damals, als Dieter ihr das Poloch geleckt hatte, bereitete das Lene keinerlei Unbehagen. Stattdessen versuchte sie sich zu entspannen und bewegte sich weiter auf und ab, während Günther seinen Finger behutsam tiefer in sie trieb. Sie konnte förmlich spüren, wie er erst bis zum ersten Gelenk, dann bis zum zweiten und schließlich bis zur Fingerwurzel in ihrem Hintern verschwand. Dann begann er, seine Finger rhythmisch in sie zu stoßen, und wie um sie noch weiter in sich aufzunehmen, presste Lene ihre Hüften fest nach unten, was Günther offenbar als Aufforderung betrachtete fortzufahren, denn schon schob er ihr den nächsten Finger in den Anus; diesmal war es der Mittelfinger, und kurz darauf folgte auch noch der Ringfinger, bis er schließlich alle Finger außer dem Daumen in ihrem Arsch hatte, während sie selbst weiterhin gierig seinen Schwanz fickte, weit nach vorn gebeugt, damit er seine Finger möglichst tief in sie rammen konnte, und jedes Mal, wenn er zustieß, stöhnte sie lauter.

»Gefällt dir das?« Günthers Stimme war trunken vor Lust.

Lene keuchte nur atemlos und ritt ihn weiter. Sie war so in ihrem Verlangen gefangen, dass sie kaum mitbekam, wie Günther ausholte. Dann fuhr seine Hand herab und – *Klatsch!* – hinterließ einen deutlichen roten Abdruck auf ihrem Hintern.

Lene stöhnte.

»Ob dir das gefällt, habe ich gefragt!«, fuhr er sie an.

»Ja«, raunte Lene. »Ja, das gefällt mir!«

»Dann magst du es, wenn man dir die Finger in den Arsch schiebt?«

»Ja«, sagte Lene, und zu ihrer eigenen Überraschung stellte sie fest, dass das nicht gelogen war: Sie mochte es *wirklich*! Es fühlte sich gut an, ganz anders als ihre Muschi. Es war viel enger und dadurch irgendwie *intensiver*, und wenn sie ihre Rosette ganz fest zusammenzog, spürte sie seine Finger sogar noch stärker in sich. Und als hätte er ihre Gedanken gelesen, fasste Günther das in Worte, was ihr schon die ganze Zeit über insgeheim im Kopf herumspukte.

»Soll ich dich in den Arsch ficken?«

Doch Lene schwieg; sie drückte sich ihm einfach weiter entgegen und tat so, als hätte sie nichts gehört. Sie wartete darauf, dass er ihr erneut einen schallenden Klaps auf den Po gab, weil sie nicht antwortete. Stattdessen gruben sich die Finger seiner freien Linken in ihr Haar, zogen ihren Kopf mit sanfter Gewalt nach unten, sodass ihre Gesichter direkt voreinander schwebten, und sah sie mit ernster Miene an.

»Sag es!«, forderte er harsch. *»Soll ich dich in den Arsch ficken?«*

Lene starrte ihn an, ohne mit ihren Bewegungen innezuhalten, und genoss die gierige Erwartung in seinen Augen, diesen stummen, beinahe flehentlichen Wunsch, dass sie sagen würde: *Ja. Ja, mach mit mir, was du willst!*

Tatsächlich verlangte es sie ebenso sehr danach wie ihn. Die Neugierde, diese Erfahrung zu machen, nagte bereits an ihr, seit Dieter ihr damals das Arschloch geleckt hatte. Aber zu mehr hatte er sich nie hinreißen lassen, und da sie ihn nicht weiter ermutigt hatte, war es dabei geblieben.

Jetzt wurde das Privileg, sie anal zu entjungfern, einem anderen zuteil.

»Ja«, keuchte sie schließlich rau. »Ja, fick mich in den Arsch!«

»Dann nimm meinen Schwanz.« Schlagartig saß Günther ganz still; seine Finger verschwanden aus ihrem Hintern und machten einer unangenehmen Leere Platz. »Nimm dir, was du brauchst!«

Lene hielt ebenfalls inne, strich sich mit einer fahrigen Geste das schweißfeuchte Haar aus der Stirn und richtete sich so weit auf, bis Günther mit einem feuchten Schmatzen aus ihrer Möse glitt. Breitbeinig über ihm stehend, setzte sie seine pochende Schwanzspitze behutsam an ihrer Rosette an, und trotz aller Geilheit befiel sie ein Anflug von Panik.

Günthers Schwanz war riesig und ihr Hintern eng.

Es würde gewiss wehtun.

Gleichwohl, sie war begierig darauf zu erfahren, was das für ein Gefühl war, Analverkehr zu haben, und wenn es sich bloß halb so gut anfühlte, wie seine Finger in ihrem Anus zu haben, wog der Schmerz die Lust allemal auf.

Diese Aussicht genügte, dass Lene sich langsam, ganz langsam auf seinen Schwanz sinken ließ, so wie sie es vorhin mit ihrer Muschi getan hatte. Stück für Stück glitt sie tiefer, nahm ihn Zentimeter für Zentimeter in sich auf, bis sein gewaltiger Schwanz zur Hälfte in ihrem Arsch steckte. Erst dann begann sie, sich behutsam auf und ab zu bewegen, damit sich ihr Schließmuskel noch weiter dehnen konnte, und jedes Mal, wenn sie wieder nach unten sackte, drang er mit sanftem Druck tiefer in sie.

Lene erschauerte.

Dieses Fegefeuer aus Lust und süßem Schmerz, das ihren Hintern verzehrte, war so herrlich verdorben und unanständig, dass es sie schier überwältigte. Günthers gewaltiger Schwanz füllte sie bis zum Äußersten, und obwohl bei jedem Auf und Nieder ein weißer Blitz der Pein durch ihren Unterleib brandete, genoss Lene die erregende Perversion, auf eine Weise genommen zu werden, die sich andere nicht einmal zu träumen wagten.

Mit einem Mal war ihre anfängliche Furcht wie fortgeweht.

Voller Inbrunst sank sie mit ihrem gesamten Gewicht auf Günther und nahm die letzten zehn Zentimeter in einem einzigen Stoß in sich auf.

Günther keuchte überrascht.

»Oh, du *Miststück* …«

Lene stöhnte vor Lust.

Unwillkürlich gruben sich ihre Fingernägel von neuem fest in Günthers Schulter, aber es schien ihm nichts auszumachen; im Gegenteil! Plötzlich waren seine Hände wieder an ihren Pobacken und hoben sie langsam nach oben. Sie glitt an seinem Schaft empor wie ein Karussellpferd auf dem Jahrmarkt, richtete sich auf, bis sie seine Eichel an ihrer Rosette spürte, und ließ sich dann erneut nach unten sinken, bis er wieder bis zum Anschlag in ihr steckte. Dann begann das Spiel von neuem, und je länger es währte, desto mehr entspannte sie sich, ja, desto größer wurde ihre Lust.

Lieber Himmel, wie hatte sie bloß so dumm sein können, sich diesen Genuss bis jetzt entgehen zu lassen?

Es fühlte sich völlig anders an, als in die Muschi gefickt zu werden, viel enger und so intensiv, dass Lene jede noch so kleine Regung des Schwanzes so deutlich spürte, als würde er sie hart durchnehmen, und als er sein steifes Rohr schließlich *tatsächlich* mit Wucht in sie rammte, glaubte sie, jeden Moment vor Geilheit zu vergehen.

Auch Günther schien großen Gefallen an ihrem Treiben zu finden, denn es dauerte nicht lange, bis seine Stöße ungestümer wurden, und instinktiv bewegte sie sich ihm entgegen, um ihn noch tiefer in sich aufzunehmen. Sein Atem wurde zu einem gepressten Keuchen, und die Geilheit in seinen Zügen brachte Lene schier um den Verstand.

»Gleich«, stöhnte er. »Gleich!«

»Ja, komm!« Lene rammte ihren Arsch ekstatisch nach unten, leckte sich voller Vorfreude die Lippen und blickte Günther dabei unbeirrt ins Gesicht; sie wollte ihn *sehen*, wenn er kam. »Komm für mich!«

Günther keuchte abgehackt. Und dann, mit einem langgezogenen, fast erleichterten Stöhnen: »Ja, ja, *jetzt!*«

Und dann spritzte er ab, tief in ihrem Arsch.

Sie spürte, wie sein Schwanz knüppelhart wurde, als sich sein ganzer Körper versteifte. Seine Finger gruben sich tief in das weiche, weiße Fleisch ihres Hinterns, als er ein letztes Mal machtvoll in sie stieß, während er seinen heißen Samen in sie pumpte, und dann kam auch Lene, warf sich in wildem Verlangen auf ihm hin und her, ein nicht enden wollendes Inferno der Lust, das erst nachließ, als Günther sich mit einem zufriedenen Seufzen im Sessel zurücksinken ließ und leise lachte.

»Unglaublich!«, murmelte er. »Einfach unfassbar …«

Lene lächelte.

»Das freut mich«, sagte sie, zum einen, weil ihr nichts anderes einfiel, das sie darauf hätte erwidern können, und zum zweiten, weil es sie *tatsächlich* freute.

Es war ein großartiges Gefühl zu wissen, dass es ihm gefallen hatte. Damit stand er allerdings nicht allein. Auch für Lene war es eine berauschende Erfahrung gewesen, neu und aufregend und unglaublich geil.

Das hier mochte der erste Arschfick ihres Lebens gewesen war, doch mit Sicherheit nicht der letzte!

Angenehm erschöpft, schmiegte sie sich an Günther, vergrub ihren Kopf in seiner Halsbeuge und versuchte, wieder zu Atem zu kommen. Noch immer zitterte ihre Unterlippe unkontrolliert. Erst als sie spürte, wie Günthers Schwanz in ihr kleiner wurde, ließ auch ihre Lust allmählich nach, wenn auch nicht das Verlangen, es gleich noch einmal zu tun.

»Unglaublich«, sagte Günther wieder und strich beinahe zärtlich über Lenes Haar; so distanziert er zuvor auch gewesen sein mochte, in diesem Moment fühlte sie sich ihm so nah wie selten zuvor einem Menschen, was womöglich daran lag, dass sie miteinander etwas geteilt hatten, das Lene noch nie zuvor mit jemandem geteilt hatte. »Das war mit Abstand der geilste Fick meines Lebens!« Wieder lachte er; es klang, als könne er selbst kaum glauben, was gerade geschehen war. »Wie lange machst du das schon?«

Lene verstand nicht recht. Sie richtete sich auf seinem Schoß auf und blickte ihn fragend an. »Wie lange mache ich *was* schon?«

»Na, anschaffen.« Er sagte es ohne jedes Werturteil, als wäre es nichts anderes, als im Büro zu arbeiten, Akten zu sortieren und dem Chef Kaffee zu bringen.

Dennoch spürte Lene, wie sich bei diesen Worten etwas in ihr zusammenzog.

Anschaffen …

Das klang nach Bahnhofsviertel und abgehalfterten Bordsteinschwalben, die jedem hergelaufenen Freier hinter der nächsten Telefonzelle für ein paar Mark den Schwanz aussaugten, um sich so das Geld für die nächste billige Flasche Fusel zu verdienen, den sie brauchten, um den Frust über ihre verpfuschte Existenz fortzuspülen. Mit *Astarte* hatte das nichts zu tun, oder mit dem, weshalb Lene hergekommen war.

Hierbei ging es nicht ums Geld.

Sie *verkaufte* sich nicht; ihre Beweggründe entsprangen allein der Neugierde und dem Verlangen, mehr über die fantastischen Mysterien der Lust zu erfahren, die ihrem eigenen Körper innewohnten.

Aber natürlich hatte er letzten Endes trotzdem recht. In dem Moment, in dem sie Geld für eine sexuelle Leistung entgegennahm, war sie per definitionem eine Prostituierte. Und als sie jetzt darüber nachdachte, stellte Lene fest, dass dieser Gedanke durchaus einen gewissen Reiz besaß: sich dafür bezahlen zu lassen. Nicht wegen der finanziellen Möglichkeiten, die sich ihr dadurch eröffneten, sondern weil sie dann in der *Pflicht* war.

Dann musste sie tun, was der Kunde von ihr verlangte, ganz gleich, wie ausgefallen seine Wünsche auch sein mochten. Und das wiederum enthob sie der *Verantwortung*.

Sie konnte nichts für die Dinge, die jemand anders von ihr verlangte.

Sie war der passive Teil bei alldem: Mit ihr *wurde* etwas gemacht, und egal, wie sehr sie sich auch danach verzehren mochte, seinen Schwanz zu blasen oder ihn in ihrem Arsch zu spüren – dadurch, dass sie selbst ihre Wünsche nicht zum Ausdruck brachte, sondern »nur« mitmachte, war nicht *sie* es, die sich eine Blöße gab.

Selbstverständlich waren das lediglich psychologische Spitzfindigkeiten; nichtsdestotrotz verschaffte diese Erkenntnis Lene einen enormen Lustgewinn.

Zu Günther sagte sie: »Das ist das erste Mal.«

Er runzelte überrascht die Stirn. »Das erste Mal?«, hakte er nach. »Tatsächlich?«

Lene nickte. »Tatsächlich.«

Einen Moment lang war ihr durch den Kopf gegangen zu lügen, doch letztlich hatte sie sich dagegen entschieden. Madame Bovary hatte behauptet, Günther würde ihr alles geben, wonach sie suchte (und noch mehr), und bislang hatte sie recht behalten. Sie hatte Lene nicht ohne Grund hierher geschickt. Und Lene wollte sich selbst nicht um eine Gelegenheit bringen, die vielleicht nie wiederkam, indem sie jetzt die Unwahrheit sagte.

Günther forschte in ihrem Gesicht nach Hinweisen darauf, dass sie ihm Ammenmärchen auftischte. Als er keine fand, verzogen sich seine Mundwinkel zu einem erfreuten Lächeln, das weiße, ebenmäßige Zähne sehen ließ.

»Schau einer an«, murmelte er, mehr zu sich als zu ihr, und sie konnte beinahe sehen, wie die Zahnräder hinter seiner Stirn in Bewegung gerieten, als er darüber nachgrübelte, welche Möglichkeiten sich ihm dadurch boten. »Nun, wenn das so ist, dann bist du ein wahres Naturtalent! Noch nie habe ich eine Frau getroffen, die ein derartiges Potential für die Sünde in sich trägt wie du – und *ich* muss es wissen, denn im Gegensatz zu dir habe ich auf diesem Gebiet einige Erfahrung. Ich würde sogar so weit gehen zu behaupten, dass du kaum jemanden finden wirst, der in dieser Hinsicht mehr gesehen und erlebt hat als ich!«

Bei jedem anderen Mann hätte dergleichen angeberisch und übertrieben geklungen, wie bei diesen bemitleidenswerten Burschen, die beim Stammtisch vor ihren Kumpels damit angaben, wie viele Frauen sie in ihrem Leben bereits um den Verstand gevögelt hatten, obwohl jeder wusste, dass das wenigste davon der Wahrheit entsprach.

Günther indes glaubte sie jedes Wort. Er wusste genau, wovon er sprach.

Er schaute ihr tief in die Augen, und Lene war, als würde er bis auf den Grund ihrer Seele blicken, um ihre verborgensten Wünsche zu erforschen.

»Ich kann dir Dinge zeigen, von denen du bislang nicht einmal zu träumen gewagt hast«, sagte er leise. »Wonnen, die jenseits aller Vorstellung liegen. Ich kann deine Hand nehmen und dich führen. Die Frage ist bloß –« Hier beugte er sich vor, bis sein Gesicht direkt vor ihrem schwebte. »Wie weit bist du bereit, mir zu folgen?«

»Bis zum Ende«, sagte Lene.

Und das war die reine Wahrheit.

Günther nickte zufrieden, lehnte sich wieder zurück und lächelte von neuem dieses wissende, spitzbübische Lächeln, das Lene nicht recht zu deuten vermochte, während sein Samen warm und klebrig aus ihrem Hintern rann.

»Eine gute Antwort«, sagte er, und nun war sein Blick der eines Mannes, der sich über ein Geschenk freut, mit dem er nicht im Mindesten gerechnet hat. »Eine sehr gute Antwort ...«

11.

Der Club *Phantasia* lag in Mühlheim, einem Viertel, das vornehmlich von Bürohäusern und der einen oder anderen Lagerhalle beherrscht wurde. Die Stadtautobahn machte einen großen Bogen um diese Gegend, mit der Folge, dass man hier Einkaufspassagen voll hell erleuchteter Schaufenster und kaufwütiger Passanten ebenso vergebens suchte wie Lichtspieltheater, Parkhäuser und gut frequentierte Restaurants.

Die Menschen, die hier lebten, arbeiteten als Kfz-Mechaniker, Sekretärin oder Bankangestellte – ganz gewöhnliche Leute, die einer ganz gewöhnlichen Beschäftigung nachgingen und so wenig Ahnung von dem hatten, was sich hinter den Tag und Nacht heruntergelassenen Jalousien des schlichten grauen Wohnhauses in der Lessingstraße 69 abspielte, wie Lene, als sie am Abend nach ihrer ersten Begegnung mit Günther Hunoldt um halb acht Uhr abends zusammen mit ihrem neuen »Mentor« vor der Tür des Gebäudes stand und sich fragte, was zum Teufel die ganze Geheimnistuerei sollte.

Auf Günthers Wunsch hin war sie heute noch einmal zu ihm gefahren in der Erwartung, erneut in sein Arbeitszimmer gebeten zu werden, um dort eine weitere Lektion in Sachen Geilheit zu erfahren. Stattdessen erwartete er sie bei ihrer Ankunft in Hut und Mantel, zur Abfahrt bereit.

»Lust auf ein Abenteuer?«, hatte er sie mit einem einladenden Lächeln gefragt, und als Lene neugierig nickte, schickte er Karl los, um den Wagen vorzufahren, einen nagelneuen dunkelblauen Bentley T1, ein wahres Schlachtschiff von einem Auto, das vermutlich mehr kostete, als Wolfgang trotz seiner gehobenen Position in der Bank in einem Jahr verdiente.

Überhaupt schien Geld für Günther keine Rolle zu spielen.

Nach ihrem Tête-à-tête am gestrigen Abend hatte er ihr einen fingerdicken Briefumschlag aus cremefarbenem Bütten überreicht. Als sie später auf dem Heimweg im Taxi einen Blick hineinwarf, stellte sie schockiert fest, dass sich darin sage und schreibe eintausend Mark befanden. Das war mehr Bares, als sie je auf einmal in der Hand gehalten hatte, und die Hälfte davon gehörte laut Madame Bovary ihr.

Dieser Gedanke erschien ihr unglaublich.

Für so eine Summe mussten andere einen halben Monat lang arbeiten. Lene hingegen hatte nichts anderes getan, als zwei Stunden lang ihren eigenen Gelüsten freien Lauf zu lassen und neue, aufregende Erfahrungen zu sammeln.

Eins jedenfalls war gewiss: Madame Bovary hatte nicht übertrieben, als sie behauptete, die Kunden von *Astarte* seien keineswegs Hungerleider!

Lene und Günther nahmen im Fond der Limousine Platz, während Karl – durch eine herunterfahrbare Scheibe aus getöntem Glas von ihnen getrennt – den Wagen gemächlich durch die abendlichen Straßen der Stadt kutschierte. Und obwohl sie sich die ganze Zeit über angeregt unterhielten und Lene mehrmals dezent nachgebohrt hatte, wohin die Fahrt ging, schien es Günther Vergnügen zu bereiten, sie über ihr Ziel im Unklaren zu lassen. Er machte lediglich Andeutungen, die jedoch zu vage waren, um daraus irgendwelche konkreten Schlüsse ziehen zu können, und so war Lene entsprechend nervös, als sie schließlich am Bordstein hielten und Günther ihr galant aus dem Bentley half.

Während Karl den Wagen wieder anrollen ließ, um einen Parkplatz zu suchen, führte Günther sie die drei Stufen zur Tür des Gebäudes hinauf, hob eine schwarz behandschuhte Hand und klopfte.

Lene trat unruhig von einem Fuß auf den anderen.

Irgendwie war ihr das Ganze nicht geheuer.

Als würde er ihre Unruhe spüren, legte ihr Günther in einer beruhigenden Geste die Hand auf die Hüfte, hauchte ihr einen flüchtigen Kuss auf die Wange und sagte: »Keine Sorge. Es wird dir gefallen. Vertrau mir!«

Lene nickte.

Sie wusste, dass sie seinem Wort Glauben schenken konnte.

Dennoch, die Unruhe blieb – zumindest bis zu dem Moment, als die Tür aufschwang und sie sich einem adretten, perfekt manikürten und makellos frisierten Mittvierziger mit sonnengebräuntem Teint, Oberlippenbärtchen und einem Goldring im rechten Ohr gegenübersahen.

Lene hatte noch nie zuvor einen Mann mit einem Ohrring gesehen, außer in Piratenfilmen im Fernsehen. Im Zusammenspiel mit dem Bärtchen verlieh ihm der Ring etwas romantisch Verwegenes, das durch seinen geschmackvollen beigefarbenen Dreiteiler nebst Krawatte und roter Nelke im Knopfloch noch betont wurde. Er wirkte wie ein englischer Dandy – oder zumindest so, wie Lene sich einen englischen Dandy *vorstellte*.

»So klopft, und euch wird aufgetan!«, flötete der Mann und klatschte erfreut in die Hände, als er Günther erkannte. »Ah, Herr Hunoldt! Wie schön, Sie zu sehen!« Er streckte die Hand aus, um Lenes Begleiter zu begrüßen, und dabei plapperte er so ungeniert weiter, dass sich Lene ein wenig an ihre Freundin Uschi erinnert fühlte, deren Mundwerk auch lediglich dann stillstand, wenn sie in Morpheus' Armen weilte. »Gerade gestern habe ich mich gefragt, René, habe ich mich gefragt, wann uns der werte Herr Hunoldt wohl wieder einmal die Ehre gibt? Und *schwupps*: Da sind Sie! Fast wie Zauberei, finden Sie nicht?«

Ohne Günthers Antwort abzuwarten, wandte er sich an Lene, und obwohl sie sich grundsätzlich eher als kontaktscheuen Menschen betrachtete, war ihr dieser überdrehte Bursche auf Anhieb sympathisch.

»Eiderdaus! Und wer ist Ihre bezaubernde Begleitung?«

»Das«, sagte Günther, nicht ohne einen gewissen Stolz, »ist Lady de Winter!«

»Lady de Winter?« René ergriff ihre Hand. »Küss die Hand, Madame!« Er verbeugte sich, deutete einen Handkuss an und lächelte einnehmend. »Es ist mir eine besondere Freude, Sie kennenzulernen! Seien Sie versichert: Jede Freundin von Herrn Hunoldt ist auch eine Freundin unseres bescheidenen Etablissements!«

»Und was *ist* das für ein Etablissement?«, fragte Lene.

René runzelte überrascht die Stirn und bedachte Günther mit einem fragenden Blick. »Eine Novizin?«

Günther nickte. »Und das größte Talent seit langem!«

Renés Blick schweifte zurück zu Lene, und nun glaubte sie, eine gewisse Erwartungshaltung in seinen Zügen auszumachen, als könne er es kaum erwarten zu sehen, was hinter diesen Worten steckte. Ohne Lene aus den Augen zu lassen, sagte er zu Günther: »Dann darf man gespannt sein?«

»Oh, ja!« Günther grinste. »Man darf gespannt sein!«

Ohne weiteres Geplänkel schob er Lene an René vorbei über die Schwelle, in eine Art Foyer mit grauem Marmorboden, in den ein kunstvolles Mosaik aus verschiedenfarbigen Steinen eingelassen war, die Michelangelos weltberühmte »Geburt der Venus« nachbildeten. Dahinter führte eine gewundene Treppe nach unten.

Während René hinter ihnen die Tür schloss, dirigierte Günther Lene die Stufen hinab, in ein rötliches Dämmerlicht, das heller wurde, je weiter sie hinunterstiegen – fast, als würde man ins Innere eines Vulkans klettern. Zugleich stieg Lene ein moschusartiger Geruch in die Nase, süß und schwer zugleich.

Sie kannte diesen Geruch. Sie hatte ihn in den letzten Wochen immer wieder gerochen, nachdem Dieter und sie sich in seinem Schlafzimmer geliebt hatten.

Es war der Geruch von Schweiß, Sperma und Muschisaft.

Es war der Geruch von *Sex* …

Lene spürte, wie ihre Nervosität der Neugierde wich, als sie sich fragte, was wohl am Ende dieser Stiege auf sie wartete. Indes, als sie schließlich unten anlangten, war das, was sich ihrem staunenden Blick darbot, so jenseits von allem, was sie je für möglich gehalten hätte, dass sie fassungslos nach Luft schnappte.

Staunend stand sie am Fuß der Treppe und sah sich um.

Sie befanden sich in einer Art Kellerbar. Der große, annähernd rechteckige Raum wurde linker Hand von einer langen Theke beherrscht, hinter der sich auf verspiegelten Regalen die erlesensten Spirituosen aneinanderreihten: Cognac, Brandy, achtzig Jahre alter Scotch.

Ein Barkeeper mit Kinnbart und Glatze polierte Gläser, während eine hübsche junge Kellnerin mit hochtoupiertem Blondhaar einen Champagnerkübel zu einer der Sitzgruppen in der Ecke trug, wo sich drei Herren in mittleren Jahren in mächtigen weinroten Ledersesseln fläzten, Zigarren rauchten und sich unterhielten.

Die Seidentapeten an den Wänden waren im selben Weinrot gehalten wie die Teppiche, die jeden Schritt verschluckten. Indirekte Beleuchtung sorgte für ein sanftes, schmeichelndes Licht, das die Vorteile der Gäste herausstrich und Mängel großzügig verbarg, sodass jeder aufs Beste zur Geltung kam. Und obwohl die Gemälde ringsum auf den unbedarften Betrachter fraglos ein wenig befremdlich wirken mochten, da sie ohne Ausnahme erotische Szenen der griechischen Antike zeigten, hätte man dennoch annehmen können, in einer Kneipe zu sein – wenn auch in einer ausgesprochen exklusiven.

Was am *Phantasia* hingegen ganz und gar ungewöhnlich war, war, dass die Männer und Frauen, die auf den Hockern an der Theke und in den Sesseln weiter hinten saßen, allenfalls spärlich bekleidet waren. Viele trugen lediglich Unterwäsche; ein Mann mit eisgrauem Brusthaar und Monokel im Auge hatte sogar gänzlich auf Kleidung verzichtet. Nackt, wie Gott ihn schuf, las er die Zeitung, während sein Schwanz wie eine tote Schlange zwischen seinen Beinen baumelte.

Am Tisch neben ihm diskutierte ein Mann mit kreisrunder Nickelbrille und freiem Oberkörper bei einem Glas Rotwein angeregt mit einer barbusigen Schwarzhaarigen in

Strapsen und Schlüpfer, die unversehens in mädchenhaftes Gekicher ausbrach, und als Lene genauer hinsah, erkannte sie, dass eine andere, ebenfalls nur leicht geschürzte Dame zwischen den gespreizten Beinen des Brillenträgers kauerte und sein Glied im Mund hatte.

Doch obwohl mindestens zwei Dutzend Leute darum herumstanden, schien sich niemand daran zu stören; im Gegenteil. Der eine oder andere besah sich das Schauspiel mit einem Lächeln, nippte an seinem Scotch und unterhielt sich nebenbei weiterhin so entspannt, als sei es die natürlichste Sache der Welt, dass unmittelbar neben einem zwei Menschen in aller Öffentlichkeit Oralverkehr praktizierten.

»Nun?« Obwohl Lene außerstande war, den Blick von der Szene vor sich abzuwenden und ihn anzusehen, wusste sie, dass Günther grinste. »Habe ich dir zu viel versprochen?«

Lene konnte nur stumm den Kopf schütteln.

Sie kam aus dem Staunen nicht heraus.

René trat an ihre andere Seite, verschränkte die Arme vor der Brust und blickte mit dem Stolz eines Mannes, der etwas ganz Besonderes geschaffen hat, über die Bar.

»Ja, ich denke, man kann mit Fug und Recht behaupten, wir haben uns hier einen wunderbaren kleinen Hafen der Lüste geschaffen!«

»Wie wahr, wie wahr.« Günther nickte. Und dann, zu Lene: »Komm. Ich führe dich herum.« Damit legte er in einer nahezu besitzergreifenden Geste den Arm um sie, wie um allen zu zeigen, dass sie zu ihm gehörte.

Lene blinzelte ungläubig. »Was denn? Da ist noch mehr?«

Günthers Augen leuchteten. »Aber gewiss, Verehrteste! Noch *viel mehr*!«

Er führte sie zu einem hinter einem Samtvorhang verborgenen Durchgang, der Lene auf den ersten Blick gar nicht aufgefallen war, da er sich farblich nur unmerklich von den Tapeten abhob. Günther zog den Vorhang beiseite und bedeutete ihr, hindurchzugehen.

»Tritt ein ins Reich der Fantasie!«

Obwohl ihr dies alles wie ein sonderbarer erotischer Traum vorkam, kam Lene seiner Aufforderung nach, von einer unbändigen Neugierde erfüllt, welche Wunder und Mirakel hinter diesem Vorhang wohl darauf warteten, von ihr erkundet zu werden.

Und es gab hier vieles, das sich zu entdecken lohnte, wie sie feststellte, als Günther sie durch das Gewirr der Gänge geleitete, die jenseits des Vorhangs lagen.

Alle paar Meter zweigten zu beiden Seiten Türen ab, die in eine Vielzahl verschieden eingerichteter Räume führten, die gleichwohl alle ein- und demselben Zweck dienten: der sexuellen Befriedigung.

Da waren Zimmer, die als eine einzige riesige Spielwiese voller flauschiger Kissen daherkamen; Zimmer, deren Wände und Decke vollständig aus Spiegeln bestanden, sodass man sich aus jedem nur erdenklichen Winkel betrachten konnte; Zimmer, in denen gewaltige Badezuber zu feuchten Spielen einluden; Zimmer, in denen Schaukeln von der Decke baumelten, auf die Lene sich keinen rechten Reim machen konnte; ja, sogar Zimmer, in denen es so finster war, dass man nicht einmal die eigene Hand vor Augen erkennen, sondern nur tasten und fühlen konnte.

Und dann gab es da noch die *dunklen* Räume – komplett schwarz gestrichene Zimmer, deren Einrichtung an eine mittelalterliche Folterkammer gemahnte: Streckbänke, Pranger und lederbezogene X-förmige Kreuze an den Wänden, die von flackerndem Kerzenschein in ein gespenstisches Wechselspiel aus Licht und Schatten getaucht wurden. In Ständern standen Reitgerten, unterschiedlich geformte Metallstangen, Knebel, Lederfesseln und etliche andere Gerätschaften, deren Sinn und Zweck Lene gänzlich verborgen blieb.

Doch so faszinierend all diese Einblicke auch waren, noch viel erstaunlicher war, dass überall rege Betriebsamkeit herrschte.

Männer und Frauen unterschiedlichsten Alters vergnügten sich ohne Scham miteinander; da wurde ungeniert geblasen, geleckt und gefickt, dass Lene sich unwillkürlich an die antiken Darstellungen römischer Orgien erinnert fühlte, die sie einmal in einem Kunstführer in einem Buchladen gesehen hatte.

Meist tummelten sich auf den Spielwiesen keine Pärchen, sondern größere Gruppen, vor Lust bebende Knäuel aus Gliedern, die zuweilen so ineinander verschlungen waren, dass man unmöglich zu sagen vermochte, wie viele Personen eigentlich genau an dem intimen Gerangel beteiligt waren.

Lene sah eine Frau mit Bubikopf, die vor zwei Männern rittlings auf einem Stuhl saß und ihnen ihr rosiges Fötzchen darbot. Die Männer knieten vor ihr und leckten sie abwechselnd, während keinen Meter daneben ein anderer Herr eine Brünette mit Pferdeschwanz von hinten stieß und sich dabei selbstvergessen in den Spiegeln ringsum betrachtete, derweil seine Gespielin gleichzeitig einem anderen Burschen den Schwanz blies.

Da waren Frauen, die einander die Brüste streichelten, während die eine auf dem Schoß und die andere auf dem Gesicht eines am Boden liegenden Mannes hockte; Männer, die zu zweit, zu dritt oder zu noch mehreren um ein vögelndes Paar herumstanden und wichsten. Die Luft war erfüllt von ekstatischem Stöhnen und Keuchen, von verhaltenen Schreien und schmutzigen Wortwechseln, die in ihrer expliziten Deftigkeit ausreichten, um Lene die Schamesröte ins Gesicht zu treiben.

Früher wäre sie der Ansicht gewesen, es hätte sie nach Sodom und Gomorrha verschlagen; jetzt schien es ihr, als wäre sie im Himmel gelandet.

Nie im Leben hätte sie dergleichen für möglich gehalten!

Das Großartigste war, dass alle Anwesenden offenkundig aus freien Stücken hier waren – auch und vor allem die Frauen, die sich hemmungslos nahmen, wonach ihnen der Sinn stand. Es war allein das Verlangen, ihre verborgensten

Wünsche auszuleben, das sie hierher getrieben hatte, und genau wie Lene vermittelten sie den Eindruck ganz gewöhnlicher Frauen, wie man sie Tag für Tag auf der Straße traf: Hausfrauen, Angestellte, Sekretärinnen, manche mit ein paar Pfund zu viel um die Hüften, einige weniger hübsch als andere, aber alle gepflegt und voller Hingabe bei der Sache.

Niemand verstellte sich oder zeigte irgendwelche Scheu.

Warum auch?

Sie waren unter ihresgleichen.

Und vielleicht zum ersten Mal, seit all das seinen Anfang genommen hatte, wurde Lene bewusst, dass Madame Bovary bei ihrer ersten Begegnung die Wahrheit gesagt hatte: Sie, Lene, war nicht die einzige Frau auf Gottes Erde, die danach strebte, ihre sexuellen Fantasien auszuleben. Es gab noch andere – und viele davon waren heute Abend hier!

»Unfassbar«, murmelte sie, als sie und Günther ihren Rundgang durch das *Phantasia* schließlich vor dem Spiegelzimmer beendeten, wo eine attraktive Blondine mit mädchenhaften Zöpfen mit weit gespreizten Beinen inmitten der Kissenlandschaft ruhte und sich vor den Augen eines Trios attraktiver Herren zwischen dreißig und vierzig hemmungslos selbst befriedigte. »Einfach unglaublich …«

Günther lachte amüsiert. »Oh, glaub es ruhig, Verehrteste! Das hier ist kein Traum!«

Lene hörte ihn kaum; sie war viel zu fasziniert vom Anblick der drei Männer, die gemächlich die Schwänze durch ihre Finger gleiten ließen, derweil sie die Blondine mit den Blicken förmlich verschlangen. Doch keiner der Männer unternahm einen Versuch, sie zu berühren; sie sahen ihr einfach nur dabei zu, wie sie es sich selbst besorgte, und obwohl Lene im Halbdunkel des Spiegelzimmers nicht allzu viel erkennen konnte, schien die Frau ein wahres Prachtweib zu sein: schlanke, ebenmäßige Züge, fein geschwungene Brauen, lange schwarze Wimpern und ein Schmollmund, der für orale Praktiken wie geschaffen schien.

Die Blondine hielt die Augen geschlossen, doch ihre Lider flatterten unruhig, während sie mit der Linken ungestüm ihren Kitzler streichelte und dabei vier Finger der anderen Hand in einem schnellen, drängenden Rhythmus bis zur Wurzel in ihre Möse rammte, die bis auf einen kleinen blonden Busch über dem Venushügel vollkommen blank war. Ihre vollen Brüste standen selbst im Liegen fest und prall empor, ihre Nippel inmitten der schokoladenbraunen Warzenhügel dick geschwollene Knospen der Lust.

Ein heiseres Stöhnen entrang sich ihren leicht geöffneten Lippen, das zunehmend rauer wurde, je flinker sie ihre Finger spielen ließ. Ihr Unterleib hob und senkte sich hektisch; offenbar strebte sie mit großen Schritten einem grandiosen Höhepunkt entgegen, und es fiel Lene nicht schwer, nachzuvollziehen, was sie an der Situation so erregte.

Der Gedanke, sich selbst zu befriedigen, während diese Männer zusahen, war berauschend.

Das hier war etwas vollkommen anderes, als sich jemandem hinter verschlossenen Türen hinzugeben, wo niemand mitbekam, was man tat. Hier präsentierte man seine Lust öffentlich; es war die vollkommene Entblößung. Nackter und ausgelieferter *konnte* man nicht sein, und gerade das machte das Ganze so ungemein reizvoll.

Lene war nie eine Voyeurin gewesen; tatsächlich hatte sie nicht einmal *geahnt*, dass dieser Trieb in ihr schlummerte, bis sie damals Dieter und die Rothaarige beobachtet hatte.

Genauso kam sie jetzt zu dem Schluss, dass sie offenbar nicht bloß gern zusah, sondern ebenfalls Gefallen daran fand, wenn sie Zuschauer hatte. Allein die Vorstellung, es der Blondine gleichzutun und es mit Günther vor den Augen der anderen zu treiben, sorgte dafür, dass ihre ohnehin längst feuchte Muschi schier *auslief*.

Fasziniert verfolgte sie, wie sich die Frau fast die ganze Hand bis zum Ballen in die Möse rammte und sich dabei wimmernd vor Geilheit auf die Unterlippe biss. Als sie schließlich kam, wölbte sie den Rücken so weit durch, als würde sie im Turnunterricht eine Brücke machen, stieß einen langgezogenen Schrei aus, riss ihre Möse mit beiden Händen auseinander – und dann spritzte auf einmal ein Strahl farbloser Flüssigkeit fontänengleich aus ihrem Schoß!

Im ersten Moment war Lene schockiert, dachte sie doch, die Frau würde urinieren. Dann jedoch gewahrte sie, dass die umstehenden Männer nicht im Mindesten angewidert waren, sondern sich – im Gegenteil! – heftiger zu wichsen begannen, während sie gebannt zusahen, wie noch mehr Flüssigkeit aus der Muschi pumpte und in dicken, matten Tropfen die vor Lust bebenden Schenkel der Frau benetzte. Ihr Becken tanzte in konvulsivischem Zucken auf und ab, als würde ihr Orgasmus gar nicht enden. Und die ganze Zeit über schrie sie ihre Lust hinaus, so laut, dass Lene ein eigenes kleines Stöhnen nicht verhindern konnte.

Lieber Himmel, diese Frau verstand es zu genießen!

»Das ist Greta«, erklärte Günther, als hätte er Lenes Gedanken erraten. »Wenn sie zum Höhepunkt kommt, ejakuliert sie, fast wie ein Mann. Außer ihr habe ich bislang bloß eine einzige Frau getroffen, die dazu imstande war, damals nach dem Krieg, in Thailand …« Einen Moment lang schien er in Erinnerungen versunken, dann kehrte er mit einem Blinzeln in die Gegenwart zurück. »Greta ist eine Frau von deinem Schlag; genau wie du sucht sie das Besondere. Man munkelt, ihr Gatte habe bei Trafalgar einen Granatsplitter abbekommen, und seitdem tut sich bei ihm nichts mehr, wenn du verstehst? Also holt sie sich hier, was sie braucht.«

Lene hörte kaum, was Günther sagte, so gefangen war sie vom Anblick der Frau mit den blonden Zöpfen, die just in diesem Moment die Augen öffnete; sie wirkte, als würde sie aus einem tiefen Traum erwachen.

Doch als sie der drei Männer gewahr wurde, die im Halbkreis um sie herumstanden und ihre Schwänze in den Händen hielten, war sie sofort hellwach, lächelte anzüglich und gurrte mit einer Stimme, so hell und melodisch, dass sich die Worte unwillkürlich doppelt so anrüchig anhörten: »So viele harte Schwänze!« Und dann, mit einem unschuldigen Augenaufschlag: »Sind die alle für mich?«

Ohne eine Antwort abzuwarten, befeuchtete sie drei Finger und begann, ihre Möse zu reiben, ohne die Männer dabei aus den Augen zu lassen. Gekonnt spielte sie mit ihren Erwartungen und ließ sie zappeln, um die Vorfreude des Trios auf das, was kommen würde, ebenso zu steigern wie ihre eigene.

»Drei ist seit jeher meine Lieblingszahl, schließlich sind aller guten Dinge drei: die heilige Dreifaltigkeit; die drei Weisen aus dem Morgenland; die drei Musketiere. Und ich habe *drei Löcher*. Also, warum sucht sich nicht jeder von euch Hengsten eins aus, und wir fangen endlich an zu ficken?« Sie sagte es vollkommen ruhig, als spräche sie über das Wetter oder ihre Wäsche oder die Wochenendeinkäufe, und gerade das ließ es so schockierend wirken.

Lene konnte nur ungläubig schlucken.

Für die Männer jedoch gab es kein Halten mehr. Ohne zu zögern fielen sie über die Blondine her wie ein Rudel Rüden über eine läufige Hündin. Keiner sagte etwas, als wüsste jeder genau, was er zu tun hatte.

Während sich einer der Herren – groß gewachsen, mit breiten Schultern und einem dichten schwarzen Pelz auf der Brust – zu Greta herunterbeugte, um ihr einen ungestümen Zungenkuss zu geben, vergrub ein anderer, der Lene an den Schauspieler Sean Connery erinnerte, der diesen feschen englischen Geheimagenten darstellte, das Gesicht zwischen Gretas weit gespreizten Beinen, indes der Dritte die Brüste der Blonden zu liebkosen begann.

Durch die Zunge in ihrem Mund klang Gretas Stöhnen gedämpft, doch das wilde Zucken ihrer Schenkel verriet, dass sie ihre Liebhaber allem Anschein nach nicht grundlos ausgewählt hatte.

Gebannt sah Lene zu, wie die Männer die Blondine verwöhnten, und beinahe beschämt musste sie sich eingestehen, dass es nicht allein die Situation war, die sie so erregte, dieses Sehen und Gesehenwerden, sondern ebenso die Frau selbst.

Greta hatte etwas an sich, das sich nur schwer in Worte fassen ließ, eine unbestimmte sexuelle Qualität, die sie in höchstem Maße begehrenswert machte, und unwillkürlich fragte sich Lene, wie wohl ihre Muschi schmecken mochte.

Wie die von Madame Bovary?

Oder anders?

Plötzlich hatte Lene Mühe, ein erregtes Stöhnen zu unterdrücken. Sie vermochte selbst nicht so recht zu sagen, was in ihr vorging. Gestern hatte sie zwar ebenfalls eine ungeheure Erregung empfunden, als Madame Bovary sie aufgefordert hatte, sie zu lecken, doch da war ihre Lust vor allem der Neugierde entsprungen. Nun jedoch war es echtes Verlangen auf eine andere Frau, das Lene erfüllte. Und was ihr vor kurzem noch undenkbar erschienen wäre, bereitete ihr jetzt allenfalls formelle Bedenken.

Mit einem Mal spürte sie Günthers Hand an ihrem Hintern. Dann glitten seine Finger tiefer und verschwanden forsch unter ihrem Rock, um ihn ein Stück hochzuschieben. Im nächsten Augenblick waren seine Finger zwischen ihren leicht gespreizten Beinen verschwunden, spielten mit ihrer Möse und drangen ohne jegliches Vorspiel in sie ein.

Lene blinzelte überrascht; Günther grinste nur lüstern.

»Du bist klatschnass«, merkte er an.

Ohne eine Erwiderung abzuwarten, wandte er sich Greta zu, die den Schwanz des breitschultrigen Burschen mit halb geöffnetem Mund blies, damit er sich bei jedem Stoß in ihren Rachen an ihren Zähnen rieb, und während er Lenes Inneres mit drei Fingern massierte, sagte er, als wüsste er genau, was ihr durch den Kopf ging: »Willst du sie?«

Lene nickte, doch das genügte ihm nicht. Mit einem Mal spürte sie einen kurzen, heißen Schmerz, als er ihr unversehens in die Schamlippen kniff, und als sie erschrocken die Augen aufriss, wiederholte er harsch: *»Willst du sie?«*

»Ja«, keuchte Lene erregt. »Ja, ich will sie.«

»Dann nimm sie dir!«

Damit schob er sie vorwärts, auf die Spielwiese, wo die drei Männer Greta leckten und fingerten und sie dazu brachten, sich vor Lust zu winden. Bei jedem rhythmischen Vorrucken ihres Kopfes gab sie ein verhaltenes Stöhnen von sich, doch obwohl ihre Schenkel vor Geilheit bebten, als der Bursche zwischen ihren Beinen die Hände unter ihren Hintern schob, damit er nicht bloß ihre Möse, sondern auch ihre Rosette mit der Zunge bearbeiten konnte, hörte sie nicht auf zu blasen; im Gegenteil!

Sie rammte sich den Schwanz des Breitschultrigen, der Lene mit seinem hellblonden Haar und dem rotblonden Kinnbart an einen Wikinger erinnerte, so tief in den Rachen, wie sie konnte, und der Anblick der Speichelfäden, die dabei von ihrem Kinn troffen, ließ Lene vor Gier erschauern.

Sie trat unsicher vor, näherte sich dem Gerangel nackter Leiber und begann dabei unwillkürlich sich auszuziehen. Sie kam sich vor wie in Trance, als sie ihren Mantel aufknöpfte, ihn achtlos von den Schultern gleiten ließ, mit ihrer Bluse weitermachte und sich beiläufig die Schuhe von den Füßen streifte, bis sie bloß noch ihren lindgrünen Wickelrock trug, als sie schließlich unmittelbar neben Greta und ihren Liebhabern stehen blieb; auf Unterwäsche hatte sie heute gänzlich verzichtet.

Aber selbst als die Männer Lene bemerkten, machte keiner von ihnen Anstalten, von der Blonden abzulassen. Lediglich Sean Connery zwischen Gretas Schenkeln rückte ein Stück beiseite, um ihr Platz zu schaffen, doch diese stillschweigende Aufforderung genügte, damit Lene auf alle viere sank und sich neben den Mann kniete. In seinen Augen glomm die Leidenschaft wie Fackelschein in dunkler Nacht, und bevor Lene sich's versah, beugte er sich vor und küsste sie.

Sie öffnete begierig den Mund, ließ ihre Zunge tanzen und glaubte, auf seinen Lippen Gretas Möse zu schmecken, süßlich-herb und ein wenig salzig, und spätestens da gab es für sie kein Halten mehr.

Voller Ungeduld versenkte sie ihr Antlitz in Gretas Weiblichkeit, um in dieses verlockende Meer der Lüste einzutauchen.

Greta schmeckte himmlisch, und sie duftete auch so: süß und betörend. Als Lene mit der Zunge das Tal ihrer Schamlippen teilte und in ihr vor Lust pulsierendes Loch eindrang, glaubte sie gar, einen Hauch von Pfirsich wahrzunehmen. Dann war Sean Connery neben ihr, und im nächsten Augenblick leckten sie gemeinsam Gretas Möse, ließen ihre Zungen bald hierhin, bald dorthin wandern, saugten abwechselnd an Gretas prallem Lustknopf und labten sich am tiefen, gutturalen Stöhnen der Blondine, die ihnen ihre Hüfte entgegendrängte, bevor Sean tiefer sank und seine Zunge in Gretas Hintern vergrub.

Lene indes liebkoste weiter voller Hingabe Gretas Muschi. Sie vermochte nicht zu sagen, ob die Blonde überhaupt mitbekommen hatte, dass sie jetzt von einer Frau geleckt wurde, und es war ihr auch gleich. Längst war ihr Verstand zu nichts anderem mehr in der Lage als zu dem einen alles überschattenden Gedanken, wie unglaublich aufregend dies alles war, und dass nur eine Närrin in Zukunft darauf verzichtet hätte.

Das hier war die Straße zur Erfüllung, und Lene war entschlossen, sie bis zum Ende zu gehen.

In einem Anflug von Übermut vergrub sie versuchsweise zwei Finger in Gretas Möse und begann, ihr Inneres zu massieren, erst sanft, dann zunehmend ungestümer. Das Gefühl, in Greta zu sein, war so erregend, dass das Verlangen zwischen Lenes eigenen Schenkeln brannte wie Feuer, und als wüsste er einmal mehr genau, wonach es Lene gelüstete, spürte sie mit einem Mal Günther hinter sich, als er niederkniete, ihren Rock bis zu den Hüften hochschob und ihre Scham freilegte.

Sie hörte das Ploppen seiner Hosenknöpfe, dann raschelte Stoff, und im nächsten Moment drang er mit einem harten Ruck in sie ein, die Hände in das weiche Fleisch ihrer Hüften gegraben.

Lene drängte sich ihm lustvoll entgegen, ohne den Blick auch nur eine Sekunde von Gretas rosa Grotte abzuwenden. Vielmehr fuhr sie unbeirrt fort, die Blondine zu lecken, indes Günther sie hart und fordernd stieß. Lene war so geil, dass sie kaum mitbekam, wie sich Sean Connery neben ihr zurückzog, als wolle er ihr diese wunderbare Spielwiese nun ganz allein überlassen.

Erst als er seine Aufmerksamkeit stattdessen ihren nackten Brüsten zuwandte und Lenes Nippel fordernd zwischen den Fingern drehte wie die Knöpfe eines Radios, gewahrte sie, dass sich jetzt zwei Männer ihrer annahmen. Willig schloss sie die Augen, vertiefte sich ganz in den Genuss, den ihr Gretas Möse und Günthers Schwanz bereiteten, unterstützte das Spiel ihrer Zunge mit den Fingern und saugte an Gretas geschwollener Klitoris, bis sie schließlich hörte, wie das lustvolle Stöhnen der Blondine trotz des harten Fleisches in ihrem Mund noch lauter wurde.

Einen Moment später zog sich Gretas Möse rings um Lenes tastende Finger konvulsivisch zusammen, und als Lene ihrer Gespielin über die sanfte Senke ihres Bauches und die üppigen Gipfel ihrer Brüste hinweg ins Gesicht sah, stellte sie fest, dass die Blondine den Schwanz des Wikingers freigegeben hatte, wie um sich ganz auf ihren nahenden Höhepunkt zu konzentrieren. Ihr Oberkörper war leicht aufgerichtet, und sie schaute Lene mit großen, leuchtend blauen Augen an, doch es lag keine Scheu in ihrem Blick, bloß Verlangen, Wollust und eine so umfassende Hingabe, dass es Lene schier den Atem raubte.

»Ja!«, keuchte Greta, packte Lenes Kopf und drückte ihn fest zwischen ihre Schenkel, damit sie nur ja nicht aufhörte. »Ja, mach weiter! Ich bin gleich so weit!«

Und Lene machte weiter.

Sie machte so lange weiter, bis Greta schließlich mit einem wilden, ungestümen Schrei kam, Lenes Kopf hart auf ihre Fotze drückte – und dann ergoss sie sich geradewegs in Lenes Mund! Und statt zurückzuweichen, nahm Lene begierig alles auf, was da kam, während Günther sie weiter energisch von hinten fickte.

Es fühlte sich vollkommen anders an, als wenn einem ein Mann in den Mund spritzte, und es schmeckte auch ganz anders – wie Leitungswasser mit einem Schuss salziger Magermilch.

Immer mehr pumpte aus Gretas unkontrolliert zuckender Möse, sodass Lene die Schenkel der Blondine packen und sie mit sanfter Gewalt an Ort und Stelle halten musste, damit sie nur ja keinen Tropfen vergeudete. Samtige Lust füllte ihren Schlund, und als der Schwall endlich versiegte, tauchte Lene mit feucht glänzendem Antlitz aus den bebenden Untiefen von Gretas Schenkeln auf, schluckte genüsslich alles herunter und leckte sich sorgsam die Lippen sauber.

Greta indes lächelte selig, strich Lene sanft durchs Haar und winkte sie mit einem ausgestreckten Zeigefinger zu sich heran, wie die böse Hexe im Märchen.

»Komm her!«

Erst jetzt gewahrte Lene, dass die anderen Männer ein Stück zurückgewichen waren, wie um die Bühne für eine Vorführung der ganz besonderen Art zu bereiten. Sie spürte, wie auch Günther mit einem feuchten Glitschen aus ihr verschwand, eine stumme Aufforderung, seinerseits Gretas Wunsch nachzukommen.

Also krabbelte Lene gehorsam auf allen vieren vorwärts und kniete neben Gretas Kopf nieder, ihre Gesichter bloß Zentimeter voneinander entfernt.

Greta schaute ihr tief in die Augen.

»Küss mich!«, forderte sie, und ihr nach Erdbeeren duftender Atem wehte Lene entgegen wie ein Sommerhauch, sengend und voller Verlangen.

Aus dem Augenwinkel sah sie, wie Günther ihren Platz zwischen Gretas weit gespreizten Beinen einnahm und seinen Schwanz in Position brachte. Dann drang er langsam und genussvoll in sie ein, und noch während Greta lustvoll stöhnte, beugte sich Lene über sie, versiegelte ihren Mund mit ihren Lippen und erforschte mit ihrer Zunge gierig Gretas warmen Rachen.

Es war ganz anders, eine Frau zu küssen als einen Mann. Gretas Lippen waren viel weicher, und ihr Kuss war trotz aller Leidenschaft so ungleich zärtlicher als das Geknutsche mit Günther oder Dieter oder Wolfgang, und als Greta ihre Hände über Lenes Brüste wandern ließ, waren auch ihre Berührungen um so vieles sanfter als die eines Mannes.

Es war eine gänzlich neue Erfahrung für Lene, und wie so häufig in den vergangenen Wochen verfluchte sie sich dafür, dass sie dergleichen nicht schon viel eher getan hatte. Denn abgesehen davon, dass es sich gut anfühlte, kam es ihr überdies *richtig* vor.

Mit einem Mal wurde ihr klar, dass sie sich durch ihre Heterosexualität nur selbst einschränkte. Schließlich, wenn sämtliche Geschlechterschranken fielen und derlei keine Rolle mehr spielte, konnte sie ihre Liebhaber aus Männern *und* Frauen wählen.

Lieber Himmel, was einem das für Möglichkeiten eröffnete!

Und als würde Greta spüren, dass Lene soeben eine Grenze überschritten hatte, die sie offen für *alles* machte, nickte sie einem der Männer zu, die um sie herumstanden; es war derjenige, der zuvor die Brüste der Blondine liebkost hatte, und erst jetzt fiel Lene auf, dass er komplett kahl war, sein Schädel blank wie eine Kegelkugel. Wie zum Ausgleich spross rings um seinen steil aufragenden Penis ein wahrer Dschungel schwarzen, borstigen Schamhaars.

»Du«, sagte Greta zu dem Glatzkopf. »Fick sie!« Und an Lene gewandt: »Wie willst du es haben, Süße?«

»Hart«, raunte Lene; sie hatte Mühe zu sprechen, weil ihre Unterlippe so sehr zitterte. »Ich mag es hart …«

Sie bedachte den Mann mit einem herausfordernden Blick. »Du hast es gehört: Sie will es hart!«

»In welches Loch?«, war alles, was er wissen wollte.

Diesmal antwortete Lene selbst.

»Ganz egal.« Sie reckte ihren Hintern in die Höhe, wie um ihm ihre Löcher möglichst einladend zu präsentieren, und beugte sich vor. »Mach mit mir, was du willst.«

Mach mit mir, was du willst …

Das sind die Zauberworte, die jeder Mann hören will, so viel wusste Lene inzwischen. Und auch bei dem Glatzkopf verfehlten sie ihre Wirkung nicht! Nur einen Moment später kniete er hinter ihr, und dann spürte sie seinen Schwanz auch schon in sich, während sie und Greta sich wieder küssten. Es war ein wunderbares Wechselspiel aus Sanftheit und Härte: sein steifer Schwanz, ihre weichen Lippen, und dazwischen Lene, bereit, alles zu tun, was man von ihr verlangte.

Lene stieß ein langgezogenes Stöhnen aus, und als sie den Blick senkte, bemerkte sie Günthers stattliche Männlichkeit, die fest in Greta rammte. Es war ein erregendes Gefühl, diesen Schwanz, der eben noch in ihr gewesen war, nun in Greta zu wissen.

Als sie ihre Aufmerksamkeit wieder der Blondine zuwandte, winkte die gerade den Wikinger zu sich, der sich gefügig an ihrer Seite hinkniete, gegenüber von Lene.

Seine Augen schweiften erwartungsvoll zwischen den beiden Frauen hin und her, während er seinen Schwanz locker durch seine Hand gleiten ließ. Lene hätte bloß die Finger danach ausstrecken brauchen, doch obwohl sie danach gierte, ihn zu kosten, hielt sie sich zurück; Greta hatte offensichtlich ganz eigene Pläne, und Lene war nur zu gern bereit, sich von ihr führen zu lassen.

Dennoch, sie konnte den Blick nicht vom Schwanz des Wikingers abwenden, groß und prall und dicker als der von Günther, wenn auch nicht so lang, und unwillkürlich fragte sie sich, wie er sich wohl in ihrem Arsch anfühlen mochte.

Greta bemerkte ihr Starren.

»Willst du ihn blasen?«

Lene nickte.

»Und warum tust du es dann nicht?«

Die Frage war rein rhetorischer Natur, und so beugte Lene sich kurzerhand vor, umschloss den Schwanz des Wikingers mit den Lippen und nahm ihn in ihren Schlund auf, um ihn im selben Rhythmus zu blasen, in dem sie von hinten gestoßen wurde. Greta blickte von unten zu ihr empor, verfolgte, was sie tat, und forderte schließlich: »Gib ihn mir! Ich will ihn auch mal haben!«

Lene hielt Greta den Schwanz hin, die ihn tief und feucht blies und dabei allein den Kopf bewegte, vor und zurück, vor und zurück, ehe sie ihn mit einem zufriedenen Seufzen wieder aus dem Mund gleiten ließ, wie um ihn an Lene weiterzugeben, die sogleich fortfuhr, ihn zu lutschen; sie schmeckte Gretas Spucke auf dem lustvoll pulsierenden Fleisch zwischen ihren Lippen, ein betörendes Aphrodisiakum, und dann schob sie der Blonden von neuem das Glied in den Rachen. Dieses Mal jedoch unterstützte sie Greta in ihrem Wirken und leckte lüstern am Schaft auf und ab, wie an einem Stieleis, ehe sie sich mit Greta abwechselte und den Schwanz in den Mund nahm, während ihre Gespielin gierig an seinen Eiern saugte.

Der Wikinger bog ächzend den Rücken durch, als wäre er gleich so weit, und unwillkürlich verdoppelte Lene ihre Bemühungen. Sie nahm ihn tief in den Rachen und wichste ihn mit so viel Spucke, dass sie von ihrem Kinn auf Gretas Brüste unter ihr troff. Einen Moment lang fürchtete sie, Greta könne darüber erzürnt sein – doch das Gegenteil war der Fall.

»Jaaa!« Lüstern verrieb sie Lenes Spucke auf ihrem Oberkörper. »Gib mir *mehr*! Ich will *mehr*!«

Gehorsam entließ Lene den Schwanz des Wikingers aus ihrem Schlund, sammelte Speichel und ließ ihn in einem langen, glänzenden Faden zwischen Gretas Brüste rinnen, während die Blondine ihre Hände über ihre Titten streichen ließ, mit den Fingerspitzen verspielt ihre Nippel zwirbelte und Lene verschwörerisch zuzwinkerte, ehe sie sich an den Wikinger wandte, beide Hände um ihre Brüste gelegt.

»Du weißt, was du zu tun hast!«

Der Wikinger nickte wortlos, schwang sich auf Gretas Oberkörper, als würde er auf einem Pferd Platz nehmen, die Knie links und rechts neben der Blondine abgestützt, und schob seinen Schwanz zwischen die üppigen Kuppen ihrer Brüste. Greta schob ihre Titten zusammen, sodass sie das Glied vollends umschlossen; ihre langen, steifen Warzen berührten sich beinahe.

Dann begann der Wikinger, sich zu bewegen, erst langsam, dann zunehmend drängender, bis er seinen Schwanz ebenso hart und schnell zwischen ihre Brüste stieß, wie es Günther bei Gretas Möse tat. Schließlich ergriff er Gretas Titten und übernahm es selbst, sie über seinem Schwanz zusammenzuhalten, während Greta voll unbändiger Gier den Mund öffnete und versuchte, seine Schwanzspitze zwischen die Lippen zu bekommen, wann immer er vorstieß. Lene sah, wie ihre Zunge immer wieder flüchtig über seine Eichel glitt, bevor er sich zurückzog, vor und zurück, vor und zurück, bis Greta ihn mit einem Mal von sich stieß und sich aufrichtete, mit der Folge, dass auch Günther aus ihrer Möse glitt.

Aber die Männer protestierten nicht. Genau wie Lene waren sie bereit, sich von Greta überraschen zu lassen.

Die Blondine schubste Sean Connery auf die Spielwiese.

»Leg dich auf den Rücken!«, befahl sie ihm. Und dann, an Lene gewandt: »Und du, setz dich auf ihn!«

Gehorsam tat Lene, was von ihr verlangt wurde, auch wenn das bedeutete, dass ihre Muschi einen Moment lang schrecklich leer war, bis sie sich über den Mann schwang und so herum auf ihm Platz nahm, dass sie einander ansehen konnten. Sie führte ihn mit einer Hand zu ihrem Loch und ließ sich genüsslich auf sein hartes Fleisch sinken.

Dann war er bis zum Anschlag in ihr, und sofort begann er, sich unter ihr zu bewegen. Im nächsten Moment spürte Lene Gretas Finger in ihrem Haar, als die Blondine ihren Kopf mit sanfter Gewalt hochzog, und dann ging Gretas

Zunge in ihrem Mund auf Wanderschaft, eine seidenweiche Schlange, der Lene nur zu gern mit ihrer eigenen begegnete.

Sie stöhnte rau, und dann gewahrte sie auf einmal, dass da jemand hinter ihr war. Indes, Greta hielt ihren Schopf gepackt, sodass Lene aus den Augenwinkeln lediglich einen Schemen wahrnahm, während sie und Greta sich weiter voller Hingabe küssten.

Eine Hand fasste Lene im Nacken und drückte ihren Oberkörper nach vorn, sodass sie gezwungen war, den Rücken durchzubeugen und den Hintern in die Höhe zu recken. Im nächsten Moment drang der Mann behutsam in das Loch ein, das bereits gefüllt war, und plötzlich staken *zwei* Schwänze in ihr!

Greta kicherte, als Lene überrascht die Augen aufriss.

Die Schwänze stießen dicht an dicht in sie und füllten sie wie ein einziger riesiger Penis. Und offenbar war dies nicht das erste Mal, dass die beiden eine Frau auf diese Weise verwöhnten, denn bereits nach wenigen Stößen hatten sie einen gemeinsamen, gleichmäßigen Rhythmus gefunden, der Lenes Unterlippe vor Geilheit in unkontrollierte Zuckungen versetzte.

Gretas Gesicht war direkt vor ihr, lächelnd, und je härter die Stöße der beiden Männer wurden, desto dichter wurde Lene an sie gedrängt; sie spürte die Brüste der Blondine an ihren, ihre Finger, die ihr Haar zerwühlten, und dann spielte Gretas Zunge von neuem mit ihrer, während ihre Liebhaber sie in vollkommenem Gleichklang nahmen. Es schien unmöglich, dieses Gefühl noch zu steigern.

Doch da irrte sie, wie sie einen Moment später erkannte, als der zweite Mann – der Wikinger, wie sie jetzt sah – seinen Schwanz aus ihr zog, geräuschvoll in seine Handfläche spuckte und seinen Penis mit Speichel einrieb, bevor er ihn an ihr Poloch setzte, um erst behutsam ein kleines Stück in sie einzudringen, ehe er den Rest seines Schwanzes schließlich mit einem einzigen langen Stoß in sie trieb.

Lene biss sich auf die Unterlippe, um einen Schrei zu unterdrücken, als der Wikinger sie hart und drängend zu ficken begann. Sie wand sich zwischen den nackten Männerkörpern, rammte ihr Becken nach hinten und arbeitete ihnen hemmungslos entgegen.

Ihr Körper war eine einzige Quelle der Lust.

Sie bestand allein aus Arsch und Möse und Verlangen, die Haut im Zwielicht glänzend von Schweiß, gänzlich gefangen im wilden Spiel ihrer Leiber, und als wären zwei Schwänze noch nicht genug, kniete Günther vor ihr nieder und schob ihr forsch seinen steifen, nach Gretas Möse schmeckenden Schwanz in den Mund.

Lene nahm ihn begierig auf.

Nun war jedes ihrer Löcher gefüllt.

Vor wenigen Wochen hätte sie jeder Frau, die dergleichen zuließ oder gar *Gefallen* daran fand, eindringlich nahe gelegt, einen Arzt zu konsultieren, um ihr Oberstübchen auf die Anzahl der vorhandenen Tassen untersuchen zu lassen.

Doch diese Zeiten waren vergangen.

Jetzt lebte Lene getreu dem Motto: »Erlaubt ist, was gefällt!«

Und es *gefiel* ihr, oh, Himmel, *und wie es ihr gefiel!*

Das Gefühl, all diese Schwänze in sich zu spüren, die sie in einem fort stießen wie die gut geölten Kolben einer Dampfmaschine, war so jenseits von allem, was sie je für möglich gehalten hätte, dass sie kaum glauben konnte, dass dies alles tatsächlich geschah. Dann stieß der Wikinger unvermittelt besonders kräftig in sie, und in diesem kurzen Aufflackern von lustvollem Schmerz begriff sie, dass dies kein Traum war.

Dies war die Wirklichkeit!

Ihr erregtes Keuchen und Stöhnen vermischte sich mit den feuchten Lauten, mit denen die Schwänze in ihre von Mösensaft, Spucke und Bonjour-Tropfen triefenden Löcher glitten, eine Symphonie der Lüste, das mit nichts vergleichbar war, was sie sich je hätte ausmalen können.

Natürlich, da war dieses wohlvertraute Stimmchen in ihrem Hinterkopf, das ihr zuwisperte, dass das, was sie tat, *falsch* war, dass es *schmutzig* war und *verdorben*. Doch etwas, das sich so gut anfühlte, konnte unmöglich falsch sein!

Lene war so in ihrer Begierde gefangen, dass rote Schleier an den Rändern ihres Blickfelds wallten. Hätte sie den Mund frei gehabt, hätte sie ihren Liebhabern zugeraunt, ja nicht aufzuhören, weiterzumachen, immer weiter, von jetzt an bis ans Ende aller Tage …

Irgendwann wechselten die Männer die Stellung.

Jetzt lag Lene rittlings auf dem Wikinger, der seinen Schwanz tief in ihrem Arsch vergraben hatte, während Sean Connery über ihr war und sie in die Muschi fickte. Lene spürte den Takt ihrer schnell schlagenden Herzen, fühlte ihre Haut auf ihrer, geteilte Leidenschaft, und als Günther mit einem Mal aus ihrem Mund glitt und einen Schritt zurücktrat, stellte sie fest, dass Greta auf allen vieren neben ihr kniete und sich von dem Glatzkopf von hinten nehmen ließ, ohne den Blick auch nur eine Sekunde von ihrer Ménage à trois abzuwenden. Ihre Augen leuchteten wie Aquamarin, und ihr Gesicht glühte vor Wollust.

Lene konnte ihren heißen, bebenden Körper riechen, diesen betörenden Duft der Leidenschaft, mit dem es kein Parfüm der Welt aufnehmen konnte, und unwillkürlich fragte sie sich, wo das alles enden sollte.

Konnte man so ein Erlebnis überhaupt noch überbieten?

Gab es eine Steigerung von ultimativer Lust und Befriedigung?

Falls dem so war, konnte Lene es kaum erwarten, zu sehen, was Günther als Nächstes mit ihr im Sinn hatte. Fürs Erste jedoch gab sie sich ganz dem Augenblick hin und stellte fest, dass sie sich danach sehnte, dass die Männer kamen.

Sie wollte ihre Lust sehen, fühlen, *schmecken*, und das in dem vollen Bewusstsein, dass *sie* es gewesen war, die sie zum Höhepunkt gebracht hatte, sie ganz allein.

Als es schließlich tatsächlich so weit war, entlud Günther sich als Erster; anscheinend war der Anblick der beiden Männer, die Lene in Arsch und Muschi fickten, schlichtweg zu viel für ihn.

Mit angespannter Miene wichste er seinen von Lenes Speichel triefenden Schwanz und spritzte Greta mit einem erleichterten Keuchen in ihren weit aufgerissenen Rachen, während sie seine Knie umklammert hielt, damit er ihr nicht entkam. Seine Eichel schwebte direkt vor ihren vollen roten Lippen, sein Schwanz zuckte, und dann sah Lene, wie sein weißer Samen in kurzen, heißen Schüben in ihren Schlund pumpte.

Greta nahm begierig alles auf und hieß seinen Schwanz schließlich von neuem zwischen ihren Lippen willkommen, um auch noch den letzten kostbaren Tropfen aufzufangen, während der Glatzkopf – durch den Anblick offenbar auf den Geschmack gekommen – zunehmend heftiger in sie stieß.

Greta ließ Günthers Schwanz mit einem zufriedenen Lächeln aus ihrem Mund gleiten. Statt seinen Saft jedoch herunterzuschlucken, löste sie sich von dem Glatzkopf, just bevor er es zu Ende bringen konnte, kauerte sich vor ihm hin und wandte ihm ihren offenen Mund zu; ihre Zunge war bedeckt von weißer Lust, und mit einem anzüglichen Grinsen packte sie die nackten Hinterbacken des Glatzkopfs, stülpte ihre Lippen über seinen steifen Schwanz und rammte ihn so tief hinein, wie sie nur konnte, während er sie an den Zöpfen packte und sich ihr ruckartig entgegenbewegte, das Gesicht verzerrt.

Dann kam auch er, und in dem Moment, als es so weit war, hielt Greta mitten in der Bewegung inne, schaute ihm direkt in die Augen und grub ihre Finger tief in seine Pobacken, bis er seinen Samen mit einem langgezogenen Stöhnen abgegeben hatte. Erst dann gab sie ihn frei, und noch immer machte sie keinerlei Anstalten zu schlucken.

Stattdessen beugte sie sich über Lene, lächelte neckisch – und öffnete die Lippen, um den gesammelten Samen langsam herauslaufen zu lassen.

Lene öffnete gierig den Mund, um den Liebessaft aufzunehmen, ehe sie ihn mit der Zunge genüsslich hin und her schob und dabei zu der Blondine aufblickte, die ihr einen Moment lang mit verträumter Miene zusah, bevor sie Lenes Lippen mit den ihren versiegelte.

Sie küssten sich leidenschaftlich, ließen ihre Zungen tanzen und zauberten gelbweiße, glitzernde Fäden zwischen ihren Mündern, ihre Lippen benetzt von Samen und Speichel, und die ganze Zeit über fickten der Wikinger und der Mann, der wie Sean Connery aussah, Lene weiter unbeirrt in Arsch und Muschi, jetzt jedoch leicht versetzt, sodass der eine immer dann in sie stieß, wenn sich der andere gerade zurückzog. Es fühlte sich an wie ein permanentes Eindringen, eine allumfassende Klimax, und als Lene schließlich zum Höhepunkt kam, war es die Erfüllung all ihrer Begierden, konzentriert auf diesen einen erlösenden Moment, der zugleich so schrecklich kurz war, und doch nicht zu enden schien.

Die Zeit dehnte sich wie ein Gummiband, so konkret und doch so wenig greifbar wie das Verlangen selbst, eine stete Folge dicht aufeinander folgender kleiner Wellen, die von Mal zu Mal größer wurden, bis Lene von der Intensität ihres Orgamus förmlich davongespült wurde.

Ihren eigenen Lustschrei in den Ohren, wand sie sich auf dem Wikinger und wölbte ihr Becken in konvulsivischem Zucken halb von Sinnen vor Geilheit. Sie bekam kaum mit, wie ihr Liebhaber seinen Schwanz aus ihrem Hintern zog und seidige Wärme ihre Pobacken benetzte.

Dann kam auch Sean Connery, baute sich über ihr auf und ließ seinen Penis mehrmals hart durch seine rechte Hand gleiten, ehe er seinen Samen in hohem Bogen auf ihren wild tanzenden Bauch spritzte, ein Sprühregen der Befriedigung.

Noch immer zuckte Lenes Möse vor Verlangen, doch erst als sich ihr Blick allmählich wieder klärte, gewahrte sie, dass sie noch immer Sperma im Mund hatte. Sie schluckte gierig alles hinunter, fuhr sich mit der flachen

Hand über den Mund und seufzte zufrieden, während sich der Wikinger unter ihr den Schweiß von der Stirn wischte.

Er war hochrot im Gesicht und wirkte zugleich erschöpft und unendlich erleichtert.

»Hölle und Teufel«, seufzte er, noch ganz benommen. »Du bist wirklich ein Luder!«

Lene lächelte, doch bevor sie darauf etwas erwidern konnte, war Günther neben ihr, fasste sie sanft an den Schultern und half ihr auf, was gut war, denn als sie schließlich schwankend auf den Füßen stand, merkte sie, dass ihre Knie zitterten.

Sie hielt sich an Günther fest und atmete ein paar Mal tief durch, während ihre Mitstreiter bereits zur nächsten Runde übergingen, noch immer so voller Tatendrang wie vorhin, als Lene sich ins Getümmel gestürzt hatte. Von Ermüdungserscheinungen keine Spur.

»Unglaublich«, murmelte Lene wieder.

Sie strich sich das schweißfeuchte Haar aus der Stirn; auf ihrem Rücken und zwischen ihren Pobacken fühlte sie klebrige Nässe, doch sie machte keine Anstalten, sie fortzuwischen.

Sie fand nichts Schlimmes daran; im Gegenteil. Es war ein gutes Gefühl.

»Ich hätte nie gedacht, dass so etwas möglich ist.«

Günther grinste. »Ich wusste, dass es dir gefallen wird! Du bist einfach ein durchtriebenes, schwanzgeiles Stück!« Er sagte es mit echter Bewunderung in der Stimme, wie jemand, der nach vielen Jahren der Suche endlich gefunden hat, wonach er bislang stets vergeblich suchte.

Lene lächelte.

Früher hätte sie auf solche Worte mit Entrüstung und Empörung reagiert, doch jetzt betrachtete sie sie als großes Kompliment.

»Ja«, bestätigte sie. »Ich bin geil auf Schwänze.« Und mit einem Blick auf Greta, die sich lustvoll auf der Spielwiese wand und just in diesem Moment die geballte Faust von

Sean Connery bis zum Handgelenk in sich hatte: »Und auf Mösen auch ...«

Sie spürte, wie ihre Unterlippe beim Anblick der Blondine von neuem zu zittern begann. Dann lag Günthers Hand auf ihrer linken Pobacke; sanft kneteten seine Finger ihr Fleisch.

»Nun, wie ist es?«, fragte er, als wüsste er genau, was ihr durch den Kopf ging. »Lust auf Nachtisch?«

Jetzt war es Lene, die grinste.

»*Immer*«, raunte sie, leckte sich mit der Zunge über die Lippen und sank vor Günther auf die Knie, um seinen Schwanz ein weiteres Mal voller Gier in ihrem Mund willkommen zu heißen.

12.

Der Volksmund behauptet, dass jeder Mensch ein bestimmtes Talent besitzt, etwas, das er besonders gut beherrscht, vielleicht sogar besser als die anderen. Während einige großartige Autofahrer sind, spielen andere meisterhaft Klavier; wiederum andere können phänomenal mit Zahlen umgehen und im Kopf die dritte Wurzel aus 78 ziehen. Wolfgangs Gabe zum Beispiel bestand darin, dass er ein hervorragender Organisator war.

Was Lene anging, so hatte sie sich zeitlebens eigentlich nie in irgendetwas sonderlich hervorgetan. Natürlich, sie war stets fleißig gewesen und bemüht, das Beste aus sich zu machen. Dennoch hatte sie nie das Gefühl gehabt, für irgendetwas eine spezielle Begabung zu besitzen.

Bis jetzt.

Denn wie es schien, war sie ein sexuelles Naturtalent, zumindest, wenn man Günther Hunoldt Glauben schenken wollte, ihrem ersten Kunden bei *Astarte* – wenn auch keineswegs ihr letzter!

Tatsächlich gab es in den nächsten Wochen kaum einen Tag, an dem Lady de Winter nicht unterwegs war, um den Herren der besseren Gesellschaft all das angedeihen zu lassen, was ihnen von ihren Ehegattinnen oder Mätressen oder beiden vorenthalten wurde.

Bald entwickelte Lene eine ganz eigene Theorie, warum Männer die Dienste professioneller Liebesdienerinnen in Anspruch nahmen.

Der erste Grund war – natürlich – Sex.

Viele Männer verlangte es danach, einmal etwas anderes zu spüren als die Frau, mit der sie seit Jahren das Bett teilten – sofern die werte Dame überhaupt noch zuließ, dass sie einander beiwohnten, was offenbar in vielen Fällen nicht so war.

Oder sie hegten sexuelle Fantasien, die sie sich mit ihrer eigenen Partnerin nicht auszuleben trauten. Möglicherweise mochte sie bestimmte Praktiken auch einfach nicht. Nicht jeder gefiel es, einen Schwanz im Mund zu haben, und in den Arsch gefickt zu werden war gewiss auch nicht jedermanns Sache.

Dann suchten sich die Herren ihre Befriedigung kurzerhand woanders.

Bei *Astarte*, beispielsweise.

Hier wussten sie, dass sie ihre Wünsche frei äußern konnten, ohne deswegen irgendwelche Repressalien befürchten zu müssen.

Geld gegen Leistung, das war das Geschäft.

Es spielte keine Rolle, was Lene von ihnen hielt, oder davon, dass sie Gefallen daran fanden, stundenlang die Eier geleckt zu bekommen. Sie war nur eine *Nutte*, gottverdammt, und wenn sie sie danach nicht wiedersehen wollten, stand ihnen das vollkommen frei.

Aber die meisten *wollten* Lene wiedersehen, weil sie es verstand, jedem das zu geben, wonach es ihn verlangte, ob es sich dabei nun um tabulose Leidenschaft oder um Selbstbestätigung handelte. Denn auch das war ein Motiv, das die Herren der Schöpfung zu ihr trieb.

Für diese Männer war Sex lediglich ein Mittel zum Zweck.

Sie fühlten sich besser, wenn sie das Gefühl hatten, von einer Frau *begehrt* zu werden und vielleicht doch nicht der zu sein, als den ihre werte Gattin sie daheim beschimpfte.

In dieser Hinsicht waren sie Lene gar nicht so unähnlich.

Genau wie sie es genoss, angehimmelt zu werden, tat es der Seele dieser Männer wohl, zumindest vorübergehend mit einer Frau zusammen zu sein, die sie *anständig* behandelte; die ganz normal mit ihnen redete, ohne zu schreien; die sie nicht beschimpfte, sondern sich an sie schmiegte und für sie da war, ganz gleich in welcher Beziehung.

Doch auch wenn sie diese Beweggründe vollkommen nachvollziehen konnte, fand Lene dennoch größeren Gefallen an denen, die sie einfach hernahmen, wie es ihnen gefiel; da waren die Grenzen klar definiert. Bei den Männern, die bei ihr mehr suchten als sexuelle Befriedigung, spürte sie stets einen gewissen, tief verwurzelten Kummer, der sie umgab wie eine dunkle, erstickende Wolke, und spätestens, als ihr einer davon über *Astarte* jeden Tag drei Dutzend roter Rosen zukommen ließ, wurde Lene klar, dass bei ihnen *Gefühl* im Spiel war sowie die Hoffnung, womöglich mehr von ihr zu bekommen als das, wofür sie bezahlten.

Danach stand Lene jedoch keineswegs der Sinn.

Gewiss, ihre Ehe war schon lange nicht mehr das, was sie einmal gewesen war, doch sie hatte nicht vor, einen Mann aufzugeben, bloß um sich auf den nächsten einzulassen.

Sie wollte keine Schmetterlinge im Bauch.

Vielmehr wollte sie selbst der Schmetterling sein!

Irgendwann bat sie Madame Bovary darum, die ganzen »Gefühlsdusel« an andere Damen zu vermitteln und für sie selbst ausschließlich diejenigen zu reservieren, die sie ficken und nicht heiraten wollten. Bei jedem anderen Mädchen der Agentur wäre ein solches Verhalten möglicherweise als hochnäsig angesehen worden, doch es verging kaum ein Monat, bis Lene sich die Männer, mit denen sie sich traf, nach eigenem Gusto aussuchen konnte, so groß war die Nachfrage nach ihren Diensten.

Die Kunde von Lady de Winter hatte sich in den entsprechenden Kreisen verbreitet wie ein Buschfeuer, und täglich kamen neue Anfragen, was Lene überaus schmeichelhaft fand.

Ein Mann, der sie noch nie zuvor gesehen hatte, bot zweitausend Mark, um mit ihr zu Abend essen zu dürfen – ohne jegliche Hintergedanken. Allein diese Vorstellung war so ungeheuerlich, dass sich Lene mit ihm traf, bloß um zu sehen, was für ein Mensch er war.

Wie sich herausstellte, hieß er Robert, war Inhaber eines Unternehmens für Aluminiumverkleidungen und liebte es, wenn man ihm beim Blasen behutsam einen Finger in den

Hintern schob, um seine Prostata zu massieren. Im Keller seiner Villa befand sich ein Schwimmbad, und allein ihre Wasserspielchen waren es wert, seine Bekanntschaft gemacht zu haben, ganz abgesehen davon, dass sie ohne ihn wohl vermutlich nie erfahren hätte, wie es sich anfühlte, eine Flasche Champagner in der Muschi stecken zu haben.

Als er die Flasche schließlich aus ihr herauszog, war das Glas trüb von ihrem Mösensaft, und der Champagner mundete doppelt so gut wie zuvor, selbst wenn das vermutlich bloß Einbildung war.

Aber war es nicht das, worum es bei alldem letztlich ging?

Um *Illusionen*?

Darum, dass sie diesen Männern Gelegenheit gab, sich so zu sehen, wie sie sich selbst gern sehen wollten?

Sie war der Erfüllungsgehilfe der Träume, die in ihren Kunden wohnten.

Manchmal galt es, diese Träume erst einmal freizulegen, wie ein Archäologe, der sich auf der Suche nach sagenhaften Funden Schicht für Schicht durchs Gestein gräbt. Dann war Fingerspitzengefühl gefragt, doch mit der Zeit wurde Lene zunehmend besser darin, die Männer dahingehend einzuschätzen, wonach ihnen der Sinn stand. Zwar besaß sie kein sonderlich ausgeprägtes Faible für das Ausgefallene und Extravagante, sondern zog das Geradlinige vor; nichtsdestotrotz war sie jedoch bereit, vieles auszuprobieren.

Tatsächlich waren unter ihren Gästen einige mit einer höchst lebhaften Fantasie.

Besonders stach in dieser Hinsicht ein Mann hervor, der sich Andrew nannte. Er war Amerikaner (aus dem Big Apple, wie er sagte) und hatte durch die Erfindung eines neuartigen Vakuumverfahrens, mit dem sich Konserven länger haltbar machen ließen, ein Vermögen verdient. Damals war er Anfang zwanzig gewesen; nun war er Mitte dreißig und hatte die letzten Jahre mit nichts anderem verbracht, als sich seine verborgenen Wünsche zu erfüllen. Irgendwann jedoch war er dann zu dem Schluss gelangt, dass sich zwar vieles mit Geld kaufen lässt, einige Dinge allerdings nicht.

Einige Dinge muss man geschenkt bekommen.

So wie das Vertrauen, das Lene ihm entgegenbrachte, als sie sich nach einem ersten Abendessen, um sich näher kennenzulernen, in seinem Haus draußen vor der Stadt trafen. Es war ein imposantes Anwesen mit jeder Menge Natur ringsum und mehr Räumen, als sie auf die Schnelle zu zählen vermochte. Und dennoch lebte er nicht bloß allein in dem riesigen Gebäude, er verzichtete sogar vollends auf Diener, Zimmermädchen und anderes Hauspersonal.

»Es gibt Dinge, die bedürfen keiner Zeugen«, erklärte er Lene bei einer Führung durch sein Heim mit ernster Miene, und als sie die Treppe in den Keller hinabstiegen, wurde ihr schlagartig bewusst, was er damit meinte.

Wenn man den Keller des Anwesens betrat, fühlte man sich unwillkürlich in eine andere Zeit versetzt. Mehr als hundert Quadratmeter groß, mit schorfigen Wänden aus brüchigem grauem Stein, kam man sich vor wie im Verlies einer mittelalterlichen Burg – ein Eindruck, der durch all die grotesken Gerätschaften, die nicht von ungefähr an eine Folterkammer gemahnten, noch verstärkt wurde.

Lene hatte so etwas schon einmal gewesen, im Club, doch der Schwarze Raum dort war verglichen mit diesem Spielplatz aus Leder, Chrom und Latex allenfalls ein müder Abklatsch der Möglichkeiten, die sich hier boten. Und obwohl sie bei ihren Besuchen im *Phantasia* bereits des Öfteren mit dem Gedanken gespielt hatte, zu sehen, was es mit alldem auf sich hatte, geschah es doch erst in jener Nacht, dass Lene zum ersten Mal die dunkle Seite der Sexualität kennenlernte, wo nicht der körperliche Akt im Mittelpunkt stand, sondern Wonnen im Grenzbereich von Lust und Schmerz, die sie bis dahin nicht einmal für möglich gehalten hatte.

Es war ein Spiel mit dem Feuer – und das im wahrsten Sinne des Wortes, da Andrew damit begann, sie nackt an das Andreaskreuz zu binden, Arme und Beine in gepolsterten Lederfesseln, und ihr heißes Kerzenwachs auf die Nippel tröpfelte. Zuerst gab es einen kurzen, stechenden Schmerz, doch dann gewannen Verlangen und Neugierde die Oberhand, und als er ihr mit einer Reitgerte knappe Schläge auf den Hintern verabreichte, entsprangen ihre Schreie schließlich ebenso sehr der Wollust wie der Pein.

Sobald sie einmal erkannt hatte, dass Andrew die filigrane Grenze zwischen lustvollem Schmerz und reiner Qual niemals überschreiten würde, fiel es ihr nicht schwer, sich darauf einzulassen. Sie lieferte sich ihm vollkommen aus und machte alles mit, wonach ihm der Sinn stand. Gleichgültig, ob Fesseln, Knebel oder Augenbinde, egal, ob Streckbank, Pranger oder Bock, sobald sie die Kellertreppe hinabstieg, begab sie sich ganz in seine Hand.

Sie war ihm vollkommen ausgeliefert, und gerade dieses Ausgeliefertsein war erregender als so mancher Fick, den sie in letzter Zeit gehabt hatte.

Doch trotz allem gab es Dinge, zu denen Lene sich partout nicht durchringen konnte – nicht, weil ihr die verlangten Praktiken zu extrem waren, sondern weil sie fand, dass Sex allen Beteiligten Vergnügen bereiten sollte, nicht bloß dem Mann. Wenn sie der Ansicht war, aus einer Verabredung keine Befriedigung ziehen zu können, verzichtete sie dankend darauf; da spielte es auch keine Rolle, dass sie für ihre Dienste fürstlich entlohnt werden würde.

Da war zum Beispiel dieser grau melierte Bundeswehrgeneral, der darauf bestand, dass sie mehrere Schichten Kleidung übereinander anzog: Zuoberst eine Krankenschwesternuniform, darunter ein Nachthemd, dann kurze, an den Hinterbacken abgeschnittene Jeans nebst Bluse, danach ein durchsichtiges Negligé gefolgt von einem Babydoll, und zuletzt ein Ensemble aus weißer Baumwolle – Höschen, Büstenhalter und Kniestrümpfe. Dazu, stellte er sich vor, solle sie grellrosa Lippenstift auftragen, und während sie sich nach und nach entblätterte, würde er masturbieren bis zum Samenerguss.

Allein die Vorstellung, wie unfassbar lächerlich sie in dieser Aufmachung aussehen würde, genügte, dass Lene alle Lust verging, genau wie bei dem französischen Geschäftsmann, der von einem Kollegen von ihr erfahren hatte und ihr über *Astarte* mitteilen ließ, dass er sie gern ein ganzes Wochenende lang auf seinem pompösen Château nahe Paris begrüßen würde, wo er ihr dabei zusehen wollte, wie sie morgens, mittags und abends jeweils zwei Stunden in roten Turnhosen Kniebeugen und andere leichtathletische Übungen absolvierte.

Mehr nicht.

Nur Turnen und Gucken.

Die Bezahlung, ließ Madame Bovary durchblicken, wäre bemerkenswert, ja, geradezu obszön, aber Lene lehnte dennoch ab. Sie bot ihre Dienste nicht wegen des Geldes an, sondern aus persönlichem Lustgewinn, und sie konnte sich beim besten Willen nicht vorstellen, dass es ihre Unterlippe zum Zittern bringen würde, vor einem reichen Franzmann Bodenturnen zu veranstalten. Zwar bedeutete das, dass *Astarte* einen potentiellen Kunden weniger aufzuweisen hatte, doch damit konnten sowohl Lene als auch Madame Bovary gut leben, schließlich gab es genügend andere wohlsituierte Herren, die mit weniger sonderbaren Praktiken vorlieb nahmen, an denen auch Lene Gefallen fand.

Es hatte durchaus seinen Reiz, nur mit Strapsen und Mantel bekleidet in einen der Glaspaläste in der Innenstadt zu spazieren, mit dem Aufzug in die Chefetage hinaufzufahren und dem Vorstandsvorsitzenden im Sitzungssaal gefügig zu sein, bevor sie ihren Trenchcoat wieder schloss und so unauffällig verschwand, wie sie gekommen war, während ihr Kunde am selben Konferenztisch, auf dem er sie gerade in alle nur erdenklichen Löcher gefickt hatte, seine Kollegen zur Besprechung empfing. Manchmal baten Gäste auch darum, dass sie sich ihnen gegenüber als ihre Ehegattin oder Sekretärin ausgab, die zum Diktat gebeten wurde, aber das waren vergleichsweise harmlose Angebote, denn es gab auch andere, drastischere, die Madame Bovary Lene nicht so sehr ernsthaft vorschlug, sondern vielmehr als Anekdote in ihre Unterhaltungen einfließen ließ, wenn

Lene in der Agentur vorbeischaute, um der Madame ihre 50 Prozent vom Umsatz zu bringen.

Die Anfrage, die Lene am meisten beunruhigte, stammte von einem Millionär, der sein Vermögen mit dem Vertrieb von Automobilen ins osteuropäische Ausland gemacht hatte, und obwohl er am Telefon laut Madame Bovary, die direkten Kontakt zwischen Mädchen und Kunde vor der ersten Verabredung strikt ablehnte, recht kultiviert und gebildet klang, war das, was ihm vorschwebte, alles andere als geschmackvoll.

Er wollte mit ihr eine »Scheinschlachtung« inszenieren.

So nannte er es: eine Scheinschlachtung.

Lene sollte das Opfer sein, das ihn in seiner Wohnung besuchte, von ihm überwältigt, vergewaltigt und dann »getötet« wurde; dabei sollte sie so tun, als würde sie wirklich ermordet, brutal abgeschlachtet mit einem Fleischermesser.

Unter anderen Umständen hätte Lene dieses Ansinnen als schlechten Scherz abgetan, doch der Kunde meinte es vollkommen ernst: Er sandte ihnen vorab ein Kuvert mit Bargeld und einer Liste detaillierter Anweisungen.

Zum Glück betrachtete Madame Bovary das ungewöhnliche Angebot mit derselben Abscheu wie Lene; sie verständigte die Polizei, die bei der Durchsuchung der Penthousewohnung des Millionärs nicht bloß eine umfangreiche Sammlung sadomasochistischer Schriften sicherstellte, von denen Marquis de Sades *Justine* noch die harmloseste war, sondern ebenso eine imposante Auswahl chirurgischer Fachbücher sowie Bände über das Wirken Jack the Rippers. Später erzählte die Agenturchefin Lene, dass man den Mann nach einem vorläufigen psychologischen Gutachten in eine geschlossene Anstalt eingewiesen hatte, die er so rasch wohl auch nicht wieder verlassen würde.

Aber derlei war die Ausnahme.

Die meisten ihrer Kunden waren respektable Persönlichkeiten der besseren Gesellschaft, die Lene mit dem gebotenen Respekt behandelten und dafür sorgten, dass es ihr während ihrer Verabredungen an nichts mangelte. Sie verkehrte in exklusiven Hotels, speiste in noblen Restaurants, ging in exklusiven Villen ein und aus und lernte neben jeder Menge Perversionen zahlreiche einflussreiche Menschen kennen, vom millionenschweren Stahlmagnaten über Adelige, die das Familienvermögen verprassten, ohne je in ihrem Leben einen Handschlag gearbeitet zu haben, bis hin zu Landespolitikern und sogar religiösen Würdenträgern, die ihr endgültig den Glauben daran aus dem Leib vögelten, dass die Zehn Gebote heute noch ebenso viel Gültigkeit besitzen wie zu Abrahams Zeiten.

Was das Ehebrechen oder das Begehren des Weibs seines Nächsten anging, nahmen sie es offenbar nicht allzu genau, von ihrem Keuschheitsgelübde einmal ganz zu schweigen. Nur einer dieser keuschen Brüder versuchte zumindest ansatzweise, den Prinzipien seiner Kirche treu zu bleiben, indem er sie nicht fickte, sondern sich lediglich den Schwanz blasen ließ bis zum Schluss. Da das Ganze für Lene jedoch recht unbefriedigend war, blieb es bei dieser einen »Beichte« in der Sakristei nach der Abendandacht, doch zumindest verhalf ihr die Angelegenheit zu der Erkenntnis, dass letztlich alle Männer tatsächlich nur das Eine wollten, genau wie ihre Mutter es ihr von klein auf gepredigt hatte. Aber solange Lene dabei ebenfalls auf ihre Kosten kam, gab es nichts dagegen einzuwenden.

Auch mit Günther traf sie sich weiterhin regelmäßig, zum einen, weil sie ihn sympathisch fand, zum zweiten – und das war das Ausschlaggebende –, weil er über eine schier unerschöpfliche Energie verfügte, wenn es darum ging, sich neue erotische Spielchen auszudenken. Er war genauso auf der Suche wie sie selbst, und gemeinsam gaben sie sich Gelüsten hin, die so jenseits von allem waren, was Lene vormals auch nur zu träumen gewagt hätte, dass sie gar nicht anders *konnte*, als ihm zu Willen zu sein, wann immer ihn danach verlangte.

Er war ihr Mentor. Ihr Lehrmeister. Ihr Liebhaber.

Günther machte da weiter, wo Dieter Berger aufgehört hatte.

Er war es auch, der dafür Sorge trug, dass ihre Erfahrung mit Frauen zunahm, und obwohl er Lene bei ihren Verabredungen immer wieder mit Damen zusammenbrachte, die nicht bloß hübsch, sondern ebenso in höchstem Maße tabulos waren, war es doch Greta, die nimmersatte Zopfträgerin aus dem Club, zu der Lene eine besonders innige Beziehung pflegte – vielleicht, weil sie in vielerlei Hinsicht so gleich und doch so grundverschieden waren.

Fast schien es, als wäre Greta das Yin zu Lenes Yang.

Nach ihrer ersten Begegnung sah sie Greta fast ebenso häufig wie Günther, hin und wieder im *Phantasia*, manchmal im Hotel, öfter jedoch bei Günther daheim, mal zu dritt, mal zu mehreren, um sich auf jede nur erdenkliche Weise zu lieben. Dabei spielte es keine Rolle, wer was mit wem tat, in welchem Loch welche Zunge gerade steckte oder welche der Frauen welchen Schwanz im Mund hatte; selbst als einer der Männer, die Günther zuweilen dazubat, wenn Herrenüberschuss erwünscht war, vor Günther auf die Knie sank und im Wechsel mit den beiden Frauen seinen Penis lutschte, war Lene nicht im Mindesten schockiert oder gar abgestoßen.

Die Männer taten nichts anderes als sie Frauen auch – sie ließen sich durch moralische, gesellschaftliche und geschlechterbezogene Normen nicht daran hindern, ihre Begierden frei auszuleben. In dieser Hinsicht war Günther ebenso konsequent wie Lene.

Hinzu kam, dass Sex für ihn nicht allein auf Geschlechtsteile reduziert war. Vielmehr waren Erotik und Sinnlichkeit für ihn Dinge, die man lebte, atmete, fühlte und sah.

Speziell fürs Sehen besaß er eine ausgeprägte Vorliebe.

Einmal bat er Lene und Greta in sein Schlafgemach, bot ihnen sein riesiges Doppelbett als Spielwiese an, bereitete sich ein Glas Absinth und verfolgte von seinem Sessel aus gebannt, wie sie einander liebkosten und küssten und sich gegenseitig die Muschi ausleckten. Irgendwann ging er schließlich kurz hinaus, und als er zurückkehrte, hielt er einen Korb voller Obst und Gemüse im Arm, das keineswegs für den Verzehr bestimmt war.

Er stellte den Korb neben das Bett, ehe er sich wieder in seinen Sessel sinken ließ, die Beine übereinanderschlug und lächelnd verfolgte, wie Greta Lenes Löcher mit einer Banane stopfte, bis die Frucht im Eifer des Gefechts in der Mitte aufbrach; aus der aufgeplatzten Schale quoll saftiges gelbes Fruchtfleisch, doch statt die Banane fortzuwerfen, schälte Günther sie ab und aß sie genüsslich, während die Frauen zu einer Salatgurke griffen. Jede von ihnen schob ein Ende der Gurke in sich, und jedes Mal, wenn sie sich einander annäherten, verschwand das Gemüse so tief in ihnen, dass ihre Mösen lustvoll aneinander rieben.

Günther besah sich das Schauspiel, bis Lene und Greta nach einer Weile ermattet in die zerwühlten Laken sanken; erst dann gestattete er es sich, vor ihren Augen zu masturbieren. Er kam innerhalb von Minuten und entlud sich auf ihre hungrig emporgereckten Gesichter, die sie sich anschließend gegenseitig ableckten, wie Katzen, die ihre Schale sauberschlecken.

Greta war mindestens ebenso verdorben und hemmungslos wie Lene, und so schien es Lene nur natürlich, sie an *Astarte* zu vermitteln, wo Madame Bovary die Blondine auf ähnliche Weise mit ihrer künftigen Tätigkeit vertraut machte, wie sie es einige Wochen zuvor bei Lene getan hatte.

Es war ein bisschen wie ein Déjà-vu: das schicke Büro hoch über der Stadt, die Agenturchefin, die sich vor ihnen mit weit gespreizten Beinen auf die Tischplatte sinken ließ und Greta aufforderte, ihr Fötzchen zu lecken und ihre Finger spielen zu lassen, bis Gretas Hand bis zum Gelenk in ihr steckte.

Zunächst saß Lene auf der Kante ihres Sessels und sah fasziniert zu, doch als das Kribbeln zwischen ihren Schenkeln irgendwann überhand nahm, kniete sie sich neben Greta und tauchte ihre Zunge kurzerhand gemeinsam mit der Blonden in die rasierte, bildhübsche Muschi der Agenturchefin, die sich anschließend bei ihnen revanchierte. Am Ende fanden sie sich zu dritt auf dem Boden vor dem Schreibtisch wieder; ein Dreieck der Wollust, jede den Kopf tief zwischen den Beinen der anderen vergraben, badeten sie ihre Gesichter im samtigen Nass ihrer Gespielinnen, bis sie in einem atemberaubenden Crescendo aus Stöhnen und Jauchzen und dem Saft, der schubweise aus Gretas Möse pumpte, nahezu gleichzeitig zum Höhepunkt kamen.

Lene genoss die Intimität mit anderen Frauen in vollen Zügen, die so anders war als der Sex mit Männern, viel einfühlsamer, zärtlicher, verspielter. Die weiche Haut, die seidigen Lippen, die sanft wie die Schwingen eines Schmetterlings über ihren Körper strichen – all das besaß unleugbar seinen Reiz, zumal ihre Geschlechtsgenossinnen für gewöhnlich ganz genau wussten, was sie tun mussten, um Lene innerhalb kürzester Zeit vor Ekstase schreien zu lassen.

Kein Wunder: Sie wussten, wie sie selbst es gern hatten, und wandten dieses Wissen bei ihr an. Und obwohl nichts auf der Welt einen steifen Schwanz zu ersetzen vermochte, wollte Lene diese Erfahrung bald nicht mehr missen, fast wie eine Droge, von der man hin und wieder eine Dosis braucht, um nicht das Gefühl zu haben, dass einem im Leben etwas fehlt.

Natürlich blieb es letztlich trotz aller Bemühungen nicht aus, dass ihr neues Leben als Lady de Winter ihr Dasein als Lene Sommerfeld beeinflusste, denn sosehr Lene auch versuchte, zu Hause so zu sein wie immer – mit anderen Worten: keusch, anständig, langweilig –, schlichen sich schließlich dort gewisse Veränderungen in ihren Alltag.

Ihre Haushaltsführung wurde nachlässiger, da sie mehr Zeit für sich und ihre Körperpflege aufwandte als fürs Putzen, und auch die Abendessen – einst ein festes Ritual – durchliefen eine Degeneration; erst wurden die Gerichte einfacher, dann die Beilagen weniger, bis Lene den Nachtisch irgendwann ganz wegließ, mit der Begründung, sie müsse ein paar Pfund abnehmen. Tatsächlich hatte sie einfach immer weniger Lust, für irgendwelche Puddings oder

Mousses stundenlang in der Küche zu stehen, schon gar nicht für Wolfgang, von dem sie sich zunehmend mehr entfremdete, je öfter sie außer Haus war.

Sie mied seine Nähe, wo sie nur konnte, und selbst wenn er sich in aller Freundlichkeit nach ihrem Tag erkundigte, fielen ihre Antworten einsilbig und nicht sonderlich informativ aus.

Was hätte sie auch sagen sollen?

Dass sie den Nachmittag damit verbracht hatte, einem reichen Bankier die Eier zu lecken, ehe er sie in einem schattigen Waldweg auf der Kühlerhaube seines nagelneuen himmelblauen Renault R16 so lange gefickt hatte, bis sie ihm vor Geilheit mit ihren Fingernägeln derart den Rücken zerkratzt hatte, dass er nur halb im Spaß von ihr wissen wollte, wie um alles in der Welt er *das* seiner Gattin erklären solle?

Zum Glück war Wolfgang beruflich so eingespannt wie selten. Fast jeden Tag machte er Überstunden, und auch wenn er zu Hause war, saß er häufig im Arbeitszimmer, sah Bilanzen und Quartalsberichte durch oder telefonierte mit Kollegen im In- und Ausland, die alle entweder Alain oder Michael oder Peter zu heißen schienen.

Manchmal nahm er Lene auf seine linkische Art in den Arm und bat sie um Entschuldigung, weil er im Moment so wenig Zeit für sie hatte; dann winkte sie stets ab, lächelte milde und meinte, das sei schon in Ordnung, die Arbeit gehe nun mal vor. Außerdem habe sie heute Abend ohnehin einen ihrer Kurse oder würde sich auf ein Schwätzchen mit Uschi treffen, also solle er sich doch bitte keine Vorwürfe machen – ganz die verständnisvolle Gattin, die sie immer gewesen war. Wolfgang drückte ihr dann jedes Mal einen flüchtigen Kuss auf die Wange, versicherte ihr, dass sie die Beste sei, und ging zurück ins Arbeitszimmer, ohne sich auch nur einen Moment lang darüber zu wundern, warum sie für Uschi oder ihren Töpferkurs einen knielangen cremefarbenen Wickelrock und hochhackige Schuhe anzog oder ein neues Parfüm auflegte, das sie nicht von ihm geschenkt bekommen hatte. Wie stets war er viel zu sehr mit sich selbst beschäftigt, um das Offensichtliche zu bemerken, und irgendwie verschaffte ihr das sogar eine gewisse Genugtuung, wenn sie eine Viertelstunde später ins Taxi stieg und zu einer ihrer Verabredungen fuhr.

Wolfgang hatte sie nie wirklich wahrgenommen, und er tat es auch jetzt nicht. Dass sie ihm Hörner aufsetzte und sich das, was sie brauchte, anderswo holte, geschah ihm nur recht.

Er hatte es nicht anders verdient.

Auch der Kontakt zu Uschi wurde zunehmend weniger und brach schließlich ganz ab, selbst wenn ihre ehemals beste Freundin in Lenes Leben so präsent war wie eh und je, ja, sogar noch mehr als sonst, da Lene – zumindest ihrem Gatten gegenüber – noch nie so viel Zeit mit Uschi verbracht hatte wie in jenen Wochen, in denen sie sie so gut wie überhaupt nicht sah.

Uschi indes schien zu spüren, dass etwas im Argen lag.

Nachdem sie anfangs immerhin noch den Versuch unternommen hatte, sich regelmäßig bei Lene zu melden, wurden ihre Gespräche im Laufe der Zeit immer spärlicher, zum einen, weil Lene viel unterwegs war, und zum anderen, weil sie beim besten Willen nicht wusste, was sie mit Uschi besprechen sollte.

Die Tage, in denen sie sich über den neuesten Weichspüler und Rezepte für Kohlrouladen ausgetauscht hatten, waren vorüber, und obgleich Lene zumindest anfangs mehr als einmal drauf und dran war, Uschi von ihrem neuen Leben als Lady de Winter zu erzählen – immerhin war sie ihre *beste Freundin!* –, tat sie es doch nie.

Einerseits hatte dies sicherlich damit zu tun, dass sie um Uschis Schwatzhaftigkeit wusste: Diese Frau *konnte* einfach kein Geheimnis für sich behalten! Das lag schlichtweg nicht in ihrer Natur.

Andererseits glaubte Lene nicht, dass Uschi für sie Verständnis haben würde, ganz gleich, wie freizügig sie sich sonst auch geben mochte.

Seit sie Uschi kannte, hatte sie stets mit ihren Männergeschichten geprahlt. Früher in der Schule galt sie bei den Mädchen als Flittchen und bei den Jungs als Schlampe. Irgendwie hatte Lene sie wohl stets ein bisschen dafür bewundert.

Aber inzwischen wusste sie, dass Uschi nicht minder verknöchert und verklemmt war als die meisten anderen Frauen – sie verstand es bloß, es besser zu verbergen. Grundsätzlich jedoch war sie nicht anders als all die anderen dummen Weiber, die ihre Gatten durch ihr prüdes Verhalten geradewegs in Lenes Arme trieben.

Uschi war *normal*, und das war vermutlich der Hauptgrund, dass sie sich mit der Zeit immer mehr voneinander entfremdeten. Sie war immer noch dieselbe wie vor zwanzig Jahren, als sie sich kennengelernt hatten.

Lene hingegen hatte sich verändert.

Sie war nicht mehr dieselbe Frau wie früher.

Vielleicht war es das, was Uschi dazu brachte, Lene zu meiden – die Erkenntnis, dass sie irgendwie *anders* war.

Möglicherweise spürte sie, dass Lene jetzt stärker und selbstbewusster war als noch vor drei Monaten, und womöglich machte ihr das Angst, weil sie zum ersten Mal in ihrer Bekanntschaft nicht diejenige von ihnen war, die im Mittelpunkt stand.

Lene war stets das hässliche Entlein gewesen, das fünfte Rad am Wagen.

Doch jetzt war sie zum Schwan geworden, zu einer Frau, nach der sich die Männer auf der Straße umdrehten, und das, obwohl sie sich rein vom Äußeren her kaum von der »alten« Lene unterschied. Vielmehr war es etwas, das sie *ausstrahlte*, eine Art Aura, die sie umgab und den Menschen zeigte, wer sie *wirklich* war.

Uschi jedenfalls sah die Veränderung, und offenbar gelangte sie zu dem Schluss, dass sie mit dieser neuen Lene, die sie selbst in den Schatten stellte, nichts zu schaffen haben wollte. Das ging so weit, dass sie schließlich sogar so tat, als würde sie Lene gar nicht bemerken, als sie sie eines Nachmittags zufällig in der Einkaufsstraße sah.

Lene war gerade dabei, in einer schicken neuen Boutique namens *Le Plum* einen Pelzmantel anzuprobieren, den sie sich durch ein ausgedehntes »Mittagessen« mit einem bekannten Fernsehschauspieler »verdient« hatte, als sie bemerkte, wie Uschi draußen am Schaufenster vorbeiging. Und obwohl sie geradewegs in Lenes Richtung schaute und einen Moment lang zögerte, bevor sie ihre Schritte wieder beschleunigte, spazierte sie einfach weiter und verschwand kurz darauf im Gewühl der Passanten, ohne sich noch einmal unzudrehen, und auch wenn es nicht leicht war, sich das einzugestehen, musste Lene doch zugeben, dass ihr das nur recht war.

Genau wie Wolfgang war Uschi ein Relikt aus einer anderen Zeit, aus einem anderen *Leben*, mit dem Lene längst abgeschlossen hatte, und je eher sie den ganzen unnützen Ballast loswurde, der sie an das Jammertal ihrer verkorksten Vergangenheit erinnerte, desto rascher würde es ihr gelingen, endgültig alle Brücken hinter sich abzubrechen und so zu leben, wie sie es sich seit ihrer ersten Begegnung mit Dieter Berger an jenem schicksalhaften Donnerstagabend erträumte.

Wonach sie sich sehnte, war ein Leben jenseits aller moralischen Schranken und gesellschaftlichen Norman; ein Leben, das allein durch das bestimmt wurde, wonach *ihr selbst* der Sinn stand. Und wenn der Preis dafür der Verlust einer langjährigen Freundin wie Uschi Geißler war – oder der eines Gatten, was das anging –, dann war Lene gern bereit, ihn zu zahlen.

13.

Als zwei Tage nach jenem »Zwischenfall« in der Stadt gegen halb sieben Uhr abends das Telefon in der Diele zu läuten begann, rechnete Lene fast damit, dass Uschi am anderen Ende der Leitung sein würde, um sich für ihr kindisches Verhalten zu entschuldigen und gut Wetter zu machen. Denn falls es nicht Uschi war, die anrief, konnte es um diese Uhrzeit eigentlich bloß Wolfgang sein, der durchklingelte, um ihr zu sagen, dass es bei ihm heute wieder einmal später werden würde, wie so oft in den letzten Wochen, in denen er kaum jemals vor acht oder halb neun zu Hause gewesen war. Im Augenblick gab es in der Bank viel zu tun, wie immer, wenn der Quartalsabschluss bevorstand.

Lene war das nur recht.

Tatsächlich wollte sie nicht mehr Zeit mit Wolfgang verbringen als unbedingt nötig. Es fiel ihr so schon schwer genug, die Fassade der »anständigen Gattin« aufrechtzuerhalten und ihm gegenüber die »alte« Lene zu sein, obwohl alles in ihr danach verlangte, ihre gesellschaftlichen Fesseln zu sprengen, reinen Tisch zu machen und dem goldenen Käfig dieser Wohnung, die sie zunehmend mehr einengte, zu entfliehen.

Alles hier war so geordnet und normal und *langweilig*.

Um wie viel freier fühlte sie sich hingegen, wenn sie die Tür von außen schloss und zu Lady de Winter wurde!

Längst hatte Lene das Gefühl, in zwei verschiedenen Welten zu leben, die einander ausschlossen, und je stärker ihr dies bewusst wurde, desto unwohler fühlte sie sich in diesen vier Wänden, die sie einst mit so viel Liebe und Hingabe eingerichtet hatte. Allein zu Hause zu sein, mit all dem Ballast ihrer verpfuschten Existenz ringsum, war bereits schlimm genug; noch viel schlimmer jedoch war es, wenn Wolfgang daheim war. Dann war sie dazu verdammt, zu allem Überfluss auch noch eine Maske zu tragen und vorzugeben, jemand zu sein, der sie längst nicht mehr war, was ihr von Tag zu Tag schwerer fiel. Deshalb war sie für jede Verspätung ihres Gatten dankbar. Jede Stunde, die Wolfgang später nach Hause kam, verschaffte ihr weitere sechzig Minuten, in denen sie frei durchatmen und zumindest ansatzweise sie selbst sein konnte.

Doch als sie sich schnell die vom Kartoffelschälen feuchten Hände an ihrer Schürze abwischte und in der Diele den Hörer von der Gabel nahm, erwartete sie eine Überraschung.

Weder Uschi noch Wolfgang war am Apparat.

Es war Madame Bovary.

»Kannst du sprechen?«, fragte sie knapp.

»Ja«, sagte Lene.

Wie es ihrer Natur entsprach, kam die Madame ohne Umschweife zur Sache.

»Ich weiß, wir hatten eigentlich vereinbart, dass ich dich nach fünf Uhr nachmittags nicht mehr anrufe, für den Fall, dass dein Gatte wider Erwarten früher nach Hause kommt. Diese Angelegenheit könnte sich für uns beide jedoch als ausgesprochen lohnend erweisen – finanziell und auch in *anderer* Hinsicht.«

Sofort horchte Lene auf.

Ein ausgefallenes erotisches Abenteuer kam ihr gerade recht, um der zunehmenden Trostlosigkeit ihres Alltags zumindest für ein paar Stunden zu entfliehen.

»Worum geht es?«

»Um einen neuen Kunden«, sagte Madame Bovary geradeheraus. »Um einen *sehr vermögenden* neuen Kunden.«

»Irgendwelche besonderen Interessen?«

»Offenbar liebt er das Extravagante, ohne einer von den Verrückten zu sein.«

Mehr brauchte Lene nicht zu wissen.

»Wann und wo treffe ich ihn?«

»Heute Abend um 20.00 Uhr im *Astoria*«, erklärte die Agenturchefin sachlich. »Ich weiß, das ist ein bisschen kurzfristig, aber –«

»Kein Problem«, unterbrach Lene sie. »Ich werde dort sein.« Sie drehte mit dem Finger das Telefonkabel ein. »Sonst noch etwas, das ich über den Mann wissen muss?«

»Nicht wirklich. Eben am Telefon klang er ausgesprochen kultiviert, sogar charmant. Ein interessanter Bursche scheint es. Wir haben lediglich das Finanzielle besprochen; auf alles andere wollte er nicht näher eingehen. Allerdings hat er ausdrücklich nach dir verlangt.« Sie lachte. »Dein Ruf eilt dir inzwischen voraus.«

»Ich tue nichts anderes, als ich selbst zu sein«, sagte Lene.

»Der Schmetterling hat sich verpuppt«, entgegnete Madame Bovary, und Lene konnte sie beinahe vor sich sehen, wie sie in ihrem Büro am Schreibtisch saß, die Beine leger übereinandergeschlagen, und dieses kleine, wissende Lächeln lächelte, das sie zugleich unwiderstehlich und unnahbar wirken ließ. »Nicht mehr lange, und er wird schlüpfen.«

Damit legte sie auf.

Lene stand in der halbdunklen Diele, den Telefonhörer am Ohr, und lächelte ebenfalls, obwohl niemand da war, der es sehen konnte.

Ein neuer Kunde, der ausdrücklich nach ihr verlangt hatte …

Selbst nach all den Erfahrungen, die sie in den letzten Wochen im Dienste von *Astarte* gemacht hatte, verschaffte ihr ein solches Kompliment auch jetzt noch einen angenehmen, erregenden Schauder.

Madame Bovary hatte vollkommen recht: Sie hatte sich verpuppt. Und wenn die Verwandlung erst abgeschlossen war, würde sie nie wieder dieselbe sein wie vorher.

Lene legte den Hörer erst gar nicht auf. Stattdessen drückte sie kurz auf die Gabel, bis sie das Freizeichen bekam, und wählte Wolfgangs Büronummer.

Seine Sekretärin ging nach dem zweiten Läuten an den Apparat.

»*Karlsbader Vermögensbank*, Sekretariat von Wolfgang Sommerfeld. Schneider mein Name. Was kann ich für Sie tun?«

Lene ließ sich zu ihrem Gatten durchstellen.

»Ja, bitte?«

Wolfgang klang gereizt und irgendwie abwesend, als wäre er mit den Gedanken ganz woanders. Erst als Lene sich zu erkennen gab, kehrte die vertraute Freundlichkeit in seine Stimme zurück.

»Oh, du bist es, Schatz! Schön, dass du anrufst! Ich hoffe, zu Hause ist alles in Ordnung?«

»Wie man's nimmt.« Lene seufzte theatralisch. »Gerade hat Uschi angerufen; offenbar haben sie und Peter sich mal wieder gestritten, und nun sucht sie eine Schulter, um sich auszuweinen. Sie hat mich gefragt, ob ich Zeit für sie habe. Ich weiß, das ist ein bisschen kurzfristig, aber ich würde gern mit ihr irgendwo etwas essen gehen; sie braucht jetzt jemanden, der ihr zuhört. Es macht dir doch nichts aus?« Die Lüge kam ihr so leicht und glaubwürdig über die Lippen, dass Lene sich die Geschichte beinahe selbst abgekauft hätte; auch *darin* hatte sie es in den letzten Wochen zu wahrer Perfektion gebracht.

Wolfgang reagierte genau so, wie sie es erwartet hatte.

»Nein, Liebling«, sagte er, und sie konnte hören, wie er mit irgendwelchen Papieren raschelte, als er nebenbei unbeirrt weiterarbeitete, nur halb bei der Sache. »Ganz und gar nicht. Im Gegenteil; das passt mir sogar recht gut, da ich gerade noch ein paar Verträge auf den Tisch bekommen habe, die bis zur Vorstandssitzung morgen Vormittag durchgesehen werden müssen, und wenn du ohnehin nicht zu Hause bist, muss ich mich nicht abhetzen, nicht wahr?« Über das verhaltene Rauschen der Telefonleitung hinweg vernahm sie das Kratzen eines Kugelschreibers. »Richte Uschi aus, sie soll den Kopf nicht hängen lassen; in *jeder* Ehe gibt es gute und schlechte Zeiten. Das ist völlig normal. Es kommen auch wieder bessere Tage. Man muss nur am Ball bleiben und etwas dafür tun.«

»Ich werde es ihr ausrichten«, sagte Lene. »Bei mir wird es vermutlich spät, also warte nicht auf mich.«

»Dann sehen wir uns morgen beim Frühstück.« Er setzte schon an, sich zu verabschieden, doch dann überlegte er es sich plötzlich anders; offenbar gab es da etwas, das er loswerden wollte. »Ach, und Liebes?«

»Hm?«

In Gedanken war sie bereits bei dem, was sie bei ihrer Verabredung anziehen würde, schließlich musste sie in spätestens anderthalb Stunden geschniegelt und gespornt im *Astoria* sein.

Wolfgang zögerte.

Dann sagte er: »Ich liebe dich.«

Das holte Lene schlagartig in die Gegenwart zurück.

Sie runzelte verwirrt die Stirn.

Eine dermaßen offen ausgesprochene Liebesbekundung war für Wolfgang schon ungewöhnlich genug. Er war kein Mensch, der seine Gefühle auf der Zunge trug, und es kam selten genug vor, dass sie diesen Satz von ihm zu hören bekam. Außerdem konnte sie sich nicht entsinnen, dass er ihr das je am Telefon gesagt hätte – und dass es ihr jemals so unangenehm gewesen war, diese drei Worte aus seinem Mund zu hören.

Im ersten Moment wusste sie denn auch nicht recht, was sie darauf erwidern sollte. Dann besann sie sich auf ihre neugewonnenen Qualitäten als Lügnerin und sagte, als wäre es die natürlichste Sache der Welt: »Ich liebe dich auch. – Bis morgen früh, Liebling.« Und sie drückte hastig auf die Gabel, bevor er die Möglichkeit hatte zu antworten.

Für den Bruchteil einer Sekunde keimte so etwas wie Reue in ihr auf, doch sie verdrängte das Gefühl, bevor es sich in ihr festsetzen konnte, atmete einmal tief durch und rief sich ein Taxi; die Nummer kannte sie inzwischen auswendig. Sie bestellte den Wagen für halb acht zur Ecke Schillerstraße/Lessingplatz, damit das Taxi nicht direkt vor dem Haus hielt und ihre Nachbarn auf dumme Gedanken brachte.

Als Lene schließlich auflegte, war sie in Eile.

Sie hatte eine Verabredung.

Der Kunde hatte ausdrücklich nach Lady de Winter verlangt, und die würde er auch bekommen! Aber bis ihr Wagen kam, hatte sie noch einiges zu erledigen: Sie musste duschen, ihre Haare waschen, trocknen und frisieren, sich etwas Nettes anziehen und ein dezentes Make-up auflegen. Kurzum: sich so perfekt herrichten, wie man es von ihr erwartete.

Immerhin galt es, einem Ruf gerecht zu werden!

14.

Die Agentur hatte die übliche Suite im *Astoria* gebucht, im obersten Stockwerk des Luxushotels, das sonst wohlhabenden Geschäftsleuten, Politikern und Prominenten vorbehalten war, die es ablehnten, auf dem Flur irgendwelchen Otto Normalbürgern über den Weg zu laufen.

Alles hier war nobel, luxuriös und von erlesenem Geschmack: die riesigen, goldgerahmten Spiegel, die so geschickt zueinander aufgehängt waren, dass das großzügige Wohnzimmer ein Dutzend Mal darin reflektiert wurde; die dicken Perserteppiche, die jeden Schritt verschluckten wie eine Schicht Moos; die auf Marmorsockeln thronenden Figuren römischer Gottheiten; der Lüster aus Hunderten und Aberhunderten blitzender Kristallsplitter; und nicht zuletzt die Vasen mit Bouquets frischer roter Baccara-Rosen, die überall verteilt standen und den Raum mit ihrem betörenden Duft erfüllten.

All dies bot bereits den vollkommenen Rahmen für einen Abend gepflegter Sinnlichkeit. Doch Madame Bovary war eine Perfektionistin, die nichts dem Zufall überließ, und wie bei vorherigen Malen, die Lene hier im Namen der Agentur Gäste empfangen hatte, war auch diesmal alles bis ins Detail vorbereitet: Auf dem Glastisch vor der bequemen Chaiselongue stand ein Kühler mit einer Flasche *Dom Pérignon* nebst zwei Kristallgläsern, einer Schale frischer Erdbeeren, *Beluga*-Kaviar, Austern, geräuchertem Lachs und einem Humidor mit kubanischen Zigarren.

Madame Bovary hatte ihr einmal erklärt, dass es wichtig war, *alle* Sinne eines Mannes anzusprechen, nicht allein den zwischen seinen Beinen. Und man konnte nicht umhin zuzugeben, dass sie ihr Handwerk beherrschte. Die Madame wusste genau, was nötig war, um eine Atmosphäre entspannter Verruchtheit zu schaffen. Alles, was Lene nach ihrer Ankunft noch zu tun blieb, war, die Kerzen anzuzünden und den Plattenspieler in der imposanten *Grundig*-Musikkommode anzustellen; einen Moment später wehten die Klänge von Beethovens berühmter »Mondscheinsonate« durch die Suite, während Lene sich im von Marmor dominierten Badezimmer bis auf die Unterwäsche entkleidete und einen prüfenden Blick in den Spiegel warf.

Sie hatte sich für ein knapp sitzendes Ensemble aus rotschwarzer Spitze mit Rüschenbesatz und verspielten Schleifchen entschieden, das ihre Rundungen aufs Trefflichste betonte; dazu trug sie einen Strumpfgurt, schwarze Strapse mit extragroßem Fischnetz und hochhackige Schuhe. Sie hatte ein wenig Rouge aufgetragen und ihre Augen durch schwarzen Kajal und Lidschatten dezent betont. Ohne sich selbst schmeicheln zu wollen, musste sie zugeben, dass sie umwerfend aussah – sinnlich und betörend, mit einer gewissen Spur Verdorbenheit.

Die fleischgewordene Sünde …

Sie schenkte sich selbst ein zufriedenes Lächeln.

»Guten Abend, Lady de Winter«, sagte sie voller Anerkennung zu ihrem Spiegelbild, strich sich eine verirrte Haarsträhne aus der Stirn und sah auf ihre Armbanduhr.

Punkt acht.

Da klopfte es auch schon an der Tür der Suite.

Poch. Poch. Poch.

»Pünktlich wie die Maurer«, murmelte Lene, besah sich ein letztes Mal im Spiegel und ging durch das in sanften Kerzenschein gehüllte Wohnzimmer zur Tür.

Das Klopfen hatte ein wenig zögerlich geklungen, nicht so energisch und selbstbewusst wie bei vielen anderen Gästen; allem Anschein nach war hier noch etwas »Überzeugungsarbeit« vonnöten, um das Eis zu brechen. Das wies auf einen Mann hin, für den Verabredungen wie diese eher die Ausnahme als die Regel waren.

Vermutlich war er nervös.

Also setzte sie ihr freundlichstes Lächeln auf, stellte sich so in Positur, dass der Gast bereits beim Öffnen einen beeindruckenden Blick auf ihre Reize erhaschte, tastete nach dem Griff und machte langsam, ohne Hast, die Tür auf. Doch das verheißungsvolle »Willkommen!«, das ihr auf den Lippen lag, wurde zu einem fassungslosen Keuchen, als sie erkannte, wer da vor der Tür stand.

»Hallo, Lene«, sagte Wolfgang.

Lene erstarrte. Innerhalb eines Lidschlags schien alles Blut aus ihrem Körper in ihre Beine zu sinken; ihr schwindelte. Ihre Knie drohten nachzugeben, wackelige Stelzen aus warmem Gummi, und tatsächlich hatte sie das Gefühl, als hätte ihr jemand ohne Vorwarnung den Boden unter den Füßen weggezogen. So hatte sie sich bislang nur einmal gefühlt: Als ihre Mutter sie vor ein paar Jahren angerufen und ihr unter Tränen erklärt hatte, ihr Vater sei gerade bei einem Verkehrsunfall ums Leben gekommen.

Instinktiv wollte sie die Tür zuschlagen, doch Wolfgang war schneller.

Plötzlich stand sein Fuß im Spalt, und bevor sie noch reagieren konnte, schob er die Tür mit Gewalt auf, trat ein und ließ sie hinter sich achtlos ins Schloss fallen, während sich Lene mit dem Rücken furchtsam gegen die Wand drängte, so weit weg von ihm, wie es irgend ging.

Ihre Augen waren weit vor Entsetzen, und ihre Wangen brannten wie Feuer. Alles, was sie tun konnte, war, ihren Gatten fassungslos anzustarren.

Mit allem hatte sie gerechnet – bloß nicht damit.

Einen endlosen Moment lang sahen sie einander einfach nur an. Keiner sagte ein Wort. Das war auch nicht nötig, denn in Wolfgangs Gesicht las Lene alles, was sie wissen musste. Er war noch nie besonders gut darin gewesen, seine Gefühle zu verbergen; im Grunde kam es einem Wunder gleich, dass er es auf der Karriereleiter überhaupt so weit nach oben geschafft hatte, miserabler Pokerspieler, der er war.

Das Chaos der Gefühle, die in ihm tobten, reichte von schierem Unglauben über Verwirrung und Verzweiflung bis hin zu grenzenloser Traurigkeit.

Er sah aus wie ein Mann, der alles verloren hat, woran er glaubt.

Zwei Sekunden verstrichen.

Drei.

Vier …

Die Zeit dehnte sich wie ein Gummiband.

Als Wolfgang schließlich sprach, klang seine Stimme tonlos.

»Warum?«, war alles, was er sagte.

»Warum was?«, fragte Lene unsicher zurück, obgleich sie natürlich wusste, was er meinte.

Warum treibst du es hinter meinem Rücken mit anderen?

»Warum machst du das? Warum …« Er brach ab, suchte nach den richtigen Worten, setzte von neuem an. »Warum *prostituierst* du dich? Des Geldes wegen? Steckst du in irgendwelchen Schwierigkeiten? Zwingt dich jemand dazu, das zu tun?«

Er sah sie nach Antworten heischend an, doch obwohl ihm der Unglaube schier aus den Augen leuchtete, hielt Wolfgang an seiner tadellosen Kinderstube fest. Selbst jetzt war er ruhig, beherrscht, ja, fast höflich; er schrie nicht, er brüllte nicht, er wurde nicht ausfallend und nannte sie eine »billige Hure« oder dergleichen. Damals, zu Beginn ihrer Beziehung, hatte gerade seine ruhige, beherrschte Art anziehend auf Lene gewirkt. Wolfgang war ihr Fels in der Brandung gewesen; die Schulter, an die sie sich lehnen konnte, wenn sie selbst nicht mehr weiter wusste. Doch jetzt war seine nüchterne Zurückhaltung wie ein Schlag ins Gesicht, ein Beleg dafür, dass seine Gefühle für sie allenfalls oberflächlich und – vor allem – egoistisch waren. Er liebte nicht *sie*, sondern die Funktion, die sie an seiner Seite erfüllte: die Hausfrau, die Gattin. Und obwohl sie immer noch das Gefühl hatte, in einem schrecklichen Alptraum gefangen zu sein, gewann sie dank dieser Erkenntnis ein wenig von dem Selbstvertrauen zurück, das sie in den letzten Monaten als Lady de Winter erworben hatte.

»Niemand zwingt mich dazu«, erklärte sie knapp.

»Aber warum tust du es dann?«

»Es ist nichts Persönliches.«

Wolfgang runzelte die Stirn. »Nichts *Persönliches*?«

Sie schüttelte den Kopf.

»Und was ist es sonst?«

»Es geht nur um Sex.«

Wolfgangs Brauen glitten ungläubig in die Höhe. »Nur um Sex?«, echote er. *»Nur um Sex?«* Er starrte sie an, als hätte sie den Verstand verloren. »Mein Gott, Lene, was kann denn noch *persönlicher* sein, als mit jemandem *ins Bett zu gehen*?« Seine Stimme zitterte, und zum ersten Mal, seit er eingetreten war, hatte er offensichtlich Mühe, die Ruhe zu bewahren. »Warum?«, fragte er wieder. »War ich dir vielleicht nicht genug?«

Ihr erster Impuls bestand darin, ihm zu sagen, dass all das nichts mit ihm zu tun hatte. Doch das wäre eine Lüge gewesen, um ihm nicht wehzutun.

Die Wahrheit sah anders aus.

In Wahrheit hatte es *durchaus* etwas mit ihm zu tun – mit ihm und dem ganzen verdammten Rest der Welt, der ihr all die Jahre die sexuelle Freiheit und Befriedigung vorenthalten hatte, die sie jetzt in vollen Zügen lebte. Doch das hätte er ohnehin nicht verstanden, also versuchte sie gar nicht erst, es ihm begreiflich zu machen. Stattdessen stieß sie sich mit einem Seufzen von der Wand ab, ging voran ins Wohnzimmer und ließ sich auf die Chaiselongue sinken. Wolfgang folgte ihr und sah mit unbewegter Miene zu, wie sie die Champagnerflasche aus dem Kühler zog, sie entkorkte und sich ein Glas bis oben hin eingoss, um es mit wenigen tiefen Zügen zu leeren. Der *Dom Pérignon* schmeckte großartig, doch Lene war mehr an seiner *Wirkung* interessiert. Sie brauchte noch ein Glas, bis sie schließlich imstande war, die Frage zu stellen, die sie die ganze Zeit über am meisten beschäftigte.

»Woher weißt du es?«

»Was? Woher ich weiß, dass du *Lady de Winter* bist?« Er spie den Namen aus wie einen Brocken verdorbenes Fleisch.

Sie nickte müde. Noch nie zuvor hatte sie sich so erschöpft gefühlt, doch sie wusste, dass es keinen Sinn hatte, mit Wolfgang Versteck zu spielen. Das hatte sie ohnehin schon lange genug getan. Jetzt war es an der Zeit, mit offenen Karten zu spielen, zumal das Spiel ohnehin bereits gelaufen war.

Einen endlosen Moment sah Wolfgang sie nur an, als würde er in der Frau, die jetzt vor ihm saß, nach der Lene suchen, die er damals zum Altar geführt hatte. Schließlich seufzte er traurig, als hätte er sie nicht gefunden.

»Deine Unterlippe«, sagte er dann. »Deine süße, bebende Unterlippe hat dich verraten.«

Lene verstand nicht recht. »Aber wie –«

»Was denn?«, unterbrach Wolfgang sie, und jetzt klang zum ersten Mal so etwas wie Ärger in seiner Stimme mit. »Glaubst du vielleicht, deine Lippe hat erst angefangen zu zittern, als du begonnen hast, den Mann zu betrügen, dem du vor Gott Treue geschworen hast, bis dass der Tod uns scheidet?« Er schüttelte den Kopf. »Nein, Lene, das war bei dir schon immer so; wenn du erregt bist, zittert deine Unterlippe wie Schmetterlingsflügel. Du hast es selbst nur nie bemerkt, und ich habe nichts gesagt, weil ich nicht wollte, dass du dich deswegen irgendwie beschämt oder gehemmt fühlst – wie bei so vielen anderen Dingen auch.« Seine Worte waren voller Bitterkeit. »Das war das letzte Stück, das noch fehlte, um das Bild zusammenzufügen. Auf einmal ergab alles einen Sinn: dein seltsames Verhalten in den letzten Wochen, deine sonderbaren Verabredungen spätabends, und dass du keinerlei sexuelles Interesse mehr an mir hast … Ich meine, du hattest ja nie viel Lust auf Sex, aber immerhin hast du mich nie zurückgewiesen. Ich nehme an, du hast das als deine *Ehepflicht* betrachtet.« Er schwieg einen Moment, wie um seine Gedanken zu sammeln, bevor er fortfuhr: »Jedenfalls, als einer der Personalräte vor ein paar Tagen von dieser ›vollkommen durchtriebenen Sexbombe‹ erzählte, die er regelmäßig über eine bestimmte Agentur bucht und die der Beschreibung nach nicht bloß eine verblüffende Ähnlichkeit mit dir aufweist, sondern noch dazu die – wie er sagte – ›ganz entzückende‹ Eigenheit besitzt, dass ihre Unterlippe bebt, sobald sie ›geil‹ wird, war mir dann auf einmal alles klar.« Er fuhr sich mit den Fingern durchs Haar, und als er sie wieder ansah, war nur noch Traurigkeit in seinem Blick. »Weißt du, ich dachte, vielleicht hast du ein Verhältnis oder so was, aber das hier …« Er machte eine Handbewegung, die nicht nur seine halbnackte Gattin und die Hotelsuite einschloss, sondern alles, was in den letzten Wochen geschehen war, und seufzte schwer.

Sein Blick wanderte zum Fenster, zu dem Lichtermeer der Stadt dahinter, und die Distanz zwischen ihnen war fast körperlich greifbar. Eine Weile schwieg er. Dann sagte er leise, als bereitete es ihm Mühe zu sprechen: »Hast du eine Ahnung, wie weh es tut, wenn dir irgend so ein beschissenes Arschloch erzählt, wie geil es ist, wenn sich diese ›geile kleine Sau‹ auf einmal deinen Schwanz schnappt und ihn sich einfach mir nichts, dir nichts in den Hintern steckt, um ihn ›so richtig abzumelken‹?« Als Wolfgang sich langsam wieder umdrehte, sah Lene, dass seine Augen glänzten. Er starrte sie verzweifelt an, und jetzt war es *seine* Unterlippe, die zitterte, als er mit aller Kraft versuchte, die Tränen zurückzuhalten. »Hast du auch nur die *geringste Vorstellung*, wie weh so was tut, Lene?«

»Du hast nicht das Recht, mir Vorwürfe zu machen«, sagte sie trotzig.

Wolfgang schüttelte den Kopf; plötzlich sah er unendlich müde aus, am Rande der Erschöpfung. Erst jetzt fielen ihr die dunklen Ringe unter seinen Augen auf, als hätte er seit Tagen nicht geschlafen.

»Ich mache dir keine Vorwürfe. Ich will es nur *verstehen*.« Er wischte sich mit dem Handrücken über die Augen, um Fassung bemüht. »Sag mir: Was habe ich dir getan? Habe ich dich vielleicht schlecht behandelt? Habe ich dir nicht alles gegeben, was du wolltest?« Er rang verzweifelt die Hände. »Ich weiß, dass ich dir kein guter Mann war. Ich war immer zu selten zu Hause, und vor allem in den letzten Jahren haben wir viel zu wenig miteinander unternommen. Abgesehen davon«, sagte er mit einem kleinen, unendlich traurigen Lächeln, »ist es ja allem Anschein nach nicht einmal um meine Qualitäten als Liebhaber sonderlich gut bestellt …« Das Lächeln verschwand so schnell, wie es gekommen war, und als Lene auf seine Worte nichts erwiderte, sprach er stockend weiter: »Ich weiß, dass ich dich vernachlässigt habe, und das tut mir aufrichtig leid. Aber alles, was ich getan habe, habe ich *für uns* getan. *Für dich, Lene!* Damit wir ein gutes Leben führen konnten!« Er trat einen Schritt auf sie zu, und unwillkürlich drückte sich Lene tiefer in die Polster, fort von ihm.

Wolfgang zögerte. Seine Stirn schlug Falten.

»Was –«

Dann begriff er, und Fassungslosigkeit machte sich auf seinen Zügen breit. »Das ist nicht dein Ernst, oder? Du hast Angst, ich könnte dich schlagen? Du hast Angst, ich könnte dir *wehtun*?« Er stieß einen Laut aus, irgendwo zwischen einem Seufzen und einem Lachen, und wich wieder vor ihr zurück. »Keine Sorge, ich werde dir nichts tun. Und das habe ich auch nie. Oder habe ich jemals die Hand gegen dich erhoben?« Es klang weniger wie eine Frage als vielmehr wie ein Flehen, und jetzt rannen ihm schließlich doch die Tränen über die Wangen, die er die ganze Zeit über so tapfer zurückgehalten hatte.

Lene konnte sich nicht daran erinnern, ihren Gatten je weinen gesehen zu haben; selbst auf der Beerdigung seiner Mutter, zu der er ein überaus inniges Verhältnis gehabt hatte, war er gefasst und ernst gewesen – ganz der Fels in der Brandung, den nichts erschüttern konnte.

Tatsächlich hatte *er selbst* Lene anschließend gefragt, ob sie der Ansicht sei, er wäre womöglich gefühlskalt, weil ihn das Ganze nicht so mitnahm, wie es vielleicht der Fall sein sollte. Damals hatte sie ihm erklärt, dass jeder Mensch mit Trauer und Schmerz anders umginge; während viele ihren Kummer nach außen trugen, indem sie weinten und schrien und tobten, versuchten andere, die Dinge mit sich selbst zu klären. Sie fraßen einfach alles in sich hinein, wie um ihre Umgebung nicht mit ihren Sorgen zu behelligen.

Zu dieser Kategorie gehörte Wolfgang.

Er hatte Lene nie viel von seinen Problemen erzählt, weder privat noch beruflich. Aber wenn man so lange ein Paar war wie sie, entwickelte man irgendwann zwangsläufig ein gewisses Gespür dafür, was im anderen vorging. Es war wie eine innere Stimme, die einem sagte, dass dem Partner etwas auf dem Herzen lag.

Doch *so* hatte sie Wolfgang noch nie gesehen – so verzweifelt, so traurig, so vollkommen *hilflos*, wie jemand, der mit ansehen muss, wie sein ganzes Leben den Bach runtergeht, ohne das Geringste dagegen tun zu können.

Statt der Schuldgefühle, die sie deswegen womöglich haben sollte, wuchs in Lene jedoch der Unmut über das Verhalten ihres Gatten. Denn ganz egal wie verzweifelt und hilflos er auch sein mochte, er war sich keiner Schuld bewusst.

Er war der Betrogene.

Er war das *Opfer*.

Lene indes hatte in dieser Schmierenkomödie die Rolle der bösen Königin inne, und mit einem Mal schlugen ihre Bestürzung darüber, dass Wolfgang hinter ihr sündiges Geheimnis bekommen war, und ihre Angst, wie es jetzt weitergehen sollte, in selbstgerechte Wut um.

»Warum glaubst du eigentlich, dass das Ganze irgendetwas mit *dir* zu tun hat?«, stieß sie aufgebracht hervor. »Warum bildest du dir nur immer ein, die ganze Welt würde sich um *dich* drehen? Weil du in der Bank ein großes Tier bist? Weil du fünfzigtausend Mark auf dem Konto hast und einen schicken Wagen fährst? Oder der Bankpräsident dir zu Weihnachten persönlich eine Grußkarte schickt?« Sie schnaubte verächtlich, selbst ein wenig überrascht über ihre heftige Reaktion. »Vielleicht hättest du den Einsatz, den du all die Jahre bei deiner Arbeit gezeigt hast, auch mal zu

Hause an den Tag legen sollen! Dann wäre ich womöglich nicht auf die Idee gekommen, mich zu *prostituieren.*« Ihre Worte troffen vor Hohn, jede Silbe eine Ohrfeige für Wolfgang, der in sich zusammensank wie ein Schüler, der von seinem Lehrer wegen einer schlechten Leistung zusammengestaucht wird. »Mir ging es dabei nie ums Geld, das kann ich dir versichern. Du hast mir ein gutes Leben geboten, keine Frage. Aber irgendwann habe ich einfach gemerkt, dass mir trotz allem etwas fehlt – etwas, dass du mir nie gegeben hast; das du mir vielleicht gar nicht geben *konntest.* Und das habe ich mir dann woanders geholt.«

»Und dieses Etwas, das du gesucht hast«, sagte Wolfgang. »Was war das?«

»Erfüllung«, sagte Lene geradeheraus. »Bewunderung … Freiheit … *Befriedigung* …« Sie sah, wie sein Adamsapfel bei diesen Worten hüpfte, als er schwer schluckte, und trank noch einen Schluck Champagner; der Alkohol half ihr zu tun, was getan werden musste. »Nichts davon habe ich von dir bekommen«, sagte sie mit seltsam gepresster, zischender Stimme, und mit einem Mal wurde ihr bewusst, dass sie durch zusammengebissene Zähne sprach, wie ein Hund, der die Fänge fletscht. Und so, wie Wolfgang vor einem Hund zurückgewichen wäre, der ihn wütend anknurrte, wich er nun auch vor ihr zurück – nicht nur physisch, sondern vor allem emotional.

Die Kluft zwischen ihnen wurde von Sekunde zu Sekunde größer.

Lene war das nur recht; das machte es leichter.

Ohne sich von Wolfgangs betretener Miene beeindrucken zu lassen, fuhr sie ungerührt fort: »Jahrelang war mir überhaupt nicht bewusst, wie sehr mich mein eigenes Leben anwidert. Im Gegenteil; ich habe mir sogar eingeredet, *glücklich* zu sein.« Sie wusste, dass sie sich gerade um Kopf und Kragen redete, doch das war ihr gleichgültig. Sie hatte ohnehin nichts mehr zu verlieren; da konnte sie genauso gut reinen Tisch machen. »Ich war immer die perfekte Gattin. Meine einzige Aufgabe bestand darin, dich noch besser dastehen zu lassen, und da ich nichts anderes kannte, war ich damit zufrieden. Doch inzwischen sind mir einige Dinge klar geworden.« Sie stand mit einem Ruck auf und trat beinahe drohend auf Wolfgang zu. Man sah ihm an, dass er sich zwingen musste, nicht vor ihr zurückzuschrecken.

»Ich war in unserer Ehe gefangen wie in einem Käfig«, fauchte Lene. Sie stand so dicht vor ihm, dass sie sich fast berührten, und obwohl er fast einen Kopf größer war als sie, schien ihn ihre Präsenz einzuschüchtern. Seine Augen schweiften unruhig hin und her, als fiele es ihm schwer, sie anzusehen, und plötzlich wurde ihr klar, dass er *tatsächlich* Angst vor ihr hatte – oder besser: vor dem, was aus ihr *geworden* war.

Irgendwie gefiel ihr der Gedanke.

»Du hast vom ersten Tag an unser Leben bestimmt!«, fuhr sie grimmig fort. »Seit wir uns kennen, hat sich immer alles um dich gedreht, und um deine *Karriere*. Aber weißt du was? Das ist mir nicht genug!«

Wolfgang war kreidebleich; nur die hektischen roten Flecken auf seinen Wangen verliehen ihm etwas Farbe. Doch er zwang sich, ihrem Blick standzuhalten. »Es tut mir leid, dass du das Gefühl hast, ich schränke dich ein. Das war nie meine Absicht. Ich habe es immer nur gut mit dir gemeint – und das tue ich noch. Ich kann verstehen, dass du dich vernachlässigt gefühlt hast und ausbrechen wolltest ... Etwas *erleben* ... Aber wenn dir noch irgendetwas an mir und unserer Ehe liegt, an all den guten Tagen, die wir hatten, dann komm mit mir nach Hause. Noch ist es nicht zu spät, mit alldem Schluss zu machen und neu anzufangen, Lene!« Er streckte zögernd eine Hand nach ihrer Schulter aus, doch sie wich hastig einen Schritt zurück, und seine Berührung ging ins Leere.

Sie schüttelte trotzig den Kopf.

»Nein.«

Er runzelte die Stirn.

»Nein?«

Es klang ungläubig, als hätte er die Möglichkeit, dass sie sein ach so großzügiges »Friedensangebot« ablehnen könnte, überhaupt nicht in Betracht gezogen, und seine Selbstgefälligkeit ließ die Flamme des Zorns in Lene nur noch höher lodern.

Mit einem Mal war sie fuchsteufelswütend.

»*Nein*, verdammt! Ich mache damit *nicht* Schluss! Egal, was du von mir hältst oder davon, was ich tue – es ist das, was ich *will*! Stell dir vor, mir *gefällt* dieses Leben! Ich habe nicht vor, diese Freiheit aufzugeben. Und wenn du das nicht akzeptieren kannst, dann bitte ...« Sie deutete auf die Tür der Suite und starrte Wolfgang mit vom Alkohol glasigen Augen an; sie fühlte sich stark und irgendwie *rechtschaffen*. »Niemand zwingt dich zu bleiben; damit hast du eine größere Wahl, als ich sie dreizehn Jahre lang hatte!«

Jetzt war es heraus: die ganze Wahrheit.

Und das war gut so.

Sie hatte bereits viel zu lange geschwiegen. Es war höchste Zeit gewesen, Tacheles zu reden. Das hätten sie schon viel eher tun sollen, dann wäre ihr viel Kummer erspart geblieben – und *ihm* auch! Nicht, dass es für sie jetzt noch eine Rolle spielte, was mit ihm war.

Sie hatte ihm alles gesagt, was es zu sagen gab.

Alles Weitere lag nicht mehr in ihrer Hand.

Einen Moment lang sagte keiner ein Wort. Sie standen einfach nur da, sahen einander an, und selbst die Krokodilstränen, die Wolfgang nun über die Wangen rannen, konnten Lenes Herz nicht erweichen; im Gegenteil. Sie fand es irgendwie peinlich, ihn so zu sehen. Er wirkte wie ein kleines Kind, das flennt, weil es nicht bekommt, was es haben will.

Wolfgang musste mehrmals krampfhaft schlucken, bevor er seine Stimme wiederfand.

»Aber ich habe dich *geliebt*«, raunte er.

Es war kaum mehr als ein Flüstern.

»Manchmal«, sagte Lene kühl, »ist Liebe nicht genug.«

Sie starrte ihn trotzig an, und ihr war, als würde in dieser Sekunde etwas in ihm zerbrechen; sie sah es in seinen Augen. Der kämpferische Glanz, der zuvor darin gelegen hatte, die tiefen Emotionen, die ihn eben noch dazu gebracht hatten, verstehen zu wollen, warum sie das alles getan hatte, selbst die Liebe und Zuneigung, die er für sie empfand – all das erstarb in diesem einen kurzen Moment wie eine Kerze, die von einer plötzlichen Bö ausgepustet wird.

Auf einmal war da nur noch Leere.

Einen Augenblick schien es, als wolle er noch etwas sagen. Dann schüttelte er bloß unmerklich den Kopf, wandte sich um und ging ohne ein weiteres Wort zur Tür.

Er war schon halb draußen auf dem Flur, als er sich noch einmal umdrehte. Sein Gesicht war hart; er versuchte stark zu sein, doch seine Mundwinkel zuckten verräterisch.

»Es tut mir leid«, sagte er tonlos. »Es tut mir leid, dass ich dich nicht glücklich machen konnte. Und ich weiß, dass ich dir nicht immer der Gatte war, den du dir gewünscht hast. Aber zumindest war ich dir immer treu, Lene. Und ich habe dich stets von ganzem Herzen geliebt.«

Sie lachte spöttisch. »Ja, sicher …«

Er seufzte. »Glaub, was du willst«, murmelte er traurig. »Das tust du ohnehin.«

Dann ging er.

Die Tür fiel hinter ihm zu, und Lene war allein – allein mit sich und dem Durcheinander der Gefühle, die in ihr tobten. Nach außen hin hatte sie die ganze Zeit über versucht, kühl und distanziert zu wirken, um sich Wolfgang gegenüber keine Blöße zu geben. Doch in ihrem Innern brodelte es. Sie hatte nie die Absicht gehabt, ihm wehzutun, aber seine selbstgefällige Art hatte sie schlichtweg zur Weißglut getrieben, und dank des Alkohols hatte sie sich zu Äußerungen hinreißen lassen, die so nicht ganz korrekt gewesen waren. Und mit einem Mal schlugen die Schuldgefühle über ihr zusammen wie eine gigantische Welle, die sie mit sich fortzureißen drohte.

Sie starrte die Tür mit verkniffener Miene an. Im ersten Moment wollte sie aufspringen, ihm nachlaufen und ihm sagen, dass er nicht gehen solle; dass sie *beide* Fehler gemacht hatten – nicht nur er. Gleichwohl, damit hätte sie alles verraten, wofür sie sich gerade so energisch eingesetzt hatte – ein Verrat an allem, was sie an ihrem neuen Leben schätzte.

Sie hatte nichts Schlimmes getan, verdammt!

Sie hatte bloß *gelebt*!

War das vielleicht ein Verbrechen?

Nicht nur Wolfgang hatte gerade eine Wahl getroffen, wurde ihr klar; auch *sie* musste sich entscheiden. Und wenn sie ehrlich war, hatte sie die ganze Zeit über insgeheim gewusst, dass dieser Moment irgendwann kommen würde, früher oder später.

Jetzt war das Versteckspiel vorüber.

Die Fronten waren geklärt.

Lene musste niemandem mehr etwas vormachen, konnte die Maske der biederen Gattin fallen lassen und der Welt ihr neues, selbstbewusstes, *sinnliches* Gesicht zeigen: das von Lady de Winter, die sich nahm, was sie wollte, und niemandem etwas schuldig war.

Ohne Wolfgang war sie besser dran. Sie brauchte ihn nicht; er konnte ihr nicht geben, was sie benötigte. Natürlich, sie liebte ihn noch, wenn auch nicht mehr so wie noch vor drei Monaten. Doch sie war zuversichtlich, dass es ihr mit der Zeit gelingen würde, auch noch diesen letzten Rest Zuneigung abzuschütteln. Ihre Vergangenheit war bloß Ballast, der ihr wie ein Mühlstein um den Hals hing; sobald sie damit endgültig abgeschlossen hatte, würde es ihr besser gehen.

Und was das Finanzielle anging, so konnte sie ganz beruhigt sein: Die Treffen, die ihr *Astarte* vermittelte, brachten ihr genug Geld ein, um ein sorgenfreies Leben mit allen Annehmlichkeiten zu führen; es würde ihr keinen Deut schlechter gehen als bei Wolfgang.

Im Gegenteil.

Zum ersten Mal würde sie so leben können, wie sie wollte, ohne jemandem Rechenschaft ablegen oder sich für irgendetwas rechtfertigen zu müssen. Ab sofort konnte sie ungezwungen tun und lassen, wonach ihr der Sinn stand, egal was.

Zum ersten Mal in ihrem Leben würde sie *frei* sein.

Und dennoch …

Da war dieses hartnäckige Stimmchen in ihrem Hinterkopf, das ihr zuraunte, dass es falsch gewesen war, die Sache so enden zu lassen. Immerhin waren sie dreizehn Jahre lang ein Paar gewesen, und egal wie groß die Distanz zwischen ihnen nach diesem Abend auch sein mochte – es waren keine schlechten Jahre gewesen. Keins davon.

Doch das war jetzt nicht mehr von Belang.

Es war vorbei.

Das war alles, worauf es ankam.

»Scheiß drauf«, murmelte Lene deshalb. Und dann noch einmal lauter, wie um die Stimme in ihrem Hinterkopf zum Schweigen zu bringen: *»Scheiß drauf!«*

Entschlossen setzte sie die nur noch halbvolle Champagnerflasche an die Lippen und trank in tiefen, gierigen Zügen. Der *Dom Pérignon* floss kalt und prickelnd ihre Kehle hinab, und sofort fühlte sie sich ein wenig besser.

Verdammt, es gab keinen Grund, Trübsal zu blasen!

Was geschehen war, war geschehen.

Vergangenes war vergangen.

Jetzt galt es, ihre neugewonnene Freiheit zu genießen!

Endlich konnte sie vor aller Augen die Frau sein, die sie in ihrem Innern schon die ganze Zeit über gewesen war.

Wenn das kein Grund zum Feiern war!

Und sie kannte den idealen Ort dafür.

15.

Als Lene zwanzig Minuten später an die Tür des unscheinbaren Wohnhauses in der Lessingstraße 69 klopfte, hinter der sich die Räume des *Phantasia* befanden, war ihre Wut auf Wolfgang dem schier überwältigenden Bedürfnis gewichen, einen steifen Schwanz zwischen ihren Schenkeln zu empfangen, fremde Haut zu spüren und im Taumel aus Leidenschaft und Verlangen süßes Vergessen zu finden. Wenn sie in den vergangenen Wochen eins gelernt hatte, dann, dass es keine bessere Art gab, seinem Kummer zu entfliehen, als einen anständigen Fick.

Zur Hölle mit Wolfgang und seinen verknöcherten Moralvorstellungen!

Er hatte sie lange genug in diesen goldenen Käfig gesperrt, den man Ehe nannte. Jetzt war sie endlich frei und konnte tun, was sie wollte.

Er hatte jedes Recht an ihr verloren.

Sie gehörte nur noch sich selbst – sich, und all den Männern und Frauen, denen sie sich schenkte.

Und heute Abend war Lene in Spendierlaune!

Sie klopfte noch einmal und wartete ungeduldig, dass ihr aufgetan wurde. Seit sie das erste Mal mit Günther hier gewesen war, hatte sie den Club mit mindestens einem Dutzend ihrer Gäste besucht, zuweilen, weil das *Phantasia* in Kennerkreisen seit langem als Geheimtipp für gepflegte Ausschweifungen galt und die Männer sie dorthin ausführten, meist jedoch, weil sie selbst Lust hatte, hinzugehen.

Ihr gefiel die Atmosphäre verruchter Sinnlichkeit, die im *Phantasia* herrschte, die Freizügigkeit, mit der man miteinander umging, und dass trotz aller Perversionen stets eine gewisse Etikette gewahrt blieb. Zudem bot der Club mit seinen unterschiedlichen Räumlichkeiten viele Möglichkeiten, Neues zu erleben, wie ein Spielplatz für Erwachsene, wo hinter jedem Türchen ein anderes Abenteuer wartete.

Natürlich war der Club nicht jedermanns Sache; es gab durchaus Männer, die kein Vergnügen daran fanden, beim Sex neugierige Augen auf sich zu spüren. Doch in der Regel verriet ihr Gespür Lene recht zuverlässig, wer Gefallen am *Phantasia* finden würde und wen sie besser in der anonymen Abgeschiedenheit einer Hotelsuite um den Verstand brachte.

Was sie selbst betraf, so besaß beides seinen Reiz, die Zweisamkeit ebenso wie das öffentliche Gewusel im Club, wenn auch aus gänzlich unterschiedlichen Gründen.

Während sie sich bei einem Treffen im Hotel oder einem Hausbesuch ganz auf ihren Gast und seine individuellen Wünsche einstellen konnte, genoss sie im *Phantasia* vor allem die Abwechslung.

Jeder der Anwesenden bevorzugte andere Praktiken, fickte oder leckte auf vollkommen andere Art und hatte seine ganz eigenen Fantasien, die er mit Lene umsetzen wollte; hier wechselten sich die Männer und die Erfahrungen, die sie mit ihnen machte, in rascher Folge ab, was ebenso aufregend war, wie sich stundenlang einem einzigen Mann hinzugeben, bis er sie schließlich anflehte, ihn von seinen süßen Qualen zu erlösen und ihn endlich, endlich zum Höhepunkt kommen zu lassen.

Doch für solche Spielchen war Lene heute Nacht nicht in Stimmung.

Heute stand ihr der Sinn nach hartem, ausdauerndem Geficke ohne lästiges Drumherum.

Sie hob gerade die Hand, um ein drittes Mal zu klopfen, als die Tür aufschwang und René vor ihr stand. An diesem Abend trug er einen perfekt sitzenden cremefarbenen Dreiteiler mit einem blassrosa Schnupftuch in der Brusttasche, und auch sonst war alles an ihm bis ins Kleinste aufeinander abgestimmt: die Lederschuhe, die Fönfrisur, das maskuline, unaufdringliche Rasierwasser. Und auch wenn Lene keinen Beleg dafür hatte, geschweige denn irgendwelche

Vergleichsmöglichkeiten, hegte sie doch den Verdacht, dass René womöglich homosexuell war. Nicht in der Art übertriebener Kabarettdarbietungen, wo Schwule stets in höchsten Tonlagen kicherten und sich benahmen wie Karikaturen echter Frauen, sondern auf eine subtilere, fast verstohlene Weise, die sich schwer in Worte fassen ließ.

Möglicherweise, ging ihr durch den Kopf, lag dieser Eindruck aber auch schlichtweg daran, dass er der einzige Mann im ganzen Club schien, der über ihren Anblick zwar im höchsten Maße erfreut wirkte, jedoch keine Anstalten machte, ihr unverzüglich die Kleider vom Leib zu reißen.

Auch jetzt flammte Renés einnehmendes Lächeln auf wie eine Laterne, als er sie draußen stehen sah.

»Ah, Lady de Winter! Wie schön, Sie begrüßen zu dürfen! Bitte, treten Sie ein und erhellen Sie unser bescheidenes Etablissement mit Ihrem Glanz!«

Er vollführte eine einladende Geste ins Innere.

Als Lene mit einem dankbaren Nicken über die Schwelle trat und er erkannte, dass sie allein war, runzelte René überrascht die Stirn.

»Nanu? Heute ohne Begleitung?«

Sie musterte ihn kühl. »Ist das ein Problem?«

Er beeilte sich, den Kopf zu schütteln. »Oh, aber keineswegs, Madame! Sie sind uns jederzeit aufs Freudigste willkommen, ganz gleich ob allein oder mit Gefolge!«

Er schloss die Tür, legte Lene unaufdringlich eine Hand auf die Hüfte und führte sie die Stufen hinunter in die Bar.

»Wissen Sie, ich habe mich schon gefragt, wann Sie uns das nächste Mal die Ehre geben würden. Ihre letzten Auftritte haben in unserem illustren Kreis einiges Aufsehen erregt; mehr als einmal hat mich einer der Herren beiseite genommen und sich nach Ihnen erkundigt. Sie sind äußerst gefragt, Madame. Wir haben Sie vermisst!«

»Ich war beschäftigt«, gab Lene knapp zurück und ließ den Blick sondierend durch die Kellerbar wandern.

Das *Phantasia* war wie stets hervorragend besucht; fast alle Hocker entlang der Theke waren besetzt, und in den wuchtigen Ledersesseln hatten es sich weitere wohlsituierte Herren bequem gemacht. Damen indes suchte man vergebens. Wahrscheinlich tummelten sich die Vertreterinnen des schönen Geschlechts gerade kollektiv auf den Spielwiesen; darauf ließ zumindest das lustvolle Keuchen und Stöhnen schließen, das gedämpft von jenseits des Vorhangs an ihr Ohr drang.

»Reger Betrieb heute«, stellte Lene zweideutig fest.

»Oh, ja!« René rieb sich die Hände, wie aus Vorfreude über den üppigen Gewinn, den ihm diese Nacht einbringen würde. »Freitags sind wir immer besonders gefragt.« Er sah sie an, und mit einem Mal trat eine Spur Besorgnis in seinen Blick, als fürchtete er, sie könne es sich angesichts dessen anders überlegen und wieder gehen. »Ich hoffe, das stört Sie nicht?«

»Nein.« Lene winkte ab. »Je mehr, desto besser …«

Ohne ein weiteres Wort drückte sie René ihre Tasche in die Hand, trat vor und blieb inmitten der Polstersessel stehen. Dort verharrte sie, bis die Blicke sämtlicher Anwesenden auf ihr ruhten.

Daran hatte sie sich inzwischen gewöhnt: Egal wohin sie kam, sie zog unweigerlich alle Aufmerksamkeit auf sich, als würden Männer und Frauen gleichermaßen instinktiv spüren, dass sie imstande war, ihre verborgensten Wünsche wahr werden zu lassen. Und doch war dieses Gefühl nach wie vor so erregend wie beim ersten Mal, und Lene kostete die Anspannung der Versammelten voll aus, ehe sie schließlich ihren Gürtel öffnete, den Mantel abstreifte und ihn schweigend zu Boden gleiten ließ. Darunter trug sie dasselbe Ensemble wie vorhin: schwarze Strapse mit Fischnetzmuster, einen dazu passenden Hüftgurt und hochhackige Schuhe. Auf Höschen und Büstenhalter hatte sie in weiser Voraussicht verzichtet.

Schlagartig verstummten sämtliche Gespräche.

Lenes Blick schweifte in die Runde, und die gierig glänzenden Augen der Männer waren Balsam für ihre geschundene Seele; das war die Art Bewunderung, die sie brauchte, um wieder zu sich selbst zu finden, und schlagartig begann das Feuer zwischen ihren Schenkeln heiß und verlangend emporzulodern. Äußerlich jedoch blieb sie vollkommen ruhig, ja, beinahe unterkühlt, wie eine Statue im Museum, die man betrachten, aber nicht berühren darf.

Dies war ihre Vorstellung, und Lene wusste genau, was sie zu tun hatte, um zu bekommen, wonach es sie gelüstete.

Provozierend stemmte sie eine Hand in die Hüfte und fragte die Versammelten mit ruhiger Stimme: »Nun? Welcher der Herrn will mich als Erster ficken?«

Einen Moment lang war es mucksmäuschenstill; selbst die Klaviermusik aus den verborgenen Lautsprechern schien mit einem Mal seltsam gedämpft, wie durch Watte.

Es war, als würde die Welt den Atem anhalten.

Dann räusperte sich ein Mann Mitte dreißig, mit gepflegtem Drei-Tage-Bart und stetig weichendem Haupthaar; er erweckte den Einruck, als sei er es gewohnt, anderen Befehle zu erteilen, doch jetzt hob er zögernd, ja, fast schüchtern die Hand, wie ein Pennäler auf der Schulbank, der die Antwort auf die Frage seiner Lehrerin kennt.

»Wenn keiner etwas dagegen hat, würde ich gern den Anfang machen.«

»Warum du?«, wollte einer der Gäste an der Theke in leicht gereiztem Tonfall wissen und rutschte von seinem Hocker. »Das übernehme ich!«

»Nein, ich!«, beharrte ein anderer, und mit einem Schlag war es mit der vornehmen Zurückhaltung der Männer vorbei. Wie Hyänen, die sich um ihre Beute drängten, näherten sie sich Lene in einem großen Halbkreis; einige hielten bereits ihre Schwänze in Händen, wie um ihr zu zeigen, was sie zu bieten hatten.

Sie mochten vielleicht Brüder im Geiste sein, die es alle aus denselben Gründen in dieses Etablissement verschlagen hatte, doch in diesem besonderen Fall schien keiner bereit, einem anderen den Vortritt zu lassen, wie aus Angst, dann selbst zu kurz zu kommen.

Jeder wollte der Erste sein.

Lene lächelte lasziv.

»Ruhig Blut, meine Herren! Die Nacht ist noch jung! Jeder kommt an die Reihe, das verspreche ich euch!«

Damit beugte sie sich verführerisch über die Lehne des nächstbesten Sessels, reckte ihren nackten Hintern in die Höhe, spreizte die Beine, um den Männern einen möglichst vorteilhaften Blick auf ihre Weiblichkeit zu gewähren, und wartete einfach ab, was geschehen würde, ohne sich noch einmal umzuschauen.

Das war auch nicht nötig.

Ihr Auftritt allein hatte ausgerecht, die ohnehin schon verruchte Stimmung im Club mit einem einzigen Satz zum Siedepunkt zu bringen. Schon hörte sie, wie hinter ihr Gürtel durch Ösen glitten, Stoff raschelte, Hosenknöpfe aufsprangen. Es gab leises Gemurmel, doch sie nahm kaum wahr, was gesagt wurde; sie war ganz in ihrer Erwartung gefangen.

Dann spürte sie, wie jemand hinter sie trat. Irgendwer spuckte sich in die Hand, um Speichel auf ihrer Muschi zu verreiben und sie feucht zu machen.

Aber das wäre nicht nötig gewesen.

Lene war längst klatschnass und bereit, alles in sich aufzunehmen, was die versammelten Herren in petto halten mochten.

Schon glitt der erste Schwanz – vergleichsweise dick und leicht gebogen, das konnte sie deutlich spüren – in ihre Lustgrotte.

Es gab kein Vorspiel, kein langsames Herantasten.

Der Mann packte sie einfach an den Hüften, zog sie fest zu sich heran und stieß so hemmungslos in sie, als hätte er seit Wochen keine Frau mehr gehabt.

Lene war das nur recht: Sie *wollte* hart genommen werden. Sie wollte spüren, wie begehrenswert sie war und dass sie die Macht besaß, von diesen Kerlen alles zu bekommen, was sie wollte.

Sie hatte in dieser Nacht vielleicht ihren Gatten verloren, doch dafür gehörte sie jetzt all seinen Geschlechtsgenossen!

»Ja«, keuchte sie erregt, stieß ihm ihren Hintern entgegen, und verzog vor Begierde das Gesicht. »Ja, besorg's mir! Fick mich richtig durch!«

Doch dieser Aufforderung hätte es nicht bedurft.

Der Mann – wer auch immer er sein mochte – drang bei jedem neuerlichen Stoß bis zum Anschlag in sie, sodass Lene seinen Bauch an ihrem Po spürte, und in dem Maße, wie sein schneller werdender Atem seine zunehmende Erregung signalisierte, wuchs auch ihr eigenes Verlangen.

Sie stieß sich ihm so fest entgegen, wie sie es vermochte, und es dauerte nicht lange, bis er seinen Samen stöhnend auf ihren nackten Arsch entlud. Nur Sekunden später war bereits der Nächste in ihr, füllte gierig die unangenehme Leere, die sein Vorgänger hinterlassen hatte, und nahm sie hart und schnell von hinten.

Niemand sprach ein Wort.

Die Männer sahen schweigend zu, wie Lene sich ficken ließ, und obwohl sie sich nicht umschaute, wusste sie dennoch, dass alle ihre Schwänze in den Händen hielten, voller Ungeduld und Vorfreude darauf, selbst an der Reihe zu sein. Und ob es nun an dem Schwanz in ihrer triefenden Möse lag oder an der Atmosphäre, die so aufgeladen vor Geilheit war, dass die Luft förmlich knisterte – es dauerte nicht lange, bis ein erster Orgasmus über Lene hinwegbrandete, der sie zuckend und wimmernd gegen die Sessellehne warf.

Stöhnend presste sie ihre nackten Brüste gegen das kühle rote Leder; ihre Lider flatterten. Nur halb bei sich, gewahrte sie, wie ihr gegenwärtiger Liebhaber nach drei, vier weiteren Stößen selbst zum Höhepunkt kam, als sich ihre Muschi in konvulsivischen Zuckungen fest wie eine Hand um sein Glied schloss, doch im Gegensatz zu seinem Vorgänger machte er sich nicht die Mühe, sich aus ihr zurückzuziehen, sondern entlud sich kurzerhand in ihr.

Lene ließ ihn gewähren, ja, mehr noch: Sie schob sich ihm lüstern entgegen, auf dass er seinen Samen tief in sie pumpen möge, warm und samtig, voller Leben, und schon spürte sie, wie sich in ihrem Unterleib mit sanftem Druck ein zweiter Orgasmus anbahnte. Als der nächste Mann mit einem fordernden Ruck in sie eindrang, um sie in einem harten, ekstatischen Rhythmus zu stoßen, kam sie erneut, und diesmal schrie sie ihre Begierde so laut hinaus, dass ihr eigener Schrei in ihren Ohren widerhallte.

»Ja, das ist das, was du willst, nicht wahr?« Die Finger des Mannes hinter ihr gruben sich fast schmerzhaft in das weiche Fleisch ihrer Hüfte. »Das ist das, was du willst!«

»Ja«, stieß Lene keuchend hervor. »Fick mich! Ihr *alle* sollt mich ficken!«

Und das taten sie, einer nach dem anderen.

Die Männer wechselten sich so diszipliniert ab, als stünden sie an der Kasse im Supermarkt.

Jeder wartete, bis er an der Reihe war.

Sobald einer von ihnen abgespritzt hatte, nahm der Nächste seinen Platz ein und machte dort weiter, wo sein Vorgänger geendet hatte. Diese Wechsel fanden so schnell und reibungslos statt, dass Lene erst merkte, dass nun ein anderer in ihr war, wenn sie seinen Schwanz in sich spürte und seine Technik ihn entlarvte.

Aber so unterschiedlich die Männer auch sein mochten, sie alle *wollten* Lene. In Augenblick war *sie* das Einzige, was ihnen im Kopf herumging. Ihr sehnlichster Wunsch war, ihr steifes Fleisch in dieser exquisiten Möse zu vergraben.

In diesem Moment gehörten all diese Männer Lene.

Und sie gehörte ihnen!

Sie konnten mit ihr tun, was sie wollten. Und als wüssten sie genau, dass sie ihnen nur zu gern gefügig war, drängte sich unversehens ein Schwanz gegen ihre Wange. Als Lene aufschaute, stellte sie fest, dass die Männer jetzt nicht mehr allein hinter ihr in der Schlange standen, sondern ebenso vor ihr.

Der Schwanz schwebte direkt vor ihren Lippen, groß und steif, mit einem Muttermal an einem der rasierten Hoden.

Sie machte sich gar nicht erst die Mühe, den Blick zu heben, um zu sehen, welchem Herrn dieser Penis gehörte; sie beugte sich einfach vor und begann, ihn tief und ausdauernd zu blasen, ohne jeden Handeinsatz, wie sie es von Günther gelernt hatte, während sie von hinten weiter in einem harten, unnachgiebigen Rhythmus gestoßen wurde, der sie permanent am Rande des nächsten Höhepunkts hielt, der wie die Wogen des Meeres stetig zunahm und abklang, zunahm und abklang …

Bald genügte es ihr nicht mehr, nur Schwänze in Möse und Mund zu haben, und sie seufzte wohlig, als sich schließlich einer der Männer erbarmte und statt in ihre Muschi langsam, aber bestimmt in ihren Hintern eindrang. Sie schob sich ihm entgegen und zog ihren Schließmuskel zusammen, damit es für ihn noch enger wurde.

Schon hörte sie ihn hinter sich guttural aufstöhnen, und im selben Moment, in dem er sich tief in ihrem Arsch ergoss, kam auch der Bursche mit dem Muttermal, packte ihren Haarschopf und zog ihren Kopf ungestüm zu sich heran, nahm seinen Schwanz so tief in ihren Rachen, wie sie es vermochte, und machte unbeirrt weiter, indes sein Sperma über ihre Zunge rann wie dünnflüssiger Joghurt.

Sie schluckte genüsslich jeden Tropfen.

Dann war auch schon der nächste Schwanz in ihrem Mund und unterdrückte ihr lustvolles Keuchen, als ein weiterer Herr mit einem festen Stoß ihren After penetrierte. Wie es schien, waren die Herren auf den Geschmack gekommen, denn die nächsten gaben sich gar nicht erst mit ihrer Muschi ab, sondern fickten sie gleich in den Arsch, ehe sie schließlich dazu übergingen, sie abwechselnd in beide Löcher zu vögeln.

Jeder tat mit ihr, wonach ihm der Sinn stand.

Derweil blies Lene einen Schwanz nach dem anderen, schluckte gierig alles, was sie ihr gaben, und die ganze Zeit über klammerte sie sich an der Lehne des Sessels fest, ohne mehr wahrzunehmen als die Bäuche der Männer, die gerade in ihrem Mund waren.

Sie wollte ihre Gesichter nicht sehen.

Sie wollte nicht wissen, wer sie waren.

Es spielte keine Rolle.

Sie waren bloß Schwänze, anonyme Gestalten, die ihr das gaben, was sie im Augenblick brauchte.

Niemand versuchte, ihre Muschi zu lecken oder sie zu küssen; stattdessen konzentrierten sie sich ganz darauf, sie zu ficken, als spürten sie instinktiv, dass Lene nicht in Kuschelstimmung war. Bloß hin und wieder verirrte sich eine Hand zu ihren Brüsten, um sie energisch zu kneten oder mit den Nippeln zu spielen, die hart wie Kiesel hervorsprangen.

Sie vermochte nicht zu sagen, wie viel Zeit vergangen war oder wie viele Männer sie bereits genommen hatten, als sie den Schwanz, den sie gerade im Mund hatte, freigab und angestrengt keuchte: »Ich habe Durst!«

Einer der Männer griff nach einer Champagnerflasche, die in einem Kühler mit Eiswürfeln stand, schenkte ein Glas voll und hielt es ihr an die Lippen, während Lene von hinten weiter hart gestoßen wurde, die Finger um die Sessellehne geklammert, sodass sie keine Hand frei hatte.

Trotzdem schüttelte sie den Kopf.

»Nein, nicht so.«

Der Mann sah sie irritiert an.

»Wie dann?«

»Trink du zuerst und gib es mir dann!«

Im ersten Moment wirkte er verwirrt über ihren Wunsch. Dann nahm er einen Mund voll Champagner und beugte sich über sie. Sie öffnete den Mund und empfing lustvoll den Schwall kalten Champagners, den der Mann ihr in den Schlund laufen ließ. Sie vollbrachte es sogar, dabei an seiner Zunge zu knabbern. Dann schenkte sie ihm durch den Vorhang schweißfeuchter Strähnen hindurch ein aufforderndes Lächeln.

»Mehr!«

Während er ihr willig weiteren Champagner zu trinken gab – auf die einzig legitime Weise, wie solche edlen Tropfen serviert werden sollten, fand Lene –, kam der Mann hinter ihr mit einem gepressten Keuchen zum Höhepunkt;

es klang, als entwiche Luft aus einem perforierten Autoreifen.

Lene spürte, wie sein Samen in ihre enge, zuckende Rosette strömte, und stöhnte ungehemmt. Ihre Schenkel waren klebrig von all dem Sperma, das aus ihren Löchern rann. Sie hatte längst aufgehört zu zählen, wie viele Männer bereits in ihr abgespritzt hatten, doch obwohl es gewiss einige Naivlinge gab, die darauf mit Abscheu reagiert hätten, hinderte das die versammelten Herren keine Sekunde daran, mit Feuereifer in ihrem Treiben fortzufahren.

Vielleicht gefiel es ihnen sogar, Lene mit dieser glitschigen Mischung aus Mösensaft und Sperma zu ficken. Sie selbst spürte irgendwann jedenfalls bloß noch ein stetes, sanftes Gleiten, als ein Schwanz nach dem anderen fast ohne Widerstand in sie stieß. Inzwischen musste jeder der Männer mindestens einmal in ihr gewesen sein, und doch hörten sie nicht auf. Zuweilen gab ihr jemand Champagner zu trinken, und einmal schob ihr einer seinen Schwanz in den Mund, bevor sie das Kribbelwasser schlucken konnte, doch statt sich aus ihr zurückzuziehen, pumpte er gierig in ihren Schlund, und offenbar bereitete ihm das kalte Prickeln des Champagners besonderes Vergnügen, denn es vergingen keine dreißig Sekunden, bis er sich schnaubend zwischen ihren Lippen ergoss.

Lene nahm alles auf, gurgelte, um den Samen mit dem Champagner zu vermischen, und schluckte die köstliche Mixtur genüsslich hinunter.

Erst jetzt gewahrte sie, dass ihre Darbietung inzwischen zahlreiche Zuschauer gefunden hatte, die sich in der Hoffnung in der Bar drängten, einen Blick auf das Schauspiel zu erhaschen.

Da standen Männer und Frauen, teils nackt, teils noch in Kleidern, als wären sie gerade erst gekommen, verfolgten mit großen Augen, was vorging, und schienen alle Mühe zu haben, ihre eigene Erregung im Zaum zu halten.

Aber nicht alle beließen es beim Zusehen.

Tatsächlich waren mittlerweile weitere Männer dazugekommen, vielleicht sechs oder sieben, die Lene ebenfalls ihre Aufwartung machten. Immer mehr Gäste drängten in ihre Löcher, fickten sie in Arsch, Möse und Mund, und als Lene irgendwann stöhnend den Kopf zur Seite drehte, um zwischen zwei Schwänzen wieder zu Atem zu kommen, sah sie, dass sich eine dralle Brünette in einem knallroten Mieder mitten auf der Theke von zwei Männern gleichzeitig nehmen ließ.

Zwei Schritte weiter trieb es ein Pärchen im Stehen: Während sie – groß, blond, mit kleinen, knabenhaften Brüsten – sich mit den Händen auf einem der Barhocker abstützte, stieß er von hinten energisch in sie. Dabei blickte er die ganze Zeit zu Lene, und es war nicht schwer zu erraten, dass er sich fragte, wie es wohl wäre, statt in seiner Gespielin jetzt in Lady de Winter zu sein.

Es war erstaunlich: Ganz gleich, was um Lene herum geschah, sie selbst blieb stets der Mittelpunkt.

Sie war die Sonne, um die sich dieses Universum der Sünde drehte.

Allein diese Erkenntnis genügte, um sie von neuem zum Höhepunkt zu bringen; der wievielte es war, vermochte sie längst nicht mehr zu sagen, und solange es nicht der letzte war, spielte es auch keine Rolle.

Das geile Treiben ging unbeirrt weiter.

Die Männer wechselten sich ab wie Fabrikarbeiter am Fließband, versahen ihren »Dienst« und überließen das Feld dann ihren Mitstreitern, um vor ihrem nächsten »Einsatz« neue Kraft zu schöpfen.

Lene indes wurde keine Pause zuteil, das war ihr nur recht.

Begierig nahm sie jeden Schwanz auf, der gegen ihre Lippen drängte, genoss das sanfte Brennen in ihrem Arsch und das feuchte Glitschen, mit dem einer nach dem anderen in ihre dick angeschwollene Möse glitt.

Einmal wischte einer der Männer mit einem Handtuch ihre triefende Spalte sauber, und die Berührung des rauen

Stoffs an ihrem Kitzler ließ Lene vor Geilheit förmlich explodieren. Sie wand sich wild auf dem Sessel und rammte ihre Hüfte unermüdlich nach hinten, um dem Rhythmus des Herrn, der sie gerade hernahm, entgegenzuarbeiten.

Wieder und wieder schmeckte sie Sperma im Mund; kaum hatte sie eine Ladung geschluckt, schoss ihr bereits die nächste in den Rachen.

Sie fühlte sich gut, so *frei*; halb von Sinnen vor Verlangen!

Längst hatte sie jedes Zeitgefühl verloren, doch es gab keinen Grund aufzuhören, solange auch nur einer ihrer Liebhaber noch einen Tropfen Lustsaft in sich hatte.

Sie würde es ihnen besorgen, wie es ihnen noch nie eine Frau besorgt hatte, auf dass sie für den Rest ihrer Tage voller Ehrfurcht an diese Nacht zurückdachten, in der sie Lady de Winter gevögelt hatten!

»Ja!«, spornte sie die Männer an. »Ja, macht's mir! Gebt's mir richtig!«

Hin und wieder ließ sie den Blick in die Runde schweifen und stellte fest, dass rings um sie her eine regelrechte Orgie vonstatten ging: auf den Hockern, auf der Theke, auf dem Boden neben ihr – wohin man auch sah, Lust und Leidenschaft.

Die Brünette, die vorhin auf dem Tresen von zwei Männern zugleich beglückt worden war, kauerte jetzt auf einem Mann um die vierzig, der im Sessel neben Lene saß; mit dem Arsch ritt sie seinen Schwanz und wichste dabei mit jeder Hand ein steifes Glied, während die junge Frau mit der knabenhaften Figur breitbeinig auf einem Hocker Platz genommen hatte und sich von ihrem Liebhaber die Muschi lecken ließ.

Die Luft war erfüllt vom betörenden Geruch ihres Verlangens, und die Geräuschkulisse aus Stöhnen, Keuchen, leisen Schreien und dem wunderbar feuchten Laut, mit dem pralle Schwänze in willige Fotzen und Ärsche und Münder glitten, übertönte längst die Klaviermusik aus den Lautsprechern.

Noch immer ruhten alle Blicke auf Lene, die die Bewunderung der Versammelten sichtlich genoss. Die Männer verzehrten sich nach ihr, und die Frauen wollten so sein wie sie.

Wild.

Hemmungslos.

Ohne Tabus.

Sie war ihre Göttin der Lust …

Dann war schließlich die Zeit für das große Finale gekommen.

»Ich habe Durst«, sagte Lene, genau wie zuvor.

Sofort griff einer der Männer nach dem Champagner, doch wieder schüttelte sie den Kopf. »Nein«, raunte sie, während sie sich an der Lehne des Sessels festklammerte, dessen Leder längst klebrig von ihrem Schweiß war. »Ich will *euren* Saft!«

Damit rutschte sie zu Boden, ging zwischen den Versammelten auf die Knie und lächelte angesichts der geballten Gier, die ihr entgegenschlug.

Die Männer standen in einem dichten Kreis um sie herum – teils nackt, teils in Unterhosen; einer hatte gar bloß den Hosenstall seines Straßenanzugs geöffnet. Sie ließen ihre Schwänze durch die Hände gleiten und blickten aus gierigen Augen auf Lene hinab, die sich erwartungsvoll die Lippen leckte.

»Los!«, keuchte sie mit vor Erregung belegter Stimme. »Gebt mir alles!«

Die Männer sahen einander unschlüssig an, als wüssten sie nicht recht, was sie davon halten sollten. Dann trat einer von ihnen mit einem Schulterzucken vor, baute sich mit gespreizten Beinen vor Lene auf, kraulte mit einer Hand seine Hoden und brachte sich mit der anderen mit mehreren kurzen, harten Bewegungen zum Höhepunkt.

Sein Schwanz bäumte sich unter seinen Fingern auf wie ein sterbendes Tier, und dann spürte Lene, wie sein warmer Samen auf ihre Brust spritzte. Sie reckte sich vor, bot ihm ihre Brüste dar und stöhnte, während er zitternd und mit weichen Knien die letzten Tropfen abschüttelte, und als wäre das für die anderen das Signal gewesen, es ihm gleichzutun, konnten sie es plötzlich gar nicht erwarten, seinem Beispiel nachzueifern.

Geschlossen drängten sie vor, umringten Lene von allen Seiten, so dicht, dass sie rings um sich her nur noch nackte Leiber und steife Schwänze sah, und besorgten es sich ungeniert selbst.

Sekunden später kam der Erste, und dann noch einer, und kurz darauf ein weiterer, und jedes Mal regnete warme, klebrige Lust auf sie herab, als sich die Männer einer nach dem anderen auf sie ergossen.

Ihr Samen war überall: auf ihren Schenkeln, auf ihrem Bauch, auf ihren Brüsten, in ihrem Gesicht, sogar in ihrem Haar, und immer, wenn ein weiterer der Versammelten abspritzte, kam mehr hinzu, eine nicht enden wollende Springflut der Geilheit, die Lene von Kopf bis Fuß benetzte.

Sie räkelte sich in diesem wunderbaren Regen, öffnete den Mund und wiegte sich inmitten der Männer hin und her, um so viel Samen wie möglich aufzunehmen.

Sie bekam einfach nicht genug davon!

»Ja«, keuchte sie atemlos, die Augen halb geschlossen. »Ja, gebt mir *alles*!«

Sie knetete ihre von Sperma feuchten Brüste, rieb ihre Haut mit dem Samen ihrer Liebhaber ein und verging fast vor Lust. Es war berauschend zu wissen, dass *sie* all diese Kerle dazu gebracht hatte, zu kommen, einen wie den anderen.

Aber noch während ihr nächster eigener Höhepunkt ihren verschwitzten Leib schüttelte wie ein epileptischer Anfall, spürte Lene auf einmal, dass irgendetwas nicht stimmte.

Im ersten Moment vermochte sie nicht zu sagen, was; das Gefühl war zu vage, um es in Worte zu fassen, gleich dunklen Gewitterwolken, die am Horizont aufziehen. Überrascht horchte sie in sich hinein, nicht sicher, was sie davon halten sollte. Es dauerte einen Augenblick, doch schließlich begriff sie, was es war.

Ihre Unterlippe – sie zitterte nicht.

Und sie hatte es die ganze Zeit über nicht getan!

Diese Erkenntnis traf Lene wie ein Hammerschlag, und sie veränderte *alles*.

Plötzlich war ihre Lust wie fortgeweht.

Ob es nun daran lag, dass der Champagner seine betäubende Wirkung bei all der Anstrengung eingebüßt hatte oder sie einfach nur allmählich wieder klar im Kopf wurde, plötzlich begriff sie, was sie hier eigentlich tat.

Sie war nicht geil oder rollig – sie war *verzweifelt*.

Die reine Verzweiflung trieb sie von einem Orgasmus zum nächsten, von einem Schwanz zum anderen – nicht die Lust! Sie verkehrte nicht mit diesen Männern, um Spaß zu haben oder Befriedigung zu finden – sie ließ sich so hernehmen, weil sie etwas in sich abtöten wollte, das ihr keine Ruhe ließ.

Sie wollte, dass ihr Kummer im sengenden Feuer der Geilheit verging.

Doch wenn das ihre Absicht gewesen war, dann waren ihre Bemühungen vergebens, erkannte sie jetzt. Im Gegenteil: Auf einmal fühlte sie sich noch schlechter als zuvor.

Lieber Himmel, was hatte sie *getan*?

Ohne auf die Männer um sie herum zu achten, richtete sie sich auf, und einen Moment lang wurde ihr schwarz vor Augen. Instinktiv hielt sie sich an der Schulter eines Burschen mit Oberlippenbart fest, der ihr hilfsbereit – und mit eindeutiger Absicht – den Arm um die Hüfte schlang, ehe sie sich schwankend ihren Weg durch die Menge bahnte, die sich vor Lene teilte wie das Rote Meer vor Moses.

Als sie an der Theke vorbeikam, erhaschte sie in dem großen, goldgerahmten Spiegel einen Blick auf sich selbst, doch sie erkannte sich kaum wieder: Ihr Gesicht war über und über von Samen und Speichel verschmiert, das Haar hing ihr in verschwitzten Strähnen in die Stirn, und der Kajal hatte schwarze Schlieren um ihre Augen geschmiert.

Sie sah bemitleidenswert aus: erschöpft und müde und kein bisschen wie die legendäre Lady de Winter, für die sie hier alle hielten.

Aber den Versammelten schien das gleich. Sie betrachteten Lene voller Bewunderung, teilweise noch immer in ihr Liebesspiel vertieft. Die Gier in ihren Blicken war von tiefem Respekt geprägt, als wäre sie ein Filmstar oder zumindest jemand, der eine erstaunliche Leistung vollbracht hat. Im Grunde fehlte bloß noch, dass sie anfingen zu applaudieren.

Doch Lene war nicht im Mindesten nach Applaus zumute; tatsächlich musste sie krampfhaft gegen die unvermittelte Übelkeit ankämpfen, die ihr zu schaffen machte. Sie fühlte sich entsetzlich elend, und mit einem Mal raubten ihr die Enge der Kellerbar und die Nähe so vieler Menschen alle Luft zum Atmen.

Ihr schwindelte; die Welt ringsum schien zu schwanken, und für einen Moment glaubte sie, die Wände würden auf sie zukommen, doch das war natürlich nur Einbildung.

Bemüht, die Fassung zu wahren, drängte sie sich durch die Reihen der Schaulustigen, und suchte fieberhaft nach ihrem Mantel. Sie musste mehrmals krampfhaft schlucken, um nicht inmitten all dieser Leute in Tränen auszubrechen.

Schließlich entdeckte sie ihren Mantel über einem der Hocker; offenbar hatte ihn einer der Männer dort abgelegt, nachdem sie ihn bei ihrer Ankunft achtlos fallen gelassen hatte. Sie warf den Mantel hastig über und zog die Schöße fest zusammen, um ihre Blöße zu bedecken. Dann eilte sie durch die dicht gedrängte Menge zur Treppe.

Weg hier, war alles, was sie denken konnte. *Nur weg hier!*

16.

»Beeindruckend! Äußerst beeindruckend!«

Als Lene schwankend wie ein Matrose bei schwerem Seegang aus der Menge auftauchte, stand René noch immer am Fuß der Treppe, die nach oben zur Eingangstür führte, an derselben Stelle, wo sie ihn vor einer Ewigkeit, so schien es ihr, zurückgelassen hatte. Er klatschte in die Hände. »Wirklich sensationell! Sie sind wahrhaftig einmalig, Lady de Winter! Wenn es überhaupt einen Grund gibt, sonntags in die Kirche zu gehen und zu beten, dann den, damit der Herrgott in Seiner grenzenlosen Güte mehr Frauen nach Ihrem Ebenbild schafft!« Er schenkte ihr ein überschwängliches Grinsen.

Lene starrte ihn mit ausdrucksloser Miene an. Einen Moment war sie drauf und dran, ihm zu sagen, wohin er sich seine Bewunderung und seine wohlfeile, überkandidelte Art stecken könne. Dann riss sie ihm stattdessen einfach ihre Handtasche aus den Händen, drängte ohne ein Wort an ihm vorbei, verknotete hastig den Gürtel ihres Mantels und stürmte, immer zwei Stufen auf einmal nehmend, die Treppe hinauf.

Sie konnte Renés verwirrten Blick im Rücken spüren; vermutlich fragte er sich, was zum Henker in sie gefahren war, dass sie sich so aufführte. Doch das kümmerte sie nicht.

Sollte er denken, was er wollte!

Er würde sie ohnehin nie wiedersehen.

Keiner dieser Männer, die heute Nacht in ihr gewesen waren, würde sie je wiedersehen, allenfalls in ihren Träumen. Denn außer als dort würde Lady de Winter für sie fortan unerreichbar sein, ein Mythos, eine Legende, so wenig greifbar wie die Wolken oder ein Regenbogen oder die Liebe, die Lene mit Hilfe all dieser Schwänze ein für alle Mal hatte auslöschen wollen …

Sie verdrängte den Gedanken und eilte weiter die Stiege hinauf.

Weg, nur weg!

Als sie einen Moment später den oberen Treppenabsatz erreichte, stieß sie die Tür mit der Schulter wuchtig nach außen auf und taumelte mehr, als dass sie ging, hinaus ins Freie.

Die Nacht war kühl und klar.

Lene atmete ein paar Mal tief durch, um den Kopf frei zu bekommen, und schlug den Kragen ihres Mantels hoch. Sie hatte keine Ahnung, welcher Teufel sie gerade geritten hatte, doch sie war heilfroh, als die Tür hinter ihr schließlich mit einem leisen Schnappen ins Schoss fiel und der verhaltene Lärm des Clubs wie abgeschnitten endete.

Sie stand vollkommen neben sich, durchtost von einem Orkan zwiespältiger Emotionen, aber das war vermutlich kein Wunder, nach allem, was sie heute durchgemacht hatte. Hinzu kam, dass die Ausschweifungen der letzten Stunden sie erschöpft hatten, und der Champagner in ihrem Blut tat ein Übriges, um dafür zu sorgen, dass sie jetzt bloß noch eins wollte: sich hinlegen und schlafen; die Augen zumachen und ein paar Stunden an gar nichts denken.

Danach würde es ihr besser gehen.

Sie hatte noch ein Döschen Schlaftabletten in der Handtasche, die böse Träume fernhalten und ihr dabei helfen würden, zu vergessen. Doch nach Hause konnte sie nicht; vielleicht morgen, wenn sie wieder nüchtern und ausgeschlafen war, denn sosehr es ihr auch widerstrebte – sie und Wolfgang hatten einiges miteinander zu klären, immerhin galt es, ein ganzes *Leben* auseinander zu dividieren. Dinge mussten geregelt werden.

Für's Erste jedoch wollte sie nur ins Bett.

Sie zog den Mantel enger um sich und sah sich nach einem Taxi um.

Normalerweise standen vor dem Club immer ein oder zwei Wagen bereit, in der Hoffnung, die Kundschaft des Etablissements gegen ein fürstliches Trinkgeld zu ihren Luxushotels und Vorstadtvillen chauffieren zu können. Heute Nacht allerdings war die Straße in beiden Richtungen verwaist. Das Mondlicht brach sich auf dem Pflaster, das im Schein der Laternen schwarz glänzte, wie mit Klarlack bestrichen; es hatte angefangen zu nieseln, ein feiner, nebliger Sprühregen, der sich wie ein feuchter Schleier über die Welt breitete und mit klammen Fingern Lenes bloße Beine liebkoste.

Sie fröstelte, äußerlich wie innerlich.

Sie überlegte, ob sie zurück in den Club gehen und sich ein Taxi rufen lassen sollte, doch dann entschied sie sich dagegen, zum einen, weil sie die Räume des *Phantasia* nie wieder betreten wollte, und zum zweiten, weil das Hotel *Schwarzer Bock* bloß zwei Straßen entfernt war. Wenn sie nicht trödelte, konnte sie in zehn Minuten im Bett liegen. Abgesehen davon würde ihr ein Spaziergang in der kühlen Nachtluft gewiss gut tun. Und so fasste sie ihre Handtasche fester und machte sich auf den Weg.

Der *Schwarze Bock* lag in einer ruhigen Seitengasse, fernab des Trubels der Hauptstraße, von der selbst zu dieser späten – oder eher: frühen – Stunde das stete Rauschen des Verkehrs an ihr Ohr drang. Lene kannte das Hotel von einigen Besuchen, die ihr *Astarte* vermittelt hatte. Es war keins der großen Häuser – nicht so wie das *Astoria* –, aber genauso exklusiv und gewiss nicht das, was sich jedermann leisten konnte. Von daher war sie zuversichtlich, dass noch Zimmer verfügbar waren. Sie hatte genug Geld dabei, um die Übernachtung zu bezahlen, und morgen, wenn Wolfgang bei der Arbeit war, würde sie ihre Ersparnisse aus dem Versteck unter ihren Strümpfen im Kleiderschrank holen. Die Tätigkeit für *Astarte* hatte ihr in den letzten Wochen mehrere tausend Mark eingebracht. Damit würde sie ohne Probleme über die Runden kommen, bis mit Wolfgang alles geklärt war. Und natürlich würde sie weiterhin Termine machen. Der einzige Unterschied zu früher bestand lediglich darin, dass sie das Angenehme fortan mit dem Nützlichen verbinden würde.

Doch darüber konnte sie sich morgen in aller Ruhe Gedanken machen. Dies war nicht die rechte Zeit, um Zukunftspläne zu schmieden.

Lene schritt weit aus. Angetrieben vom Wunsch nach einem warmen, weichen Bett, eilte sie mit ausgreifenden Schritten die Straße hinunter bis zur Ecke und bog dann nach rechts in die angrenzende Gasse ein.

Hier waren die Laternen spärlicher; zwischen den scharf begrenzten gelben Lichtkegeln der Natriumdampflampen dräuten große dunkle Flecken. Der Mond verbarg sich hinter den Schornsteinen der Bürogebäude und Wohnhäuser, die sich hier dicht an dicht drängten, mit der Folge, dass die Mauern zu beiden Seiten der Gasse wie eine einzige durchgezogene Wand wirkten, die bis hinunter zur nächsten Querstraße verlief, wo der bunte Schimmer einiger Schaufenster wie das sprichwörtliche Licht am Ende des Tunnels wirkte. In der Gasse selbst brannte nirgends Licht. Kein Wunder: Es war kurz nach halb zwei; jeder, der heute arbeiten musste, schlief seit Stunden den Schlaf des Gerechten, und so waren die einzigen Laute, die Lene auf ihrem Weg begleiteten, das ferne Rauschen des Verkehrs auf der Hauptstraße und das monotone Klappern ihrer Absätze auf dem Pflaster, ein rhythmisches *Klack-klack*, *Klack-klack*, *Klack-klack*, das ihr so vertraut war, dass sie es kaum wahrnahm – bis ihr mit einem Mal auffiel, dass etwas daran sonderbar klang, und als sie irritiert stehen blieb, erkannte sie auch, was es war, das ihr so unwohl aufstieß.

Schritte.

Da waren Schritte hinter ihr.

Lene spürte, wie sich die feinen Härchen in ihrem Nacken aufrichteten, als hätte sie einen Stromschlag erhalten – und der Grund dafür war nicht die kühle Nachtluft! So unauffällig wie möglich schaute sie über die Schulter und erhaschte einen vagen Blick auf eine große, schemenhafte Gestalt in einem knielangen Mantel, das Gesicht von einem tief in die Stirn gezogenen Hut in Schatten getaucht.

Die Gestalt war gut und gern dreißig Meter entfernt, und obgleich es dafür eigentlich keinen Anlass gab, überkam Lene eine nagende Unruhe. Mit einem Ruck setzte sie sich wieder in Bewegung und marschierte auf das Ende der Gasse zu; bis dahin waren es allenfalls zweihundert Meter, doch mit einem Mal kam ihr die Entfernung unendlich weit vor, schier unerreichbar. Sie musste sich zwingen, ruhig weiterzugehen, verfolgt von den Schritten des Fremden, die ihr ohne Hast nachkamen, ganz gelassen, als wüsste die Gestalt genau, dass Lene ihm nicht entkommen konnte.

Natürlich war so ein Gedanke vollkommen irrational.

Lieber Himmel, was war nur mit ihr los? Bloß weil irgendjemand zufällig denselben Weg eingeschlagen hatte wie sie, bedeutete das noch lange nicht, dass man ihr nachstellte, wie unchristlich die Uhrzeit auch sein mochte. Immerhin, dies war eine öffentliche Straße, und in der Nähe gab es mit Sicherheit einige Kneipen, die um diese Stunde noch geöffnet hatten. Wahrscheinlich hatte der Unbekannte dort ein paar Gläschen zuviel getrunken und war jetzt auf dem Heimweg, genau wie sie.

Wie um ihre Annahme zu bestätigen, vernahm Lene hinter sich das verhaltene Klirren eines Schlüsselbunds. Als sie erneut zurückblickte, sah sie, dass die Gestalt vor einem der Hauseingänge stand und am Schloss herumhantierte; dann flammte die Lampe über der Tür auf und riss einen älteren Herrn um die sechzig aus dem Dunkel, der sich auf der Fußmatte pflichtschuldig die Schuhe abtrat, bevor er im Innern des Gebäudes verschwand. Einen Augenblick später fiel die Tür hinter ihm zu, und Lene war wieder allein in der Gasse.

Sie schüttelte müde den Kopf. Offenbar war sie mit den Nerven stärker am Ende, als sie angenommen hatte, wenn sie sich von Nichtigkeiten ins Bockshorn jagen ließ!

»Ruhig Blut, Mädchen«, redete sie sich selbst beruhigend zu. »Alles in Ordnung. Kein Grund, die Pferde scheu zu machen ...«

Sie atmete tief durch, wandte sich wieder um – und prallte geradewegs gegen einen Mann in einem abgewetzten Bundeswehrparka, der von einem Moment zum anderen vor ihr aufgetaucht war. Sie vermochte nicht zu sagen, woher er so plötzlich gekommen war; vermutlich aus dem düsteren Hauseingang zur Linken.

Er war mindestens einen Kopf größer als sie, mit breiten Schultern und einem stattlichen Bierbauch, über dem sich der Parka straff spannte. Der Großteil des Gesichts unter der weiten Kapuze wurde von wild wucherndem Bartgestrüpp beherrscht, und obwohl die Augen halb in den Schatten verborgen lagen, sah Lene deutlich die rot geäderten, geweiteten Pupillen. Offensichtlich war er ziemlich betrunken. Dafür sprach auch die Flasche billigen Fusels, die er in der Hand hielt.

»Na, was hamma denn da?«, lallte er. »Je später der Abend …«

Sie wich hastig einen Schritt zurück. »Entschuldigen Sie, bitte«, murmelte sie und wollte mit gesenktem Kopf an dem Mann vorbei, als der unvermittelt nach rechts trat und ihr den Weg versperrte. Sie war gezwungen stehen zu bleiben, und schlagartig war die Unruhe von vorhin wieder da – nur dass es jetzt *durchaus* einen Anlass dafür gab!

»Wohin so eilig, Süße?« Die Stimme des Bärtigen schwankte genauso wie seine massige Gestalt; der Gestank nach altem Schweiß, Alkohol und Urin, der von ihm ausging, war überwältigend.

»Bitte.« Lene bemühte sich, ihrer Stimme einen festen Klang zu verleihen, was jedoch gründlich misslang. »Ich muss gehen …«

Wieder wollte sie an dem Mann vorbei, und wieder stellte er sich ihr in den Weg. In dem Bartgestrüpp klaffte eine Lücke auf – ein sardonisches Grinsen, das zwei Reihen schlechter gelber Zähne sehen ließ. Er schüttelte den Kopf. »Oh, nein, meine Süße! *Noch nicht …*«

Er wandte sich dem Hauseingang zu. »Guck mal, Günni, was uns der Nachtwind da in die Arme geweht hat!« Die

Formulierung hätte poetisch geklungen, wäre die Situation nicht so bedrohlich gewesen.

In der Finsternis des Hauseingangs regte sich etwas. Dann trat ein zweiter Mann auf die Gasse hinaus.

Im Gegensatz zu dem Bärtigen war er schlank, ja, fast hager. Sein Gesicht wirkte blass und ausgemergelt, die Haut grau und dunkel von Bartstoppeln, wo sie nicht von roten Flecken übersät war. Die Augen lagen tief in den Höhlen, und die leuchtend rote Nase voller geplatzter Äderchen verriet, dass dies nicht die erste durchzechte Nacht seines Lebens war.

Mit dem bemüht kontrollierten Gang eines Betrunkenen trat er auf Lene zu, musterte sie von oben bis unten, wie ein Schlachter eine Schweinehälfte im Kühlhaus mustern mag, und grinste dann ebenso breit wie sein Kumpan; dort, wo einer seiner Schneidezähne fehlte, gähnte eine schwarze Lücke.

»Ein lecker Mädel bist du«, brummte der Hagere – Günni hatte der andere ihn genannt – und blieb so dicht vor Lene stehen, dass sie sich fast berührten. Sie musste sich zwingen, ruhig zu bleiben, obwohl alles in ihr danach schrie, einfach loszurennen. Einen Moment lang starrte der Kerl sie mit großen, glänzenden Augen an. Dann beugte er sich unversehens vor, und ehe Lene noch begriff, was geschah, leckte er ihr mit seiner feuchten Zunge lustvoll über die Wange. »*Sehr* lecker …«

Der Bärtige lachte dreckig.

Das war zu viel!

Für Lene gab es kein Halten mehr. Aus ihrer Unruhe wurde nackte Panik. Sie schrie auf, halb aus Entsetzen, halb aus Ekel, stieß Günni unbeholfen von sich und war schon halb an seinem Kumpel vorbei, als der mit einer Behändigkeit, die in deutlichem Widerspruch zu seiner massigen Erscheinung stand, vorsprang und sie mit der freien Hand am Haar packte; seine Wurstfinger gruben sich tief in ihren Schopf.

»Hier geblieben, Süße!«

Lene schrie auf vor Schmerz; es fühlte sich an, als würden ihre Haare samt Wurzeln büschelweise ausgerissen. Sie taumelte schockiert nach hinten und packte seine Hand, um sie aus ihrem Haar zu lösen. Doch der Bärtige hielt sie unbeirrt fest, zerrte sie in Richtung Hauseingang und stieß sie zu seinem Kumpan hinüber, der sie lachend auffing und unsanft gegen das Mauerwerk drückte. Sein Gesicht schwebte direkt vor ihrem, nur Zentimeter entfernt, und die Wolke stinkenden Schnapsatems, die aus der Ruine seines Mundes drang, bereitete ihr mindestens ebenso viel Übelkeit wie das spöttische Grinsen des Mannes, der genau wusste, dass sie ihm nichts entgegenzusetzen hatte.

Und das nutzte er schamlos aus!

Er griff nach dem Kragen ihres Mantels, zog ihn mit provozierender Langsamkeit zurück, warf einen lüsternen Blick auf ihr Dekolleté und schnalzte anerkennend mit der Zunge. »Nette Titten!« Und dann, im selben Plauderton: »Gefällt's dir, wenn man an deinen Nippeln lutscht?«

Lene war viel zu verängstigt, um klar denken zu können; sie handelte rein instinktiv. Mit einem angewiderten Keuchen holte sie aus – und verpasste dem Hageren eine schallende Ohrfeige.

Klatsch!

Günni taumelte zwei Schritte zurück, wohl mehr aus Überraschung denn aus Schmerz, und rieb sich theatralisch die Wange, auf der Lenes Finger einen deutlichen roten Abdruck hinterlassen hatten. Doch er grinste nicht mehr, als er sich seinem Kumpan zuwandte und erklärte: »Die Süße hat mir eine gescheuert! Hast du das gesehen, Wolle? Dieses kleine Flittchen hat mir *tatsächlich* eine gescheuert!«

Wolle nickte mit der gebotenen Ernsthaftigkeit. »Hab's gesehen, Günni.«

Der Hagere starrte Lene durchdringend an, und ein harter Zug trat in seine Mundwinkel. Er stützte sich mit einer Hand an der Wand neben Lenes Kopf ab und hinderte sie so daran zu fliehen.

»Du hast mich geschlagen«, grollte er, und etwas in seiner Stimme jagte Lene eine Gänsehaut das Rückgrat hinunter. »Macht dich das an? Stehst du auf die harte Nummer?«

»Lassen Sie mich in Ruhe!«

Sie versuchte sich zu befreien, doch er stieß ihre Finger beiseite wie eine lästige Fliege, packte ihre Stirn mit der flachen Hand – und rammte ihren Hinterkopf ohne Vorwarnung nach hinten.

Gegen die Mauer!

Lene hatte das Gefühl, ihr Schädel würdc explodieren. Vor ihren Augen waberten dunkle Schatten. Mit einem Schlag wurden ihre Beine zu Stelzen aus weichem Gummi, und sie wäre kraftlos zusammengesackt, hätte Günni sie nicht an der Schulter gepackt und aufrecht gehalten. Das hinterhältige Grinsen war auf sein Gesicht zurückgekehrt; die verrotteten Zähne saßen in seinem Mund wie windschiefe Grabsteine.

»Wer nicht hören will, muss fühlen, hat meine Frau Mutter immer gesagt! Und du wirst fühlen, Flittchen! *Du wirst fühlen.* Verlass dich drauf!«

Lene war viel zu benommen, um die Bedeutung dieser Worte zu begreifen. Wie durch eine fettige Scheibe gewahrte sie, wie sich Günni seinem Kumpan zuwandte, der die Szene mit offensichtlichem Vergnügen verfolgte.

»Die Flasche!«, blaffte Günni.

Wolle warf ihm die Schnapsflasche zu, und irgendwie schaffte Günni es, sie mit einer Hand aufzufangen. Er zerrte den Korken mit den Zähnen heraus, spuckte ihn in die Gosse und setzte die Flasche an die Lippen, um mehrere tiefe Schlucke zu nehmen.

Lene sah, wie sein Adamsapfel auf und ab hüpfte. Das Herz hämmerte in ihrer Brust wie ein Schmiedehammer. Sie überlegte fieberhaft, ob sie um Hilfe rufen sollte, und schickte sich gerade an, Luft zu holen, um einen gellenden Schrei auszustoßen, als Günnis freie Hand unversehens vorschoss, sie an der Kehle packte und sie brutal gegen die Wand drängte, als wüsste er genau, was ihr im Kopf herumging. Er nahm die Flasche am Hals und donnerte sie gegen die Kante des Hauseingangs.

Glas zersplitterte mit einem verhaltenen Klirren; der letzte Rest Schnaps spritzte davon. Dann zuckte der abgesplitterte Flaschenhals empor, und die messerscharfen, unregelmäßig gezackten Spitzen drückten gegen Lenes Kehle.

»Ein Mucks, und ich schlitze dich auf wie einen Fisch! Hast du verstanden, Schlampe? *Wie einen gottverfluchten Fisch!«*

Lene stand da wie erstarrt. Sie schielte auf den mörderischen Flaschenhals, der ihre Haut ritzte, und wagte nicht zu atmen.

Kein Zweifel: Der Mistkerl meinte es ernst!

Sie zwang sich zur Ruhe.

Nur keine Panik, ermahnte sie sich. *Jetzt nur nicht in Panik geraten!*

»Hier …« Sie hielt ihre Handtasche hoch. »Da drin ist Geld. Zweihundert Mark mindestens. Nehmen Sie es und lassen Sie mich gehen. Bitte.«

Günni riss ihr die Tasche aus den Händen und warf sie Wolle zu, der sie ungestüm durchwühlte; mehrere Lippenstifte, Kaugummi, ein Puderdöschen, ein Fläschchen Parfüm – alles fiel achtlos aufs Pflaster, während Günni Lene weiterhin mit diesem kalten, lüsternen Blick betrachtete, ohne dem, was Wolle da tat, die geringste Beachtung zu schenken.

»Bist ein schnuckeliges Ding«, sagte er und fuhr mit dem Flaschenhals ihre Kehle auf und ab, wie um sie zu streicheln. »Bildhübsch. Aber ich schätze, das sagt dir jeder deiner Stecher aus dem Tennisclub, was?«

Lene schwieg.

Die Angst schnürte ihr die Kehle zu.

»Weiber wie dich hatte ich früher im Dutzend!«, lallte Günni, und jetzt gesellte sich zum Spott in seiner Stimme so etwas wie mühsam unterdrückte Wut. »Ihr tut so vornehm und etepetete, als könnt' euch keiner was, aber wenn ihr einen neuen Pelzmantel wollt, macht ihr artig die Beine breit.« Günni zog geräuschvoll einen Batzen Speichel hoch und spuckte aus. Als er fortfuhr, klang er irgendwie abwesend, als spräche er überhaupt nicht mit ihr, sondern zu sich selbst. »Weißt du, ich hab auch mal in deiner Liga gespielt: ein schönes Haus, ein schicker Wagen, eine gut laufende Firma und genug Geld für ein sorgenfreies Leben. Die Tussis haben mir die Bude eingerannt. Aber dann ging's geschäftlich den Bach runter, und nun guckt ihr piekfeinen Schlampen mich nicht mal mehr mit dem Arsch an!« Er redete sich zunehmend in Rage, und die Verbitterung über sein eigenes verkorkstes Dasein verzerrte seine Züge zu einer Grimasse. »Ihr denkt wohl, ihr seid was Besonderes, häh? Dass eure hochwohlgeborenen Mösen nicht gut genug für unsereins sind! Aber weißt du was? Ich wird's dir besser besorgen als jeder der Kerle in deinem Tennisclub!« Er stieß sie nach unten. »Los, auf die Knie mit dir! Wo du hingehörst!«

Lene kam dem Befehl zögernd nach.

Sie war viel zu verängstigt, um sich zu widersetzen.

Ohne den Flaschenhals auch nur einen Millimeter von ihrer Kehle fortzubewegen, nestelte Günni mit der freien Hand an seinem Gürtel, riss die Knöpfe auf und zog seine Hosen herunter; sein unbeschnittener Penis ragte halb steif aus seiner fleckigen Unterhose. Ein bittersüßer Gestank stieg Lene in die Nase, der von Schlimmerem als altem Urin herrührte.

Aus Unbehagen wurde Übelkeit.

Lene schluckte krampfhaft.

»Na, los!« Günni stieß ihren Kopf nach vorn. »Blas mein Rohr, du verwöhnte Fotze! Das willst du doch, oder? Mein Rohr blasen!«

»Nein …« Lene schüttelte hastig den Kopf. Sie war starr vor Entsetzen, das Gesicht allenfalls zwei Fingerbreit von Günnis Männlichkeit entfernt, und obgleich sie allein an diesem Abend mehr Schwänze im Mund gehabt hatte, als die meisten Frauen in ihrem ganzen *Leben*, ekelte sie allein der Anblick dermaßen, dass sie an sich halten musste, um sich nicht auf der Stelle zu übergeben. »Nein. Nein, bitte …«

»Tu, was ich sage, Miststück! Sonst mach ich dich alle!«

Wie um ihr zu beweisen, dass er es ernst meinte, drangen die Glaskanten des Flaschenhalses tiefer in ihr Fleisch. Es gab einen kurzen, stechenden Schmerz, und dann spürte sie, wie etwas warm und klebrig ihren Hals hinabrann.

Blut.

Ihr Blut …

Lene stöhnte. Ihr Blick war starr auf den Schwanz ihres Peinigers gerichtet, der wie eine einäugige Schlange aus seinen Unterhosen lugte. Ihre Augen brannten vor Tränen, doch sie kämpfte dagegen an; sie durfte sich keine Blöße geben.

Sie musste stark sein.

Als sie jedoch weiterhin zögerte, stach Günni noch ein bischen fester zu, und dieses Mal konnte sie förmlich *spüren*, wie das gezackte Glas mindestens einen Fingerbreit eindrang, wie sich die scharfen Kanten ihren Weg durch Haut und Gewebe rissen und einen halbrunden, blutigen Abdruck auf ihrem Hals hinterließen, fast wie ein Hundebiss. Noch mehr Blut floss, rote Perlen auf ihrer weißen Kehle.

Die Pein ließ Lene beinahe die Sinne schwinden. Gedämpft hörte sie den Bärtigen lachen.

»*Ja!* Schlitz die Schlampe auf, Mann! Zeig's ihr!«

Doch Günni hatte anderes mit ihr im Sinn.

Ohne seinen Kumpan eines Blickes zu würdigen, packte er Lene mit der freien Hand am Haar und riss ihren Kopf mit einem brutalen Ruck nach vorn, auf seinen Schwanz zu, der sich ihr gierig entgegenreckte.

»Ich sagte, du sollst mein Rohr blasen, du blöde Fotze!«

Lene spürte, wie seine Schwanzspitze hart gegen ihre Lippen presste und Einlass verlangte, doch sie biss trotzig die Zähne zusammen – sie konnte einfach nicht anders. Ihr war bewusst, dass diese neuerliche Weigerung weitere Repressalien nach sich ziehen würde, und bereitete sich innerlich darauf vor. Gleichwohl, als Günni ihren Kopf im nächsten Moment ohne jede Warnung nach hinten stieß und ihren Hinterkopf so hart gegen die Mauer donnerte, dass vor ihren Augen ganze Galaxien von Sternen explodierten, überraschte sie der Schmerz dennoch.

Günni starrte wütend auf sie herab, das Gesicht eine einzige Fratze der Wut. Er knurrte: »Ich-habe-gesagt-du-sollst-mein-Rohr-blasen-Fotze!« Bei jedem Wort, das zusammen mit einem Sprühregen stinkenden Speichels aus seinem Mund kam, rammte er ihren Kopf erneut gegen die Mauer, wieder und wieder, und jedes Mal wurde die Pein schlimmer, bis sie schließlich von Benommenheit abgelöst wurde und Lene wie betäubt in Günnis Griff hing. Sie spürte, wie eine warme Nässe ihr Haar verklebte, doch sie nahm es kaum wahr; alles um sie herum wogte und waberte wie Nebel. Sie war bloß noch halb bei Sinnen.

Was ihr gestern noch wie eine erstrebenswerte erotische Fantasie erschienen wäre, war mit einem Mal grausame Realität geworden. Und auch benutzt zu werden verlor schlagartig seinen Reiz. Das hier hatte nichts mit dem verklärten Vergewaltigungsszenarien zu tun, die sie sich hin und wieder ausgemalt hatte. Sie wurde brutal missbraucht, gänzlich gegen ihren Willen, und es gab nichts, was sie dagegen tun konnte.

Es war der vollkommene Kontrollverlust.

Was blieb, waren Hilflosigkeit und unendliche Verzweiflung.

Sie hatte an diesem Tag alles verloren, was ihr lieb und teuer gewesen war, und was auch immer diese Mistkerle ihr antaten, es konnte nicht schlimmer sein als das, was sie sich in den letzten Wochen selbst angetan hatte, erkannte Lene nun. Das war vielleicht das Schlimmste an alldem.

Sie hatte alles verraten, wofür sie zeitlebens eingetreten war: ihre Ehe, ihre Liebe, ihren Glauben.

Vielleicht war das hier ja Gottes Art, ihr zu zeigen, was Reue bedeutet?

Wenn dem so war, dann hatte Lene ihre Lektion gelernt.

Sie bereute.

Lieber Himmel, *und wie sie bereute!*

Wieder spürte sie, wie Günnis Schwanz Einlass in die warme Höhle ihres Mundes verlangte, seine Hand tief in ihrem Schopf vergraben, ein stummes Versprechen auf weiteren Schmerz, falls sie nicht endlich tat, was er von ihr verlangte. Doch sie war viel zu benommen, um sich noch länger zu widersetzen, zumal das Blut an ihrem Hals sie nachdrücklich daran erinnerte, dass mit diesen Kerlen nicht zu spaßen war. Sie zweifelte keine Sekunde daran, dass Günni sie umbringen würde, wenn sie ihm den geringsten Anlass dazu gab, doch trotz – oder vielleicht auch wegen – des ungeheuren Kummers, der ihre Seele auffraß, hatte diese Vorstellung mit einem Mal etwas seltsam Tröstliches.

Sollten sie doch, verdammt! Sollten sie sie ruhig aufschlitzen und blutend in der Gosse zurücklassen. Dann war es wenigstens vorüber, und sie musste sich keine Gedanken mehr machen, was aus ihr und ihrem ehemals so perfekten Leben geworden war.

Plötzlich wollte sie einfach nur noch alles hinter sich lassen, genau wie vorhin im *Phantasia*, als sie versucht hatte, die Erinnerung an Wolfgang und ihren Streit und ihre ganze verkorkste Existenz mit Hilfe so vieler Schwänze totzuficken, wie sie kriegen konnte. Als sie den Club verlassen hatte, war sie halbwegs davon überzeugt gewesen, es geschafft zu haben.

Doch jetzt wusste sie es besser.

Alles im Leben hat seinen Preis.

Das hier war der, den sie zahlen musste.

Die Frage war: War es das wert gewesen?

Wie als Antwort darauf scholl mit einem Mal ein aufgeregter Ruf durch die Gasse.

»Verdammt, was macht ihr da? Lasst sofort die Frau los!«

Automatisch ruckte Lenes Kopf in die Richtung, aus der die Stimme kam.

Dreißig Meter entfernt stand der ältere Herr, den sie vorhin hatte hineingehen sehen, im Lichtkegel der Lampe über seiner Haustür. Neben ihm dräute ein drahtiger, hüfthoher

Schatten, den Lene erst nach mehrmaligem Blinzeln, um ihren Blick zu klären, als Schäferhund identifizierte. Das Tier war angeleint, doch allein die Gegenwart des Mannes und seines Hundes genügte, um sie neue Hoffnung schöpfen zu lassen.

Endlich fand sie die Kraft zu schreien.

»Hilfe!«, rief sie verzweifelt, Günnis stinkenden Schwanz direkt vor ihren Lippen. »Bitte helfen Sie mir!«

»Schnauze!«, fuhr Günni sie an und riss sie an den Haaren, wie um sie daran zu erinnern, dass sie hier nichts zu melden hatte. Auch vom Auftauchen des Alten zeigte er sich wenig beeindruckt – oder zumindest tat er so. Er warf dem Mann mit dem Hund einen stechenden Blick zu. »Verpiss dich, Opa!«, blaffte er. »Das hier geht dich nichts an!«

»Lasst die Frau los«, wiederholte der Alte überraschend ruhig; seine Worte verrieten nicht die geringste Furcht, dass die beiden Obdachlosen über ihn herfallen könnten. »Oder ihr lernt Brutus kennen!«

Wie um zu beweisen, dass es ihm ernst war, löste er die Leine vom Halsband des Hundes, der Günni und Wolle aus bernsteinfarbenen Augen fixierte. Dann glitten die Lefzen des Tieres zurück und entblößten zwei Reihen Ehrfurcht gebietender Hauer, die im Schein der Lampe matt glänzten. Das Knurren, das sich der Kehle des Hundes entrang, war tief und bedrohlich; seine schwarzgrauen Flanken zitterten unruhig, als könne er es kaum erwarten, dass sein Herrchen ihm den Befehl gab zu fassen.

Lenes Peiniger sahen einander an.

Wolle standen seine Gedanken so deutlich ins Gesicht geschrieben, als hätte er sie laut ausgesprochen.

Was jetzt?

Wie als stumme Antwort darauf drückten die Spitzen des Flaschenhalses fester gegen Lenes Kehle, und für einen Augenblick war sie drauf und dran, einfach durchzudrehen; die Anspannung war schier überwältigend. Mit furchtsam angehaltenem Atem ließ sie den Blick zwischen dem alten Mann und Günni hin und her schweifen, der seine Hand nach wie vor in ihren Schopf gegraben hatte; längst brannten ihre Haarwurzeln, als hätte jemand ihre Kopfhaut mit Salzsäure behandelt.

Nichts rührte sich in der Gasse.

Die Männer standen sich gegenüber wie Cowboys in einem Western, die sich Schlag zwölf auf der Hauptstraße irgendeines verlassenen Wüstenkaffs treffen, um ihre Revolver klären zu lassen, wer von ihnen der Bessere ist.

Genau wie Wolle und der Alte ließ auch Lene Günni nicht aus den Augen. Er war der Rädelsführer; was er sagte, würde Wolle tun, ob es nun richtig oder falsch war. Er allein entschied, wie die Sache hier ausging.

Ob noch mehr Blut fließen würde ...

Sekunden dehnten sich zu einer Ewigkeit.

Wolle trat nervös von einem Fuß auf den anderen; das selbstgefällige Grinsen war ihm längst vergangen. Trotz der Kühle der Nacht perlte Schweiß auf seiner Stirn.

Schließlich hielt er es nicht mehr aus.

»Los! Weg hier!«, raunte er seinem Kumpan in einem überraschenden Anflug geistiger Klarheit zu, drehte sich um und torkelte mehr, als dass er lief, auf das andere Ende der Gasse zu. Offenbar verspürte er noch weniger Verlangen danach, mit Brutus' Zähnen Bekanntschaft zu machen, als sich vor Günni eine Blöße zu geben.

Lieber ein Feigling als Hundefutter!

Günni indes blieb, wo er war. Seine Nasenflügel bebten vor mühsam unterdrückter Wut, während er den alten Mann hasserfüllt anstarrte. Schließlich brüllte er plötzlich »Du verficktes Arschloch!«, holte aus und warf den Flaschenhals nach dem Alten, der sein Ziel jedoch um mindestens zwei Meter verfehlte und an der Hauswand zersplitterte, ohne irgendwelchen Schaden anzurichten.

Günni fuhr zu Lene herum, die sich ängstlich gegen die Wand drückte, so weit weg von ihm, wie es sein Griff zuließ. Seine Augen glommen im Halbdunkel wie Kohlegruben. Sein Zeigefinger schoss pfeilgleich in ihre Richtung, und sein Antlitz war eine einzige Fratze des Zorns, als er sie anzischte: »Ich krieg dich noch, du Miststück! Und dann gnade dir Gott!«

Voller Wut donnerte er Lenes Kopf ein letztes Mal gegen die Steine, ehe er seinem Kumpan nacheilte, der das Ende der Gasse schon fast erreicht hatte. Während Günni sich entfernte, nestelte er fluchend an den Knöpfen seiner Hose, um seinen Schwanz zu verstauen. Dann drehte er sich noch einmal zu Lene um, reckte in einer obszönen Geste beide Mittelfinger in die Höhe und brüllte trotzig: »Fickt euch, ihr Arschlöcher!«

Dann waren die beiden um die Ecke verschwunden.

Sekunden später verklangen ihre Schritte in der Nacht.

Erst jetzt wagte Lene wieder zu atmen. Kraftlos ließ sie sich gegen die Wand sinken. Ihr Schädel dröhnte, als wolle er zerspringen; dunkle Schleier wallten an den Rändern ihres Blickfeldes, und als sie den Kopf bewegte, brandeten Wogen der Pein durch ihren Verstand. Doch zumindest half der Schmerz, den Nebel der Benommenheit zu verbrennen, der ihren Geist einhüllte wie eine schwere, mit Wasser vollgesogene Decke. Nach und nach gewann die Welt ihre Konturen zurück, und als sich Lenes Blick schließlich klärte, schwebte das Gesicht des Alten über ihr, pausbäckig, mit Kartoffelnase und einem Kranz weißen Haars unter der Schiebermütze.

»Sind Sie in Ordnung, Frollein?«, erkundigte er sich besorgt und ging neben ihr in die Knie, während der Schäferhund neben ihm die Szene mit wachsamen Augen verfolgte. »Gute Güte, Sie hatten wirklich Glück, dass Brutus noch mal Gassi gehen musste, sonst hätten diese Kerle wer weiß was mit Ihnen angestellt!«

Er griff nach ihrem Arm, um ihr aufzuhelfen. Lene stieß ihn so ungestüm von sich, als wäre er ein giftiges Insekt, doch ihr Retter ließ sich nicht beirren. »Keine Angst, ich tue Ihnen nichts«, sagte er sanft. »Sie sind verletzt. Sie bluten. Soll ich einen Arzt rufen? Oder die Polizei? Das nächste Revier ist bloß drei Straßen weiter.«

Lene antwortete ihm nicht, ließ jedoch zu, dass er sie vorsichtig auf die Beine zog. Hätte der Alte sie nicht gestützt, wäre sie sofort wieder hingefallen, so sehr drehte sich alles um sie her. Aller Wahrscheinlichkeit nach hatte sie eine Gehirnerschütterung davongetragen. Doch sie nahm an, dass das ein vergleichsweise geringer Preis dafür war, dass sie noch einmal mit dem Schrecken davongekommen war. Trotzdem kam ihr nicht einmal in den Sinn, sich bei dem alten Mann zu bedanken. In ihrem dröhnenden Schädel war lediglich Platz für einen einzigen Gedanken.

Es war der Gedanke, der jeden überkommt, wenn man einfach nicht mehr weiter weiß und es auf der ganzen Welt bloß einen einzigen Ort zu geben scheint, wo man sich sicher und geborgen fühlen kann, behütet vor jedwedem Übel.

»Ich will nach Hause«, murmelte sie benommen.

»Ich werde Ihnen ein Taxi rufen«, sagte der Alte und führte sie behutsam die Gasse entlang, zu seinem Haus, derweil Brutus artig hinter ihnen hertrottete. »Kommen Sie, meine Frau kann Ihre Wunde versorgen. Keine Angst, es wird alles wieder gut!«

Doch so inbrünstig Lene sich auch wünschte, dass er recht hatte, war sie trotz aller Benommenheit doch klar genug, um zu wissen, dass das weder in seiner noch in ihrer eigenen Macht lag. Allein der Herrgott konnte hier noch etwas ausrichten – und der hatte für Sünderinnen und Ehebrecherinnen von Lenes Schlag bekanntermaßen nicht allzu viel übrig gehabt …

17.

Das Erste, was Lene in Wolfgangs Miene ausmachte, als er auf ihr hektisches Geklopfe hin die Tür öffnete, war eine Mischung aus Kummer, Müdigkeit und angetrunkener Gleichgültigkeit. Dann, als er sie erkannte, wurde daraus Überraschung, und noch einen Augenblick später Sorge, als er gewahrte, in was für einem bemitleidenswerten Zustand sie sich befand.

»Großer Gott«, raunte er entsetzt. »Was ist passiert?«

Lene schluchzte; sie konnte nicht sprechen.

Mit hängenden Schultern stand sie da; der Kragen ihres Mantels braun von getrocknetem Blut, das Gesicht totenbleich, die Halswunde notdürftig mit Jodtinktur behandelt, um einer Infektion vorzubeugen, starrte sie ihn aus tränenverschleierten Augen an und versuchte die Fassung zu wahren. Doch ob es nun die sorgenvolle Miene ihres Gatten oder die vertraute Umgebung ihrer eigenen vier Wände war – mit einem Mal verließ sie alle Kraft, die sie aufgebracht hatte, um nach dem Zwischenfall in der Gasse nicht einfach zusammenzubrechen.

Nur vage entsann Lene sich daran, wie der alte Mann, der sich ihr als Herr Rüdiger vorgestellt hatte, seine Frau aus dem Bett holte, damit Frau Rüdiger – eine freundliche, korpulente Person in Nachthemd, Filzpantoffeln und mit Lockenwicklern im Haar – ihre Verletzungen versorgte, während er selbst ein Taxi rief. Sie war noch immer so benommen, dass sie kaum mitbekam, wie Herr Rüdiger sie in den Wagen setzte, dem Fahrer einen Geldschein in die Hand drückte und ihn anwies, sie nach Hause zu bringen. Als sich das Taxi in Bewegung setzte, fielen Lene vor Erschöpfung die Augen zu. Danach erinnerte sie sich bloß noch daran, wie der Wagen mit einem verhaltenen Ruck vor der Schillerstraße Nr. 6 zum Stehen kam.

Sie war daheim – nur dass es seit gestern Abend nicht mehr ihr Heim war …

Wolfgang riss sie aus ihren Grübeleien.

»Was ist passiert?«, fragte er wieder voller Sorge.

Sie wollte es ihm sagen; wollte ihm sagen, dass zwei Obdachlose sie in einer dunklen Gasse um ein Haar geschändet hatten; dass sie den Schwanz des einen Mistkerls schon fast im Mund hatte, als sie wie durch ein Wunder gerettet wurde. Letztlich jedoch war alles, was über ihre Lippen kam, ein kaum hörbares: »Es tut mir leid –«

Dann sackte sie in sich zusammen. Hätte Wolfgang sie nicht im letzten Moment aufgefangen, wäre sie zu Boden gestürzt. Doch er war da, trug sie über die Schwelle wie ein Bräutigam seine Braut am Tage der Hochzeit, trat die Tür hinter sich zu und bettete Lene behutsam aufs Sofa im Wohnzimmer.

Auf dem Tisch standen eine Karaffe und ein Kristallschwenker. Er schenkte ihr den letzten Rest Cognac ein, der noch übrig war, setzte ihr das Glas an den Mund, als wäre sie ein kleines Kind, das gefüttert werden muss, und sagte sanft: »Trink. Das wird dir gut tun.«

Sie tat, was er sagte.

Wolfgang hatte recht. Das warme Gefühl, das sich daraufhin in ihrem Magen ausbreitete, tat ihr wohl. Sie trank das Glas mit langsamen Zügen leer, ehe sie mit einem erschöpften Seufzen in die Polster sank. Sie fühlte sich grauenvoll, aber zumindest ließ die Angst ein wenig nach.

Jetzt war sie in Sicherheit.

Sie bemerkte, dass Wolfgang sie eindringlich musterte, und zwang sich, ihn anzusehen.

Sein Gesicht war ernst und besorgt. Ein dunkler Schatten aus Bartstoppeln bedeckte Kinn und Wangen, und die tiefen Ringe unter seinen Augen verrieten, dass er in dieser Nacht keinen Schlaf gefunden hatte.

Die Uhr hinter ihm auf dem Kaminsims zeigte kurz nach sieben.

»Du kommst zu spät zur Arbeit«, sagte Lene. Irgendwie war das das Einzige, was ihr in diesem Moment einfiel.

Wolfgang lächelte; es war ein kleines, trauriges Lächeln. »Und du siehst aus, als könntest du eine Dusche vertragen.«

Ohne ihre Antwort abzuwarten, nahm er ihr den Schwenker ab und half ihr auf, um sie zum Badezimmer zu geleiten. Sie war dankbar für seine Hilfe, genau wie für seine Nähe.

Hier würde ihr nichts passieren.

Vielleicht war dies nach allem, was gestern geschehen war, nicht mehr ihr Zuhause, aber zumindest wusste sie, dass Wolfgang nicht zulassen würde, dass ihr etwas Schlimmes zustieß. Ganz egal wie sehr sie ihn auch verletzt haben mochte, sie war ihm trotz allem nicht gleichgültig. Und das war sie auch nie; er hatte lediglich eine andere Art, seine Zuneigung zu zeigen, als sie.

Sie wünschte nur, sie hätte das eher erkannt …

Wolfgang half ihr, Platz auf dem Toilettensitz zu nehmen, und trat dann in den Türrahmen zurück; er wirkte verlegen, als wüsste er nicht recht, wie er sich verhalten sollte, und sagte schließlich unbeholfen: »Du weißt ja, wo alles ist. Wenn du Hilfe brauchst, ruf mich einfach, ja?«

Lene nickte.

»Danke«, sagte sie matt, »für deine Hilfe.«

Wolfgang winkte linkisch ab, zog die Tür hinter sich zu und ließ sie allein. Doch anders als gestern Abend, als er der Hotelsuite den Rücken gekehrt hatte, wusste Lene, dass er dort draußen war, und das verschaffte ihr eine gewisse Sicherheit. Natürlich, ihre Beziehung war eine andere als noch vor zwölf Stunden, aber Wolfgang würde sie niemals im Stich lassen, ganz gleich, was geschah.

Selbst jetzt noch konnte sie sich hundertprozentig auf ihn verlassen.

Das war nie anders gewesen.

Bloß, dass Lene das irgendwann nicht mehr zu schätzen gewusst hatte …

Sie verdrängte den Gedanken, bevor ihr schlechtes Gewissen alles andere unter seiner Last erdrückte, und erhob sich unsicher. Einen Moment lang stand sie einfach nur da und sammelte sich, ehe sie begann, ihre Kleider abzustreifen. Dann stieg sie in die Badewanne, stellte das Wasser an, schlang schluchzend die Arme um ihre Beine, machte sich so klein, wie sie nur konnte, und weinte hemmungslos. All die Furcht, all der Kummer und die Verzweiflung sprudelten aus ihr heraus wie Fontänen aus einem Geysir. Doch das schreckliche Erlebnis in der Gasse war lediglich der Auslöser dafür.

Lene weinte um ihr ganzes verkorkstes Leben.

Sie hatte alles verdorben.

Alles.

Und die Verantwortung dafür trug ganz allein sie.

Das war womöglich das Schlimmste daran: zu wissen, dass niemanden außer sie selbst die Schuld daran traf.

Sie hatte Wolfgang vorgeworfen, er habe verhindert, dass sie die Freuden der Sexualität entdecken und nach eigenem Gusto ausleben konnte. Doch das war nur die halbe Wahrheit, erkannte sie jetzt.

Sie selbst trug daran wesentlich mehr Schuld als er. Immerhin hatte *sie* nie zugelassen, dass er mit ihr all jene Dinge tat, die ihr später solche Wonnen bereiten sollten. Im Gegenteil: Zu Beginn ihrer Beziehung war *er* derjenige gewesen, der versuchte, Neues auszuprobieren. Allein ihrer eigenen Verklemmtheit war es zu verdanken, dass sie sich darauf nicht eingelassen hatte. Hätte sie es getan, wäre ihr Leben vielleicht vollkommen anders verlaufen.

Dieser Gedanke trieb ihr noch mehr Tränen in die Augen.

Sie hatte nicht bloß ihr Leben ruiniert, sondern ebenso das des Mannes, den sie liebte. Ja, sie liebte Wolfgang, so sehr, dass ihr Herz vor Kummer schier zu bersten drohte, als sie daran dachte, was sie ihm angetan hatte.

Sie hatte ihn verloren. Und im Grunde, wusste sie, hatte sie nichts anderes verdient. Durch ihr Verhalten hatte sie jedes Recht auf Glück verwirkt.

Dennoch tat es weh. So entsetzlich weh …

Sie kauerte in der Badewanne und weinte, bis ihr Schluchzen irgendwann verebbte – nicht, weil sie nicht mehr traurig war, sondern weil sie keine Tränen mehr in sich hatte. Doch zumindest war sie jetzt ein wenig gefasster als zuvor, und auch ihr Verstand begann allmählich wieder zu arbeiten.

Im Geiste erstellte sie eine Liste der Dinge, die es jetzt zu erledigen galt: zum Arzt gehen; ihre Peiniger bei der Polizei anzeigen; ihre persönlichen Angelegenheiten regeln; sich eine neue Bleibe suchen; Madame Bovary anrufen und ihr sagen, dass Lady de Winter heute Nacht in jener dunklen Gasse gestorben war.

Doch vor allem musste sie mit Wolfgang reden.

Nicht, um ihn um Vergebung zu bitten – die konnte sie sich nach allem, was sie getan hatte, ohnehin nicht erhoffen. Nein, sie wollte, dass er wusste, dass nichts von alldem seine Schuld war; dass er sich keine Vorwürfe wegen dem zu machen brauchte, was ihr zugestoßen war.

Zumindest *das* war sie ihm schuldig – ihm, und ihrem eigenen Seelenheil …

18.

Als sie eine Viertelstunde später im Bademantel ins Wohnzimmer kam, saß Wolfgang auf dem Sofa. Trotz der frühen Stunde hielt er ein halb gefülltes Glas Rotwein mit beiden Händen fest; ein zweites, das vor ihm auf dem Tisch stand, war offenbar für sie gedacht.

Als Lene sich auf das andere Ende des Sitzmöbels sinken ließ, sodass ein Platz zwischen ihnen frei war, bedachte er sie mit einem besorgten Blick.

»Geht es dir besser?«

Lene nickte und brachte sogar ein kleines Lächeln zustande. »Ein wenig.«

Sie griff nach dem Weinglas, lehnte sich zurück und trank einen Schluck, ehe sie sich mit einer Hand durch das noch feuchte Haar fuhr; sie zuckte schmerzerfüllt zusammen, als sie versehentlich ihren Hinterkopf berührte, der einer einzigen dicken Beule glich.

Die Dusche hatte ihr gut getan. Trotz ihrer Kopfschmerzen fühlte sie sich besser als vor einer halben Stunde – oder zumindest *sauberer*.

Eine Weile saßen sie schweigend da; keiner wusste so recht, was er sagen sollte.

Schließlich fragte Wolfgang: »Willst du mir erzählen, was passiert ist?«

Sie sah ihn an, und seine besorgte Miene ließ sie sich nur noch schäbiger fühlen. »Was willst du wissen?«

»Alles, was du mir erzählen möchtest.«

Er versuchte, seiner Stimme einen beruhigenden Klang zu verleihen, aber die Anspannung darin war nicht zu überhören: Er hatte Angst vor dem, was sie sagen würde; und trotzdem wollte er es wissen, selbst wenn es weh tat.

Lene ließ den Wein gedankenversunken im Glas kreisen, kämpfte gegen die stumme Verzweiflung an, die ihr das Herz schwer machte, und sammelte ihre Gedanken.

Es widerstrebte ihr, darüber zu sprechen. Am liebsten hätte sie die verfluchte Tür in ihrem Innern, die an jenem Spätnachmittag in der Gasse vor Dieter Bergers Haus geöffnet worden war, mit einem lauten Knall zugeschlagen und mit so vielen Riegeln und Schlössern versehen, dass sie auf ewig verschlossen blieb, und mit ihr alles, was dahinter lag.

Aber Wolfgang hatte ein Recht darauf, die Wahrheit zu erfahren.

Dennoch sah sie ihn nicht an, als sie sich schließlich einen Ruck gab und berichtete, was sich letzte Nacht zugetragen hatte, und in den Wochen davor, anfangs stockend, dann zunehmend gehetzter, als könne sie es gar nicht erwarten, zum Ende zu kommen, um danach nie wieder ein Wort darüber zu verlieren …

Sie erzählte ihm alles, von ihrem Spaziergang nach Hause, als sie Dieter Berger und die rothaarige Frau durchs Fenster beobachtet hatte, über ihre Tätigkeit für *Astarte* bis hin zu vergangener Nacht, als sie im *Phantasia* in den Armen so vieler Männer Vergessen und Vergebung gesucht hatte, dass sie selbst nicht zu sagen vermochte, wie viele es waren. Doch auch wenn sie die sexuellen Einzelheiten aussparte und bloß das zur Sprache brachte, was wirklich wichtig war, spürte sie, wie Wolfgang sich zunehmend mehr versteifte; einmal hatte er alle Mühe, ein entsetztes Stöhnen zu unterdrücken.

Sie hatte vollstes Verständnis dafür.

Wie schwierig es für sie auch sein mochte, diese Dinge zuzugeben, die sie selbst verbrochen hatte – um wie viel schwerer war es wohl für ihn, all das zu *erfahren*?

Trotzdem unterbrach er sie nicht, und er stellte auch keine Fragen; er ließ sie einfach reden, trank hin und wieder einen Schluck Wein und hörte ihr zu. Sie rechnete mit Vorwürfen, damit, dass er sie aufs Schärfste verurteilen würde, doch selbst als sie eine halbe Stunde später schließlich geendet hatte, schwieg er, und in gewisser Weise war das schlimmer als jede lautstarke Beschimpfung.

Indes, es stand ihr nicht zu, das Schweigen zu brechen.

Sie hatte durch ihr Handeln alle Rechte verwirkt.

Nun war Wolfgang am Zug, und so klammerte sie sich so an ihr Glas wie an einen Rettungsanker, hielt den Kopf gesenkt und wartete darauf, dass das Fallbeil herniedersausen würde, um ihrer Ehe ein für alle Mal den Garaus zu machen.

Die Stille schien eine Ewigkeit zu währen.

Dann stellte Wolfgang grimmig fest: »Diese Verbrecher müssen zur Verantwortung gezogen werden!«

Damit meinte er Günni und Wolle.

Lene nickte. »Ich werde zur Polizei gehen – nachher. Aber jetzt ...« Sie hob den Kopf, und zum ersten Mal, seit sie mit ihrer Beichte begonnen hatte, zwang sie sich, ihm in die Augen zu schauen. »Eins musst du noch wissen ...«

Er sah sie fragend an. Seine Miene war sonderbar ausdruckslos, als hätten ihre Enthüllungen etwas in ihm sterben lassen.

»Während dieses Alptraums vorhin ...« Sie brach ab, nicht sicher, ob es ihr überhaupt zustand, Wolfgang damit nach allem, was geschehen war, auch noch zu behelligen. Aber sie wollte, dass er es wusste; ob er ihr *glaubte*, war etwas vollkommen anderes.

»Meine einzigen Gedanken galten dir«, sagte sie langsam. »Ich konnte nur daran denken, dass wir im Streit auseinandergegangen sind, und dass du niemals erfahren wirst, dass es mir leid tut, wenn diese Mistkerle mir etwas antun. Ich habe dir vorgeworfen, das alles sei deine Schuld. Aber das stimmt nicht. Du warst mir stets ein guter Ehemann, auch wenn ich versucht habe, mir etwas anderes einzureden, um mein Tun vor mir selbst zu rechtfertigen. Du hast nichts falsch gemacht.« Sie konnte ihn nicht länger ansehen und wandte den Blick ab. »Es tut mir leid«, murmelte sie, die Stimme rau vor Kummer.

»Was tut dir leid? Dass du mit anderen Männern geschlafen hast?«

Lene nickte; sie biss sich auf die Lippen, und bevor sie es verhindern konnte, sprach sie aus, wonach es sie so sehnlich verlangte: »Kannst du mir verzeihen?«

Jetzt war sie heraus. Die Frage, von der ihr gesamtes Wohl und Wehe abhing.

Kannst du mir verzeihen?

So ähnlich musste sich Wolfgang gefühlt haben, als sie im *Astoria* die Tür geöffnet hatte und sich seine schlimmsten Befürchtungen innerhalb eines Lidschlags als wahr erwiesen, überlegte sie. Doch er hatte sich der Situation gestellt, um in Erfahrung zu bringen, woran er war, selbst auf die Gefahr hin, dass es ihm das Herz brach.

Nun war sie an der Reihe.

Sie sah Wolfgang erwartungsvoll an.

Wieder schwieg er. Sein Blick schweifte hinaus zu den Baumwipfeln draußen vor dem Haus, und trotz aller gemeinsamen Jahre war es ihr unmöglich, zu sagen, was ihm in diesem Moment durch den Kopf ging.

Als er sich ihr schließlich wieder zuwandte, war seine Miene ernst. »Ehrlich gesagt, ich weiß es nicht«, sagte er geradeheraus. »Ich weiß nicht, ob ich damit umgehen kann. Es tut weh, weißt du? Zu wissen, dass du mit anderen Männern im Bett warst –«

»Und mit Frauen«, unterbrach Lene ihn.

Wenn sie schon dabei waren, reinen Tisch zu machen, sollte er auch *alles* wissen. Damit es nichts mehr gab, was zwischen ihnen stand.

Keine Lügen mehr.

Keine Geheimnisse.

»Nun.« Jetzt kräuselte ein kleines Lächeln seine Mundwinkel, doch es lag keine Fröhlichkeit darin. »Ich schätze, damit kann ich noch am ehesten umgehen …« Dann wurde er schlagartig wieder ernst. »Es geht nicht darum, was du mit wem in welcher Stellung getrieben hast, Lene. Viel wichtiger ist, dass du mein Vertrauen missbraucht hast. Wie soll ich dir je wieder ein Wort glauben?«

Lenes Kopf sank nach unten, als wäre er auf einmal zu schwer geworden, als dass sie ihn oben halten konnte; mit einem Schlag schwand jegliche Hoffnung auf eine Versöhnung, die sie insgeheim gehegt haben mochte.

Herrgott, sie war so eine Närrin!

Wie hatte sie allen Ernstes annehmen können, dass ein anständiger Mann wie Wolfgang nach allem, was sie getan hatte, noch etwas mit ihr zu schaffen haben wollte – mit einer Ehebrecherin und Hure?

Sie schluckte krampfhaft in dem Versuch, die Tränen zurückzuhalten.

»Ich weiß nicht, ob ich dir verzeihen kann«, wiederholte Wolfgang. »Aber«, und jetzt streckte er die Hand nach ihr aus und hob ihren Kopf mit dem Zeigefinger unter dem Kinn sanft an, um ihr in die Augen zu sehen, »ich will es versuchen. Denn ich liebe dich, Lene. Das habe ich immer getan, vom ersten Tag an. Du bist alles, was ich brauche, um glücklich zu sein. Und ich bin nicht bereit, das einfach so aufzugeben.«

Einen Moment lang konnte sie ihn nur ungläubig anstarren. Dann, als ihr klar wurde, dass ihr Flehen erhört worden war, tat ihr Herz in ihrer Brust vor Freude einen Satz.

»Oh, Wolfgang!«

Sie wollte sich ihm an den Hals werfen und ganz fest an sich drücken, um ihn nie wieder loszulassen, aber er schüttelte den Kopf und hielt sie auf Abstand.

»Ich verspreche dir nichts«, erklärte er sachlich. »Ich habe nur gesagt, ich will es *versuchen*. Es besteht durchaus die Möglichkeit, dass es letztlich vergebliche Liebesmüh ist, weil ich diese Bilder einfach nicht aus meinem Kopf bekomme, von dir und den anderen. Es kann sein, dass ich dich Dinge frage, die du mir am liebsten verschweigen würdest, weil du dich deswegen schämst und weißt, dass es mir schwer zu schaffen machen würde. Aber du musst mir dann die Wahrheit sagen, denn nur so kannst du dafür sorgen, dass die schlimmen Gedanken vielleicht irgendwann gehen. Ich weiß im Moment einfach nicht, inwieweit ich dir trauen kann. Verstehst du das?«

Lene nickte. »Ich werde dir beweisen, dass ich dein Vertrauen verdiene.«

»Das hoffe ich«, sagte er. »Denn Vertrauen ist die Basis von allem!«

Jetzt sah sie, dass es auch in seinen Augenwinkeln verräterisch glänzte, doch wenn sie wollte, dass zwischen ihnen wieder alles gut wurde, musste sie sich an seine Spielregeln halten. Und so rang sie voller Ungeduld die Hände im Schoß, bis Wolfgang schließlich mit einem Lächeln die Arme ausbreitete: »Nun komm schon endlich her!«

Jetzt gab es für Lene kein Halten mehr.

Schluchzend warf sie sich ihm in die Arme, vergrub ihren Kopf in seiner Halsbeuge, und als sich ihre Tränen mit der Wucht der Erleichterung Bahn brachen, gab sie sich keine Mühe, sie zurückzuhalten, während sie Wolfgang so fest an sich drückte, als wolle sie ihn zerquetschen; das ungleichmäßige Heben und Senken seiner Brust verriet, dass auch er weinte.

»Es lag nicht an dir«, flüsterte Lene. »Nur an mir. Ganz allein an mir!«

Eine Zeit lang hielten sie sich einfach in den Armen, spendeten sich gegenseitig Trost und Zuversicht, und nach und nach wurde Lenes Schluchzen leiser. Dann wich sie ein Stück zurück, ohne Wolfgang loszulassen, und suchte seinen Blick.

Seine Augen waren feucht, doch er lächelte, und dieses Lächeln war alles, was sie brauchte, um stark zu sein – stark für sie beide, um die schwierige Zeit zu überstehen, die nun vor ihnen lag.

Sie hatte vieles wiedergutzumachen.

»Ich liebe dich«, sagte sie. »Mehr als alles andere.«

»Ich liebe dich auch«, sagte Wolfgang. »Du bist das Beste, was mir je passiert ist.«

Sie legte die Stirn in Falten. »Trotz allem?«

Er nickte. »Trotz allem.«

Sie wusste nicht, was sie darauf erwidern sollte. Mit einem Mal war da dieses warme, wohlige Kribbeln in ihrer

Magengrube, das sie so lange nicht mehr verspürt hatte, dass sie beinahe vergessen hätte, dass es jemals da gewesen war, und plötzlich bekamen Madame Bovarys Hinweise auf das Verpuppen und den Schmetterling eine gänzlich neue Bedeutung.

Wenn sie vor dieser Sache eine Raupe gewesen war, hatte alles, was seit ihrem ersten Zusammentreffen mit Dieter Berger geschehen war, sie zur Puppe werden lassen. Sie hatte sich in die Erfahrungen dieser bewegten Wochen eingesponnen wie in einen Kokon, und jetzt, just in diesem Moment, war der Schmetterling schließlich geschlüpft.

Nun war er in ihrem Bauch, wo er heftig mit den Schwingen schlug, wie er es nicht mehr getan hatte, seit Lene sechzehn und frisch verliebt gewesen war, und mit einem Mal war sie nur noch von einem Wunsch beseelt.

Sie beugte sich vor, um Wolfgang zu küssen.

Doch als ihre Lippen nur noch eine Handbreit von seinen entfernt waren, zögerte sie, nicht sicher, ob sie das Richtige tat.

Ihr Gatte nahm ihr die Entscheidung ab, indem er sie fest an sich zog und sie so leidenschaftlich küsste, wie er es seit jenen fernen Tagen von »Bumskugel« und Autokino nicht mehr getan hatte.

Sie begegnete dem Spiel seiner Zunge mit erregter Leidenschaft und sank mit ihm nach hinten auf das Lager aus Kissen. Derweil glitt Wolfgangs Hand über ihren Bademantel, wanderte über das flache Tal ihres Bauches und zu ihren Brüsten empor, um sie durch den Stoff hindurch zu liebkosen.

Lene spürte, wie sich ihm ihre Nippel vor Verlangen schier *entgegenreckten*, doch wo sie ihre Lust früher mit Scham erfüllte, hatte sie nun Mühe, ein Stöhnen zu unterdrücken. Ihr Unterleib stand längst lichterloh in Flammen, und ohne in ihrem Kuss innezuhalten, streifte Lene sich den Mantel von den Schultern, um ihre Brüste zu entblößen.

Wolfgang kam dieser stummen Einladung sogleich nach, sank tiefer und zog eine feuchte, warme Spur ihren Hals hinab, bis hin zu der empfindsamen Hautfalte zwischen ihren Brüsten. Er begann, ihren Busen mit kleinen, zärtlichen Küssen zu bedecken, ehe er ihre linke Brustwarze in den Mund nahm und daran saugte, mal sanft, dann ein bisschen fester, und obwohl ihr Leib von blauen Flecken verunziert wurde, verspürte sie keinen Schmerz unter seiner Berührung, nur süßes Begehren.

Sie strich ihm liebevoll übers Haar, während er sich dem rechten Nippel zuwandte, und dann spürte sie, wie seine andere Hand ihren Schenkel hinaufglitt, unter dem Bademantel verschwand und gleichermaßen schüchtern wie zielsicher ihre Muschi fand.

Sie war bereits feucht; Wolfgang hatte keiner Mühe, ihr den Zeigefinger hineinzustecken, und ihn in sich zu haben – und wenn auch bloß einen einzigen Finger –, erfüllte Lene mit mehr Wollust als alle Schwänze der vergangenen Wochen zusammen.

»Mehr«, gurrte sie. »Bitte, *mehr* …«

Wolfgang kam ihrem Wunsch zwar etwas zögernd, aber nichtsdestotrotz bereitwillig nach, schob einen zweiten Finger in sie und dann einen dritten, um behutsam ihr seidiges Inneres zu erkunden, während er wieder nach oben wanderte, ihren Hals mit Küssen bedeckte und ihren Mund schließlich von neuem mit seinem verschloss.

Seine Zunge drang verlangend in ihren Rachen. Mit dem Handballen rieb er über ihren Kitzler, ohne seine Finger dabei aus ihr zu nehmen. Lene wand sich unter seiner Berührung, genoss das Spiel seiner Finger und spürte, wie die Anspannung der letzten Stunden von ihr abfiel. Alle Zweifel, alle Furcht, alle schlechten Gedanken vergingen in diesem Ansturm des Begehrens, und spätestens, als sie gewahrte, wie Wolfgangs Männlichkeit gegen sie drängte, konnte sie nicht länger an sich halten.

Mit Verlangen im Blick richtete sie sich auf, schob ihren Gatten von sich und machte sich hastig an seinen Hosen zu schaffen. Einen Augenblick später baumelten sie ihm um die Knöchel, und Wolfgangs Schwanz ragte vor ihr empor, steif und bereit, durchzogen von angeschwollenen Adern.

Als sie seinem Penis das letzte Mal so nahe gewesen war, hatte Lene weinend die Flucht ergriffen.

Jetzt zögerte sie keine Sekunde.

Bereitwillig stülpte sie ihre Lippen über sein Glied und begann, es tief und mit viel Spucke zu blasen.

»Oh, ja«, murmelte er. »Oh, ist das gut …«

Mit großen Augen verfolgte Wolfgang, wie er in ihren Mund glitt, wieder herauskam, wieder hineinglitt, und stöhnte, als sie mit der Zunge über seine Eichel strich, langsam und genussvoll am Schaft auf und ab leckte und ihn dann von neuem so tief nahm, wie sie konnte. Nicht lange, und er begann sich ihr entgegenzubewegen, um ihr seinen Schwanz behutsam, aber bestimmt bis zum Ansatz in den Rachen zu stoßen, und das Verlangen in seiner Miene steigerte ihre eigene Lust so sehr, dass Lene ihn schließlich aus ihrem Mund gleiten ließ, den Bademantel vollends abstreifte und die Beine so weit spreizte, dass ihre Möse feucht und rosa vor ihm lag. Ihre Schamlippen klafften auseinander, als könne sie es kaum erwarten, ihn endlich in sich aufzunehmen.

»Komm in mich«, bat Lene. »Ich will dich spüren!«

Einen Moment lang starrte Wolfgang wie benommen auf sie herab, noch immer ganz gefangen vom herrlichen Gefühl ihres Mundes um seinen Schwanz, auf das er so lange gewartet hatte. Man sah ihm an, dass ihn ihre Initiative verblüffte; so kannte er seine Gattin nicht, und er brauchte einen Augenblick, um mit der neuen Situation zurechtzukommen.

Dann jedoch konnte er sich seiner Kleider nicht rasch genug entledigen; voller Vorfreude auf das, was kommen würde, streifte er seine Hosen ab, zog sich das Hemd über den Kopf, stützte sich mit der flachen Hand links und rechts von ihr ab und sank erwartungsvoll zwischen ihre Schenkel. Sein praller Schwanz streifte ihren Bauch, und anders als früher, als es stets Lene gewesen war, die ihn in sich eingeführt hatte, aus Angst, er könne ihr dabei wehtun, war diesmal er es, der diese Aufgabe übernahm. Sie spürte seine Eichel am Eingang ihrer Lustgrotte, und alles, was sie wollte, war, ihn endlich ihn sich zu haben.

Doch Wolfgang zögerte den großen Moment hinaus und verharrte zwei, drei, vier endlose Sekunden reglos, bis Lene unter ihm vor Verlangen schier den Verstand verlor.

Sie konnte sich nicht entsinnen, in ihrem Leben jemals etwas so begehrt zu haben, wie sie jetzt ihn begehrte.

»Komm in mich«, sagte sie wieder. Es klang beinahe flehend. Ihre Unterlippe zitterte so sehr, dass sie kaum imstande war zu sprechen. »*Bitte* …«

Ein kleines, freudiges Lächeln kräuselte seine Mundwinkel. Dann drang er langsam und voller Gefühl in sie ein, als wäre es das allererste Mal, dass sie sich liebten, und in gewisser Weise, fand Lene, stimmte das sogar.

Es war das erste Mal in ihrer Beziehung, dass sie einander ohne Scheu und Scham begegneten; das erste Mal, dass sie beide keine Angst davor hatten, wie der andere wohl auf die eigenen Gelüste und Vorlieben reagieren würde; das erste Mal, dass sie beim Sex tatsächlich *sie selbst* waren.

Es gab keine Geheimnisse mehr zwischen ihnen.

Die Masken waren gefallen.

Jetzt kannten sie einander, wie sie *wirklich* waren!

Lene wölbte den Rücken durch und schob ihm ihr Becken entgegen, um ihn möglichst tief in sich aufzunehmen. Sie wollte Wolfgang so intensiv spüren, wie es nur ging. Dann gewahrte sie den sanften Druck seines Körpers auf sich, schlang die Arme um ihn und zog ihn noch dichter zu sich heran, während er begann, gemächlich, ohne Hast in sie zu dringen.

Es war wunderbar, seine Haut auf der ihren zu spüren, seine Wärme, sein wie wild pochendes Herz, das gegen ihre Brust presste, sein Glied, das in einem ebenso ruhigen wie provozierenden Rhythmus in sie glitt und Lenes Lust mit jedem Stoß weiter zunehmen ließ; längst war ihr Kitzler so geschwollen, dass jede noch so flüchtige Berührung heiße Schauder durch ihren Körper sandte, und spätestens jetzt waren aller Schmerz und alles Grauen der vergangenen Stunden wie fortgeweht.

Alles, was zählte, war, dass sie mit dem Mann zusammen war, den sie liebte.

Und Wolfgang liebte *sie* ebenfalls; sie sah es ihm an, als er mit verzückter Miene auf sie herabschaute und sich ihr so offen und ehrlich hingab wie sie sich ihm. Ein selbstvergessenes, fast entrücktes Lächeln spielte über seine Züge, doch in seinen Augen leuchtete nicht Gier, sondern *Verlangen*, gepaart mit einer Zuneigung, die über das Körperliche weit hinausging, und mit einem Mal wurde Lene bewusst, dass das etwas war, das sie bei all ihren Liebhabern vergeblich gesucht hatte.

Wolfgang begehrte sie: *Lene*.

Alle anderen hatten sich lediglich nach Lady de Winter verzehrt.

Keiner von ihnen hatte sie als Frau aus Fleisch und Blut gesehen, sondern als Erfüllung ihrer eigenen verdorbenen Fantasien, die Inkarnation der Schaumgeborenen. Sie hatten nicht sie gewollt, sondern die *Illusion*, die sie ihnen vermittelte.

Lene war ihnen vollkommen egal gewesen, genau wie die Männer ihr in gewisser Weise gleichgültig gewesen waren. Sie waren bloß ein Mittel zum Zweck, und eine Zeit lang hatte Lene sich eingeredet, dass das der Weg zur Erfüllung war: sexuell frei zu sein, zu tun und zu lassen, wonach einem der Sinn stand – ohne Reue, ohne Verpflichtungen, ohne schlechtes Gewissen. Man nahm das Beste, was Mann und Frau (oder Frau und Frau) einander geben konnten, und verzichtete kurzerhand auf den ganzen Gefühlsballast, der einen nur daran hinderte, sich zu entfalten.

Doch inzwischen hatte sie erkannt, dass das ein Fehler gewesen war.

Der größte Fehler ihres Lebens!

Damals, als sie Dieter Berger zum ersten Mal zu Hause besucht hatte, war ihr bewusst geworden, dass Liebe und Sex einander nicht bedingten.

Man musste niemanden lieben, um mit ihm Spaß zu haben.

Doch es war die Liebe, die Nähe und Zärtlichkeit in ihr weckte, selbst wenn sie in unzüchtigster Weise verkehrte.

Es war die Liebe, die ihr die Geborgenheit vermittelte, die nötig war, um sich wirklich fallen lassen zu können.

Es war die Liebe, die Sex zu etwas Besonderem machte.

Und Lene genoss jede Sekunde, als wäre es die letzte.

Sie strich mit den Fingerspitzen zärtlich über Wolfgangs Rücken, sah ihm in die Augen und gab sich ganz dem Gefühl hin, ihm zu gehören. Sie schmiegte sich an ihn, schlang die Beine um ihn und bewegte sich mal mit und dann wieder entgegen seinem Rhythmus. Es war ein herrliches Geben und Nehmen, ein lustvolles Spiel der Ekstase, das Wolfgangs Atem schneller gehen ließ und Lene dazu brachte, ihm mit den Nägeln über den Rücken zu kratzen, was ihm ein wohliges Stöhnen entlockte.

Wolfgang war wie ein Kind, das endlich das heiß ersehnte Spielzeug bekommen hat, das es jahrelang bloß im Schaufenster bewundern durfte. Und obwohl er nach wie vor eine gewisse Zurückhaltung an den Tag legte, als wüsste er nicht recht, wie weit er gehen konnte, war er offensichtlich entschlossen, die neuen Grenzen auszukundschaften.

Aber Lene würde ihm zeigen, dass da keine Grenzen mehr waren. Jetzt, wo die Masken gefallen waren, gab es *nichts*, was sie nicht miteinander tun konnten.

Gab es im Leben eine größere Freiheit als diese?

Für Lene jedenfalls schloss sich hier der Kreis.

Es war schon paradox, dass sie am Ende ausgerechnet in den Armen jenes Mannes ihre Erfüllung fand, den sie selbst jahrelang auf Abstand gehalten hatte. Doch, diese Zeiten waren vorbei; jetzt ließ sie sich einfach kopfüber in ihre Leidenschaft fallen, und es dauerte nicht lange, bis sie spürte, wie sich in ihrem Unterleib eine Explosion aus Licht und Wärme ankündigte, die ihresgleichen suchte, ein unwiderstehlicher, siedender Druck, der um jeden Preis heraus wollte.

»Ich komme gleich«, raunte sie atemlos. Sie begann, sich unter ihm schneller zu bewegen. *»Gleich …«*

»Ja«, keuchte Wolfgang und stieß kraftvoll in sie. »Ja, Schatz, komm!«

Und das tat sie.

Als sich der Orgasmus mit der Wucht eines Hammerschlags Bahn brach, bog Lene den Rücken durch, legte den Kopf zurück und schrie ihre Lust lauthals hinaus; sie konnte einfach nicht anders. Sie schrie, während sie ihre Fingernägel tief in Wolfgangs Rücken grub und sich wimmernd vor Verlangen unter ihrem Gatten wand, der sein Tempo unvermittelt beschleunigte und einige Male hart und fest in sie stieß, wie um sie so lange wie möglich auf dem Plateau der Wollust zu halten, auf dem sie gerade weilte. Es war offensichtlich, dass es ihm gefiel, ihr Vergnügen zu bereiten, und zum ersten Mal in dreizehn Jahren nahm Lene dieses Geschenk dankbar an, ließ sich von ihrem Begehren forttragen und genoss schaudernd die Nachwehen ihres Höhepunktes, bis das erregte Zittern ihres Körpers schließlich so weit nachließ, dass sie wieder Herrin ihrer Selbst war.

Dann drängte sie Wolfgang sanft von sich.

Er sah sie irritiert an, nicht sicher, was er davon halten sollte, doch bevor er dazu kam, seiner Verwunderung Ausdruck zu verleihen, drückte Lene ihn rittlings auf das Sofa.

Da saß er nun und verfolgte erwartungsvoll, wie sie mit einem verheißungsvollen Lächeln auf seinen Schoß kletterte, die Knie links und rechts von ihm abgestützt, seine Lippen mit den ihren suchte – und sich dabei auf seinen senkrecht in die Höhe ragenden Schwanz sinken ließ!

Er drang bis zum Äußersten in sie.

Sie presste ihr Becken nach unten und begann zu reiten, als säße sie auf einem Pferd. Wolfgang packte ihre Hinterbacken mit beiden Händen, um sie in ihrem Takt zu unterstützen, vergrub seinen Kopf zwischen ihren Brüsten und saugte so leidenschaftlich an ihren Nippeln, als wären sie das Delikateste, was er je genossen hatte, während Lene ihre Hüfte kreisen ließ, als würde sie mit ihrer Möse Achten malen.

Wolfgang wand sich unter ihr, und als sie nach einer Weile spürte, wie seine Stöße heftiger wurden und dieser leicht verzweifelte Ausdruck in seine Züge trat, der verriet, dass er bald so weit war, tat sie, was sie in ihrer gesamten dreizehnjährigen Ehe nie getan hatte, weil sie insgeheim stets froh gewesen war, wenn es vorüber war. Sie stieg von ihm herunter, bevor er zum Höhepunkt kommen konnte.

Sie wollte nicht, dass es schon endete.

Noch nicht.

Und *nicht so!*

Für das *Grande finale* hatte sie etwas anderes im Sinn.

Wolfgang stieß einen unwilligen Laut aus, als sein zuckender Schwanz aus ihr glitt, enttäuscht darüber, dass sie ihm so einen *Coitus interruptus* bescherte. Mit seinem feucht glänzenden Schwanz im Schoß saß er da und verfolgte verwundert, wie sie sich neben ihm aufs Sofa kniete, sodass ihr nackter Hintern einladend in die Höhe ragte, und ihre Arme auf die Kopfstütze legte.

Dann bedachte Lene ihren Gatten über die Schulter hinweg mit einem vielsagenden Blick.

»Steh auf«, sagte sie, und als er ihrem Wunsch nur zögerlich nachkam, ein wenig bestimmter: »Komm hinter mich!«

»Was tust du?« Wolfgangs Stimme bebte vor Lust.

Statt zu antworten, befeuchtete Lene lasziv die Finger ihrer freien Linken und rieb Spucke auf ihre Rosette, bis sie weit genug war, dass sie zwei Finger hineinschieben konnte.

Gleichermaßen fassungslos wie erregt verfolgte Wolfgang, wie sie sanft ihr Poloch massierte, und blinzelte, wie um sich zu vergewissern, dass er wirklich sah, was er zu sehen *glaubte.*

Lene schenkte ihm ein verführerisches Lächeln, und wieder war da dieses überwältigende Aufwallen von Liebe in ihr, die um so vieles stärker war als alles andere.

Nein, das stimmte nicht ganz: Ihre Lust auf Wolfgang war in diesem Moment nur unwesentlich geringer als die Zuneigung, die sie für ihn empfand.

Oder verspürte sie so viel Lust, weil sie ihn so liebte?

Was auch immer, sie war entschlossen, ihm die Gattin zu sein, die er sich stets gewünscht hatte, und dazu gehörte, ihm so viel Vergnügen zu bereiten, wie sie nur irgend vermochte!

Sie ließ ihn nicht aus den Augen, als ihre Finger bis zur Wurzel in ihrem Hintern verschwanden, wieder hervorkamen und von neuem in sie stießen, mit provozierender Langsamkeit, damit er ganz genau mitbekam, was sie tat. Und offenbar gefiel es ihm, denn sein Schwanz zuckte unruhig erwartungsvoll.

Nach einer Weile ließ Lene ihre Finger aus ihrem Arsch gleiten, ergriff wortlos Wolfgangs Schwanz und zog ihn sanft, aber bestimmt zu sich heran, sodass seine pralle, pulsierende Eichel gegen ihre Rosette drückte. Dann führte sie ihn langsam und genüsslich in sich ein, und obwohl sie die Scheu ihres Gatten spürte, tat er doch nichts, um sie daran zu hindern. Er ließ sich einfach von ihr führen, so wie sie sich in der Vergangenheit von so vielen Männern hatte führen lassen, und keuchte atemlos, als sein steifes Glied Stück für Stück in ihren Hintern drang, bis er schließlich bis zur Gänze in ihr steckte.

»Jetzt fick mich«, raunte Lene. »Fick mich in den Arsch!«

Wolfgang zögerte nur einen Moment. Dann begann er sich gleichermaßen vorsichtig wie neugierig zu bewegen, und mit jedem behutsamen Stoß ging sein Atem schneller. Seine Erregung wuchs sprunghaft, das spürte sie, als sein Schwanz in ihr unvermittelt auf die doppelte Größe anzuschwellen schien.

Sie genoss die wunderbare Mischung aus Lust und Schmerz, die er in ihr auslöste, beugte sich vor und schob ihm voller Verlangen ihren Hintern entgegen, um ihm zu zeigen, dass es in Ordnung war, wenn er sie fester nahm.

Derweil hielt er mit beiden Händen ihre Hüften gepackt und gemächlich in sie. Auf seiner Stirn glitzerten Schweißtropfen wie winzige Perlen.

»So eng«, keuchte er atemlos. »So eng …«

Lene lächelte. »Gefällt dir das?«

Sein Gesicht war hochrot. »Oh, ja …«

»Dann mach weiter!«, forderte sie erregt. »Fick mich härter!«

Ob es nun an der berauschenden Enge ihres Arsches lag oder daran, dass sie noch nie zuvor so unanständig mit ihm gesprochen hatten – Wolfgang kam ihrer Aufforderung unverzüglich nach. Sein Griff wurde fester. Sein Tempo steigerte sich. Sein Schwanz drang zunehmend energischer in sie, bis er schließlich mit sanfter Wucht so tief in sie stieß, dass sie gegen die Lehne gedrückt wurde.

Lene stöhnte.

Sie war schon etliche Male in den Arsch gefickt worden, und sie hatte es stets genossen, aber diesmal war es nicht bloß geil, sondern vor allem *schön*. Es war wundervoll, ihn in diesem besonderen Loch zu spüren, in dem er noch nie zuvor gewesen war, und er fand anscheinend ebenfalls großen Gefallen daran, denn es dauerte nicht lange, bis sein Atem abgehackter wurde und seine Bewegungen ungestümer.

»Gleich«, keuchte er; der nahende Höhepunkt ließ seine Stimme zittern. »Gleich …«

»Ja!« Sie leckte sich voller Vorfreude die Lippen. »Ja, bitte, komm!«

»Ja! Ja, *jetzt*!«

Er stieß noch einmal fest in sie, und dann spürte Lene, wie sein Schwanz in ihrem Arsch noch härter wurde, als er ohnehin schon war. Sie ließ ihn hastig aus sich gleiten, kauerte vor ihrem Gatten nieder, packte sein Glied und wichste ihn, während sie den Mund weit öffnete, wie ein hungriges Vogeljunges, das gefüttert werden will.

Als er schließlich kam, stülpte Lene ihre Lippen über seinen Schwanz, packte seine Hinterbacken und zog ihn dicht zu sich heran, um ihn so tief aufzunehmen, wie sie nur konnte. Dann füllte sein seit Wochen angestauter Samen ihren Mund, warm und köstlich und so voller Leben, dass sie nicht umhin konnte, sich dafür zu verfluchen, dass sie so ein verklemmtes Landei gewesen war.

Verdammt, das hier hätte sie schon vor dreizehn Jahren haben können!

Jetzt wusste sie endlich, wie wunderbar es war, Wolfgang nicht bloß in all ihren Löchern zu spüren, sondern ihn auch zu *schmecken*, ein bisschen wie Sojamilch, und das war etwas, was sie nie wieder missen wollte! Begierig nahm sie alles auf, was er zu geben hatte, hielt seinen wild zuckenden Schwanz tief in ihrem Mund, und die ganze Zeit über sah sie Wolfgang unbeirrt ins Gesicht. Keine Frage, sie hatte soeben den besten Sex ihres Lebens gehabt, mit nichts zu vergleichen, was sie je zuvor erlebt hatte, doch letztlich war es die Liebe, die sie in den Augen ihres Gatten sah, die ihr die größte Befriedigung bereitete!

Als der Samenschwall schließlich versiegte, gestattete sie es ihm, sich zurückzuziehen – jedoch erst, nachdem sie sein bestes Stück gründlich saubergeleckt hatte, wie eine Katze, die ihr Junges putzt. Dann stand Wolfgang mit weichen Knien da, blickte mit brennenden Wangen auf sie herab, und Lene sah, dass ihm Tränen in den Augen standen – doch anders als beim letzten Mal waren es Tränen der Freude, nicht des Kummers.

»Weißt du, wie lange ich davon schon geträumt habe?«

Sie lächelte. »Das kannst du ab sofort jeden Tag haben, Schatz. Wenn du möchtest, sogar mehrmals …«

Jetzt lächelte Wolfgang ebenfalls.

»Meine nimmersatte Gattin«, murmelte er, noch immer ein wenig außer Atem, und strich ihr mit dem Zeigefinger zärtlich über die bebende Unterlippe. Es war eine kleine Geste, eine winzige Berührung, doch sie entfachte mehr Emotionen in ihr, als es alle Schwänze dieser Welt je vermocht hätten.

Es war seltsam: Da hatte sie so viel mitgemacht, um zu erfahren, was Dinge wie Leidenschaft, Wollust und Begierde bedeuteten. Doch am Ende war es diese unscheinbare Geste, die sie vielleicht zum ersten Mal in ihrem Leben spüren ließ, was es hieß, glücklich zu sein.

Keine Frage, sie hatten viel Arbeit vor sich, wenn sie das Gewesene bewältigen wollten, und bestimmt würde im Zuge dessen noch die eine oder andere Träne fließen. Doch zumindest hatten sie heute den Grundstein für eine gemeinsame Zukunft gelegt. Sie hatten wenigstens die *Chance*, dass es zwischen ihnen eines Tages wieder so sein würde, wie es einstmals war.

Nein, das stimmt nicht, dachte Lene. *So, wie es einmal war, wird es nie wieder sein – und das ist gut so!*

Ihre »alte« Beziehung war an ihrer beider Fehler gescheitert; daran, dass sie nicht so offen und ehrlich zueinander gewesen waren, wie es nötig gewesen wäre, um ihre Bedürfnisse zu befriedigen – seine ebenso wie ihre.

Doch jetzt wussten sie, was sie falsch gemacht hatten.

Jetzt wussten sie, dass sie über *alles* miteinander reden konnten; dass sie alles miteinander *tun* konnten, wonach ihnen der Sinn stand, ohne sich für irgendetwas schämen zu müssen; dass sie keine Geheimnisse voreinander zu haben brauchten, ganz gleich, in welcher Hinsicht.

Und wie steinig der Weg, der vor ihnen lag, auch sein mochte, sie würden ihn gemeinsam beschreiten.

Seite an Seite.

Wenn aus alldem überhaupt etwas Gutes erwachsen war, dann das. Das – und die Erkenntnis, dass einem im Leben nichts größere Befriedigung verschafft als die Liebe!